农场

从印尼到墨西哥
一段直击动物生活实况的震撼之旅

【美】索尼娅·法乐琪（Sonia Faruqi）－著

范尧宽　曹嬿恒－译

PROJECT ANIMAL FARM

An Accidental Journey
into the Secret World of Farming
and the Truth about Our Food

中国政法大学出版社

2018·北京

PROJECT ANIMAL FARM: An Accidental Journey into the Secret World of Farming and the Truth about Our Food
by Sonia Faruqi
Copyright © 2015 by Sonia Faruqi
All rights reserved.
版权登记号：图字 01-2017-3681 号

图书在版编目（ＣＩＰ）数据

农场：从印尼到墨西哥，一段直击动物生活实况的震撼之旅/
（美）索尼娅·法乐琪著；范尧宽，曹嬿恒译. —北京：中国政法大学
出版社，2018.8
　　ISBN 978-7-5620-7655-1

　　Ⅰ.①农… Ⅱ.①索… ②范… ③曹… Ⅲ.①纪实文学－美国－现代
Ⅳ.①I712.55

　　中国版本图书馆CIP数据核字(2018)第141393号

出 版 者	中国政法大学出版社
地　　址	北京市海淀区西土城路 25 号
邮寄地址	北京 100088 信箱 8034 分箱　邮编 100088
网　　址	http://www.cuplpress.com（网络实名：中国政法大学出版社）
电　　话	010-58908524（编辑部）　58908334（邮购部）
承　　印	北京中科印刷有限公司
开　　本	880mm×1230mm　1/32
印　　张	13.25
字　　数	267 千字
版　　次	2018 年 8 月第 1 版
印　　次	2018 年 8 月第 1 次印刷
定　　价	66.00 元

目

录

另一个世界的曙光

从华尔街到乳牛牧场的奇幻之旅

我从小几乎就注定要从事金融业，因为我既用功又崇尚物质主义。我做什么事情都很认真，喜欢待在图书馆里早早写完功课，并且为此感到开心。我喜欢上课胜于下课，也喜欢写作业多过玩跳房子游戏。中学时，我会花好几个小时素描静物，可能是一盆苹果或一瓶花束。然后我感觉自己的生活也宛如静物一般，仿佛一个塞在茶杯里的哈密瓜。我的内心渴望更多，无论是在心理上，还是在物质上。

当时我拥有的钱还够满足各种需要，包括买吃的、缴学费、买鞋子，但这并不足以填补我满坑满谷的欲望与向往。我想要买更多的衣服、更多的书，以及更多的精致锡盒，用来珍藏各式精美的小东西。我的母亲偶尔会说："你喜欢为了拥有而拥有，拥有的本身就能为你带来快乐。"我把她的话解读为赞美：当时我想，我还真是早熟，如此迷恋拥有所带来的喜悦。

高中毕业之后，我进入达特茅斯学院就读。这是一间小型的人文社会领域大学，校园里有许许多多的树木作为点缀。学院里的每一门课就像是一样食材，学生要自己去拣选、切片，然后在心灵上加以搅拌。而最终的目标不只是及格过关，更是要表现卓越。达特茅斯学院也基于"强化人际关系"的理由，鼓励学生在开学之前，参加一场为期五天的团体登山活动。我以前从来没有爬过山，因为我从未想过要爬山，并且我是在都市公寓里长大的小孩。但是，我决定参加这场登山活动，是因为其他的同学都参加了。然而，出发两个小时之后，我就发现"这趟远足是我一生中最错误的决定"。

即使因为领队的坚持，我已经心不甘情不愿地取出了化妆品和巧克力，没有带上路，但我仍感觉背包像是绑在背上的石头。更糟糕的是，我没有东西可以吃：因为我只吃肉。从小我就挑食，不吃蔬菜、水果，而由于肉品会在旅途中腐败，所以无法携带。于是最后，我决定什么都不吃。比食物更严重的问题是硬件设施。野外没有厕所，所以我们必须走进树林里自行解决，自己就像是变成了原始人。因此，我决定憋上几天。（而且我做到了。）

最后，还有野生动物的问题：当时我觉得晚上睡觉时一定会被熊攻击。有一天晚上，我觉得自己听到动物在耳边喘息、流口水的声音。"把你的手电筒给我！"我向旁边缩成一团的睡袋大叫着，并且把同伴摇醒。我拿着他的手电筒四处照射，但是根本就没有熊，只有被我吵醒而生气的登山伙伴。从此以后，我就下定决心避免参加任何户外活动，因为艰难的生活形态显然并不适合我。

后来我从达特茅斯学院毕业，拿到的主修学位是经济学与公共政策，辅修政府学。取得学位之后，我就和同学们一窝蜂地涌入了华尔街。华尔街是金钱事业的天下，像是一条快车道、一道已经可以享用的餐点，并不需要昂贵的研究所学位调味。当得到一份投资银行的工作时，我感到十分高兴和满足。

投资银行对于年轻的新进员工只有一项要求，就是月球以地球为中心运转，而员工则必须以工作为中心运转。身为一位投资银行从业人员，我不是为了生活而工作，我是为了工作而生活；我不是为了生活而吃东西，我是为了工作而吃东西，而且我还会一边工作，一边吃东西。三餐都在办公桌前解决，并且狼吞虎咽，好让自己可以继续打字、计算、工作，我成了一部拥有女人形体的工作机器。

但是，我乐在其中。我喜欢觉得自己很重要的感觉；我喜欢领薪水；我喜欢每天穿着套装；我喜欢穿着高跟鞋，一路走过办公室的地毯，腋下夹着文件；我喜欢位于纽约上东区的公寓，只要走几步路就可以抵达中央公园；我喜欢快速在键盘上移动手指，眼睛快速扫视计算机屏幕。每天早上起床，我都像是一只小黄金猎犬一样，流着口水，迫不及待地展开全新的一天，完全无畏每周工作 70 个小时。我当时觉得，华尔街就是我应该存在的地方。

直到我被裁员。

在我进入投资银行之后，美国的经济便开始迅速失血，首先是从次级房贷产业开始。阵痛很快开始向外蔓延，直到整个金融体系都在痛楚中抽搐不止。于是投资银行发现，对公司而言，持续喂养小鱼苗已经不再有利可图了。以往投资银行利用奖金、红利的鱼饵，就能把小鱼苗吸引进渔网里；而现在这些投资银行决定一刀斩破渔网，解雇数十万名员工。于是，在办公桌前生活两年之后，我也被迫离开了。

我当时打算应征其他金融机构的职缺。我愿意继续燃烧同样的热情火焰，只不过燃料改由另外一家银行提供。我的生活依然还会是一个同样令人欣喜的礼物盒，上头绑着 Excel 的绿色缎带，缀饰着 PowerPoint 的红色蝴蝶结，不过就只是换到另一张办公桌而已。但是，我想要先休息一下。之前我在华尔街马不停蹄地工作，甚至没有请过一天的病假。于是我想，休息一段时间可以让自己充电，帮助自己找回能量，重新启动。

在休息期间，我阅读了一些书，思考了人生，并且从纽约搬到多伦多。

由于手边有非常多的时间，所以我决定前往农场担任志工，而且我自认为，这样的体验将会是一场有趣的冒险。我联络了十几座小型有机农场，打算热心提供免费的协助，帮助农场的食品生产工作。我以为这些农场一定会既惊喜又感谢，但结果却完全不是这么一回事。大多数农场的态度非常冷淡，而且丝毫不感兴趣，只有一座有机乳牛牧场接受了我模糊不清的志工服务，并且只提出一项条件：我至少要做满两周，不能只有原先所希望的最多一个星期。

我勉强同意这项条件，而乳牛牧场则勉强同意提供住宿。

我在小时候曾经囫囵吞枣地读过《大草原之家》(*Little House on the Prairie*) 系列童书，所以对于有机农场的想象很类似这些童书中田园、草原之类的场景。当时我以为自己的农场体验将会既富有教育意义，又兼具度假的功能。而且不久之后，我就会重新回到充满套装、工作表及摩天大楼的繁华世界。

当时的我完全不晓得自己正在踏上什么样的旅程。

笼里的永夜

01 向往奔跑的牛群

用锁链圈出的世界

　　麦可·米勒（Michael Miller）和艾琳·米勒（Irene Miller）这对夫妇听到我不会开车时很不能理解。我连小客车都不会开，更遑论货车或是曳引机了。

　　"你几岁了？"艾琳问我。

　　"二十五。"

　　"那你怎么不会开车？"

　　"我都搭乘地铁。"

　　麦可和艾琳看起来不太满意我的回答。他们也无法理解我竟然对农场一无所知，连干草与麦秆哪里不一样都不晓得。他们说，这就像是分不清楚面包和床一样。干草就像是面包，是拿来吃的，而麦秆就像床一样，是拿来睡的。我有可能会睡在一块面包上，或是吃掉我的床吗？

　　不会，我羞愧地向他们保证。

　　让我更羞愧的是自己的外表。艾琳并没有化妆，也没有佩戴任何饰品，而我的耳朵上则挂着晃来晃去的耳环，脸上画着亮色的腮红，身上穿着鲜艳的衣服。我的打扮看起来就像是要去参加派对一样。

艾琳看起来很想说些什么，感觉不吐不快。"这里所有的人都是白人。"她用荷兰口音告诉我，同时盯着我咖啡色的皮肤和黑色的头发。"几年前有一个黑人家庭搬来，不是搬进我们的村子里，而是搬到附近。我们从来没看过他们，但是我们听说了很多关于他们的事，因为大家都会盯着他们看，跟着他们，没有人喜欢他们。他们只住了一小段时间，从此以后，附近就再也没有黑人家庭搬来过，也没有犹太人、中国人或是像你一样的印度人，这里全部都是白人。"

我并没有纠正艾琳，告诉她我其实是巴基斯坦裔，而不是印度裔。我住在多伦多市中心，距离米勒一家只有短短三个小时的车程，但我却感觉像是来到了另外一个国度。

好一段时间，餐桌上只有刀叉和盘子相互碰撞的声音。最后，麦可打破沉默，告诉我说："我们有130头乳牛和小牛。"

"我不喜欢动物。"艾琳紧接着补充说道。她直接从酒瓶中慢慢啜饮一口红酒，而我很快就知道，这是她每天晚上的例行事务。接着她瞄了一眼屋子的另一端，那里有一只有着斑点、肉桂色的澳洲牧羊犬。"我本来不想养狗，但是麦可想要，所以我们就养了一只。"

这只狗是麦可从六只同窝的小狗中亲自挑选的，原因只有一个："它是里面最安静的一只。"这只安静的狗非常适合麦可，因为麦可从小就是家中男孩子里最安静的一个，而且愈长大就变得愈安静，沉默寡言到让人以为他是不是发了什么从此不再开口说话的毒誓？麦可长得又高又瘦，有一张棱角分明的脸，阴郁的双眼像天空一样蔚蓝，脸颊上的胡子则像云朵一样白。

就像在荷兰的所有祖先一样，麦可也是一位奶农，虽然他曾经想过自己可能会选择一条不同的道路。他念的是热带农业，希望能够"拯救世界"。最后，麦可并没有前往任何热带国家的农园工作，不过他至少离开了荷兰，离开一片长三十英里的土地。在这块土地上，他的祖先曾经走过了四个世纪，而麦可也预想他的四个兄弟及他们的后代，或许还会在那片土地上走过往后的四个世纪，就像山一样地伫立在那里，直到永久。

结婚几年后，麦可和艾琳来到加拿大，搬进一栋两层楼的砖木造房，今天他们依然住在这里。在加拿大的前十年，他们以传统的方式经营农场，当时艾琳的头发在冬天会红得像番红花，而在夏天则会褪成夕阳般的珊瑚色。后来艾琳有了一个想法，而这个想法也大幅改变了他们的环境。艾琳注意到，当时有机产品的销售正在发展。这个运动从第二次世界大战之后便开始风起云涌，为了要对抗农业工业化的趋势。此外，消费者对于健康、永续发展及动物福利也日益重视。艾琳留意到有机产品供需之间的落差，于是向丈夫建议，让他们的乳牛牧场取得有机认证。

有机认证十分昂贵，不过艾琳的这项决定所带来的利润却远远超出她的预想。自从米勒夫妇取得有机认证以来的二十多年间，有机产业就像是热气球似的一飞冲天，2013 年在美国的销售金额已经达到

350亿美元。今天，在75%的美国和加拿大杂货商店都可以买到有机产品，而调查也显示，将近半数的美国人正试着将有机食品纳入自己的饮食之中，而有五分之二的加拿大人每周都会购买有机食品。

但是，艾琳的头发现在已经是中年的焦黄土色，她也不再为有机农场的成功感到喜悦。她其实很难过，内心被一阵又一阵的悔恨缠绕。

麦可吃完晚餐后便站起身，一句话也没说，就大步从后门走了出去。艾琳的嘴里还在咀嚼着她为晚餐做的（非有机）莴苣色拉和辣豆火腿，她倾身向我靠近。"这都是我的错。"她悄悄地说，表情显得颓丧，"全都是我的错，但愿我从来没想过要做有机。我现在已经不想当奶农了，但是我们却被困在这座农场里，因为有机农场比一般的农场还难以出售。"

"为什么你不想当奶农呢?"，我问道，同时对于艾琳这段自白的私密性感到惊讶与不自在。

"因为我讨厌当奶农，我完全受够了，我们已经做了30年。麦可答应我，他在我们51岁前会卖了农场，或是把农场交给我们的女儿安妮（Annie）。可是，我们51岁时，他又改口说我们53岁前会把农场卖了。然后，等到我们53岁时，他又说55岁，后来又改成57岁。但是，他下周就要满57岁了，接下来他又要我再多给他两年的时间把农场卖掉。可是，我没办法再等两年了，我想干脆不等他，自己先离开算了。我讨厌这座乳牛牧场。"

晚餐后，艾琳和我一起收拾餐桌，我们彼此没有再多说什么，之后我就回到楼上的房间。房间很旧，充满灰尘与霉味，有着年代久远的电视机和音响，两个书柜已经是长脚蜘蛛的地盘了。床上的毛毯很破旧，看起来已经很久没有清洗。那时候是冬天，但是房间并没有暖气，也几乎无法阻隔外面冷风飕飕的低温。晚餐的时候我就在想，尤其是当我躺在床上翻来覆去时，我很确定来到这里是一个错误的决定。

超乎想象的真相

我之前很少近距离看过乳牛，所以在米勒农场的一个早晨，我就迫不及待地造访了牛舍。

牛舍里住了 65 头乳牛，它们像是拼贴图案一般，仿佛在黑底上泼洒了白色颜料。它们非常巨大，一头平均重达 1300 磅，站着将近有 6 英尺高，牛蹄后端高举着，造成像是穿着高跟鞋的效果。它们粉红色的乳房看起来像是球根形状的气球，沉甸甸地布满血管。就连它们的睫毛也都很长，长达 1 英寸，环绕在乌黑眼睛上呈现扇形。

当我走进牛舍时，一头接一头的乳牛就站了起来，仿佛士兵在敬礼一样。我把手伸向它们，有的乳牛以为是枯萎的干草，喷了一口气后就别过头；有的以为是沾了露水的草，快速闻了一下就舔了起来；有的乳牛则把我的手当作一只大苍蝇，晃动身体想要驱赶；还有许多乳牛以为我的手是一个可怕的武器，于是笨重地跳起身来试着反击，但是它们无法反击，因为它们被颈部的锁链拴在牛栏里。我却可以碰触到这些乳牛，拍打它们或是戳它们的眼睛，而这些锁链却让它们动弹不得，完全无法反抗。

每一头乳牛都被塞在小小的牛栏里，像是一只大脚塞进小鞋子里。在所有的时间里，这些乳牛就只会做四件事。它们会吃东西，嘴巴缓慢、循环式地动着，咀嚼着每天堆放在眼前的玉米和干草。它们会喝水，而喝水的容器是一个汤盅般大小的蓝碗，只要它们的嘴巴一触碰，就会自动从头顶上有如迷宫般的管线中把水注满蓝碗。乳牛们会彼此依偎，两头乳牛之间有一道栅栏阻隔，但是它们会把头从栅栏底下伸到隔壁，用舌头舔舐着隔壁的伙伴，或是把头靠在对方的脖子上。最后，这些乳牛也会自我清洁，或者应该说它们会"试着"自我清洁。

虽然每一头乳牛的后腿及臀部都有一层硬脆的粪便结块，但是它们却无能为力，无法把自己弄干净，因为颈部的锁链把它们固定在原地。除此之外，在它们的后蹄再往后一点的地方有一条"粪沟"，这是一条下挖的沟渠，对齐每一头乳牛的牛栏后方，而且乳牛很怕会掉进这条沟渠里。如果这条粪沟还不足以限制乳牛活动的话，在乳牛的肩膀正上方还悬挂着另一个装置，麦可把这个装置称为"排便训练器"。

排便训练器是一根锯齿边的金属棒，如果乳牛排便时没有对准后面粪沟的位置，排便训练器就会释放电流，处罚位于训练器下方的乳牛。训练器的电流很痛又很不舒服，也大幅限制乳牛的行动，造成乳牛的压力和紧绷，因此在瑞典与德国的部分地区已禁止使用排便训练器。

对米勒农场的乳牛而言，排便是相当麻烦的事。乳牛得先把后腿往后推，推过自己留下的秽物，直到位于粪沟之上，接着再撑起身体，直到完全站立。然后它要举起尾巴、挺起肩膀，但是它的肩膀有可能会扫到排便训练器！乳牛必须遵循训练器的电流警告，也就是依照它目前所在的位置，排泄物将会掉进自己的牛栏里，所以乳牛得小心翼翼地再往后退一个牛蹄的距离。现在乳牛的后蹄非常惊险地站在牛栏的最边缘，它开始排泄，并且无时无刻不在提心吊胆，担心自己没站稳就有可能会掉下去。

我完全没想到自己会在有机农场里看到这些场景。米勒农场的网站看起来很欢乐，有卡通造型的乳牛和色彩缤纷的图片。然而，真实的牛舍却令人感到哀伤，两排身上沾着秽物的乳牛被关在灰暗的牛栏里，面对着灰暗的墙壁。颈部的锁链、排便训练器和粪沟困住它们，使其无法向前、向上及向后移动，这些乳牛甚至没有空间完全转头。它们只是被编号的、井然有序的牛乳制造机而已。

丹妮儿（Danielle）和肯（Ken）喜欢把它们叫作"牛怪兽"。

没有名字的 "牛怪兽"

金发碧眼的丹妮儿今年十八岁，是米勒牛奶工厂中领取基本工资的工人。她高中毕业，但其实是勉强及格过关，她在教室里唯一学到的事情就是"上学真是无聊"。现在回想起来，丹妮儿宁可把当年的求学时光拿来挥舞她的枪，而不是她的笔。"对我来说，最好玩的事就是拿枪去射鸽子。"她兴奋地告诉我。

肯长得很好看，有着绿色的眼睛和棕色的头发，现年29岁，已经有两个儿子。他比丹妮儿还要后悔就读高中。"你毕业拿到的那一张纸并不能帮你赚钱或是怎么样。"他说。金钱也是肯之所以会抱怨现在这份工作的原因，因为他现在领的薪水比之前的工作还低，他之前曾在金宝汤公司（Campbell Soup Company）担任夜间警卫，一个小时的工资是18美元。

我在米勒农场的身份是志工，所以只要肯和丹妮儿有任何需要，我都会协助他们的工作。我的衣着也和他们一样，穿着黑色上衣、佩戴发网与绿色手套。在他们的亲切指导下，我在牛奶桶上盖下有效期限，把牛奶桶装进纸箱里，然后用胶带封装纸箱，再把纸箱堆叠起来。我之前从来没做过这么重复又不需要动脑的工作，我宁可花时间在牛舍里。安妮和我想的一样，她是我在农场里最喜欢的人。

31岁的安妮，是麦可和艾琳四个小孩之中唯一留在家里农场工作的。她有着柔软的嗓音与开朗的微笑，也是两个孩子的母亲，小孩的名字就刺在她结实的肱二头肌上，另一边的肱二头肌刺的则是茂密的大树、火热的夕阳及玳瑁色的蓝天。安妮对动物的热爱让她有别于父母，也让她和周遭生活的人们大不相同。

举例来说，安妮为所有的乳牛都取了名字。"每一头乳牛都有自己的个性。"她告诉我，"但是我想它们大部分都非常温柔友善，就像人类一样会产生友谊，对它们来说社交非常重要。我不喜欢只用耳朵上的卷标号码来辨识它们，所以在它们出生时，我就把它们所有的名字都写在本子上，写在它们的号码旁边。除了我以外，没有人知道它们的名字。"

相反地，米勒牛奶工厂的两位工人肯和丹妮儿只把乳牛视为一组一组的数字。他们家里经营的都是肉牛农场，所以除了安妮以外，他们从来没看过有人会为牛取名字。"除非，"丹妮儿开玩笑地说，"也许农场的人会把牛怪兽叫作毛茛花一号、毛茛花二号、毛茛花三号，一直叫到一百号，这样也算是取名字！"

丹妮儿和肯都认为，他们口中的"牛怪兽"并不认得他们。"如果它们笨到连同伴彼此都分不出来，"丹妮儿分析道，"那么它们怎么可能会认得人类呢？"

相反地，安妮却相信乳牛可以区分出彼此，也认得人类。"我注意到，当乳牛在牛栏里排成一列的时候，它们喜欢站在特定同伴的旁边，这就显示它们认得彼此，而且也会交朋友，它们喜欢排在自己的朋友旁边。此外，我通常不做挤奶的工作，但是每当我去挤奶的时候，我看得出来乳牛会很惊讶，这就表示它们会认人。"

我认同安妮的看法。当我每天下午都造访牛舍之后，乳牛会愈来愈少盯着我看，而且愈来愈开始忽略我的存在。它们的反应变化得这么快，就表示它们已经知道，我就是那个每天游手好闲、在它们附近晃来晃去的同一个人。

让我同样开心的是，小牛也认得出我。

只有苍蝇为伴的小牛

在米勒农场里，最年幼的七只小牛都有着粉红的鼻子和墨色的眼睛，它们身上的斑纹则像是夜空中飘浮着的朵朵白云。

每一只小牛都分别被关在一个 5×6 英尺的牛笼里，牛笼的墙上都刷着一长条又一长条黑色闪电形状的粪便，地板上铺的麦秆也都沾染着秽物，有的是香蕉般的黄色，有的则是马铃薯皮般的棕色。小牛的膝盖和蹄子，有时候甚至就连它们的肚子、脖子及脸上，也都看得到一点点黏稠的粪便。这些小牛看起来很脏，而且感觉并不快乐。

这些牛笼在牛舍外排成一排。我第一次经过的时候，七只小牛全都自顾自地、懒洋洋地躺在窝里。当我在它们面前来来回回走了几趟之后，它们开始充满防备地看着我，仿佛我入侵了它们的地盘。最后，编号 307 的小牛起身走出牛笼，来到牛笼前面狭小的户外空间。这只小牛的脸是黑色的，额头上有一块白色的三角形，很像是一道印记。它的膝盖圆鼓鼓的，眼神沉稳，它一颤一颤地缓缓向我靠近，闻了闻我的手，然后舔舐着。我吓了一跳，连忙把手缩回来放进口袋里，但是小牛的意志坚决，继续舔着我的口袋。

其他小牛在第一天的时候很胆怯、不为所动，不过在接下来的几天里，它们的胆子也开始变大了。它们开始对着我叫，就像是跳蚤市场的摊贩在叫卖一样，大刺刺地说服访客前来光顾，或是有空再来，或是再多停留一会儿。我最喜欢编号310的小牛，因为它最年幼，长得也最漂亮，它的毛色就像是一片雪地里洒上几颗石子一般，左眼的睫毛是白色的，而右眼则是黑色。即便是胆小害羞的310号小牛也会走出牛笼，恳切地希望我摸摸它。

"小牛比小狗还要友善，还要爱玩。"麦可这么说，而且小牛渴望同伴的程度就像是向日葵渴望阳光一样，然而在牛笼里，它们却只能和苍蝇为伴。

在美国和加拿大，牛笼是小牛住窝的标准形式，但在欧洲就不是这么一回事了。1998年，欧盟禁止将八周以上小牛的住窝独立分隔，欧盟的"设立小牛保护最低标准"指令做出以下解释："科学已经证实，小牛是一种群居动物，所以应该根据它们的需求，让它们从生活环境中受益。基于上述原因，小牛应该以群体的方式饲养。"

欧洲的有机乳牛牧场并不是等到小牛八周大才开始让它们群居，这些农场要求，小牛开始群居的时间点不能够晚于一周大。加拿大的有机乳牛牧场则与其形成强烈的对比（包括米勒夫妇的乳牛牧场），它们倾向先将小牛分隔饲养，时间长达整整三个月之久。在美国的情况更糟：法律上允许有机乳牛牧场分隔饲养小牛，直到小牛六个月大为止。尽管到了那个时候，小牛住在牛笼已经不比六岁大的小孩睡在婴儿床好到哪里了。

而在美国和加拿大通常被称为"常规"农场的非有机农场里——因为这些农场才是多数，占了将近98%、99%的农业比重——小牛的住窝完全不受法规管制。常规农场可以分隔饲养小牛，时间上没有任何限制，爱怎么养就怎么养。就小牛饲养这方面而言，美国和加拿大的有机农场只比常规农场好一点点，但是却不如欧洲的常规农场，而且远远落后于欧洲的有机农场。

争执不断的牧场夫妇

"去你的!"一天下午，艾琳吃过午餐后就咒骂着麦可，"你答应过我，说你会卖掉农场的，但是你到现在都还没有卖出去! 你这个大骗子!"

艾琳跺步走上楼，重重甩上房间的门。于是麦可也仿效她的行为（仿效言语可能没有办法），大步走出房子，并且甩上前门。

"这里的本地报纸非常糟糕。"安妮从报纸中抬起头，告诉我，"但是和我父母吃饭时，我还是会阅读，你应该也试试看，这是一根救命浮木。"

艾琳相信，借由吞噬麦可的灵魂，她就能够获得自由。麦可则认为，借由逃离他的家和妻子，他也能获得自由。这和我原本想象的乡村假期差太多了，米勒农场里充斥着争执、冲突与紧张。我很后悔之前答应要待两个星期。

和麦可一样，我的闲暇时间也都是在屋外打发。就在一次闲暇时间里，我遇到人工授精师阿瑟（Arthur）。

人择取代天择

阿瑟长得胖胖的，大约四十岁，非常亲切，他的装扮看起来像是要去参加"哈利波特与农业"主题的化装舞会。他穿着灰色连身工作服，左手包着泡泡糖粉红色的手套，手套一路延伸到肩膀，而他的手里还抓着一支像是魔术棒的东西。

阿瑟先拔掉排便训练器的电线，然后走近其中一头乳牛，麦可之前用蓝线在这头乳牛的身上做了记号，请阿瑟特别留意。阿瑟扫开乳牛的尾巴，乳牛猛然回头，而回头的幅度正显示出锁链限制行动的程度。阿瑟把手臂塞进乳牛的屁股，乳牛大叫一声就开始挣扎，试图挣脱锁链，过程中不断碰触到上方有锯齿边的训练器，训练器一下子晃到左边，一下子又晃到右边，像是一个发疯的钟摆。阿瑟毫不畏惧，他之前已经拔掉训练器的插头，因为他完全预料到会有这种挣扎的情况。他的手臂进一步往里面伸，没入他的手肘，最后"完全进入直肠，这样才可以把子宫颈拉直"。

阿瑟全心专注于乳牛的直肠，所以并没有注意到我正不舒服地蠕动着。因为手套和魔术棒的缘故，阿瑟的举动一会儿像是正在表演的魔术师，一会儿又像是正在进行科学示范的专业技术人员。他似乎很高兴有我这么一位观众，而且他正以一种兴奋、雀跃的方式描述着他的"后端行动"，即便乳牛开始排泄，他也面不改色。

咖啡色的泥流顿时喷薄而出，距离阿瑟的脸只有呼出一口气的距离。我往后跳了一步，不过阿瑟竟然还是不为所动，而他的手也依旧陷入乳牛正在排泄的肛门里。他遭遇乳牛排泄的状况已经不计其数了，所以对阿瑟而言，这些秽物已经不具有任何恫吓的效果。

阿瑟等待排泄物从洪流变成水滴，接着再拿那根棒子穿进乳牛的臀部，棒子里装的是一条 4 英寸长的冷冻公牛精液。当阿瑟抽出手臂时，他的手套已经不是粉红色而是黑色了。他把手套扔进粪沟里，然后插回稍早断电的排便训练器。我和他说，我对排便训练器感到很好奇，但是又怕被电到，所以不太敢碰，"我应该碰一下吗？"阿瑟用力摇着头，警告我说："这个电流很强的！"

"这次我只做完这一头乳牛，"他继续说道，"不过我通常都不只做一头。如果这头乳牛没有怀孕，我会带更多的精液回来给它。我一个礼拜会来这里一到两次，我平常都很忙，光是今天下午就还有十座乳牛牧场要服务！"

阿瑟给我看他手机上当天的行程，从早到晚都排得满满的。但是，阿瑟并不急着前往当天的其他农场。对他来说，在进行人工授精时，有其他人陪伴是很难得的事。他完全不打算放弃这份工作，因为他很骄傲地告诉我，公牛精液是一个非常大的全球性产业，有专职的公司和企业联盟，而这些公司和企业联盟都有自己的英文缩写。阿瑟任职的公司叫作 Gencor［全称为基因学公司（Genetics Corporation）］，Gencor 刚和 EBI［全称为东部育种公司（Eastern Breeders Inc.）］合并，成立东部基因学公司（EastGen），而东部基因学公司又和加拿大卑诗省的西部基因学公司（WestGen）与魁北克省的人工授精中心合作，成立一个名为 Semex［全称为精液交换（Semen Exchange）］的大型人工授精单位。

"加拿大的公牛拥有全世界最好的精液。"阿瑟以一种爱国的口吻说道。

Semex 每天都提供牛只人工授精服务，一年 365 天，全年无休，而且服务不只涵盖加拿大各地，还遍及全球其他国家。这家公司拥有 1600 头公牛、1800 名员工，并且在全球 80 个国家拥有精液配送员，从瑞典到苏丹、从斯里兰卡到斯洛维尼亚、从印度到印度尼西亚，以及从澳洲到阿根廷，足迹遍及世界各地。Semex "以提供高质量的牛只基因闻名于全球"自诩，而他们描述自家公牛的方式仿佛是在描述软件产品，这些公牛有"最新的版本"，并且属于特定"系列"的一部分。它们以字母的顺序排列，并且在类似工作表的目录上编码，每一头公牛都是一排二十位数的数字。

和其他与动物相关的畜牧业相比，人工授精对乳业的影响尤其重大。在今天美、加地区的乳牛之中，有 90% 都已经采用人工授精的方式。人工授精的基因挑选过程十分严格，使得现今乳牛的乳房变得无比巨大，不仅壮硕又丰满，几乎快要塞不进两条后腿之间的空隙了，而且乳房上的血管贲张跳动，看起来就像是即将爆炸的气球。当今一头荷士登（Holstein）品种的乳牛，平均每年生产大约两万磅的牛乳。

　　人工授精不只不天然，还会造成许多伤害。当今世上，全球几百万头的乳牛全都只是区区数十头公牛的后代，这就好比原本复杂、多样的基因池只留下针孔大小般的一滴。如此狭窄的基因筛选，过去从未在大自然里出现，因为对任何物种而言，长期的物竞天择仰赖的正是基因多样性。此外，人工授精公司筛选的特征都十分短视近利，只着重牛乳的产量，却忽视腿部的力量与身体结构上的均衡。今天的乳业把牛奶看得比乳牛还要重要，却忘了如果没有乳牛，根本不可能会有牛奶。

　　"所有的孩子都将在人工授精中诞生……并且在公共机构里养育长大。"乔治·奥威尔（George Orwell）在《一九八四》中写道。"一颗卵子、一个胚胎，变成一个人——这就是常态，"阿道斯·赫胥黎（Aldous Huxley）在《美丽新世界》（Brave New World）中也写道，"……以前只能长成一个人，现在可以让 96 个人生长。进步……。大量生产的准则终于应用在生物学上了。"

　　奥威尔和赫胥黎的反乌托邦式预言从未在人类身上实现，但是却发生在畜牧业里。这一点十分令人意外，因为人工授精的前景曾经非常渺茫，在 1943 年出版的一本动物育种教科书中，堂堂 400 页里只一次提到人工授精，而且是接近结尾的一段概略性描述。"人工授精有时候能够协助克服不孕症的问题，但是目前为止使用得相当有限。"杰·拉许（Jay Lush）在《动物育种计划》（Animal Breeding Plans）一书中如此写道。

短短几年之后，美国科学家就找出提取公牛精液的方法，并且让母牛成功受孕。这项技术最初的挑战在于，如何长久保持精液的新鲜度，以便通过交通运输来扩大使用。而这项难题后来也迎刃而解，方法就是在精液中加入化学物质和抗生素，并且进行冷冻。

今天在畜牧业的不同领域中，人工授精的实行存在不同的原因。以火鸡来说，之所以会采用人工授精，是因为在基因育种之下，雄火鸡已经可以达到30到40磅，重量是雌火鸡的两倍，所以若是采取自然交配，难免会对雌火鸡的身体造成伤害。以鱼的人工授精来说，有一些鱼种只会在砾石间产卵，如鳟鱼和鲑鱼，所以陆地上的养殖场发现，与其运来大量的砾石布置环境，还不如直接进行人工授精比较简单。

人工授精取代自然生殖的速度十分惊人。光是1991年到2000年这十年之间，美国接受人工授精的母猪比例就从原本不到8%，一路飙升到将近70%（今天更是超过90%）。

于是，像阿瑟一样的人工授精师便受雇于Semex之类的公司，他们载着一车又一车的冷冻精液，定期在乡村地区巡回。

同样渴望自由的心

有一天晚上，当我大步走过牛笼时，我注意到小牛们正在嚎叫着。它们通常都很安静，但是当天却仿佛用尽所有肺活量般地嘶吼、呐喊着，它们的合声划破寂静的夜空。

我到米勒家里，询问艾琳发生了什么事。"它们叫是因为它们饿了。"她说，"它们从早上到现在都还没有吃东西，我应该在两个小时之前就喂它们的。"

"所以……你现在可以喂它们吗？"

艾琳耸了耸肩。她整理厨房的碗盘，喝了一大口每天晚上都要喝的红酒，接着拆开她的信件。而后再次提醒我，她有千百种逃离这座农场的想法，做一位翻译、用动物的骨头雕刻项链、去欧洲卖艺术品等。"我不管要做什么或是去哪里，"她郁闷地下结论道，"我就是想要离开。"

一直等到艾琳再也想不出可以说什么、做什么之后，她才去填饱小牛的肚子。我了解在艾琳的心里，照料这些被牛笼、锁链束缚的小牛和乳牛就等于束缚她自己的灵魂，这些牛将她与空洞贫瘠的生活绑死在一起，让她无法前往远方所向往的花园中漫游。

但是，这些牛同样也渴望漫游，它们也渴望离开。

十头乳牛划过积雪，把雪碎裂成粉状的雪片和棉花球，在它们的脚边扬起一阵阵云烟。黑白相间的一群乳牛恣意奔跑着，这是摄影家梦寐以求的画面。然而，对麦可而言却不是这么一回事，他满脸通红，上气不接下气，怒气冲冲地追着乳牛。"帮我把它们带回来！"麦可向我大叫道，"跑到它们的前面站着！"

我并没有照做。

"跑啊！站到它们的前面！"

我慢慢地跑向乳牛群，但是不时停下脚步，因为我担心会在它们奔跑踩踏中受伤。在牛舍里，乳牛的行动被锁链束缚着，所以它们都像树木一样静止、安分，即使在它们的身边走动，我也觉得十分安全。我从未想过这些乳牛也会奔跑，就像我没想过树木也会奔跑一样。然而，在这一大片白色的雪地上，牛群向我冲过来的重力加速度就好比一辆汽车，另外还要再加上乳牛之前被关着而压抑许久的旺盛精力。无论是其中哪一只，只要被它的头撞一下，或是被腿踢一下，我就完了。我会倒下来，然后被牛群踩进永恒的积雪之中。

当牛群看到我用仅仅105磅的身躯挡在它们面前时，它们的行动就慢了下来，最后……停下脚步。我发现它们在等我走开，就像是汽车等待行人穿越马路一样。这就是麦可刚才预想的结果，如此一来，他就能追上牛群了。

这些乳牛并不是泌乳的母牛，而是小母牛，它们还没有生过任何小牛。每天早上，牛舍在进行清扫时，泌乳的乳牛就会被迁移到小母牛的牛舍，这么做是为了确保它们的脚和尾巴不会掉进快速流动的粪沟里。而为了在小母牛的牛舍挪出足够的空间给泌乳的乳牛，小母牛会被暂时迁移到牛舍外的围栏里。所有的迁移工作都非常简单明了，就像日出、日落一样一成不变，也从来没有发生过任何意外，除了那天早上。

那天早上，正当麦可走出牛奶工厂时，他惊讶地发现大约有一半的小母牛，21头中的10头已经从围栏的栅门跑出来了，而栅门不晓得什么原因打开着，有可能是被强风吹开，或者更有可能是被小母牛长而敏捷的舌头打开的。麦可开始追着小母牛，而小母牛也冲过树林。麦可很生气但并不意外，因为他知道乳牛喜欢在户外活动，喜欢到甚至连晚上都会做梦。

"所有的哺乳类动物都会做梦。"麦可之前曾告诉我，"做梦是大脑运作的一种方式。有时候，你会看到一头乳牛突然在牛栏里站起来，或是会看到它在躺下来时腿还在动着，这就表示乳牛在做梦，我想它梦到的是正在户外活动。"

不管是不是在做梦，我发现对乳牛来说寒冷并不是障碍。"乳牛并不会真的觉得冷，因为它们有很厚的皮肤和毛。"麦可继续说道，"其他的农场动物也一样，它们不喜欢下雨，如果身体一直湿答答的，它们就会生病，但是它们并不十分在意寒冷。绵羊有羊毛可以保暖，而鸡和火鸡也有羽毛。农场里饲养的动物一年至少有三季都可以待在户外，即便是在高纬度的加拿大也不例外，有些甚至可以待在户外一整年。我们的小牛就是一整年都住在户外的牛笼里。"

麦可说得没错，这些小母牛看起来根本就没有感觉到冬天的寒意。看着这些小母牛，我才第一次体会到，原来农场里饲养的动物真的可以一整年几乎都生活在户外。从它们兴高采烈的状态看来，小母牛似乎不管天气怎么样，都比较喜欢户外，而不是室内。

在我和安妮的帮忙下，麦可最后终于把小母牛群赶进栅栏里，最后重新锁上栅门。

来自蛋鸡场的邀约

麦可这种刻苦耐劳的性格并不喜欢惊喜，但是在他 57 岁的生日这天，他收到了不止一份惊喜，而是两份。

第一份惊喜是一场暴风雪，这让麦可大部分的时间都得待在家里陪着艾琳。暴风雪不管是在哪一天到来都已经很麻烦了，但是在他 57 岁生日的这一天却又特别麻烦，因为这一天标示着他第四次的食言：他还是未能如期卖掉农场，而艾琳在这一天不是会骂人，就是在生闷气。

第二份惊喜的开始是一通来自安妮的紧急电话。"你现在可以过来帮我修理厨房的水管吗?"她恳求着父亲说道。在正常情况下，麦可一定不会放过任何机会，好逃脱艾琳的长篇大论，不过在这一天晚上，外头呼啸的暴风雪比屋内刮的风暴还要可怕。"我明天一定去帮你修理厨房的水管。"麦可保证地说道。

安妮仍然坚持一定要在今天，最后麦可妥协了，然后安妮表示要和我说几句话。在我们简短交谈之后，我告诉麦可，我会陪他一起前往安妮的家。

麦可的车被埋在一座小雪丘底下，看起来像是新娘礼服蓬松的白纱。麦可好不容易清理好挡风玻璃，但是没有余力再清理车窗。开往安妮家的这段路仿佛一场动作片，因为车窗的视线不佳，所以如果要看清楚其他车辆，我们就必须打开车门探出头去，同时车子还在移动。

我们全身发抖地抵达安妮家，还好，还活着。这时麦可才知道我已经知道的事情：根本就没有什么坏掉的厨房水管。水管只是安妮编出来的理由，借此把爸爸骗到家里，参加她一手策划的生日惊喜派对。安妮之所以要我陪同麦可一起前来，就是因为艾琳婉拒这项请求，而我之所以会答应，是因为我找到一个好机会，让一成不变的无聊夜晚有新鲜事可做。平常我只能在麦可和艾琳争吵时，努力假装自己与家具融为一体，不然就是细数着蜘蛛网，然后瞪着房间的墙壁发呆。

安妮家小而简单，厨房的墙壁是水仙花般的黄色。然而，在这样的暴风雪之夜，墙上愉悦的色调也无法缓和现场有点凝重的气氛。餐桌周围坐了五个人，他们全部都是安妮邀请来为麦可庆生的客人，分别是安妮的姐姐和姐夫、一位园丁、一名女汽车销售业务员，以及布瑞克·罗伯兹（Brick Roberts）。

布瑞克全身上下看起来完全就是一位农夫。他的身高中等，一脸红通通的，肚子凸得像是一颗西洋梨，背却凹得像一颗青椒。他的喋喋不休、鲜红色毛衣和鸟巢状的胡子，让他有几分圣诞老公公的影子，而让他更像圣诞老人的是，他把两瓶红酒塞进灰色长裤里送给麦可，而两只袜子的造型模仿的是驯鹿的角。

布瑞克和我聊天时站得离我很近，他汹涌起伏的小腹紧邻着我的肚子，而他身上散发的烟味也直扑我的鼻子。我可以看见他炭灰色胡须里的白色毛发、深蓝色眼睛里的血丝，以及脸颊上斑驳的血管。

"你是做什么的？"我问他。

"我养了一些蛋鸡。"他回答。

"你有多少只蛋鸡呢？"

"蛮多的。"

"大概是几只？"

"蛮多的。"

"了解。"我说，虽然我一点都不了解，"我可以参观你的蛋鸡场吗？"

"嗯……"布瑞克皱着眉头许久，最后把手伸进口袋里，掏出一张名片递给我。

"我非常惊讶布瑞克给了你名片。"当我回到米勒家之后，麦可告诉我，"像他那样的农场从来不会让人进去。"

"为什么？"

"为什么！你觉得呢？因为那些蛋鸡都被关在笼子里，笼子是非常不人道的。如果你想，可以拨打布瑞克名片上的电话，但是我觉得你只是在浪费时间而已。你会听到他说一堆废话，然后布瑞克还是不会让你看他养的鸡。我认识布瑞克已经 25 年了，也就是你一辈子的时间，但是连我都没看过他养的鸡。"

我决定赶快打电话给布瑞克。

不可爱，也不该爱的动物们？

"你们的小牛好可爱。"隔天晚上用餐时，我对麦可和艾琳这么说，试着制造一些话题。

麦可放下刀叉，满脸通红。"小牛一点都不'可爱'。"他脸色不悦地说道，"动物只是把我们喂给它们的东西，转换成我们可以使用的产品，它们消化我们无法消化的食物，变成我们可以使用的东西。只要我们给它们食物和水，就已经尽了我们该做的工作。动物从来就不'可爱'，我们不应该这样思考动物。如果你连这么基本的东西都不了解，那么你根本就不应该来这里。"

无论我当初是否应该来这里，我想现在愈来愈清楚的是，我已经不该继续留下来了。我打包好行李，隔天一早就动身离开，把原本计划的两周米勒农场之旅缩短成九天。和米勒夫妇待在一起的每一天，都让我对有机农场生活的想象更进一步地幻灭，距离《大草原之家》里幸福快乐的日子愈来愈遥远。麦可和艾琳的婚姻并不幸福，他们不吃有机食品、对农场里的动物没有爱，也没有用同情心来照料这些动物，甚至没有按时喂小牛吃东西。

米勒夫妇的心态是错误的，他们认为我们除了食物、水和住的地方以外，并不亏欠动物什么。毕竟，如果我们给猫狗食物、水和住的地方，但是却用锁链把它们的脖子绑在通电的训练器下方，这不仅不人道，也无法被接受。食物、水和住所等生理需求只是基本、初步的需求，对所有的动物来说，另一项重要的生理需求就是"行动"的能力。英文的"动物"（animal）这个字和"爱动"（animation）这个字拥有相同的词根，因为爱动，对于"动"的喜好与倾向，正是动物有别于植物之处，植物只是被动地被栽种在某个地方，而对群居动物来说，它们还需要能和其他同伴互动。此外，对于乳牛等动物而言，由于它们在进化过程中演变成草食动物，所以也需要被放牧在户外找草吃。

米勒夫妇从事有机农场的决定主要是出于获利考虑，而非出于哲学与价值。但就算不是如此，加拿大相关的有机标准也十分薄弱。加拿大的有机指导规范指出："请实行自然的生殖方法；不过，人工授精也被允许。"另外，还有"除了泌乳的乳牛之外，持续限制牲畜行动是不被允许的。"

结果就是，在米勒夫妇的乳牛牧场里，人工授精与乳牛的"持续限制行动"成为标准模式。了解有机农业的历史也许能提供一些帮助。

"有机" 的真实意涵

"有机"这个词在 1940 年代首次使用在食品上，而创造这个词是为了回应人工肥料和农药的发明。然而，一直要等到 1960 年代，有机的概念才逐渐风行，直到 1970 年代，独立的认证机构才开始着手进行有机认证。美国农业部（United States Department of Agriculture，USDA）

在当时与有机还没有什么关联，要到很后期才开始慢慢参与其中。

2000 年，美国农业部发起国家有机计划（National Organic Program），并于联邦政府公报中发布相关的规范提案。经过审阅的程序之后，这项规范提案获得四万份来自社会大众的意见评论，美国农业部发布最终版本的国家有机计划规范，同时在 2002 年执行。在美国农业部搜集到的提案意见评论中，消费者对于有机动物农场的关注是一大重点。

美国农业部的规范提案中提及"动物的住所必须拥有遮荫、庇护、活动区域、新鲜空气，以及直接照射的阳光"，但是却没有直接提到"户外空间"。评论者因此抱怨，美国农业部的用字不够清楚。其中一位评论者就做出十分精辟的说明："规范提案中要求，动物必须直接照到阳光，但是这项要求也可以被解读为，在限制牲畜行动的空间里只要加装窗户就可以了。"美国农业部最后让步，在最终版本的规范里加入一条"户外空间"条款。

针对规范提案，民众还发现另一个问题："有牧场可以使用"（access to pasture）相对于"以牧场为基础"（pasture‐based）的差别。规范提案中要求动物必须"有牧场可以使用"，但是评论者表示，这样的用词并不足以点出这些草食动物和牧场之间应该存在什么样的关系。"有牧场可以使用"的说法意味着，动物有机会使用牧场；而"以牧场为基础"的言下之意则是，动物能够生活在牧场上，或是至少长时间在牧场上放牧。

美国国家有机标准委员会（National Organic Standards Board, NOSB）是一个联邦咨询委员会，共有 15 位成员，都是由美国农业部长指派，他们负责对国家有机计划进行审议。美国国家有机标准委员会也同意上述评论者的看法，然而，最后美国农业部仍旧不愿意更改最终版本的用字，因此规范并未改成"以牧场为基础"。

规范提案中还包含一项关于"生产阶段"的条款。评论者担心，奶农可能会说泌乳是属于"生产阶段"，进而滥用这项条款，最终导致乳牛生活在牧场上的权利遭到剥夺。美国国家有机标准委员会这一次同样赞成评论者的意见，但是美国农业部也同样不愿意做出变更。委员会和评论者的担忧果真成为现实，有机乳牛牧场确实以此为由，剥夺乳牛生活在牧场上的权利。

然而，无论是在"有牧场可以使用"，还是在"生产阶段"的条款上，美国国家有机标准委员会之后仍旧持续努力，并于 2005 年再次提出建言。他们主张："我们不能将乳品动物的泌乳视为生产阶段，进而借此作为限制动物行动的理由，让动物无法生活在牧场上。"这一次美国农业部接纳委员的审议，将"泌乳的乳牛"排除在"生产阶段"的定义之外。这项条款成为美国农业部最终版本的"有机牧场取得"（Organic Access to Pasture）规范其中的一部分，而这套规范也在五年之后的 2010 年获得执行。在美国的有机乳牛牧场里，用锁链持续限制乳牛行动的做法（也就是在加拿大米勒农场里的做法）在2010 年正式遭到禁止。

在美国和加拿大的有机规范中，这项与乳牛相关的更新版"生产阶段"条款是两国之间少数的差异。美、加两国的有机标准里，几乎所有其他的内容都如出一辙，包括草食动物一年必须生活在牧场上至少 120 天；换句话说，就是每 3 天要有 1 天。在许多的有机农场里，包括米勒农场，这个"至少"的数目往往直接被视为"最大值"。米勒农场的乳牛一年里生活在户外的天数恰恰就是 120 天，不多也不少。

秋天的时候，我回到米勒农场，见证乳牛生活在户外的日子。

我很高兴地看到，现在在农场的景观是一片草原，是没有积雪的秋熟气息，和冬天一片荒芜雪白的景象截然不同。乳牛群的生活也截然不同，它们在原野上漫游。原野上的绿草沾点着露水，草原的边界种植一排橘色的南瓜，还铺着宛如一块块红色地毯般的落叶。眼前宽阔的景象告诉我，在第一次造访这里之前，我确实有所误解。然而，在第一次造访之后，我对这里还是有所误解。

在我第一次造访米勒农场之前，误以为"有机"就是优良的代名词，而在第一次造访之后，我的误解则是"在有机农场和非有机农场里，对待动物的方式并没有什么差别"。就像米勒牛奶工厂的工人肯和丹妮儿一样，他们也有这样的误解。

假如米勒农场不是有机农场，这些乳牛就不只是一年有 2/3 的时间要被绑在牛栏里，而是所有的时间都要被绑着。正因如此，120 天户外放牧的要求确实是有机农场和常规农场之间的重大差别。

如果要让"有机"的意义更显著的话，户外放牧的要求就应该更严格，要做到像欧洲一样。奥地利的有机标准就明确规定，动物在一年内至少要有 180 天生活在户外，也就是每 2 天要有 1 天；瑞士的有机标准则要求，夏天里每个月至少要有 26 天动物能够生活在牧场上，而在冬天里则是每个月必须有 13 天。

如果米勒农场这样就是有机，我真的很好奇常规农场究竟会是什么模样。

布瑞克应该会有答案。

02

蛋的悲歌

自相残杀的红头冠

布瑞克办公室的铝墙都贴着壁纸，每一张壁纸都已经发皱、泛黄，除了一张例外：这是一张过期的月历，上面印着一位上身赤裸的女郎在海滩上手舞足蹈。布瑞克抬高双脚放在乱七八糟的桌上，巨大的咖啡色靴底就在我的面前。他左手拿着一杯热腾腾的黑咖啡，右手夹着一支燃烧殆尽的烟。布瑞克对所有的事情都有意见想要发表，永远没完没了。

"禁止酒驾的法令扼杀了乡村地区民众的生活。现在人们不能在外面喝酒，然后开车回家，所以只好在家里喝。然后丈夫就打妻子，妻子就打丈夫，有些人还因此自杀！我不该被禁止在餐厅里抽烟。人们已经丧失理智了……"

"我的身上永远都会带着打火机，不只是为了抽烟，我也会用打火机烧垃圾，因为我不希望垃圾最后被送到掩埋场。这个世界上有太多的垃圾，掩埋场装不下。如果你有兴趣，我也可以让你烧一些我的垃圾看看。我是很环保的人，而且我也是自由派，我不喜欢战争……"

"我很怕看牙医，但是你知道什么东西比根管治疗更可怕吗？答案是女生的那些事，像是逛街买东西之类的。我去买东西的时候，一次都会买 24 双袜子，这样我就再也不用买袜子了。我很讨厌买东西，但是我喜欢女孩子。我最喜欢的城市就是拉斯维加斯，我去过拉斯维加斯 35 次，也许将近 40 次了。我每次去都要和一个喝醉的女人玩耍，我年轻的时候追着那些疯女人、赌博，然后享受所有美好的事物，我并不觉得喜欢年轻女孩有什么不对……"

也许因为我是年轻女孩，布瑞克才会同意让我来参观。不过，他原本以为我的年纪更小，他在麦可的生日派对上以为我只有十八岁，当他得知我的真实年纪时，下巴都快要掉下来了。我一共打了四通电话给他，才成功安排今天的参观。

"我今天真的很忙。"两天前，布瑞克在电话里叹气道，"明天再打给我。"

"今天不太适合。"前一天他又抱怨道，"明天再打给我。"

"今天不错。"当天早上，他开心地说，"晚一点再打通电话给我，看看我到时候在做什么。"

"我也许可以拨出一些时间给你。"在最后一通电话里，他语带保留地说。

在布瑞克改变心意前，我赶紧抵达他的办公室。而现在，我已经听了他五花八门的闲聊超过一个小时了，甚至还得知他买袜子的特殊习惯。最后，我请他带我参观他的蛋鸡场一圈。

"当然没问题。"布瑞克说。

初访蛋鸡场

我们钻进布瑞克脏兮兮的吉普车里，经过一长排又一长排的云杉和雪松树，积雪覆盖的田野在夏天种的是玉米、黄豆与小麦，玉米作为鸡饲料，黄豆和小麦则是经济作物，可以卖到市场上。在缓慢而蜿蜒的半小时车程后，我们已经绕行农场一圈，布瑞克把车开回他的办公室。我感到一阵失望，因为布瑞克并没有在蛋鸡场停车。

原先我并不知道，但是这位农场第四代主人布瑞克其实有在蛋鸡场前停下车，而且他也是从那里出发的。布瑞克的蛋鸡其实就在他的办公桌后方，在贴了壁纸的铝墙另一边，在这栋锈棕色建筑物的另一端。那里没有任何窗户，感觉也似乎没有尽头，我们从一开始就一直在蛋鸡场里。

"如果你想，可以拨打布瑞克名片上的电话。"我回想起麦可曾告诉我的话，"但是我觉得你只是在浪费时间而已，你会听到他说一堆废话，然后布瑞克还是不会让你看他养的鸡。"麦可认识布瑞克已有25年的时间，而他从未看过布瑞克养的鸡。相较之下，我才认识布瑞克短短几个小时，又有什么机会做到连麦可都无法做到的事呢？

布瑞克又继续和我交谈，时间飞快流逝。我们两人的行为举止大多恰恰相反，我比较安静、含蓄，而他既热情又风趣，既喜欢斗嘴又乐于发表自己的意见，不过我们之间的对话就像流水一样顺畅。转眼间，我都没有意识到已经 5 点了，布瑞克把双脚从桌上放下来，准备回家。然而，他对蛋鸡场的保密反而让我更加好奇，所以为了瞧上一眼，我做出最后一搏。"你喜欢动物吗？"我问他。

"当然喜欢。"布瑞克回答道，他的眉毛惊讶地上扬，因为这个问题和他正在讲的故事毫不相干，这个故事说的是他小学六年级时被留级，他觉得很丢脸。"我靠动物养家糊口……你总是得做你该做的事情来养家糊口。"

"我可以看看你的蛋鸡吗？"

布瑞克的表情变得难以解读，脸上的各种纹路形成一道闭锁的样态，嘴唇也终于紧闭着，呈现出一条横亘的直线。他静静地坐了好一会儿，然后把他的皮椅往后一推，接着跳起身，朝着办公室外的方向走去，接着一把推开紧邻的一扇门。

不见天日的格子笼

一阵腐臭味。

味道既馊又恶心，仿佛将我们向外推了一把；然而，又像是将我们一口吞噬，吞进这个巨大金属机器的肚子里，肚子里的内脏是上千个笼子，这些笼子排列成一望无际的三排。就像仓库里的货架一样，每一排又分成四层，每一层都由两组前后相邻的笼子组成，就像是杂货店的货架一样，走道的左右两侧都可以放置商品。一个笼子差不多是一台微波炉大小，但是里面却塞进 4 到 5 只蛋鸡，整座蛋鸡场里总共有13 000只蛋鸡。

这些鸡的赤红色鸡冠仿佛皇冠一般庄严，和四周围绕的钢板对照之下，宛如一张干枯的脸庞画上鲜红的嘴唇。所有的蛋鸡都有着鸡冠，但却不是所有鸡的身上都覆盖着罗得岛红鸡（Rhode Island Red）该有的赤褐色羽毛。许多蛋鸡的身上都只有薄薄一层绒羽（外层羽毛下方的纤细羽毛），看起来像是一件大衣没有表层、只有内里，穷酸而蓬头垢面。有些蛋鸡则完全是粉红色的，胸部和背部秃了一整圈，尤其是脖子的地方。当秃到只剩下几根钉子状的羽毛时，它们的脖子看起来纤细得可怕，只有25分加币宽的直径，仿佛一株没有叶子的树苗在花盆里枯萎，而主人也忘了把花盆拿到太阳底下。

这里没有太阳。这里也没有窗户，而且阳光甚至无法从排气风扇照进来，因为风扇的叶片上覆盖着一层厚厚的灰尘、沙土和羽毛。黄色灯泡从天花板长长的电线上垂吊而下，但是这些灯泡既低矮又昏暗，一点也不够明亮，黄疸色的灯光完全不足以取代阳光。

笼架是冰冷、钢铁般效率的缩影。蛋鸡从笼子后方的滴管喝水，它们吃的是一粒粒黄褐色的饲料，饲料槽就附着在笼子外的前端。蛋鸡的头上有一条粪便传送带，里面盛装着上一层蛋鸡的排泄物，而蛋鸡的脚下踏的则是格网状的平面，平面稍微有点倾斜，这样它们生的蛋才会自动滚到笼子外和饲料槽平行的蛋槽上。每个笼子都是一个狭小、自动化又一应俱全的黑色箱子。

像这样的笼子被称为格子笼，英文是battery cage。这里的battery

指的是一连串、一系列相同的东西，因为格子笼的数量往往十分庞大。battery 这个词也隐含着军事的意味，好比说 artillery battery 指的就是一整排的枪支或飞弹（artillery 是"火炮"的意思）。这个词汇和战争的联结在这里也非常合适，因为：首先，格子笼是第二次世界大战之后才在北美开始进行商业上的使用；其次，格子笼背后的概念其实就是控制与监禁。

在格子笼发明之前，蛋鸡都是成群住在小小的后院里。笼架的出现让饲主比较容易找出所谓"打混"的蛋鸡，并且予以淘汰，因为这些"打混"的蛋鸡产量太低，所以它们的存在并不符合经济效益。然而，打造笼架的材料相当昂贵，所以蛋业很快就想到：把好几只鸡养在同一个笼子里可以节省成本，即使这就等于是无法淘汰"打混"的蛋鸡。结果，一个笼子里的蛋鸡数量开始成长到两只，然后是三只，到了今天，平均一个笼子会养四到十只，至于笼架的层数则是从四到八层都有可能。

鸡群看见布瑞克和我走在走道上，于是开始胡乱发出刺耳的叫声，它们尖锐、凄厉的鸣叫在金属之间回荡得愈来愈大声。蛋鸡一窝蜂地涌向鸡笼昏暗的后方，彼此相互踩踏，努力隐藏自己。

我之前曾严厉评断麦可的乳牛牧场，关于乳牛颈部的锁链、排便训练器、粪沟等。然而，和布瑞克这座堆叠的、发臭的仓库相比，米勒农场仿佛是天堂的一片净土。麦可的乳牛至少一年中每三天会有一天的时间能踏出户外，相较之下，布瑞克的蛋鸡永远都住在狭窄的笼子里，直到它们被屠宰的那一天。麦可描述得没错，布瑞克的鸡蛋生产作业"非常不人道"。

我们才进来不久，布瑞克就催促着要离开，而我在离开后不久，就想要再回来看一看。我想要，甚至可以说是需要弄清楚，我到底看到了什么。

我住的地方到布瑞克的农场将近要三小时的时间，所以每天当日往返并不是可行的选择。在我看来，如果要了解布瑞克的事业，唯一的方法就是住进他家。然而，这个想法让我感到紧张，因为我根本还不怎么认识他，除了晓得他喜欢年轻女孩。而且之前住在米勒夫妇家里的经验简直就是一场灾难。

陌生的 "农场国"

我鼓起勇气，在两个礼拜之后打电话给布瑞克。

布瑞克已经不记得我是谁了，他用狐疑的口吻和我说话，仿佛我是一位电话推销员。

我提醒他，我们曾在他的办公室里聊了好几个小时。"你还记得吗？"

"嗯，大概吧……"他回答道。

由于布瑞克的记忆模糊，所以我知道自己可能会显得有些莽撞和冒昧，但我还是小声地问道："我可以去和你住几天吗？"

我以为布瑞克会问我为什么，任何人都应该会询问这个问题，但是布瑞克并没有，他像是早已预料到这个请求。"我这个礼拜非常忙。"他叹了一口气，"下个礼拜再打电话给我。"

下个礼拜："我太太去参加她叔叔的葬礼，下个礼拜再打电话给我。"

再下个礼拜："我的烟囱有点坏了，不过没问题，你在一个礼拜之后可以来。"

一个礼拜以后，当我抵达他所在村庄里的公车站时，我很担心布瑞克会认不出我。结果正好相反，他以一种很用力的方式拥抱我，通常这种拥抱只会留给家人。他不费吹灰之力地举起我的行李箱，仿佛行李箱只是一个枕头。接着，他邀请我一起吃晚餐，地点是他家方圆三英里内唯一一家餐馆，店名叫作货车休息站（The Truck Stop）。

这家餐馆名副其实，顾客大多身材壮硕，老板则是体毛浓密。我们的座椅有点裂开，而布瑞克的食量几乎就像麦可的乳牛一样大。他狼吞虎咽地喝了两杯热巧克力、一碗火腿蔬菜浓汤，还吃了一份超大的排骨鸡翅拼盘加薯条。吃薯条的时候，他先是用盐罐撒上盐巴，小心翼翼、有条不紊，看起来就好像是一颗卫星运行。

我从未看过任何人在一餐里吃这么多的食物、这么多的盐巴。"我知道盐对身体不好。"布瑞克注意到我瞠目结舌地看着他，于是耸耸肩这么说道。在他把盘子里的所有东西都吃得精光之后，账单上附了两支棒棒糖，他分了一支给我。（他先吃了他的棒棒糖，然后盯着我的看，于是我就把我的棒棒糖给了他，而他也高兴地收下了。）

然后他开着吉普车带我回家，而我很惊讶地发现，他的家其实还不错（因为他的办公室感觉像是废弃的一样，所以我原本已经紧张地做好最坏的准备）。布瑞克的家是一栋两层楼的红砖房舍，车库可以容纳三辆货车。他的妻子正站在门口迎接我们。

珍·罗伯兹（Jane Roberts）有着一头金发、身材丰满，而且就像麦可描述的那样，她是一位"非常好的女士"，行为举止充满母爱，声音宁静平和。布瑞克的脸上布满深锁的皱褶，像是一座山脊由咖啡因所雕刻，沟壑则由尼古丁所切凿的峡谷；相反地，珍的脸庞只有一抹淡淡的痕迹，像是蜘蛛网般的细线做成的一块拼布。无论是从外表或个性来看，布瑞克和珍都不太像是一对夫妻，而他们的邂逅也十分特别。布瑞克之前雇用珍与她的朋友，协助将蛋鸡运上货车送去屠宰，当时布瑞克和珍就已经看对眼了。几年后，布瑞克已经不那么常去拉斯维加斯追那些"疯女人"，于是他和珍就在四位宾客的面前许下婚誓，当时两人都是三十岁。

珍像是一撮糖一般，撒落在布瑞克这个盐巴上，即便她自己很少吃糖，也很少吃盐。就算在货车休息站用餐，她点的也是生菜色拉，通常是凯萨色拉。不过，最近几个月，珍愈来愈少去货车休息站了，因为她每个礼拜会有一个晚上参加体重控制课（Weight Watchers）的聚会。自从加入这个课程以来，她已经减重 30 磅。布瑞克只管把体重控制课当作一个"胖子营队"，不过他很小心地警告道："不可以对珍说我把那堂课叫作'胖子营队'！"

珍几乎没有不喜欢的蔬菜，而布瑞克则是几乎没有喜欢的，他可以忍受的蔬菜只有两种，偶尔吃芹菜，常常吃马铃薯，不过他喜欢的是薯条形式的马铃薯。因此，布瑞克和珍在饮食习惯上的差异非常显著，但是如果与两个人在烟、酒及咖啡上的差异相比，饮食的差异还算是微不足道。

　　珍不抽烟，她说"这一带的人都抽太多烟了"，而布瑞克自己设定的抽烟额度则是一天五十支。珍偶尔啜饮一杯加入牛奶调和的咖啡，布瑞克则是每天灌下十几杯黑咖啡，即便咖啡因已经让他夜不成眠、白天睡眼惺忪，眼中布满如树枝般交错的血丝。珍只在社交场合喝啤酒与葡萄酒，布瑞克则非常喜欢喝酒，他在地下室的酒窖里贮存着数百瓶红酒和白酒。

　　布瑞克和珍的家里还住着德科斯特与莉兹，德科斯特是一只肥胖贪睡的猫，莉兹则是布瑞克心爱的黑狗。"在这里最重要的一件事，就是要好好疼爱莉兹。"布瑞克一边告诉我，一边拍着莉兹的头，"一定要让莉兹开心才行。"这听起来有点古怪与讽刺，布瑞克在笼子里关了13 000只的蛋鸡，但是宠爱莉兹的程度却胜过疼爱自己的两个儿子：尼克（Nick）与威尔（Will）。

　　尼克现年23岁，身材壮硕，留着邋遢的胡子，像是年轻版的布瑞克。威尔20岁，长得很高，一脸睡眼惺忪，即使在家里也戴着一顶橘色棒球帽，上面的图案是一名女子婀娜多姿的黑色轮廓。

　　"尼克和威尔就是你的乡村向导了。"布瑞克还没有先问过他们，就这么对我说道，"你想做什么，他们都会帮你，你想去哪里，他们也都会带你去。"

威尔打算晚一点带我去洗他朋友家的热水按摩浴缸。"你有男朋友吗？"他问道。

"没有。"我回答。

"我也单身。"他透露道，"算是吧！"

尼克也在不同的时机单独问我相同的问题，同样分享了他单身的状态。

布瑞克把他最喜爱的收藏留到住家参观的最后。他站在客厅的楼梯下方，从一个装饰精美的罐子里掏出传家之宝：一把来复枪。珍的母亲曾经用这把枪打死阁楼上的松鼠，不过这把枪现在存在的目的并不一样，而且听起来更为黑暗。

"我不相信只要锁上大门就没事了。"布瑞克说道，"如果有不该进来的人闯进来，那就是这把枪派上用场的时候了。如果你看到有陌生人闯进来，你也可以用。"布瑞克用手指拂过这把已经上膛、长而生锈的武器，仿佛这是一支拉拉队的指挥棒一样。我悄悄地退到一边。

话题从射杀陌生人转移到猎杀动物的乐趣时，布瑞克的双眼顿时发亮，声音也变得像棉花糖一样松软。"我的冰柜里有一只鹿。"他说道，"你可以带一些走，带回家送给家人。"

我婉拒了他的好意。

布瑞克继续说着，他有时候是一个人去打猎，有时候则是和威尔一起。六年前冷风飕飕的冬天里，威尔猎杀了他人生中第一头雄鹿，这起事件在厨房里还有一张裱框的照片作为纪念。在这张照片里，布瑞克的手臂环绕着威尔的肩膀。当时威尔十四岁，脸上还露出害羞、腼腆的微笑，他抓起鹿角，高举着雄鹿的头拍照留念。其实对旁观者而言，把雄鹿的头举起来似乎没有什么必要，因为如果没有看到雪地上的斑斑血迹，这头年轻的雄鹿看起来好像还是活生生的，它漆黑的双眼正炯炯有神地直视相机的镜头。

　　自从第一次捕获猎物以来，对威尔来说，打猎已经从休闲变成一股热情，甚至几乎可以说是一项专业。不过，威尔现在猎杀的已经不是鹿了，而是郊狼，因为"如果你割下郊狼的耳朵拿到镇公所，证明你猎到郊狼，一只郊狼就会给你一百美元"。

　　割下动物的耳朵是打猎必备的基本功夫，至少就威尔来说正是如此。他一共有六只猎犬，买的时候价格总共是一千美元，有几只是从美国送来的，六只猎犬都佩戴着装置全球定位系统功能的项圈。这些项圈会变成几个小点，显示在威尔货车的屏幕上。于是，威尔就可以舒服地坐在车上，一手拿着一瓶啤酒，另一手则夹着一支香烟，他的来复枪静静躺在副驾驶座上。他只要跟着屏幕上的小点就好了，就像跟随任何其他种类的全球定位系统导航一样。

　　布瑞克把枪放回绘制花卉图案的罐子里，并且警告我："别对任何人说我们有枪，我们是不能有枪的。不过，如果你有空想要和我一起打猎，我也会让你试试看。"

我感觉像是来到了一个陌生的国度。"农场国"仿佛是另一个国家一般，有自己的传统和习俗，人们从事不同的职业，还有不一样的嗜好。

一桩桩的折翼意外

隔天早上，我起床时觉得一阵背痛。我的床铺凹凸不平，而枕头的填充物像是面包屑一样破碎。

布瑞克每天吃早餐的地方，周围环绕着货车、吉普车、雪地摩托车、小艇、椅子、曲棍球杆、啤酒桶，以及啤酒和汽水喝完后的瓶瓶罐罐，他坐的位置则是一把成功塞进车库的野餐椅。"我每天一早一定要抽一包烟，但是珍不准任何人在室内抽烟。"他向我解释道，"你早餐想喝什么？啤酒还是咖啡？"

我拒绝了这两个选项，选了一根香蕉和一颗橙子，这让布瑞克感到有些困惑。

布瑞克一手夹着一支香烟，一手拿着一杯装满咖啡的啤酒杯，他还是穿着同一件牛仔衬衫，前一天晚上同样是这一件，我在他办公室的那个下午也是这一件。这件衬衫在多年前原本是硬挺的蓝色，现在已经发白、破损了，腋下附近晕染黄色的汗渍，其他地方还有各式各样的脏污。不过，如果和布瑞克的海军蓝长裤相比，衬衫的状况还是比较好的：长裤在臀部的中间破了一个洞，露出圆点图案的四角内裤。和布瑞克讲话的时候，我都不知道应该看哪里。

"我们去办公室，看看保罗（Paul）有什么事情给你做。"布瑞克快速大口喝下两杯咖啡之后说道。

保罗的身形壮硕，有着方下巴，他从 14 岁开始就为罗伯兹一家人工作到现在，最初是布瑞克的父亲雇用他，让他在放学后和暑假期间来这里打工。布瑞克当时 18 岁，不久之后他在一场致命的意外中失去了父亲，但是他也得到了保罗。保罗很快就成为布瑞克"最好的朋友"，而且因为布瑞克是独子，所以保罗和他"几乎就像兄弟一样亲近"。保罗现年 50 岁，他每年都会和罗伯兹一家人一起度假（通常是去加勒比海一带），珍每天都为他准备午餐，而对布瑞克和珍的孩子们来说，他永远都是"保罗叔叔"。保罗负责蛋鸡场的工作。

保罗通过一个大型控制面板操作蛋鸡场。经由拉动或是按下控制面板上的把手和按钮，就可以喂蛋鸡吃东西、把鸡蛋装箱，以及倾倒鸡粪。事实上，控制面板可以完成所有的任务，除了从笼子里取出死鸡以外。因此，取出死鸡就成为保罗在每天早上的第一份差事。那天早上，我就协助保罗做这件事。虽然和大部分的日子相比，当天早上的这份工作算是比较容易的，因为蛋鸡是新的一群，一个礼拜前才被关进笼子里，身上也都还保有完整的羽毛。它们还没有把彼此啄得赤裸裸，身上一块一块粉红的，和我上次看到的那一批蛋鸡很不一样。

原来那一批蛋鸡在我来的两周前就送去屠宰了，它们 18 个月大，而这在蛋业是标准做法。它们身上大部分的部位，包括背部、脖子和腿，会被运往中国，形成一个跨国、复杂而难以管控的食物链环节，而身体的其他部位则是卖给麦当劳（McDonald's）做成鸡块。（麦可的乳牛也一样。麦可认为，乳牛在拍卖会上售出之后，主要也都是由麦当劳买下，最后做成汉堡肉。有机牛奶的价格比一般牛奶还高，但讽刺的是，在被屠宰之后，有机饲养的乳牛却反而成为全国数一数二的廉价食品来源。）

在操作控制面板上的一些把手和按钮后，保罗走下笼架之间的第一条走道。他走得很快，所以并没有注意到一只显而易见的死鸡。我提醒他，用手指着血肉模糊的尸体，尸体像一块地毯般占据半个笼子。于是保罗往回走，把死鸡从笼子里取出。当他取出死鸡的时候，笼子里还活着的蛋鸡就会齐声发出尖锐的叫声，宛如一曲音调失准的悲鸣。

这声悲鸣让人不寒而栗，我连忙跟跄地跟上，走到保罗的前面。才经过几个笼子，我又发现另一只死鸡。它的头呈现毫无生气的死灰色，悬挂在笼架的门和墙壁之间旋转铰链的窄缝里。

"它把自己吊死了。"保罗一边说着，一边把死鸡的头从门上的窄缝中移出来，"它大概是因为无聊，所以把头伸出来，然后就意外卡住了。通常它们一旦卡住就会死掉。如果是卡在非常小的空间里，它们会窒息，就像这一只；如果是卡在比较大的空间，它们不会窒息，但是会饿死，因为它们吃不到食物，也喝不到水。吊死是这里的三大死因之一。"

吊死？我之前从来没听过动物会吊死，而且我也不相信竟然会存在这种动物死亡的形式。但是，现在我却不得不相信。因为才经过几个笼子，又有另外一只同样"吊死"的蛋鸡。如果保罗及早注意到这些鸡被卡在笼子里的话，这些吊死的意外其实可以避免。然而，这些被卡住的蛋鸡却是每分每秒地受苦，最后一点一点地挨饿、脱水致死。

"另外一项死因会发生在我们把鸡放进笼子的时候。"保罗继续说道。他的语调听起来十分轻松愉快，仿佛我们正漫步在苹果园里。"工作人员太快把它们放开了，有时候蛋鸡会因此折断腿或翅膀。不过，它们并不是因为受伤而死，而是因为受伤无法站起来吃东西或喝水，最后才会造成死亡。"

保罗的手上又多出第三具尸体。"但是，最主要的死因是内脏外露。"他说道，"内脏外露指的是内脏从身体里被推出来，主要是因为蛋鸡年纪大了，已经生下太多的蛋。"

内脏外露是因为蛋鸡下的蛋太大，以及太早就开始下蛋的缘故，而这两项都是蛋业趋之若鹜的基因特征，因为消费者喜欢大颗的蛋，而且年幼就可以下蛋的鸡比较符合成本效益。虽然内脏外露主要是出于基因的因素，但最终死于内脏外露却是外部环境造成的，笼子里的其他蛋鸡会啄食外露的鲜红、粉红色内脏，最后导致蛋鸡在痛苦、折磨中死亡。

保罗和我还没有走多远，布瑞克便忽然出现在我们的身后。布瑞克是来请保罗协助处理办公室里的一些工作的，保罗表示没问题，然后就跟着布瑞克往大门走。于是，在我们还检视不到十分之一的笼子前，这场死鸡搜寻任务就告一段落了。然而，光是在前几个笼子里，即使这些蛋鸡都还非常年幼，而且我们还没有开始搜寻几分钟，就已经发现了三只死鸡。

"你刚才发现的死鸡，我一只都没看到。"保罗告诉我说，"你很会找死鸡喔！"

我试着用微笑响应这句赞美。

那天下午，保罗又找到另外三只死鸡。然而，这样的成果与其是在证明保罗的速度快，倒不如说是蛋鸡的死亡率很高，因为保罗并不善于发现死鸡。一部分的原因在于，他通常都是草率地快步走过笼架；另一部分的原因则是，他只会扫视四层笼架里的第二层和第三层。

如果要观看最下层靠近地板的笼子，我们就需要不断停下来、弯腰和眯着眼睛，因为这些笼子距离天花板垂吊的灯泡太远，所以显得很昏暗，有太多的阴影。最高层的笼架则完全相反，这些笼子够明亮，但是却架得太高，比眼睛的水平视线高出许多，笼子的顶部已经很靠近十英尺高的天花板了。这就表示，保罗只有在闻到"有什么东西腐烂"的味道时，才会往最上层的笼子观望。由于蛋鸡场里充斥着各种气味，这也就表示第四层笼架里的死鸡往往得腐烂好几个星期后才会被发现。

从第四层笼架取出死鸡需要一种类似攀岩的技术，而保罗也示范应该要怎么做给我看。他先抓住第三层的饲料槽，并且一只脚踩到第二层饲料槽上面，接着再吃力地挺起身，双眼望进第四层的笼子里。但是，他只有几秒钟的时间可以扫视笼架，寻找死鸡的尸体，因为当蛋鸡一看到他庞大的身躯挡住光线时，就会开始恐慌躁动，而这时候的它们会疯狂甚至歇斯底里地拍动着翅膀，掀起一股充满灰尘和羽毛的风暴，这股风暴不仅催泪，也会遮蔽视线。

　　"现在换你试试看了。"保罗一边爬下来，一边对着我咳嗽，身体剧烈起伏着。

　　我在心里暗骂一声，而后移动几步，希望不会惊动刚刚才被保罗吓到的同一群蛋鸡。接着，我抓住第三层饲料槽，脚也踏上第二层饲料槽，然后直起身，就像保罗刚才的动作一样，最后双眼朝着第四层笼架望去。这时候我眼前的蛋鸡立刻开始跳到其他蛋鸡的背上，它们像是从盒子里弹跳出来的吓人玩具一样，每一只都抓狂般地想要逃跑。

　　但是，它们无处可逃，它们一生就只能待在这个由栅栏、墙壁和格网构成的生锈金属箱子里。我第一次感觉到，自己在那里就像是一只怪兽……

自相残杀的 "流行病"

　　我喜欢保罗，就像喜欢布瑞克一样。保罗非常有礼貌、有耐心，他十分健谈，也很信任别人，有时甚至有一点天真。布瑞克的妻子珍描述得没错，她说保罗就像是一个"大孩子"。我开始喜欢跟着保罗在蛋鸡场里走来走去，也非常开心地看到保罗似乎很高兴有我的陪伴。奇妙的是，我们的友谊是建立在早晨一同清理死鸡的任务上。

保罗在控制面板上转动三个把手（一个把手对应一排的笼架），接着十二条粪便传送带（每一层笼子都有一条粪便传送带）就开始启动运转，很像机场的行李输送带，只不过这里的行李都是黏糊糊的鸡粪。粪便传送带会把鸡粪输送到建筑物的后方，不锈钢刀片会在那里把鸡粪从粪便传送带上刮下来，集中到下方的中央粪便传送带上。接着，中央粪便带会像云霄飞车一样陡峭爬升，进入高墙上的一个狭小隧道里，然后再把成堆的鸡粪倒入外面的一个深坑之中，这个坑洞可以容纳两万立方英尺的废弃物。

保罗是整个输送过程的保养维修员。他坐在蛋鸡场后方的一个三阶板凳上，手里拿着一个像是雨刷的器具，他定期用这个器具清理不锈钢刀片，让刀片可以更有效地刮除粪便。

我在第一时间看见这些蛋鸡时就注意到一件事，当我静静站着不动时，就忍不住盯着它们的嘴喙仔细端详。它们的嘴喙只剩了厚钝的嘴基，前半部的尖端不见了，而剩下的后半部很像是噘嘴的下唇，带给人一种奇怪的感觉，仿佛这些鸡正在生闷气，但是这种形容却又很贴切。除了它们愁眉苦脸的表情以外，每5只鸡就会有1只的嘴喙上面附着黑色结痂的硬皮。那是干涸的血迹，之所以会流血，是因为布瑞克为蛋鸡去喙的时间比较晚，等到它们长到 8 周大了才切除，而这时候它们的嘴喙早已发育完全，也已经有感觉了。

去喙的时候需要使用一台名叫去喙机的机器，这台机器会用高温的刀片把嘴喙切除。一般相信，整个过程会带来极大的痛楚，因此在瑞士、瑞典、挪威、芬兰及丹麦是禁止去喙的。这项禁令的通过，展现了欧洲国家对科学根据的尊重。然而，这也和美国与加拿大蛋业的做法大相径庭，美国和加拿大的蛋业者认为，去喙是一种惯常甚至是必要的做法。这些蛋业者相信，去喙可以疗愈一种重症，就是蛋鸡之间的自相残杀行为。就像其他类型的重症一样，在美国和加拿大，蛋鸡自相残杀已经进行过诊断，而根据诊断的结果，无论是预防还是治疗都需要多管齐下。去喙只是第一个步骤而已，其他的步骤还包括在笼子两侧竖立墙面，以及将灯光调暗。

"如果有一个笼子的鸡开始啄来啄去，"布瑞克告诉我说，"其他笼子里的鸡也会开始模仿，最后所有的鸡都会彼此攻击。这些坏家伙会开始自相残杀，有时候还会啄咬对方。它们好像变成食人族一样，就像是一种疾病。这种病症的传染速度非常快，最后可能会演变成严重的问题。我们并不希望变成这样，这就是为什么每个笼子的两侧都是墙壁，而不是栅栏，因为这样蛋鸡就看不到左边和右边的笼子。一旦它们看不到其他的鸡在做什么，就不会去模仿，它们只能看到笼子的前面和后面……灯光也非常重要，我们把灯光调暗，这样蛋鸡就相对没有那么活跃。如果灯光明亮，它们就会变得比较活跃，然后更会去啄咬其他鸡。它们是一群坏家伙。"

蛋鸡的自相残杀扰乱蛋业，其中固然有蛋鸡的生活环境因素，但是也存在着先天的因素。在自然的生活条件下，蛋鸡会远离恐惧或挫折的根源，然而在笼子里它们却无处可去，所以只好采取攻击行动。

自相残杀的先天因素是指，其实不只是笼饲蛋鸡，非笼饲蛋鸡也会啄咬其他的鸡，有时候甚至会导致死亡的情况发生。

20世纪初，蛋鸡就像其他的鸟类一样会孵蛋。它们会在窝里，坐在自己生下的蛋上，保护这些鸡蛋免受侵袭，这是鸟类与生俱来的母性。然而，蛋业想要追求更高的鸡蛋产量，于是开始透过基因筛选，保留高产量的蛋鸡，而淘汰低产量的蛋鸡。如此看重产量做法的结果就是，在20世纪中叶时，一只蛋鸡每年平均生下150颗蛋，而到了20世纪末，这个数字已经上升到300颗。

然而，鸡蛋产量和孵蛋的天性（学界称为"就巢性"）彼此呈负相关。当今世上，蛋鸡下蛋的数量比历史上任何时期都来得高，但是它们却只有非常有限的照护能力。鸡是一种好斗的动物，所以先天的基因，再加上后天被关在鸡笼里，使得布瑞克和其他蛋业者必须诉诸各种策略，以减少蛋鸡自相残杀的蔓延与扩散，如去喙、立墙及调暗灯光等。

去喙这个手段特别两难。为了减少蛋鸡相互啄咬攻击，去喙不只是把嘴喙削钝，还要把嘴喙变成隐隐作痛的弱点。蛋鸡之所以会变得比较不常使用嘴喙，原因就和一个人会较少使用受伤的手一样。不过，虽然去喙会造成痛楚，但是如果不去喙，后果就是蛋鸡的自相残杀，结果将会导致更大的痛苦。

超过三亿的禁锢

我待在罗伯兹家的某一天，珍开着货车载我去逛跳蚤市场。我们经过一张又一张桌子，上面堆满各式各样的物品，有橘子、白花椰菜、夹克、陶碗、桌巾及故事书。我们遇到许多珍认识的人，而珍也向他们介绍我，说我是她的朋友，这让我受宠若惊。

"我有一个大我 18 岁的姐姐，"珍告诉我，"她嫁给一个肉贩，所以她也从她的丈夫那里学到了一些技能。后来她的丈夫过世，于是她继续当肉贩。我当时 12 岁，会帮她做生意，因为她希望我可以帮忙。我并没有去屠宰牛，但是我会帮她把牛肉切块。从那时候开始，我就对牛肉产生反感，还有羊肉也是。之后我在养猪场工作，负责母猪的生产，然后也开始对猪肉反感。但是，我不希望我的孩子们产生同样的反感，所以他们从小到大，我什么都煮给他们吃，现在还是一样，只是我不吃自己煮的东西而已。我无法想象自己有一天可以再吃牛肉、猪肉或羊肉，我大部分的时间都吃素。你可能不知道，麦可和艾琳在十五年前也吃素，现在他们已经不吃素了，我不晓得他们吃素吃了多久，不过十五年前他们确实是吃素的。"

麦可和艾琳吃素？珍大部分的时间也吃素？生产肉的人不吃肉？谁想得到会有这种事？至少我完全没想到，而我自己也吃素。

20 岁的时候，我在网络上无意间看到工厂化农场的卧底偷拍影片，从此就决定再也不吃肉了。这是一项重大的决定，因为在那之前，肉一直都是我的主食。从小时候开始，我每天都会吃肉，而且从来没有把肉想成是动物。我唯一一段没有吃肉的时间，就是那五天困难的大一登山健行。当时由于无肉可吃，于是我索性什么食物都不吃了。

当我 20 岁决定从此不再吃肉时，我很惊讶地发现，自己可以选择的食物并未因此减少，反而还有所增加。我用数十种蔬果取代原本吃的几种肉类，而我也喜欢新鲜蔬果饮食所带来的缤纷色彩，以及健康养生效果。

当我在大学观看卧底偷拍的影片时，很好奇为什么影片要夸大不实呢？为什么要凸显个案，而不是普遍的现象？但是，我现在了解了，那些并非个案，我现在就身处在那些影片所描绘的场景和设施之中。

"当我参观一座大型蛋鸡场时，我看到垂垂老矣、已经无法下蛋的母鸡们的处境，我觉得太可怕了。"天宝·葛兰汀（Temple Grandin）博士是一位著名的动物专家与科学家，她在一场美国国家动物农业研究院（National Institute of Animal Agriculture）的演讲中如此说道："蛋鸡是处于精神崩溃状态的一群动物，它们时常对着笼子拍打翅膀，拍到羽毛都掉了一大半……我愈了解蛋业，就愈觉得恶心。在这个产业里，有些已经成为'常态'的做法显然非常残忍，不好的做法变成常态，而蛋业者已经对动物所遭受的苦难麻木无感。当蛋业者询问我想不想买到便宜的鸡蛋时，我的回答是："'如果一件衬衫便宜5美元，但却是通过奴役童工制作出来的，这样你会想买吗?'蛋鸡虽然不是人，但是科学研究已经明确指出，它们也会感觉到痛苦。"

欧洲认同葛兰汀博士的看法。从2012年1月1日起，欧盟全面禁止格子笼的使用。相反地，在大西洋另一端的北美洲，仍然有超过3亿只的蛋鸡（超过95%）继续住在格子笼里。

珍担心目前的情况可能无法持久，也就是美国和加拿大可能很快会跟上欧洲的脚步。"目前在加拿大还没有发生，"她很严肃地说道，"但是在某些美国的州已经开始了，这些州已经不再允许使用格子笼。"

加州、密歇根州及俄亥俄州已经通过立法，将逐步禁止格子笼。

关于鸡蛋，社会上有许多的误解，而市面上也存在许多标签。首先是关于鸡蛋的颜色：许多人认为褐壳蛋比白壳蛋来得健康，而这是从褐色的五谷米和全麦面包所引发的联想。然而，鸡蛋的颜色其实完全取决于蛋鸡的品种，褐壳蛋是由褐色的鸡所生下的（通常是罗得岛红鸡），而白壳蛋则是由白色的鸡所生下的［通常是白来亨鸡（White Leghorn）］。罗伯兹夫妇的鸡蛋是褐色的，只是因为这些蛋是罗得岛红鸡生下的蛋，而这些蛋并没有比白壳蛋来得健康。

其次，我们到处都可以看到"素食饲养"和"omega-3"这些鸡蛋上的标签，就连罗伯兹家用格子笼所生产的鸡蛋都有，但这些标签指涉的只是饲料配方，无关生活条件，所表达的意思只是这些蛋鸡吃的并不是屠宰后的副产品，而且饮食中包含 omega – 3。有些农场会用鱼来喂养蛋鸡，但这并不是健康的做法，因为鱼并不是蛋鸡的天然食物，而且鱼也会在这些蛋鸡所生的蛋里留下一股腥味。

"素食饲养"和"omega – 3"这些标签，只有在搭配以下三种标签之一时才有意义：第一种是"自由活动"，意思是蛋鸡可以在室内自由走动；第二种是"自由放养"，意思是蛋鸡拥有某种程度上的户外行动自由；第三种则是"有机"，这表示蛋鸡除了"自由活动"与"自由放养"之外，同时也符合一些其他的标准。如果鸡蛋的包装上没有以上三种标签中的任何一种，几乎就表示蛋鸡是被关在笼子里饲养的。

认知失调与双重思想的自欺欺人

"未来几年里，我们的蛋鸡数量会从 13 000 只增加到 18 000 只。"保罗在蛋鸡场里这么告诉我。

18 000 只是加拿大蛋鸡场的平均数字，而且远远低于美国的平均数字，在美国，一间蛋鸡场平均拥有超过 30 万只蛋鸡。这些数字本身就已经很惊人了，不过和以往的数字相比，才是令人瞠目结舌。在1960 年，无论是在北美洲或欧洲，大约有三分之二的鸡蛋都是来自数量不到 500 只蛋鸡的农场。

"你们要把新蛋鸡的笼子放在哪里啊？"我问保罗道，同时困惑地环顾四周，"这里已经没有空间放更多的笼子了。"

"我们不会放新笼子啊！"保罗笑着回答，仿佛他从未想过这个问题，"我们还是用现有的笼子。"

噢，这也就意味着，每个如微波炉大小的笼子很快就要塞进六七只蛋鸡，而不只是现在的四只或五只了。对人类来说，这就好比在一张婴儿床上塞了六七个婴儿，而每个婴儿都在吃东西、排泄、睡觉或是站立着，可是这么小的空间其实就只够一个婴儿而已。

"你觉得蛋鸡会想要活动吗？"我问保罗道。

"不会，蛋鸡在笼子里很开心，可以和它们的同伴待在一起。"

科学证据完全不这么认为。一项检视超过 200 个蛋鸡群的欧洲多国政府研究数据显示："传统式笼架无法让蛋鸡满足它们行为上的优先选择、喜好和需求，尤其是筑巢、栖息在树上、觅食及洗沙浴。空间上的极度限缩，也会造成失用型骨质疏松症。"

科学家将蛋鸡描述为一种"不愿意白吃白喝"的动物，也就是与"白吃白喝"型动物相反。蛋鸡的天性倾向于自己努力取得食物，而不是从饲主那里"平白"获得食物。蛋鸡会想要出去觅食，它们并不想懒散地待在笼子里。

"这些鸡都比我们好命！"保罗告诉我说，"但是，每次我们住在城里的朋友看到这些笼子，他们都会开始哭泣。"

保罗边说边笑，好像他说的是一则笑话。而我也报以微笑，假装自己听到的是笑话。

"如果我姐姐来到这里，"他继续说道，"她大概也会哭。我今天和她聊了一下，她自己一个人住，家里养了一只鹦鹉之类的宠物鸟。她非常喜爱这只鸟，她说这只鸟是她最好的朋友，是她的"伙伴"。她爱它爱到在我打电话给她时，还会把电话拿给这只鸟听，要我和它说话！如果是我养一只鸟，这只鸟大概在第一天就会死了。"

保罗以为他身边的这些是什么呢？不也是鸟吗？还是蛋糕，或是僵尸？他的姐姐把鸟拟人化过了头，而保罗则是把鸟物化过头，所以两个人都忘了：鸟其实就是鸟，既不是人，也不是盆栽。

一方面来说，保罗似乎没有把蛋鸡视为活生生的动物。然而，另一方面，他又相信蛋鸡活在笼子里很快乐。但是，如果蛋鸡不是活生生的动物，它们就不可能会感到快乐；而如果它们是活生生的动物，它们生活在笼子里也不可能会快乐。这里有一些心理学的相关概念在运作：认知失调，它指的是一种不舒服的感受，原因出自于一个人抱持着相互抵触的看法，因此他会想要调整自己的信念和态度，借此降低冲突与抵触的程度。

和保罗站在那里时，我想起了奥威尔所写的《一九八四》。在这本小说里，"双重思想"（doublethink）这个词指的是：同时相信两套彼此抵触的真理。"党派里的智者知道，记忆必须从哪一个方向修改，因此他晓得自己是在曲解真实；但是，透过双重思想的操作，他也同时在说服自己，让自己相信真实并未受到进犯。这个过程必须有意识地进行，否则就会不够精确；然而，这个过程又必须同时无意识地进行，否则就会带来虚假的感受与罪恶感。"

保罗似乎在等待我的评论。我沉默不语，而沉默让气氛变得愈来愈沉重。

"我相信如果你真的养一只鸟，它不会在第一天就死掉！"最后我终于挤出这句回答，"至少也要几天的时间。"

"相信我，它在第一天就会死掉。"

氨气、失明与死亡

"一个马达也要五年才会坏一次！"保罗喊道。

这个马达的位置靠近天花板，放在中间那一排笼架的第四层上，它的任务是控制这一排蛋鸡的饲料槽。保罗看到马达出故障不动了，于是挺起身子、清了清喉咙，并且擦了擦眼镜。他和布瑞克在办公室里讨论一阵子，接着从储藏室里拖出一个工具箱和一把梯子，同时吹着口哨。对他来说，马达故障虽然是一起事故，但同时也是一个令人兴奋的偶发事件，让他的工作不再像平常那样一成不变，只是围绕着控制面板打转。马达所带来的挑战就好像是一场出乎意料的惊喜，如同一道闪电，把保罗变成了一个全新的人，一个改头换面的人。

保罗坐在梯子的顶端，用布瑞克建议的黑色油膏润滑着马达。油膏不管用，于是他打开工具箱，开始用工具修理马达。但是，保罗的速度非常慢，坐得也不太稳，因为他不时就得停下来咳嗽，当他大声咳嗽喘气时，脸部的表情十分狰狞，而他的眼镜也会歪斜着滑下鼻梁。

我第一次和保罗见面时，还以为他感冒了，而且是我看过的最严重的感冒症状。现在我知道了，保罗其实并没有感冒。过去三十六年来，他一直都像现在这样咳个不停。他咳嗽的原因包括灰尘和鸡粪里的氨，一开始他只有在工作的时候才咳嗽，而短短几年内，咳嗽就像肿瘤一样扩散到他一天的所有时间中。他甚至没有意识到自己在咳嗽，也不打算用手捂住嘴巴。咳嗽俨然成为了保罗的一部分，就像他的眼镜和棒球帽一样。

我每次进入蛋鸡场都觉得鼻子有鼻音或鼻塞，肺部也充满想要咳嗽的冲动。我的鼻涕像是水龙头似的流个不停，喉咙痒得像是被一大群蚊子攻击一样，而眼睛则是因为不断有灰尘和氨气飘入，所以快速眨动着。我一开始还以为传染到保罗的感冒，后来才发现我的症状总是在进入蛋鸡场时开始，而离开时就结束了。我只能忍受在蛋鸡场里一次最多待上两个小时，没有办法超过这个时间，所以很难想象蛋鸡要被困在那里整整一年，不断吸入来自它们粪便的刺鼻毒气，每一天的每分每秒，直到死亡为止。

在来到罗伯兹家之前，我除了高中化学课以外就没有再听过"氨气"这种东西，但现在我全身上下都非常了解这股恶臭是怎么一回事。"氨气是来自于鸡粪里尿酸的分解。"《世界家禽》（World Poultry）杂志指出，"常见的临床症状包括蛋鸡的眼睛会部分或完全闭合。在严重的案例中，眼睑经常是紧紧合上的。"

"家禽养殖场里的空气可能非常肮脏。"一本关于职业健康与安全危害的书籍指出，"对第一次造访或是偶尔造访的人而言，粪便的味道及氨气的刺鼻臭味有时可能会难以招架……对家禽工作者来说，急性和慢性呼吸道症状包括咳嗽、哮喘、过多黏液分泌、呼吸急促，以及胸痛与胸闷。"

保罗在修理马达的时候跟我说了一个故事，好让我不会无聊。"有一次，大概在五六年前，"他开始说道，语气听起来像是要讲述一起凶杀案，"一次就死了2000只蛋鸡，我们在前一周才把它们放进笼子里，隔周就死了这么多只。我们完全不知道蛋鸡是怎么死亡的，于是就打电话给饲料公司。饲料公司派了一个人，他在蛋鸡的面前挥手。通常如果你在蛋鸡的面前挥手，它们就会往后跳，但是当他挥手时，蛋鸡却都没有往后跳。他就知道出了什么问题，因为蛋鸡的眼睛全瞎了！"

"都是因为氨气，不过并不是因为这里的氨气，而是繁殖场那里的。繁殖场是蛋鸡在18周至20周大之前长大的地方，之后才会交给我们，也就是在它们准备开始下蛋的时候。繁殖场那里的氨气浓度太高，所以蛋鸡才会全部瞎了！"

保罗兴奋地继续说道："不过，有趣的是，在繁殖场并没有人知道蛋鸡已经瞎了。在蛋鸡瞎了之前，它们就已经搞清楚食物和水的供应机制，所以在瞎了之后还是能一如往常地吃喝拉撒。它们是来到这里以后才死的，因为对它们来说，这些笼子是新的环境，搞不清楚食物和水在什么地方。"

虽然保罗可能并没有意识到，但是他的恐怖故事透露出一件事，就是蛋鸡至少拥有最基本的求生智慧。尽管眼睛都瞎了，但是它们在繁殖场里仍然设法求生。

"我们并没有因为那些蛋鸡损失一毛钱！"保罗误解我沉重的表情，于是赶紧说道，"繁殖场免费更换另一批蛋鸡，因为氨气的问题是他们的错。"

逃脱的终点， 还是苦难的起点？

布瑞克看到保罗一直无法修好马达，于是就和他的小儿子威尔走进蛋鸡场。他用肩膀把保罗顶到一旁，然后爬上梯子，蹲在第四层粪便传送带的边缘。接下来的几分钟里，布瑞克皱着眉头，对着马达这边动一下，那边动一下，双眼仔细研究着，两只脚则是晃来晃去，像是一个小男孩正在修理自己心爱的玩具。突然间，他愣住了，因为在走道的另一端竟然有六只蛋鸡正走来走去。

有可能是在一周前，工作人员在把蛋鸡关进笼子时，它们趁机溜出来的，或者是当保罗打开笼子取出死鸡时，它们趁机逃了出来。布瑞克看着它们，感觉这几只鸡正在以它们的自由之身嘲笑着他。"你可以和你的女朋友去把这几只畜生抓起来吗？"布瑞克对着威尔喊道。

"女朋友"指的就是我。对布瑞克来说，"女朋友"和"男朋友"这些字使用之不精准已经达到幽默的等级了。

"我们马上去。"威尔回应道。

威尔朝着这些落跑蛋鸡的方向走去,我则留在原地不动。威尔转过头来要我跟上他,我只好不情愿地照做。威尔和我一起走向蛋鸡,蛋鸡于是分开朝着不同的方向移动,跑到邻近的走道上,轻而易举地逃过我们的追捕。"这些家伙比我们聪明。"威尔做出简短的结论。

威尔于是想出一个新策略,一项"把它们逼到冷却机一角"的计划,这项计划有两个部分与两个角色,我的角色是扮演稻草人。我站在一条走道上,威尔则站在旁边一条,如此一来,当他追赶着一只蛋鸡,在这只蛋鸡准备逃到另一条走道时,蛋鸡永远都会选择没有我在的那一条走道。威尔在蛋鸡的后方追赶,而我又堵在蛋鸡的一侧,我们就能以这种三角包围的方式逐步把蛋鸡逼到墙边的走道,这条走道最后会通往鸡蛋装箱室。蛋鸡会继续跑向鸡蛋装箱室,以为那里是逃脱的终点,殊不知其实那是设计好的陷阱。

在一阵咳嗽、打喷嚏、喘息和汗流浃背之后,威尔与我终于成功地把六只蛋鸡都引诱到了鸡蛋装箱室。接着威尔打开通往装箱室冷却机的门,并且说:"鸡一定会跑进冷却机里。"

果然没错,蛋鸡直接就往里面跑,一只接着一只,仿佛游客想要探索新天地一样。威尔于是跟跄地跑了进去,然后把蛋鸡抓起来,两只手各抓着三只蛋鸡。蛋鸡头下脚上,腿被威尔抓着,像是一个个杂货袋似的。威尔把蛋鸡关回笼子里,他很粗鲁地把它们扔了进去,仿佛这些蛋鸡并不比石头来得有知觉。最后,威尔的手上只剩一只蛋鸡软趴趴地倒挂着，他猛然拉开一个笼子的门，但是却忽然停下动作。

他甩上笼子的门，然后转过头来面对我。他朝向我走来，把手中抓着的蛋鸡向我递来。他一边说道，一边露出慷慨的微笑，"既然你刚才帮我抓到它们，可以让你关一只。"

一瞬间，我的世界改变了。

一场天人交战

在捕捉蛋鸡的期间，我的行为就像是一位毫无用处的共犯，只是犯罪的小喽啰，但是如果我接下这只蛋鸡，我的角色就会从原本的帮凶变成施暴者。我觉得自己陷入两难。

一部分的我对自己说："不要把这只鸡关进笼子。"因为如果我把这只鸡关进笼子里，其实也就等于是我扭断或折断它的腿，它将再也无法行走。另一部分的我则反驳道："把这只鸡关进笼子。"因为如果我回绝威尔热情的好意，也就等于我对蛋鸡展现同情，同时赏了布瑞克一记耳光。

布瑞克已经处理好马达了，现在他正和保罗肩并肩站在梯子下方。这两个男人用一种端详实验室显微镜般的眼神盯着我看，虽然这一切完全不是什么科学，而是一种运动——一场名为"关蛋鸡"的比赛，相当于室内版本的狩猎。这将会是揭露真相的一刻，布瑞克和我都深知这一点。我现在不能退缩，但是我又要如何不退缩呢？

"怎么了？"威尔问我说，"你还在等什么？它不会咬人，如果你怕的是这个。"

"我只是在想，要把蛋鸡放进哪一个笼子里。"我一边说，一边从幻想中回到现实。

我的手僵硬地伸向威尔的手，手指抓住蛋鸡像钳子一样坚硬、与钩子类似的脚。到目前为止，在我待在罗伯兹家的所有时间里，我的身边一直都围绕着鸡，但是我却一只都没碰过。没有人碰过它们，人和蛋鸡之间唯一的肢体接触是发生在死鸡的身上，也就是保罗从笼子里取出死鸡尸体的时候，他接触的永远不是活着的鸡。

当我的手中拎着蛋鸡时，先前我在潜意识里想要保持的距离顿时就像玻璃一样粉碎了。这只蛋鸡感觉就像是我的手的延伸，是自己的血肉。在那一瞬间的接触中，我们彼此产生联结，被串联在一张不分彼此的巨网之上，我内心的意向将决定这只蛋鸡的命运。如果把它塞进笼子里，我的同情心将遭到摧毁，也将粉碎自己一部分的灵魂。我自己，而且只有我一个人，将会为这只蛋鸡往后的处境承担所有罪恶，责难将会永远沉重、惩罚般地落在我的肩上，冷汗布满我的脖子。

蛋鸡静静地倒挂在我冰冷、湿黏的手上，偶尔会产生一阵阵奇怪的痉挛。它剩余的一生可能将在笼子里一天天地干枯，所以我并不想要把它关进已经挤满五只蛋鸡的笼子里。我也不想把它关进第一层或第四层的笼子，因为第一层像是洞穴，第四层像是坟场，前者太暗，而后者有太多发臭的死鸡。最后，我挑选一个第三层，有着四只鸡的笼子。

我不想把手中的蛋鸡扔进笼子，它是我的蛋鸡，我不想抓着它的脚把它丢进笼子里，于是我把它转正。"不要!"，布瑞克大叫道。

但是，为时已晚。

蛋鸡往前一倾，它有着红色鸡冠的头和背部立刻转正。它的目光锁定远处的一点，接着发出愤怒而刺耳的叫声。它试图挣脱我的手，因为我的双手无意识地紧抓着它，接着它展开金褐色的凤凰羽翼。在此之前，我根本没有注意到这些蛋鸡的翅膀，因为它们在笼子里就只能把翅膀收拢在身体的两侧。现在我才看到，原来蛋鸡展开翅膀的宽度比它和同伴们同住的整个笼子都还来得长。

我手中的蛋鸡飞上半空中，接着朝向走道的另一端飞去，美得令人目不转睛。它在远处缓缓降落，接着快速奔跑，而后消失得无影无踪，仿佛它是魔术师的道具一般。

布瑞克骂了一连串十分有创意的脏话组合，对于这只小蛋鸡在大蛋鸡场里的胜利感到恼怒不已。我假装抱歉，内心则是暗自窃喜，因为蛋鸡重获自由（至少就现在而言），而布瑞克仍然信任我。

从布瑞克的观点来看，捕捉蛋鸡的工作就像是某种性格测试，一种进入社群之前的仪式，像是我们一起打了一场猎。在打开笼子的瞬间，我就等于是扣下了扳机，我没有命中自己的目标——没有成功地把蛋鸡关回笼子里，但这个结果显示的并不是性格的问题，只是能力的问题而已。在布瑞克的心中，我们之间已经没有任何距离。捕捉蛋鸡的仪式就像是两个人建立友谊的握手一样。

03 猪肉工厂

泡沫与火焰的危机

　　"我今天过得糟透了。"布瑞克抱怨道，"我一整天都在和枫叶食品（Maple Leaf Foods）的学者开会。我讨厌这些学者，我不能忍受他们的无能。如果有学者饿肚子，我可能还会给他吃东西，但是如果有学者在街上被打，我肯定不会去救他，等他先被好好修理一顿再说。"

　　"哪些人是你说的'学者'？"我打断布瑞克的话问道。

　　"学者就是那些在公司和大学里的人，他们穿着西装坐在办公室里，然后指使农夫应该做什么。他们教我们高产量、低利润模式，以便生产很多的食物，然后用低价销售，他们说这种模式会让我们变得有钱。这种胡言乱语只会让少数的聪明人变得有钱而已，像是枫叶食品和沃尔玛（Walmart）。沃尔玛变得超级有钱，那些人都是混蛋。所以，我从来不去沃尔玛，大家都不该去沃尔玛……在我们的国家里，食品开销还不到收入所得的 10%，而且这个数字还包含餐厅的消费；而在某些国家里，食品开销占收入所得的 50%。在这里，大家都尽可能地挑选便宜的食物购买，然后再拿钱去买三辆汽车和三支手机。人们都已经失去理智了。"

布瑞克说得对：人们在食物上花费了太少的钱。即便人们确实也花费许多钱在其他的事物上，但花在食物上的钱依旧还是太少。

"你认为自己做的是家庭农业，还是工厂化农业呢?"我问布瑞克道。

"嗯……我也不知道……"

布瑞克的鸡蛋生产事业是一座家庭农场，由他自己监督，并且由最好的朋友保罗来运营，但它同时也是一座工厂化农场，无论是从外面还是里面看起来都像是一间工厂。因此，布瑞克是一名家庭工厂化的农夫，这个词汇并没有自相矛盾的意思，反而是很普遍的常态。

"我只知道大型农场会让我感到害怕。"布瑞克说道，"事情很容易不在掌控之中，而且你无法面面俱到。但是，因为高产量、低利润这些胡言乱语，农场未来只会变得愈来愈大而已。"

每次我们聊天时，我总是惊讶于布瑞克的职业和他这个人有多么不相称。他的蛋鸡场和笼子十分残忍，但他却是一个温暖又爱耍小脾气的人，既古怪又贴心。我咖啡色的皮肤在布瑞克的村子里是一个异类，我目前并没有看到半个不是白皮肤的人，但是布瑞克迎接我时给我的拥抱，就仿佛我是专程造访的亲人一样，我像是他住在隔壁小镇的侄女。"你可以叫我'布瑞克叔叔'，知道吗?"他说道，"你现在已经是这个家庭的一分子了。"

布瑞克两个小孩的朋友们都叫他"布瑞克叔叔"，而两个小孩则称呼保罗为"保罗叔叔"。然而，我却无法叫这两个男人一声"叔叔"，虽然他们都表示我可以这么称呼。我试着强迫自己，但是舌头还是会在"叔叔"这两个字上打结。在我看来，其中有一小部分的我就是无法接受，布瑞克对待我的时候像是一位圣人，但对待他的动物却像是一位暴君。"叔叔"这个词的挣扎于是成为一个外部的表征，反映出我内心的纠结，我不确定是否应该和罗伯兹一家人发展到家人的关系。

留下更轻、更浅的足迹

布瑞克坚持要我在他的垃圾上点火。

"这个世界上的垃圾太多了，垃圾掩埋场装不下。"他解释道，"所以，我都自己烧垃圾。"他一直穿着的牛仔衬衫口袋里永远放着一个打火机，他把打火机放进我的手里，然后说："一定要还给我。"他的语气中流露出一丝丝担心，怕我可能会带走打火机而不还给他。我烧了两个推车的硬纸箱，纸箱化为金属灰色的余烬。

多面的布瑞克讨厌沃尔玛已经够新奇了，没想到他还是独树一帜的环保人士，而且他对过度消费和垃圾污染的关注也影响了我。在和布瑞克相处后不久，我便开始阅读这些议题的相关书籍，也开始勤快地从事堆肥与资源回收。我开始以更轻巧的脚步踏足这个世界，也就是说，我希望留下轻浅一点的环境足迹。

布瑞克另一项热衷的事物是雪地摩托车，他坚持一定要我骑骑看。我紧紧抓着尼克，他骑着雪地摩托车越过他家晶莹雪白的田野，就像是一位赛车选手一般，而且他不顾我的请求，就是不肯放慢速度。我抱他抱得愈紧，他反而还骑得愈快，最后我只好更用力地抱着他。我们两个人紧紧坐在一起，像是两块被水泥固定的石头。当雪地摩托车的体验终于结束时，我们回到习惯聚集的地点——他爸爸的办公室，来这里消磨时光。

我才刚刚摇摇晃晃地在布瑞克的办公桌对面坐下来，又有人建议另一项活动：冰壶。我不晓得这是什么样的活动，但是却有一种我不会喜欢的预感。"我们可以去参观农场吗？"我恳求尼克说道。目前我唯一看过的两座农场是麦可的乳牛牧场和布瑞克的蛋鸡场，两者非常不同，而我很好奇第三座农场会是什么样子。

尼克看着他的父亲，眼神像是在询问着："我们可以信任她吗？"

布瑞克正在咒骂他的打印机，心不在焉地点了点头。

尼克用手机打了一通电话。"嗨，查理（Charlie），你好吗？……没错，我们有一个朋友来，她对食品生产很有兴趣……为什么？我也不知道。你可以自己问问她……别担心，我们信任她……我、她和威尔，我们可以现在去你的养猪场看看吗？……太棒了。我们会带啤酒，对，也会带那个。"

布瑞克事先提出一些警告。"如果我是你，我不会想去查理的养猪场。"他说道，"他的猪并不快乐，我不会想吃他的猪肉，我宁可吃快乐的猪的肉。查理的养猪场非常臭，而且进出都要淋浴，因为生物安全的缘故。生物安全根本就是胡言乱语。其实我们也应该要你每次去看鸡时都淋浴，无论是看之前和之后都要，因为这样你身上的细菌才不会让蛋鸡生病。但是，如果我们觉得你身上的细菌会让它们生病，我们还会让你去看吗？当然不会！我们并没有要你淋浴，但是我们的鸡现在也还活得好好的，这就是为什么生物安全根本就是胡说八道的原因。可是，你不可以和我们的朋友谈论我刚才说的话，如果查理或其他朋友询问，你就告诉他们，我们每一次都要求你出入时要淋浴。"

前进养猪场

尼克的货车上很脏乱，有喝完的啤酒瓶、汽水罐、杂志与报纸，仪表板旁的置物箱上还贴着一张剪报，上面是一名穿着性感内裤的女子。尼克和威尔分别坐在驾驶座与副驾驶座，两个人都是用一只手拎着一瓶啤酒，另一只手则夹着一根香烟。

"谢谢你们担任我的农场导游。"我说。

"我相信我们很快就会成为好朋友了。"尼克笑着回应道。整整一小时的车程里，尼克不断通过后照镜盯着我看，仿佛这是他所谓的友谊宣告。

我们在日落之后抵达查理的家，迎接我们的是一只年迈的澳洲牧羊犬，它对于这群奇怪组合的到来发出颤抖的叫声。站在牧羊犬旁边的是查理，他像电线杆一样又高又瘦。查理现年 25 岁，他的脸像甜甜圈一样圆，头上覆盖着粗糙的卷发，脸上挂着孩子气的笑容。他邀请我们进去喝一杯啤酒。

查理家的客厅很舒适，但是也有些肉麻，墙壁和柜子上装饰着他与妻子的合照，两个人用水汪汪的双眼凝望着对方，彼此双手紧握。查理一页又一页地翻阅婚纱照给我看，相本平时就摆放在咖啡桌上以便拿取。查理是一个友善、开朗的人，内心洋溢着浪漫情怀，和猪农相比，这些情怀似乎更适合一位诗人，而且我真的无法将眼前这位开朗的男人，和布瑞克对他农场的严厉批判联系在一起。

三个男人喝了几杯啤酒之后，威尔在查理家前门边的墙壁上"方便"了一下，接着我们一行人钻进查理的货车，开往他的农场。这时候，尼克从衬衫口袋里掏出了一支大麻。

"别告诉布瑞克说我们抽大麻。"尼克笑着告诉我，"之前《猪头汉堡包》（*Harold and Kumar*）里演了一个乡下农夫在抽大麻，结果布瑞克就非常生气。但是，我们这些乡下农夫真的喜欢抽大麻呀！"

通往 "地牢" 前的净身仪式

从外表看起来，查理的养猪场比布瑞克的蛋鸡场更不像是一座农场，看起来比较像是一排彼此相连的仓库。

正如布瑞克所警告的，我们一进门就被查理吩咐要淋浴。不过，这个吩咐其实是多余的，因为从入口要继续往里面走的话，就只有两条通道：男生淋浴间和女生淋浴间。女生淋浴间的门上贴着一张卡通海报，上面是一头母猪露出灿烂的微笑；而男生淋浴间的海报则是一头微笑的公猪，正靠在装满泥巴的浴缸边。

"我可以不洗头发吗？"我问查理道，"我不想在天气这么冷的时候还把头发弄湿。"

"你一定要洗头发。"查理说道，"这是生物安全流程的一部分。在淋浴间的另一边有给你穿的衣服，还有内衣也一样。"

我确实用水清洗头发，但是并没有使用洗发精，部分原因是为了对这个扰人的程序表示抗议，另一部分原因则是因为淋浴间地板的蓝格子脚踏垫把我的两只脚刮得很不舒服。淋浴完毕之后，我穿上一件深蓝色、宽松的手术衣；至于内衣，我还是很叛逆，保留了自己的内衣，并没有穿上公用的。罗伯兹两兄弟也同样在抵制查理的内衣规范，但是他们以一种较为性感的方式进行。他们干脆里面什么都不穿，就连内衣也没穿，所以顺着两个人合身灰色工作服的衣领而下，露出一片卷曲的胸毛。

在历经生物安全流程之后，尼克、威尔和我看起来像是准备被关押的囚犯。除了要卸除所有的衣物之外，我们还得换穿高度及膝的黑色橡胶鞋。典狱长查理快速扫视我们的全身，接着才打开下一扇门。

在我们眼前的走廊仿佛地下迷宫一般，既长又灰暗，还十分冰冷，两旁是斑驳剥落的灰泥墙。看起来这条走廊将会引领我们通往地牢。

确实也是如此。

过度用药的疑虑

就像学校教室的门一样，走廊的每扇门上都有一个窗户，但是其实这些窗户大可用黑布罩起来，因为在没有光线的情况下，这些房间里就算有什么东西也无法用肉眼看见。最后，查理停在一扇门前把门打开，说道："这间是分娩室。"

分娩室很暗，所以我什么都看不见，但是我闻得到味道。"查理的养猪场非常臭。"布瑞克之前曾提出警告，但是这句话根本太客气了。一股有毒的臭气环绕着我们，空气中弥漫着混杂氨气、硫化氢、甲烷和其他难闻的粪便气体。我感觉像是沾了粪便的手指戳进鼻孔里，或者像是满手的粪便直接倒进我的嘴巴里。我觉得快要溺毙在粪堆里了，这里像是充满粪便气体的压力锅，满溢着泡沫，整个人都快要被吞噬，然后自己也会化为一堆粪土。臭气实在太重又太逼人了，我马上就觉得不舒服，还引发幽闭恐惧症，因此我决定往后待在养猪场的时间里，一律都只用嘴巴呼吸。

查理找到电灯开关，于是低垂的黄色灯泡亮了起来，照射着下方的六头母猪。母猪十分巨大，重达 400～500 磅左右，从嘴到尾巴将近有 6 英尺长。每一头母猪分别被关在名为"狭栏"的狭窄金属笼子里，侧躺在狭栏之中，它们的肉从金属栅栏之间挤了出来，而腿也都伸在狭栏之外。这些狭栏完全忽视动物想要活动的本能，这种本能不只是一种概念，与实际上的空间更是息息相关：并没有为母猪的腿多留一英寸的空间，仿佛这些母猪只有躯干的部位，像是一只超大型的蛞蝓，它们就连一步也无法走动。

每一个长方形狭栏都放置在一块长方形的围栏之中，像是三明治中间的夹心，而成群的小猪则像磁铁般集结在围栏的两旁，或是在吸奶，或是在睡觉，又或是在动来动去。母猪会生下很多小猪，一次大约十几只，但是它却连一只都无力照料，因为狭栏的栅栏让母猪无法舔舐、清洁它们的小宝宝。

狭栏大可被称为"棺材"，因为有些母猪看起来就像是死了一样，甚至看不出来它们在呼吸。我有点颤抖地询问查理，它们是否还活着。"我证明它们还活着给你看。"他笑了一声，向我保证道。

查理的右手戴上一副手套，手套一路延伸到肩膀，就像是米勒农场的人工授精师阿瑟所戴的手套一样。他跪在一头正在生产的母猪后方，然后把手臂伸进母猪的子宫里，没入手肘这么深。这头原本看起来了无生气的母猪，忽然像是被电击的病人一样活过来了，它开始颤抖、扭动、尖叫，挣扎着想要挣脱查理的手臂，但是却毫无办法，因为狭栏把它牢牢地困在原地。

"我正在取出小猪。"查理告诉我。他希望能加快整个生产过程，但是每一次他的手伸出时，上面都只有血，每一头生产中的母猪都是如此，而鲜血也一一沾染在查理的手套上。同一时间，威尔则协助查理注射催产素到生产中的母猪体内。威尔一边微笑，一边吹着口哨，似乎很喜欢把针头插进母猪身上的这份工作。

最后，查理把沾满血的手套扔在一旁。我本来庆幸这一轮的举动终于结束了，但是并没有，查理接着开始为母猪注射抗生素。在每一头母猪的正上方都有一块夹板，上面放着一整页的表格，表格上画着许多蓝色的叉叉，每个叉叉都代表在二十一天中的某一天里母猪有进食。二十一天指的是查理允许小猪吸吮母猪母奶的天数，在此之后查理就会强迫小猪断奶。

查理拿起一块夹板研究着。"如果母猪吃得不够，"他眨了眨眼告诉我说，"我们会打一针盘尼西林。"

查理把夹板放回原位，接着他为这块夹板下方的母猪注射了一针盘尼西林。就像威尔注射催产素一样，查理打针也是打得既粗鲁又漫不经心，他并没有特别找一个特定的身体部位下手，而像是随意丢掷一枚铜板到喷泉里一样。这些母猪被当作是生产小猪的喷泉，而它们对于打针毫无反应，和打针之前一样木然、无感，甚至已经没有意识到每天都要挨上这一针。就如同工厂化农业这个实验最初的意图一样，这些母猪已经不再是"生命"，而变得更像是"货物"。这一座养猪场和北美洲其他无数的养猪场一样，都是深陷歧途的实验室，它们把人变成怪物，把动物变成半死不活的物体，而查理和威尔看起来就像是疯狂的科学家。

盘尼西林是最早发明的抗生素，也是最具代表性的一种，是相当重要却也是敌人环伺的抗生素鼻祖，而借由对母猪注射满满一剂盘尼西林，查理同时也为抗生素的抗药性贡献出一己之力。更糟糕的是，他这么做还不是为了对抗疾病，只是想要增加母猪的胃口：抗生素可以让农场动物加快体重增加的速度。然而，低于治疗剂量的抗生素其实非常危险，因为其提供的药效只能杀死某些细菌，并不是所有的细菌，而存活细菌的抗药性会变得更强，更具有抵抗力，这对动物与人类的健康都会构成重大威胁。农场动物的抗生素使用占了美国整体抗生素使用的70%以上。基本上可以这么说，人类的生命承受巨大的风险，好让农产业者得以为自己谋取更高的利润。

查理养的母猪已经丧失猪的天性，和我们一般用"猪"来骂人的意象截然不同，它们一点也不贪吃。查理的母猪缺乏胃口，该吃东西的时候不吃东西，如果本身也是乡下猪农的《夏绿蒂的网》（*Charlotte's Web*）作者艾尔文·布鲁克斯·怀特（Elwyn Brooks White）知道的话，他肯定会说这些母猪一定是生病了，尤其是如果他知道这些母猪根本无法行动的话，他更会这么说。

玉米磨成粉和黄豆加水，以便通过水管输送，这种液体会通过头顶上的水管自动送到母猪面前，一天输送两次，最后一股脑儿地灌进狭栏前面所附的红色盘子里。然而，这些母猪对着眼前满溢的饲料汤毫无反应，它们仿佛破败的船只，搁浅在一池发臭的粪便里，即便到了吃饭时间，还是一副死气沉沉、了无生气的模样。除了查理深入体内的手臂外，它们对其他的一切都毫无反应。

虽然母猪都过度用药，但是它们的小猪在需要用药的时候却没有用药。

从阉割到受孕的震撼场景

查理把手伸进小猪群里，并且抓起一只小猪的腿，接着让它头朝下脚朝上地倒吊在我的眼前。

小猪的眼神看起来很害怕，它像是一条上钩的鱼，不断扭动着，并且发出尖锐刺耳的叫声，听得出来，小猪非常恐惧。那天稍早，这只小猪才挨了查理几刀，查理割掉了小猪的尾巴，只留下一小块指甲大的肉块。另外，查理还阉割了它，留下一个还在刺痛、伤口尚未愈合的鲜红色阴囊。

"阉割的时候，我直接用一把刀划开它的阴囊，"查理解释着细节，"然后我再伸手进去拿出睾丸。"

"你有麻醉吗?"我问道。

"没有，阉割一点都不痛。"

然而，阉割所带来的痛楚已经促使欧洲订立《欧洲猪只手术阉割替代方案宣言》（European Declaration on Alternatives to Surgical Castration of Pigs）。该宣言指出："已经借由生理学与动物行为学获得科学证实，即便是在动物非常年幼的时期，手术阉割仍是会引发痛楚的一种介入行为。"该宣言指示，如果真的非得进行，猪阉割应该要在使用麻醉的情况下进行，而且这样的做法应该在2018年时完全禁止。

我没有预料到查理会突然把小猪递给我。小猪害怕地发出尖锐的叫声，而且全身疯狂地扭动着，像是脖子被套上绞绳一般。我迅速把小猪放回围栏里，就好像手上着火一样，查理和威尔对我胆小的行径暗自感到好笑。同一时间，小猪火速冲回母亲的怀里，但是它的母亲却宛如鬼魅，对于小猪刚才尖叫、害怕的整个过程完全无动于衷。

我们离开第一间分娩室，再次回到走廊。走廊上摆放着一整排的小桶子，里面装满胎死腹中的小猪、阉割不幸死亡的小猪，以及因为其他原因而死掉的小猪。桶子里，这几百只死掉的小猪看起来就像是一颗颗粉红果冻，飘浮在血做的奶油布丁上。这幅场景令人毛骨悚然，它们还来不及活下来就已经死了，我不忍心再看它们。

在接下来的一个小时里，我们又进入一些分娩室。所有分娩室的配置和恶臭都与第一间如出一辙，而查理也在每一间分娩室里继续他辛苦的助产和注射工作。然后，我们进入了一间不一样的房间，查理将这里称为受孕室。

每一间分娩室里关了 16 头母猪，而受孕室里则关了 500 头，受孕室很大。

分娩室里的母猪都是已经开始生产的，而在受孕室里的则是怀孕的母猪，或是正在准备受孕的母猪。电灯一开，怀孕的母猪纷纷开始活动，它们咬着狭栏的栅栏、用头猛撞，并且发出尖锐的叫声，整个房间里的声音震耳欲聋，仿佛走进好几个火灾警报器齐声作响的房间里。我在这一阵疯狂的声响中捂住耳朵，同时咬住嘴唇，克制自己想和母猪一同发出尖叫的冲动。

母猪们的这一阵叫声不仅强度惊人，音质更是令人惊心动魄。这番歇斯底里的高音频嘶吼，听起来竟然像极了人类，用列夫·托尔斯泰（Leo Tolstoy）的话来说，就像是"一个人的惊声尖叫"。然而，却是发疯的人，因为这些母猪全身画满涂鸦般的蓝色、绿色及粉红色的字母和数字，在原地胡闹躁动着，看起来就像发疯一样。

查理开始步下走道，而尼克、威尔与我则是排成一列跟着他。我们周围的母猪一共分成四个长排的受孕狭栏，这些狭栏和我狭窄的肩膀一样狭窄，根据葛兰汀博士的说法，这等于是强迫"一头母猪住在一个飞机座位上"。

如同前几个房间的生产狭栏，受孕狭栏也没有为母猪的腿留下丝毫空间，当母猪侧躺时，它的腿会完全伸进隔壁的狭栏里，不仅限制旁边同伴的空间，甚至还会戳到同伴的背或肚子，而隔壁同伴对另一边的同伴也在做着同样的事。在美国和加拿大的上百万头母猪里，有90%的母猪终其一生都困在像这样的狭栏里。

查理养的母猪前后左右都被限制行动，四面都有笨重的栅栏挡着，不只如此，就连上面也不例外。我询问查理上面栅栏的用途是什么，但是他在嘈杂声中并没有听见我说话，于是我拍了拍查理的肩膀，示意他停下脚步，接着对准他的耳朵大声发问。

"如果在母猪上面留下6英寸的空间，"他大吼着回答道，"它就会想要跳出狭栏，它会踩着饲料槽试着跳出来，永远不会放弃。这就是为什么母猪必须完全被关住，而且狭栏还要非常坚固才能做到。这些狭栏都是用铁和镀锌钢材制作的，是很好的钢材，而且非常坚固，但是笼子也浸泡过铁水，这样在充满氨气的环境里才不会太快生锈。如果没有铁，狭栏顶多一年就会生锈了。这里有非常多的氨气。"

"为什么你要把母猪个别关在狭栏里，而不是全部养在一起呢？"我大喊着问道。

"如果全部养在一起的话，它们会打架。"

换句话说，这个逻辑就是：为了遏止打架这种行为，只好限制母猪的所有行动。如果能够改善母猪的居住环境，让它们增进彼此良好的互动，这样不是比较好吗？

而母猪的抗议正展现在它们的愤怒与暴躁，以及它们的力量和悲情。就像《屠场》(*The Jungle*) 一书中所写的一样："嘶吼令人胆战心惊，对耳膜构成威胁。声响恐怕超过房间所能负荷的极限，墙势必要倒下，或是天花板势必会崩裂。"一个世纪前，厄普顿·辛克莱（Upton Sinclair）如此描写一座猪屠宰场。"有高的、低的尖叫声，有咕哝声，也有悲伤的哭啼声。有时会出现短暂的安宁，接着又会有新的声响出现，而且比原先还要大声，声响彼此交迭，形成震耳欲聋的高潮……一切是如此井然有序，令人叹为观止。这是机械化的猪肉产业，导入应用数学的猪肉产业。然而，即使是最就事论事的人也会不禁怜悯这些猪，它们如此单纯、天真，它们如此带着信任来到这个世界，而它们的反抗与人类如此相像……这仿佛是地牢里的某种恐怖罪行，完全不见天日，也无人置喙，一切都被掩盖，被埋藏于视线与记忆之外。"

也许是我当时情绪的状态；也许是被困在地牢里的幽闭感；也许氨气的恶臭比锈蚀狭栏的速度更快摧毁我的心志；也许我顿时理解为什么连把蛋鸡关在笼子里的布瑞克都会同情这些猪；也许我明白为什么珍在养猪场工作之后，从此对猪肉敬而远之；也许是有一点饿昏头，因为我在前往查理养猪场的路上就开始饥肠辘辘，但是我现在却无法想象自己是否能再次吃下东西；也许只是单纯看到这么多猪，它们如此吵闹、没有受到良好的对待，而且它们还距离我这么接近。

不论是什么原因，我决定大胆违抗查理的警告：母猪不喜欢有人"抚摸"。突然间，我想触摸母猪一下，于是我的手滑进铁与镀锌钢材制作的栅栏里，然后放在一头母猪纤细的粉红背上，粉红的背上胡乱写着一些绿色的字，还停着几只黑色苍蝇。

公猪沦为展示用途

母猪大叫一声，然后跳起来，仿佛遭到电击一样。我也因此叫了一声跳起来，而尼克立刻冲到我的旁边。

"不可以再这么做了！"查理一边斥责我，一边把苍蝇从脸上挥走。"我之前就说了，母猪从来没有被'抚摸'过，所以它们不喜欢。如果这只母猪再多跳高一英寸的话，现在你的手早就断了，会被它的背和上面其中一根栅栏压得粉碎。"

这些母猪就像是放在刀架上的刀子一样：拥挤却又彼此隔离，既被环绕又被分开，无法和其他人、猪互动，它们甚至无法求偶。

就像麦可养的乳牛一样，查理养的母猪也是通过人工受孕。即便如此，在受孕室最前面的一个狭栏里仍然住着一头巨大、凶猛的公猪，查理说这头公猪在这个生产小猪的养猪场里主要扮演两种角色，这两种角色都太过复杂、化学性太高，所以无法用人或机器取而代之。

公猪是很重要的，首先在于查理借由母猪对公猪的反应，可以得知母猪是否已经进入发情期；其次，公猪还可以"让母猪兴奋"，在这一点上，母猪和母牛的人工授精有很大的差别。母牛即便没有兴趣或不兴奋也还是能够受孕，但是母猪就没办法了，尤其是想要生一窝小猪的话更是如此，所以把公猪放在房间里就是为了达到"让母猪兴奋"的目的。

公猪每天会从它的围栏里被推出来，放在一个装有轮子的狭栏上，沿着走道向母猪们展示，有如巡回演出的摇滚巨星一般。如果母猪并未处于发情期，就会完全无视公猪，仿佛看穿一扇窗户般地忽视它的存在；如果母猪正在发情，就会对公猪眉来眼去，抛送渴望的秋波。母猪会竖起耳朵，接着一跃而起，笔直地对着公猪站好，就像是棒子一样。不过，母猪这个站立不动的发情姿势并不是"为公猪而站"，而是"为男人而站"，因为最后采取行动的并不是公猪，而是一位男人，查理或其他工作人员会在母猪的身后做好准备姿势。

男人会在母猪的臀部使用一种 C 形的金属工具，这个工具的黄色两端会撑开母猪的屁股，模拟公猪和母猪交配时产生的重力。接着，男人会将精液导管插入母猪的体内，完成之后，男人会在上面的夹板上记录人工授精的日期，以及预计分娩的时间。同一时间，公猪则会继续沿着走道推往下一头母猪。

"可怜的家伙!"威尔说，"它有么大的生殖器，又被这些母猪环绕着，但是它却什么也不能做。"

尼克表情严肃地点点头，同意弟弟所说的话。

查理赶紧缓解他们的担忧，告诉他们，身为男人的他对这只大公猪的处境完全感同身受，所以偶尔会让公猪去"做一些事情"，有时候他会放母猪进入公猪的围栏里。

尼克和威尔顿时松了一口气。

我们离开第一间受孕室，接着又参观第二间，除了苍蝇比较多以外，它和第一间几乎大同小异。最后，我们再次淋浴。我从来没有这么想把自己刷洗干净过，进入之前的淋浴感觉很荒谬，但是离开之前的淋浴却十分必要。然而，清洗的愉悦却被不舒服的感受抵消了，因为淋浴间地板上的蓝格子脚踏垫刺得我的双脚疼痛不堪。脚踏垫很像是街道排水沟上的金属格网，在我的脚底印下它的图案。

当我看了蓝格子脚踏垫一眼时，才发现这也是分娩狭栏铺在地板上的材质。母猪被关在分娩狭栏的整整四周里，它们不是站着，就是睡在这种踏垫上。它们感受到的疼痛就和我感受到的一样，有许多母猪甚至因此受伤跛脚。

当今母猪的一生可以说是悲惨遭遇的延伸与循环。为了能让母猪更早受孕，为了加快母猪的速度，从它身上获得更高的效益，猪农很早就让小猪断奶，差不多是三周大或更早。接着，在断奶短短几天之后，猪农又为母猪插入另一支精液导管。四个月后，如同小猪生产机，也是这座大型猪肉生产机器里无数螺丝钉中一根的母猪，又要准备生产了。它蹒跚地拖着残跛的腿，从受孕狭栏经过走廊进入分娩狭栏。在分娩狭栏里，它躺在金属格网垫上，每天被注射抗生素，最后生下一窝小猪，然后这个循环周而复始。

养猪场潜藏的泡沫危机

除了母猪的猪舍之外，查理还有一个"肥育"猪舍，也就是小猪被"屠宰"之前住的地方。小猪被屠宰的时间是六个月大左右。

查理的肥育猪舍是我们当天晚上的下一个目的地。我们开了一小段车就抵达了，但是途中非常忙碌，又是喝啤酒，又是抽大麻和香烟。这三个男人彼此的兴致愈来愈高，开始讥笑路上开车经过的门诺教徒，嘲弄他们的马车，还有长及脚踝的制服。

当我们抵达时，查理并没有指示我们再次淋浴，他说："你们今天晚上已经淋浴两次了。"不过，他还是要求我们换掉全身的衣服，但是我并没有照做，因为我已经冷到全身起鸡皮疙瘩，所以就直接在毛衣外套上手术衣，希望不会被查理发现。

查理没有发现。在分娩室时，查理还十分严肃，但是现在他面带微笑，语气也变得和缓了：大概是喝醉了。查理、尼克及威尔把啤酒与香烟带进肥育猪舍，虽然他们三人都知道，在养猪场里香烟引发火灾的风险非常高。

尼克和威尔的家庭经验教会他们这一点。布瑞克还在他们这个年纪时也曾是一位猪农，如果没有发生那场火灾的话，今天本应仍是猪农。在尼克和威尔还没出生前的一个深夜里，一场大火吞噬了布瑞克养的母猪和一窝又一窝的小猪。母猪不断嘶吼、打滚，最终全被烧死。

如今，各地的养猪场不时传出失火的消息，从爱荷华州到明尼苏达州，从安大略省到魁北克省，无一幸免。人们相信，这些火灾的肇因是来自一层黏稠、凝胶状的"泡沫"，这层泡沫会在地下坑洞里动物的粪便上形成，它会左右摇晃、上下伸缩，就像是活的一样，还会拦截蒸发的粪便气体，接着持续累积，直到被催化引燃。这时候泡沫就会像炸弹一样爆炸，快速而猛烈地释放出这些粪便气体，导致气体从地下坑洞中窜出时引爆一团烈焰，然后一路向上燃烧，最后吞噬这些气体的源头，也就是受困而无助的动物们。

根据调查，在农业密集的爱荷华州、伊利诺伊州及明尼苏达州，大约有四分之一的养猪场都存在着"泡沫"，让这些养猪场随时处在高度的火灾风险之中。

当这些男人的香烟微微发出金色火光时，这些无辜又不祥的火光，微微发着却充满威胁，我的脑海中也燃起一幅自己被浓烟吞噬的景象，就像布瑞克养的母猪一样，无谓地翻滚、挣扎，从此在这个世界上消失。

　　然而，当我们走进中间通道时，我已经完全忘了泡沫和火灾的事，而且威尔还想要电击我。在查理的肥育猪舍里，走廊和上一个猪舍一样宛如地牢，而且因为有电击棒，所以看起来更吓人。电击棒长达两英尺，靠在墙边看起来就像是一排路灯，准备照亮所有的行人，包括人与猪。查理对我们说，他的肥育猪舍由四间相同的房间所组成，里面关着不同年龄的小猪，而每间房间又进一步分成 44 个围栏。查理在解释时，威尔一边打呵欠，一边握着电击棒。

　　威尔把玩着电击棒，用手掌先感觉一下微弱的电流。接着就把电击棒指向我，然后按下开关。一道闪电般的光线划破黑暗，是白蓝色、蓝白色的光。

　　我往后跳了一步，无论身心都吓了一跳。"你在做什么啊?"我大叫道。

　　威尔咧嘴傻笑着。

　　我在那天晚上稍早触摸母猪时，查理对我破口大骂，就像是一只猫扑向老鼠一般，但是他对威尔突如其来的怪举动却连眉头也不皱。"电击很痛，"他拉长语调，悠悠地说道，"有几次在赶猪时，我不小心电到自己。电击棒可以让它们移动得比较快，但是最好不要同时也电到自己。"

　　我触摸母猪时，它的反应完全就像是遭到电击一样。根据查理的说法分析，这头母猪应该曾经遭受电击，大概是从分娩室到受孕室的路上，还有从受孕室回到分娩室的路上。母猪显然假设任何触碰到它背上的东西都带有电流，这也显示它已经被电击过太多次了。

查理打开四扇门中的第一扇。

最终的责罚， 也是最初的解脱

这是一间很大的长方形房间，中间被一条宽阔的走道分成两个部分。走道的两边各有 22 个围栏，而每个围栏里各有 21 只猪，所以整间房间里一共有将近 1000 只猪。

这些猪差不多两三个月大，已经是大只的小猪了，它们本来似乎在玩耍，我们一进来，它们便暂停所有的活动，就像小学时老师走进教室时一样。小猪纷纷盯着我们瞧，有许多还爬上围栏里大腿高的水泥墙，好把这群陌生人看个仔细。这间房间就和分娩室与受孕室一样单调，空气里也同样弥漫着浓浓的氨气臭味，但是小猪的行动并不像母猪那么死气沉沉，也不那么疯癫。我松了一口气，至少这些小猪还算是动物。

第二间房间的小猪很明显就没有那么活蹦乱跳了。这些小猪差不多三四个月大，比第一间房间的小猪大了一个月，而且体型也比较大，已经有一个枕头那么长，不再是小靠垫的长度了。然而，它们住的围栏还是一样大，因此也变得更加拥挤，也更肮脏。它们的皮肤像是一片粉红色的天空，上头笼罩着一抹又一抹干掉的粪便乌云。

在第三间房间里，小猪又再大上一个月，而且它们的处境变得十分糟糕。就像整个身体从头到脚都浸泡在粪便里一样。四五个月大的小猪的重量其实已经和成年男性差不多了，重达 200 磅，但是每一只小猪平均分配到的空间却比一张婴儿床还小。地板上棕色的砖条已经完全被猪和粪便掩盖，只有在一种情况下可以被看见：就是头顶上发出类似瀑布流泻的冲水声后，围栏里的一个狭窄沟槽便会注满玉米水，这时候所有的猪会奔向沟槽，一路上还会大声发出尖叫，仿佛警车鸣笛一般。

至于最后一间房间，如果其中 90% 的猪不是刚好才送去屠宰的话，这里本来还会比第三间房间更加拥挤。对这些猪而言，屠宰是最终的惩处，但也是给它们的第一份献礼；是它们最后的责罚，却也是第一次的解脱。这个结束来得太早，也来得太晚。猪会在深夜里被载走，如此一来，它们在半睡半醒之间会比较听话，比较容易服从电击棒的指示，走上一辆三层货柜车，货柜车里一共塞满 240 头猪。虽然在夜里这些猪会比较安分、不清醒，但是这个启程的时机点也就意味着，在它们短暂的一生里从未见过太阳——这个生命万物的起源，滋养大地的母亲。

然而，屠宰也造就了意想不到的受益者。现在，房间里剩下的猪，一个围栏里最多不超过五只，而它们的行动也不再会发生意外事故，可以恣意地驰骋、奔跑与冲撞。围栏里甚至还有空间留给我们，而查理也招呼着我们和他一起爬进一个有着五只小猪的围栏里。我迟疑地爬进去，结果在身后遭到袭击时，我就后悔了。

忽然间，我的大腿上半部感觉像被什么东西咬住一样，力道很强、很紧。我惊叫着转过头，结果发现攻击者和我原先的预料不同。攻击我的并不是一头猪，而是抽着烟、表情有点邪恶的威尔。他喝醉了，兴致高昂，而他看到我凝重的表情，因为我在猪舍里感到很不自在，还想起那头被我抚摸而饱受惊吓的母猪，于是决定来捏我的大腿，假装是一头猪正在咬我。这样一来，我就更不自在了。

我并不是那么喜欢威尔，我在心里评断着。

我满脸通红。查理在一旁偷笑，尼克则拿两眼瞪着威尔。

当我们爬进这个围栏时，这里的小猪全部退到围栏的后方，然后瞪大眼睛看着我们。它们看了我们几分钟，接着又凑在一起，像是咕噜声不断的猪小队。它们闻起我们的橡胶鞋，然后开始咬着，不管我们怎么蹬地板，它们都不走。

"咬橡胶鞋总比咬同伴的尾巴来得好。"查理评论道。他解释，当这些猪无法从事任何玩乐活动时，就会发展出一种可怕的倾向，会把同伴的尾巴当成玩具咬，而且看见鲜血直流，它们就会咬得愈厉害。

小猪出生时，查理便会割掉它们的尾巴，长度会从原本的小环变成只剩下根部的一小段，不过，这么做的原因并不是我们直觉上想的那样。尾巴之所以会被割断，并不是因为这样就没有东西可咬，而是因为这样一来，剩余的根部会变得更加敏感，所以小猪会更努力地避免自己被咬到。否则，如果尾巴还是完整健康的话，小猪就会持续让尾巴被咬，并且渐渐习惯无可奈何的状态。换句话说，割掉尾巴并不是要改变攻击者的行为，而是为了影响被攻击者的行为。

与割掉尾巴相比，更好的解决方法其实是减少拥挤的状况。在《论人性》（On Human Nature）一书中，自然学家爱德华·奥斯本·威尔森（Edward Osborne Wilson）指出："在同一个物种当中，多数的攻击行为都是为了响应环境里拥挤的状况。"

当查理和猪群站在一起，站在它们的围栏里、它们的世界里，人的大腿紧邻着猪的肩膀时，查理仿佛从它们的上帝、主宰者摇身一变，成为它们的守护者、保卫者。查理伸出手来，拍着橡胶鞋旁一只小猪的头。

"猪很聪明。"查理说道，他的语气变得轻柔，充满敬畏之意，"它们也充满好奇。它们喜欢闻新的东西、碰触新的东西。它们会学习和同伴分享，会把不懂的东西搞清楚。猪也非常爱干净。如果你看看四周，就会发现这个房间里所有的猪都在围栏后面大小便。如果其他房间的猪有足够空间的话也会这么做。"

在奥威尔的政治寓言《动物农庄》（Animal Farm）里，在农场里扮演发号施令角色的正是猪，因为它们"普遍被认为是所有动物中最聪明的"。

农业刊物《现代农夫》（Modern Farmer）里的一篇文章指出，猪这种动物的社交性强、记忆力好，能够回溯过往的经验，并且可以分辨出不同的猪和人，还会彼此相互学习。

猪是数一数二聪明的动物，但几乎也是所有动物中待遇最差的。

粉饰太平的营销包装

在查理的货车中，香烟、大麻和氨气混合成一团看不见却感受得到的气息，让我们整个晚上已经够大声的咳嗽变得更严重。只要我的头、头发和毛衣稍微移动一下，我都会皱起鼻子，因为会闻到自己身上的臭味。现在我懂了，查理、尼克与威尔在进入肥育猪舍之前都完全换过衣服，原来这不只是生物安全的原因，也是因为他们已经预料到氨气残留的余味。我并没有想到这一点，所以现在就必须付出代价。

"氨气的味道并不容易消失。"尼克说道，"即使猪农洗过澡，但是当你靠近他们，也还是可以闻到氨气的味道。而且当他们流汗时，味道会更明显，因为氨气已经进入毛孔里，所以在流汗时味道就会跑出来。猪农流汗的时候千万别靠近他们！"

但是，这些信息从康尼斯多加肉品包装（Conestoga Meat Packers）的网站上完全看不到。康尼斯多加是一家"垂直整合"的加工业者，除了查理之外，安大略省还有超过150位猪农的猪也都供货给康尼斯多加。我们刚才看到的猪将会被运往康尼斯多加的屠宰场，猪在那里屠宰之后就会被制作成火腿、培根和香肠，而这些产品会销往全球30个以上国家，包括加拿大、美国、日本与韩国。消费者在吃猪肉时，并不会知道这些猪生活在充满腐臭味的环境里。

康尼斯多加的市场营销名称和它的正式名称不同，肉品上的标志是"康尼斯多加农场鲜美猪肉"（Conestoga Farm Fresh Pork）。康尼斯多加网站上的照片也呼应"农场鲜美"这几个字，照片里没有不锈钢狭栏、没有水泥围栏，也没有电击棒。在这些照片里完全看不到一只猪，这对猪肉加工业者来说实在是一件既有趣又奇怪的事。

虽然康尼斯多加的照片并不愿意透露，号称"世界上最棒的猪肉"背后究竟是什么样的生产方式，但是康尼斯多加的总裁阿尔诺·杜朗恩（Arnold Drung）却毫不迟疑地发表了意见。杜朗恩在一篇名为《康尼斯多加肉品包装公司效率法则》（The Key to Efficiency）的文章中提到："效率的关键在于，从我们的投入中获得最大产量。"

"最大产量"是通过"掌控一切"取得的：头发和内衣、淋浴和鞋子、粪便和食物、盘尼西林和催产素、阉割和人工授精。康尼斯多加甚至还制作一部影片，告诫观赏者必须"在掌控哲学上时时保持警觉"。

透过查理的货车车窗，我看到前方有一些动物的轮廓。这些动物太高了，所以不会是猪；太瘦了，所以不会是牛，而它们站在铁丝围栏的后方，所以也不太可能会是我所想的动物。我想我大概是看错了，夜色昏暗，也没有路灯……我们愈开愈近。"停一下！"我大叫道。

货车紧急刹车。尼克、威尔和查理转过头来瞪着我，仿佛我的头上长出鹿角一样。

是鹿，大约有 50 只，站在铁丝围栏的后方。这是一座养鹿场。

当时我还不晓得，原来在北美洲有上百座养鹿场，而且每年的数量都还在增加。

　　当我看着这些优雅又机警的鹿时，脑海中同时闪过畜牧业的过去、现在与未来。不到半个世纪之前，猪也像这些鹿一样生活着，生活在户外，呼吸着新鲜的空气，看得见日月星辰。而今天，猪从出生到死亡都被关在封闭的养猪场里，不被人们看见，也不被人们想起。

　　如果人类对鹿肉也发展出像是对猪肉同样的欲望，养鹿场是否也会呈现爆炸性成长，从实验性创业变成商业化农业呢？未来鹿会不会变得和猪一样？会不会像猪一样，被养得又大又肥，而且讲求效率？鹿会不会也被关在像军营一样的建筑物里，和上千只同伴住在一起？负责生产的雌鹿会不会也被关在金属狭栏里动弹不得？它们会不会也要进行人工授精，而且被迫和它们生下的骨肉分离？

　　鹿的这一切什么时候会发生？而猪的这一切又要到什么时候才会结束？

04 颤声的火鸡

自由放养的谎言

尼克最喜欢的餐厅比布瑞克属意的货车休息站来得优雅，墙上装饰的是曲棍球球衣，只不过这里的客人也比较少，所以餐厅用电视的声音来填补空旷感，餐厅里有好几台平板电视正在播放一场曲棍球赛。

尼克啃完 20 多只鸡翅，胡子上还沾着一些红色烤肉酱。"真是乱搞一通，现在开车不能喝酒了。我每次都是一边开车一边喝酒，有怎么样吗？为什么不行呢？……等我接手蛋鸡场之后，我不只要做现在布瑞克已经在做的事，我还要扩张农场，增加更多的蛋鸡。"

更多的动物，为什么每个人都在谈论要增加更多的动物呢？在查理的养猪场里，现在母猪的数量是他父亲时代的两倍，而且他每年还要持续增加；尼克针对蛋鸡场也有类似的规划。

尼克看起来想要说些什么，但是不知道该怎么说。"在查理的养猪场里，我一直在看你。"最后他终于开口说道，他的表情一沉，眉头一皱，"你是不是觉得农场里的动物被虐待？"

"没有！我并没有这么觉得。"我撒了谎。

尼克松了一口气。

"那就好。"尼克微笑着说道,"只是想到要问一下……很难得你这么想学习食品生产,而且了解我们的生活方式。我很高兴你到我们家作客,你对我来说是很正面的影响。比如说,骂脏话方面。我之前从未注意到自己这么常说脏话,直到你来之后,我才发现这件事,而且你都不会骂脏话。你是我所有认识的人之中唯一不骂脏话的人,我也想要改掉这个坏习惯,我也想要戒烟,我看得出来,你并不喜欢有人抽烟。"

尼克果然一直很仔细地观察我。

"所以,现在你都知道我的事了,告诉我一些关于你的事吧!你喜欢什么样的男生?"

"谁知道呢?"我深吸一口气。

尼克的脸顿时像秋天的落叶般皱起,仿佛他原本预期的答案是:"是你,尼克!就是你!"

"我今天还想要告诉你另外一件事。你走的时候不应该搭公交车回家,你在我们这里待多久都没关系,然后我会开车载你回到城里。那天我们可以一起到处走走,你可以带我到处逛逛,我们可以去看电影,也可以去你住的地方……"

我不太喜欢这个话题的走向。我很珍惜尼克这个朋友,但也就只是朋友而已;我们就像水和油一样,彼此无法融合。"谢谢,但是别担心,不用载我回去!"

"没问题的。我很乐意,而且我现在已经开始期待那一天了。"

服务生送来了账单,小心翼翼地放在尼克的手肘旁边,而尼克看到我一个箭步抢着买单时吓了一跳。"约会不是这样约的!"他抗议道,然后把账单从我的手中抢了回去。我抢着付账的目的就是要戳破尼克的幻想,让他了解我们并不是在约会,结果却得到了相反的效果。尼克以为这表示我对他也很感兴趣,否则一个女人为什么要抢着帮他付 20 多只鸡翅的钱呢?

"到我家喝一杯吧!"他在货车里说道。

"我很累了。"

"好吧!那么明天晚上怎么样?"

去喙、 剪爪及割除肉垂的小火鸡

金属门上的黄色标语这么写着:未经许可请勿进入,并请遵守生物安全作业。尼克的母亲珍推开了门。

一整片白色毛茸茸、三周大的小火鸡向我们涌来,一共有 4500 只,没多久在我们的脚边就像是形成一圈羽毛泡沫一样。小火鸡成群地向前、向后移动,一会儿聚集、一会儿发散,像是波浪冲上礁石后又退回海中一样。珍与我开始涉水走进这片迎接我们的羽毛之海,我们慢慢地抬起双脚再轻轻放下,避免踩到这些小火鸡。

"这些火鸡宝宝会跟着我走。"珍骄傲地说道,"它们认得出我。"

这座鸡棚里蜿蜒着三条金属管线,其中有一条上面挂着红色、大型、钟形的给饲器，里面装着黄色的玉米粉饲料，另外两条管线则连接着绿色的小型给水器。鸡棚里的阳光微弱，但是其中一面墙有一整排拉上的百叶窗，另一面则在最近才刚装上太阳能板，因此光线充足，有许多黄色灯泡亮着。这里的温度高达华氏 84 度，犹如桑拿一般，暖气的供应是来自 24 座大伞状金属制的"孵蛋器"。

"当火鸡宝宝坐在孵蛋器底下时，"珍说，"看起来就像是妈妈坐在上面一样，这就是这些机器叫作'孵蛋器'的原因。"

当时我在想的是，金属孵蛋器是很难取代火鸡妈妈的。

珍把小火鸡描述成"小暖炉"，因为它们的体温比人类还高。在小火鸡的踩踏之下，我们的脚很快就变得十分暖和、舒服。地板上的木屑还很干净，所以珍和我就坐在一台孵蛋器之下，然后把双脚向前伸展，仿佛我们正坐在沙滩上。小火鸡纷纷聚集到我们的身旁，就像是水聚集到水洼一样。我把手伸进羽毛之海，抓起两只小火鸡，左右手各一只。近看才发现，它们其实并没有远看那么健康。

小火鸡的脚爪被剪掉了，它们的脚在空中摆荡着抗议，粉红色的肉色突起看起来比人类没有脚指甲时还要赤裸、显眼。小火鸡也被去了喙，它们的嘴喙并没有尖顶，看起来就像是没有笔尖的笔，或是没有山峰的峭壁，就和蛋鸡的嘴喙一样。它们的肉垂也被割掉了，肉垂是一条红色条状的肉，随着火鸡逐渐长大，肉垂也会从嘴喙慢慢增长、往下垂吊（借此吸引雌火鸡），可是这些小火鸡的肉垂在刚刚长出来时，就已经被割断了。

火鸡的脚爪之所以会被剪除，嘴喙之所以会被切断，是因为随着小火鸡长大，鸡棚将变得十分拥挤，而火鸡也将因此出现攻击同伴的行为。肉垂之所以会被割掉，因为这是火鸡最喜欢彼此攻击的部位。所以，无论是进行攻击或遭受攻击的部位，都同时被移除了。

"你不觉得火鸡宝宝很可爱吗?"珍问我。

来到罗伯兹家的第一天开始，我就担心会重演米勒乳牛牧场的结局，害怕因为不友善的对话会导致行程再次被破坏，所以我的字典里已经没有"可爱"这一类的形容词了。之前我就是因为说"你们的小牛好可爱"，才会让麦可忍无可忍。现在坐在小火鸡群之中，我不晓得珍的问题究竟是发自内心的意见，还是仅仅出于试探。感觉珍时常在试探我对事物的反应，然后再决定该如何对待我的反应。布瑞克和保罗完全信任我，但是我可以感觉到，珍并非如此。

"对啊!我觉得火鸡宝宝蛮可爱的。"我有些犹豫地附和道。

珍露出微笑。这时候我才感觉到她的问题是真心的。

罗伯兹家的火鸡采取自由放养，或者应该这么说，这些火鸡肉在超市贩卖时，包装上的标示会写着自由放养。然而，现在围绕在我身边的这群火鸡并不是真正自由放养的火鸡。通常在六个月大之后，罗伯兹家的火鸡会被放到旁边的户外庭院里。但是，这个庭院其中一边的栅栏被货车撞坏了，所以在栅栏修好之前，没有办法放出火鸡，可是栅栏必须等到这些火鸡被送去屠宰后才会修理。也就是说，这群火鸡的一生中连一天的"放养"都没有，然而它们还是会被描述成

"自由放养"的火鸡，并且以自由放养火鸡之名来定价。

这个自由放养的骗局令人感到讶异，不过在我了解整个自由放养的故事后，其实也就没有那么令人惊讶了。在布瑞克的养猪场失火、烧毁后，他就成为了自由放养火鸡的从业者。

自由放养的骗局

养猪场的火灾迫使 25 岁的布瑞克必须暂时戒掉他的四大乐趣：喝酒、抽烟、赌博和追女人，以便找寻一条未来的新出路。他想着，他应该兴建另外一座养猪场吗？还是他应该把这场火灾视为一个机会，让他借此进入畜牧业的其他领域，或许是用另一种形式？

针对这个问题，布瑞克的考虑受到两个想法的影响。首先，他了解到"猪根本就赚不了钱"；其次，他发现"蛋鸡也一样"。布瑞克的养猪场失火烧毁了，但是他不可能放火再烧了蛋鸡场。不过，他可以确定的是，他的下一个农业计划将采取与蛋鸡场完全相反的模式，也就是将会是"低产量、高利润"，而非"高产量、低利润"。这就等于是另类农业：有机农业或是自由放养。

有机包含特定的最低法规要求。举例来说，农场动物吃的若是有机饲料，那么和常规饲料相比它的价格较高。此外，动物一年还要有120 天的户外活动。相对来说，自由放养在美国和加拿大就没有明确的定义，这个字眼只模糊地代表，动物在某种程度上可以进行户外活动，但是许多重要的问题都没有答案，像是多少户外活动、什么样的户外活动，以及进行多长时间等。

布瑞克最后决定尝试自由放养火鸡。他还是继续把蛋鸡关在铁丝笼子里，但是他的火鸡却享有较多的舒适。两种类似的动物有这么大的差别待遇，布瑞克也不觉得有什么奇怪，因为两者都是不带任何感情的商业决策。

十年后，布瑞克发现，自由放养火鸡几乎是他这一辈子下过的最正确的赌注。这些火鸡就像是源源不绝的河水一样，持续流泻出稳定而可靠的收入。他在名片上甚至根本懒得提到蛋鸡，只要提到火鸡就好。火鸡带来的收入非常高，让他有钱可以翻修、扩建房屋。他购买更多的货车和曳引机，多到他已经难以清楚追踪。从来没有人能预料到，布瑞克今天会坐拥如此大笔的财富。

然而，布瑞克个人则是从"马桶"观点来看待自己的成功。在过去，当布瑞克的房屋只有今天的一小部分时，罗伯兹全家人都必须共享一间厕所。这样的安排当然有些挑战，不过对布瑞克来说，这也存在一些优点。"当你坐在马桶上，而有人急着要上厕所时，"他向我眨了眨眼解释道，"这时候你就有谈判的筹码了。"正是对供需如此直观的理解，让布瑞克开始自由放养火鸡的事业。

从一开始，布瑞克自由放养火鸡的决定，就像米勒家的有机乳牛牧场决定一样，所关注的就是预期收入，而不是以道德作为出发点。像是栅栏损坏这种事，布瑞克完全不以为意，因为这完全不会影响到他的利润。

和一百年前《屠场》里所描述的状况相比，今天的标示机制并没有太大的差异。"他们所有的香肠都来自于同一个容器，"辛克莱写道，"但是在他们包装时，有些香肠会盖上'特制'的章，而他们针对这些香肠，每一磅会多收两美分。"

"大部分的自由放养农场都是狗屁。"布瑞克告诉我，"大部分的自由放养业者只会给他们的蛋鸡、火鸡一小块地，小到这些动物根本就不屑一顾！你在户外根本看不到半只鸡！自由放养是一个大骗局。"

然而，布瑞克的自由放养官方宣传和他的个人看法完全不同。"我们要与大自然和谐共存，而不是对抗。"当有人在正式场合询问他关于自由放养的问题时，他就会一本正经地这样回答。

从事不让人进入的农场

这三个男人穿着同样的黑色皮夹克，要不是棒球帽弄坏造型，他们看起来就像是一群天不怕、地不怕的飚车族。其中一顶棒球帽宣传的是约翰迪尔（John Deere），这是一家曳引机和农业机械的制造厂商，另一顶则是替邦吉（Bunge）打广告，邦吉是一家谷物和油籽生产公司，第三顶棒球帽上只写着"老家伙说了算"。

三个男人围着桌子坐成一圈，地点就是我和尼克一起吃晚餐的曲棍球酒吧餐厅，他们聊着布瑞克。原本他们预期布瑞克也会到场，因为他们每周都会聚在一起喝酒，但是布瑞克却找了一个他们没有料想到的代替人选出席，就是我。

当晚稍早，布瑞克本来打算奉行每周的惯例。他戴上绣着一只鸡图样的棒球帽，穿上黑色皮夹克，并在褪色的牛仔衬衫口袋里塞了一包新的香烟。不过，在出门的前一刻，他决定待在家里，因为他的头"痛得要命"。他继续说道："你们回来的时候，我一定已经喝到醉得不行了！保罗，记得要帮她付所有的饮料钱！"

我、保罗、劳伦斯（Lawrence）及罗比（Robbie）围着一张小桌子坐。劳伦斯现年 54 岁，长得很高、话不多，像是一棵冷杉树一样，颇有高高在上的气势。劳伦斯厚重的八字胡颜色偏橘，因此布瑞克时常忽略他浓重的荷兰口音，直接惊呼道："劳伦斯根本就是爱尔兰人！"罗比今年 45 岁，是三个女儿的父亲，而且根据保罗对我的描述是罗比"人很好"。我认为劳伦斯有一点太严肃了，但是我很喜欢罗比，因为觉得罗比既开朗又和蔼可亲。

"你念过书吗?"罗比问我说。

"有。"

"你念哪一所学校?"

"达特茅斯，在新罕布什尔州。"

"没听过，不过我看得出来你受过良好的教育。毕业之后，你做什么呢?"

"我在华尔街工作。"

"我从来没碰过在华尔街工作的人！你觉得华尔街怎么样?"

"我很喜欢。"

"那么，你为什么会跑来这里，来到这种地方，和我们这样的人在一起呢？"

"我到一座乳牛牧场做志工，然后认识了布瑞克。"

"你觉得布瑞克怎么样？"

"他很棒。他对我非常好，我很喜欢他。"

"这里和城市很不一样吧？"

"我感觉像是到了外国一样。"

罗比笑了出来。

晚上这段期间，保罗、劳伦斯和罗比各自喝了一大桶的百威淡啤（Bud Light）。我们的对话一开始还很正常，到后来慢慢变得粗鲁、荒谬而语无伦次。

罗比不太能接受住在美国的想法。"如果整个房间都是美国人，他们真的会非常吵闹！"他吆喝道，"我不晓得你是怎么在美国活下来的，美国人真的好吵。"

保罗说罗比是"脑袋装了面团"，还威胁如果罗比站起来的话，他要把罗比的牛仔裤脱掉。同一时间，保罗已经扯下罗比和劳伦斯的棒球帽，并且为此沾沾自喜，而罗比与劳伦斯也把保罗的棒球帽摘下来作为反击。

抢回帽子之后，保罗把座椅朝着我身旁拉近，然后用他沉重、毛发浓密的手臂搭着我的肩膀。他搭着的手愈收愈紧，于是我只好跑到女厕躲起来。我想起尼克在某天晚上曾告诉我："保罗叔叔能喝很多酒，而且你一定不会想要看见他喝醉的样子。"

当我再回到餐桌时，保罗的注意力已经被转移了，他威胁着要脱掉罗比的牛仔裤。我询问劳伦斯，能不能参观他的农场。

我就好像是问了能不能拿走他的钱包一样。"我从来不让人进入我的农场。"劳伦斯冷淡地说，"罗比、保罗、布瑞克，他们没有一个人进过我的农场。"

接着是一段尴尬的沉默，更多的啤酒被喝下肚。

"但是，你的话我就不知道了。"几分钟之后，劳伦斯一边把玩着胡须，一边说道："布瑞克喜欢你……我会考虑看看。明天早上你就不要去布瑞克的蛋鸡场和火鸡养殖场了，十点到我家喝咖啡。"

隔绝暴风雨的一道窗帘

史密特（Smit）家是用长条、充满光泽的奶油黄木搭建而成的，看起来根本就是杂志上的精美图片，像是宣传乡村地区的最佳优质房舍。这栋房屋结合简约与正式的感觉，是我看过的最美轮美奂的房子。

客厅由稳固、坚实的木柱作为支柱。此外，还有一座戏剧性十足的灰色石造壁炉，壁炉是由一块砖接着一块砖地砌上挑高的天花板。厨房的设计包括全新的黑、白色橱柜，如此现代的棋盘式设计展现出一种设计感，和房子其他部分以蜜色为基底的质朴截然不同。厨房里躺着一只黑狗，这只狗比狼还要大，但却比绵羊来得温驯。黑狗的肚子上躺着一个女孩，女孩开心地咯咯笑着，仿佛散发着金色光芒。她把黑狗的肚子当作枕头，身体的其他部分则躺在冰冷的地板上，而黑狗则是舒服地躺在它米色的床上，而它的床就固定摆在厨房的桌子旁边。

这张厨房的桌子，正是劳伦斯的妻子艾娃（Alva）每天早上十点会出现的地方。首先，她就像蜜蜂一样忙来忙去，摆好餐具、一壶热腾腾的咖啡及一盘盘烤好的面包，接着会突然在椅子上坐好，浅蓝色的双眼盯着大门，长满雀斑的手轻抚着黄如玉米田的头发，等待丈夫现身。

十点十分，劳伦斯和他有着一头深红色头发的儿子走进家门。两个男人的身上充满了猪粪堆的臭味，我绝对不会搞错这种气味。这股气味如此强烈，导致房子的优雅瞬间变成污秽，美丽变成粗鲁，优美变成苦难。臭味把所有的胃口和谈天的兴致通通吞噬了。即便是在喝咖啡的休息时间里，史密特一家人还是无法把他们的家与养猪场区分开来。

我忽然间厌恶起几分钟之前才爱上的房屋。某些享受必须仰赖喝下无知的药水才能获得，只要是苦难存在的地方，苦难就会永远躲在阴暗处，随时准备伺机突袭。和我们所得到的财富相比，获得财富的方式更能透露出关于我们的讯息。

艾娃不好意思地为这股臭气道歉，她的双颊羞得发红。

"我们有一座养猪场和一座火鸡养殖场。"劳伦斯这么告诉我。

没有啤酒的软化，劳伦斯的声音就像棍子一样僵硬，"艾娃会带你去看我们的火鸡。至于我们的猪，我们的养猪场就和查理的一样，但是我没办法让你看。猪生病的风险很高，因为数量实在太多了。"

在快速用过早餐之后，艾娃和我走进车库。因为生物安全的理由，艾娃要求我脱掉自己的靴子。这次换装的成本非常高昂，没错，对艾娃而言是如此。我欣然脱下便宜的黑靴，穿上她12岁女儿昂贵的绒毛、缎面的米色靴子。

我们乘坐着艾娃的黑色奥迪，来到一排排长方形的建筑物前，并且走进其中的一间。建筑物的入口很干净，非常有高科技的感觉，红色、绿色的把手与按钮闪闪发亮。在这里，艾娃又提供给我另一双及膝的黑色橡胶鞋，和查理养猪场里的橡胶鞋一模一样。

"我们很怕禽流感，"艾娃用她的荷兰口音向我解释道，"所有的人都很害怕，所以我们必须非常小心。这就是我们都会告诉水电工如果要来我们的农场，同一天就不要再去其他农场的原因，同时也是我丈夫昨天会和你说，今天早上来这里之前别去布瑞克农场的原因。"

我觉得有些讽刺，外人被当成危险病菌的征兆，然而真正肮脏的明明就是这些农场本身。这就好比在农业字典里，"干净"和"肮脏"这两个字的定义被莫名对调一样。但无论如何，防止外人带来污染的主要手段其实也仅止于要求更换鞋子，效果好比暴风雨来时，只拉上窗帘就想要保护自己一样。

艾娃打开下一扇门，眼前一共出现了6000只火鸡。

雄火鸡的悲惨世界

这些全部都是雄火鸡，英文昵称为"tom"。而且这些火鸡都是16周大，再有不到一个星期就要送去屠宰了。它们站着将近有两英尺高，差不多到我的大腿一半。一整群的火鸡形成一片无限延伸、毫无间断的白色海洋，里面充满扇形的尾翼，以及拍打着的、沾染粪便的羽毛。

在羽毛之中伸出的火鸡头有三种颜色：白色，表示兴奋；蓝色，表示害怕；红色，表示想要吸引雌火鸡，或是有打斗的欲望。雄火鸡头部的颜色会随着情绪状态而改变，除了令人感到不可思议之外，这也显示火鸡是有情感的（更广泛来说，所有的鸟类也都拥有情感）。

火鸡特有的喉部颤音一波又一波地从火鸡群中传来，逗得艾娃开心地咯咯发笑。氨气也同样从空气中一阵阵传来，像是电流般袭入我们的肺部，摩擦我们的喉咙，刺痛我们的双眼。即便是快速眨眼、流泪，我们仍旧无法抗拒，因为这股氨气的源头是一层厚厚的干硬粪便，而这层粪便已经累积两个月了。

史密特家的火鸡养殖场与罗伯兹家的火鸡养殖场极为相像，事实上它就是以罗伯兹家的火鸡养殖场为范本打造的，但罗伯兹家的火鸡却以自由放养的名义销售，宣称火鸡拥有一块其实根本没有在使用的户外空间。劳伦斯和艾娃是枫叶食品公司的契养户，每年为这家公司饲养将近九万只火鸡，而枫叶食品公司则是一家规模数十亿美元的加拿大食品公司。

艾娃与我漫无目的地走来走去，而火鸡也四处跟着我们。"它们之所以会跟着我，是因为它们以为我是它们的妈妈。"艾娃带着骄傲的口吻告诉我。

因为火鸡身上伤口的缘故，所以艾娃和我很清楚地知道，跟着我们的是同一批雄火鸡。其中有一只的伤口很容易辨识，这个伤口的位置原本应该是这只雄火鸡的肉垂，而现在只剩下黑色的残留血迹。另一只火鸡也很容易辨识，它有一大片圆形的皮肤挫伤，所以那里没有羽毛。然而，这两只火鸡还是比许多其他火鸡来得健康。至少它们不是被用纸板隔开，放在"生病区"里。生病区里饲养着一百只左右的雄火鸡，这些火鸡罹患着各种程度不一的病痛。

"劳伦斯每天会进来这里一到两次，每次检查十五分钟，然后把死掉的雄火鸡拿出去。"艾娃说道。

但是，因为劳伦斯停留的时间太短，所以他遗漏了许多已经死亡的火鸡，于是艾娃决定协助劳伦斯，自己来收集火鸡的尸体。尸体其实很好找，每一次火鸡群分散时就可以看到。

艾娃拿走的第一只死火鸡已经腐烂多时，呈现一片红色，全身都是被啄过的痕迹，羽毛也掉光了。"它大概是因为心脏病发。"艾娃判断道，"绝大多数时候，心脏病都是它们的死因。饲主喂养它们，让它们长得太快，导致心脏和血管无法负荷。从出生到屠宰，火鸡的体重会成长 300 倍。而在生命的最后几周里，它们每天都增加 200 克的重量。我们在十年前开始饲养火鸡时，当时还必须饲养 17 个礼拜，才能让它们长到 15 公斤（33 磅）。现在我们只养到 16 周，但火鸡还是重了 1 公斤，已经到了 16 公斤（35 磅）。火鸡的基因实在太疯狂了。"

今天的火鸡被称为阔胸白火鸡（Broad Breasted White），顾名思义，饲养它们的目的就是为了大到不自然的鸡胸，因为这是火鸡全身利润最高的部位，也就是消费者需求最高的部位。然而，消费者却没有意识到，自己的口味喜好对动物的福利已经造成了影响。当今世上火鸡的大尺寸也就意味着，它们再也无法自然地求偶、交配，因为雄火鸡的身体对雌火鸡来说太重了。正因如此，现在火鸡都是通过人工授精：饲养的雄火鸡会接受人工取精，然后会再以注射的方式对雌火鸡进行人工授精。

每一年，美国总统都会仪式性地"赦免"一只火鸡，使其免于遭受屠宰的命运。"感恩节对火鸡来说是一年里最糟的日子。"奥巴马总统在 2011 年的火鸡赦免活动中幽默地说道。这只被他赦免的火鸡名为自由（Liberty）。奥巴马总统继续说道："'自由'大概是全地球上最幸运的一只鸟了。"

并非完全如此，多数获得赦免的火鸡通常在一年之内就会死亡，因为它们的身体结构已经完全变形了。

看着艾娃收集雄火鸡的尸体，我认识到今天的农夫花在移除动物尸体上的时间，比照顾活着动物的时间还多。不同种类的农场动物有不同的死因：火鸡死于心脏病发，小猪死于阉割和断尾，蛋鸡则是死于吊死、内脏外露及装进笼子时所受的伤，而这些残忍的死亡形态却都被视为"做生意的合理成本"。

艾娃又找到第二具死于心脏病的火鸡尸体，尸体已经被火鸡群踩扁，陷入地板上的粪便里。在不远处，她又发现第三具尸体，身体还完整，身上还有羽毛，是最近才死亡的。艾娃把这两具尸体和原先手上的第一具拿在一起，她的脸颊发红，一方面是因为雄火鸡的重量，另一方面则是因为要在充满氨气的空气中呼吸并不容易。艾娃大步走向门口，而三具火鸡尸体的头在她的身后弹跳着，仿佛泄了气的皮球。

艾娃把火鸡丢在门边，旁边还有另外一堆，同样也是三只火鸡。这三只里有两只已经明显死亡了，而第三只正濒临死亡，但却还没有完全死亡，它还活着，却已经了无生气，皮肤布满鲜红色的血。艾娃踢了它一脚。

火鸡转过头。艾娃又踢了它一脚，火鸡发出尖锐的叫声。艾娃踢得更用力了，火鸡继续叫。艾娃再次举起脚。"你为什么要踢它？"我大叫道。

"我想知道它病得有多重。"艾娃冷冷地回答道，"看看它会活下来，还是会死掉。"

"它会死掉，劳伦斯也这么觉得，否则他就不会把它放在这里，和其他死掉的火鸡一起摆在门边了。"

艾娃看着我，仿佛她以前从未听过这样的逻辑，她的眉毛高高扬起，被金色刘海遮掩。她耸了耸肩，接着又踢了火鸡一下。

火鸡的两脚发颤，稍微移动一小步，接着又再次移动一小步，最后重重摔倒在粪堆上。

"你说得没错。"艾娃做出结论，"它会死掉。"

于是我们离开，让火鸡待在那里慢慢死去。

05 怪胎鸡

一段开始的结束

曳引机的外观看起来很庞大，所以我假设里面的空间应该也很大。其实并不尽然。

尼克带我浏览他家所有的房地产，包括 400 英亩的灌木丛、800英亩的田野、家人居住的房屋、火鸡养殖场、谷仓和饲料仓库、蛋鸡场、保罗的住处、破破烂烂与摇摇欲坠的猎犬狗屋、夏季烤肉用的小木屋，以及小木屋前挖来钓鱼的小水塘。在曳引机狭窄的座位里，尼克宽阔而温暖的大腿紧紧靠着我的腿。当我们的脸转向彼此时，双方的嘴唇只距离几英寸，而彼此的呼吸也在空气中融合。

在曳引机里，我们被迫坐得很近，因此，回到罗伯兹家后，我就选择坐在距离尼克最远的咖啡桌对角。尼克整个人躺在沙发上，好像沙发是一张床，接着他把刚刚走进来的黑狗莉兹举起来放到胸前。他在怀里呵护着莉兹，像是对待情人一样，并且一边指示我说："如果莉兹走到门口，或是即使它只是看着门，你都要把门打开，这样它才可以出去。"

说完之后，尼克就用脚边的红色毛毯盖着自己和莉兹，然后就睡着了，他的双手仍然温柔地抱着莉兹黑色的长背。尼克开始轻声、有节奏地打呼，像是火车引擎发出的声响，这时莉兹小心地从尼克的手中挣脱，接着爬下沙发，朝着门口走去。我赶紧遵照尼克的指示把门打开。

莉兹是备受罗伯兹一家宠爱的成员，他们甚至还为它准备了一份出生证明。出生证明有着银色的裱框，和其他的家庭照片一起挂在厨房里，上面写着莉兹的全名：伊丽莎白·罗伯兹，出生于 9 月 6 日，有七个兄弟姐妹，妈妈的名字是翠克希。

莉兹并没有提供给罗伯兹一家人什么东西，没有肉、没有牛奶，也没有鸡蛋，而它也没有协助放牧或是看守的工作，所以也不是肉、牛奶或鸡蛋的间接贡献者，但是它却什么都有。莉兹在农场里没有任何作用，然而它和我目前看过的所有饲养在农场的狗一样，可以自由活动，不论是室内或户外，想去哪里就去哪里。相反地，农场动物提供肉、牛奶和鸡蛋，而它们得到的回报却是被拴上铁链、关在狭栏与笼子里。明明都是动物，一边被剥削到了极致，另一边却是得到无限的宠爱。

莉兹回来了，我赶快跑去帮它开门。它慢慢走进室内，看都没有看我一眼，就走向家里最喜欢的地方：柴炉。而柴炉的位置正好非常接近它的出生证明。莉兹和往常一样，头直接躺在火炉下方，烘烤着它年迈的老骨头，它的脸上布满阴沉的睡意。

当尼克的鼾声渐响之际，布瑞克突然跑进客厅。他的胸膛赤裸，肚子像是一块红色石头，上面铺着一层灰色的体毛，肚脐从体毛中探出，他的肚脐看起来像是一颗凶恶、扭曲的眼睛。他一手环抱着我的肩膀，亲吻我的额头，接着在我身旁的沙发坐下，然后开始用一支手掌形状的棒子抓着他的背。"我的背很痛，因为雪地摩托车的关系。"他解释道，"他上你的床了吗？"

"什么？"

布瑞克看着德科斯特，而不是尼克。"喔，德科斯特，对。"我赶紧恢复镇定，"还没有，我的门一直都是关着的。不好意思。"

布瑞克相信，他那只整天昏昏欲睡的黑猫德科斯特在夜晚有着不为人知的一面，虽然白天看起来永远黏在客厅的摇椅上，巧的是这张摇椅是全家最舒服的椅子，但是到了晚上，它却会在屋子里漫游潜行。为了让德科斯特的夜间冒险顺畅，布瑞克坚持所有房间的门在晚上都要打开。但是，我会关门（我觉得自己已经算是罗伯兹家里的一分子了，所以决定违抗布瑞克明确的指示）。

"有一次我把德科斯特抱下椅子，然后自己坐上去。"布瑞克回忆道，"但是，德科斯特并不喜欢我这么做，它非常不喜欢，结果它竟然抓我！还抓到我流血！"他上扬的语调中带着骄傲，接着就给我看他大肚子上的抓痕，这道德科斯特划下的抓痕现在已经泛白了，然后布瑞克就把这只重达 20 磅的黑猫从摇椅抱到自己的大腿上。

当德科斯特用爪子抓我的裤子时，我发现罗伯兹一家人剪掉了火鸡的脚爪（再加上去喙和割断肉垂），但却没有剪掉猫的爪子，真是奇怪。也许这是因为剪猫爪会被视为残忍的行为，但是剪火鸡爪还可以被接受。猫适用的是社会标准，而火鸡适用的是农业标准，这两个范畴在我看来可以说是天差地别。

最后在尼克醒来时，布瑞克收好他的抓背棒，穿上褪色的牛仔衬衫，然后打开电视。父子两人都不想看《办公室》(The Office)。"我宁可把眼睛挖下来，也不要坐办公室。"尼克说道。最后，电视频道停留在《一千零一种死法》(1001 Ways to Die)。珍看了这些千奇百怪的死法后觉得很不舒服，包括因为斗鸡、扒落叶和电击等原因而死亡的，于是她在厨房的餐桌上玩起桌游，这个桌游不仅是她自己从小玩到大的，在孩子还小的时候，她也教他们玩。

布瑞克和尼克心不甘情不愿地关掉电视，加入餐桌上珍与我的行列。布瑞克和珍组成一队，而尼克则是与我组成一队。每次得分的时候，尼克和我都会兴奋得像是足球选手一样击掌，虽然珍显然是我们四个人中最厉害的。

那天晚上，我胡乱看了几个电视节目、玩了童年桌游，并且享受珍稍后准备的晚餐，那是我在罗伯兹家里最开心的一晚。

"既然你已经决定明天要回家了，"尼克告诉我道，"不如一大早出发吧！这样我们就可以一起在城里待一整天了。"

"好的。"我同意地说道，但还是想要自己一个人离开。

昏暗迷蒙的肉鸡养殖场

这些建筑物彼此的间距相等，看起来就像是哨兵，而哨兵的身上有着整洁的白漆，四周环绕着绿树。和我目前看过的其他养殖场相比，这些建筑物也一样长，像是仓库，只不过这些养殖场的高度更高，一共有两层楼。

其中一栋的入口处十分宽敞、明亮，感觉像是实验室。而泰瑞（Terry）就站在这里，他22岁，绿眼、棕发，原本圆形的脸庞被修剪整齐的山羊胡划出一角。泰瑞从学生时代就认识尼克了，而他童年最美好的回忆之一，就是能吃到布瑞克叔叔家的火鸡香肠。这就是为什么即便泰瑞可能不太愿意，但他还是立刻答应尼克代我提出的参观要求。我们见面的时间是星期五晚上10点，因为泰瑞说在那之前他没空。

和其他100多家契养户一样，泰瑞与他的父亲每年饲养超过50万只肉鸡，并将肉鸡供应给大河食品（Grand River Foods），该公司是许多大型商场与连锁餐厅的供货商，包括沃尔玛、喜互惠（Safeway）、必胜客、赛百味等。

泰瑞丢了四个透明的塑料套在地上，接着吩咐我们道："用这些吧！生物安全。"于是，我开始用靴子摩擦着塑料套，把它当作脚踏垫，直到泰瑞用严厉的眼神制止我的动作。他很快看了尼克一眼，而我也猜到意思了，我应该要穿上塑料套，包裹在我的靴子外层，而不是用靴子去摩擦。这是泰瑞对我的第一印象，我是一个白痴。而经过一整个晚上，这个印象只是变得愈来愈深刻。

"你们还记得我和你们说的，对吧？"泰瑞紧张地问我们，"你们现在穿的衣服和靴子，之前并没有穿着去过其他的农场，对吧？对吗？"

"没错。"尼克回答道。

我们很谨慎地遵照泰瑞的服装指示。我之前还不熟悉畜牧业，所以行李箱里只带了几套换洗衣服到罗伯兹家。我根本不晓得即使只是短暂暴露在氨气之中，衣服上都会留下难以磨灭的臭味。因为这个原因，我现在身上穿着的其实是珍的衣服和靴子，珍非常热心地把衣服借给我。这些衣服的尺寸非常大，而我的身材又十分娇小，不过至少还穿得起来，衣服暂时不会掉下来。

泰瑞听见尼克的回答之后，立刻松了一口气，接着又深吸一口气，仿佛试着在肺里储存氧气，准备进行深海潜水作业。当泰瑞打开下一扇门时，他的态度并不是大张旗鼓的自豪，而是带着几分抱歉，"不好意思，里面很臭"。

臭味来自于四万只肉鸡，有一半在我们眼前，另一半则在我们的上头，在二楼。我们眼前的肉鸡颜色仿佛香草、巧克力和草莓三种综合口味的冰淇淋，白色羽毛有些地方弄脏了变成咖啡色，而没有羽毛的地方则是粉红色。所有鸡的味道都能闻得到，但是只能看见距离最靠近的鸡，因为这个地方十分昏暗，气氛就像是墓园一样诡异。这里的空气也很迷蒙，其中一面墙的顶端有几个狭窄的通风口，而冬天寒冷的空气一阵阵地从那里吹进来，白色的空气吹进来就像是鬼魂一般。

"你可以把灯打开吗?"我询问泰瑞道，我的全身已经起鸡皮疙瘩了，"开一点点就好了，让我们看得比较清楚。"

"不行，这里的灯光必须经过严格控制，这样肉鸡才会增加体重，而不会得心脏病。如果开灯的话，肉鸡就会醒过来吃东西，然后增加体重。灯光暗的时候，它们才会停止吃东西。我们并不希望它们吃得太多，因为它们的基因很奇怪，吃太多就会长得太快，然后心脏和脚就会无法负荷，最后得心脏病。所以，我们需要控制它们吃多少东西，而控制的方法就是调整灯光的强度。"

在某些方面来说，当今世上的肉鸡和火鸡就像是气球一样，唯一的差别在于，它们不是因为空气而膨胀，而是在有灯光的时候才会膨胀。如果膨胀得太快，它们就会爆炸，或者应该说是内爆，它们的身体会垮掉，痛苦的双脚再也无法撑起身体。极端的基因筛选因为人工授精而加速，使得当今农场动物的品种与过往相比，无论是肉、奶及蛋的产量都会多出许多，而且它们吃的食物也远远比以往少。在所有动物里，鸡的基因改变是最惊人的。1925 年时，肉鸡在 16 周内会长到 2.5 磅重；而今天，它们在 6 周里就能长到将近 6 磅重（而且就每一磅增加的重量而言，食用的饲料还不到原本的一半）。这无疑是一场奇迹，却也是一场折磨。

"今天饲养的鸡长得如此之快，"动物专家葛兰汀博士在其著作《倾听动物心语》（*Animals in Translation*）中说道，"结果导致双脚支撑不住日益膨胀的身体而崩垮，这一点非常可怕。灯光调暗可以让小鸡的生长变得缓慢，并且足以防止双脚崩垮的状况发生，所以在晚上把灯关掉非常重要，因为跛脚对鸡的健康和福利而言是很严重的问题。我曾经到过一间农场，里面有一半的鸡都是跛脚的。"由于基因筛选依旧持续进行，所以这个被葛兰汀博士称为"生物体系过载"的问题，在未来只会愈来愈严重。

不管有没有跛脚，泰瑞的鸡显然不太能移动，它们都安分地坐着，仿佛被黏在地上的粪便里一样。有一件讽刺的事是：布瑞克的蛋鸡想要移动，但是它们被关在笼子里，所以无法移动；泰瑞的肉鸡可以移动，但是因为体重的关系，所以它们并不想移动。（在北美洲，蛋鸡通常都关在笼子里饲养，但是肉鸡则不会，因为业者担心笼子的铁丝摩擦会导致鸡胸部位长水泡，因而压低鸡胸肉在市场上的价格。）

布瑞克的蛋鸡品种有一个非常田园、诗意的名字：罗得岛红鸡，这是因为罗得岛州是最先饲养这个品种的地方。相反地，泰瑞的肉鸡品种则是全球最普遍的肉鸡品种之一，而这个品种的名字听起来，与其说是动物，倒不如说更像是计算机程序：罗斯 308（Ross 308）。不过，这个名字其实也很合适，因为听起来既不优雅，也不带有任何色彩，非常符合这个日渐膨胀的品种，而且罗斯 308 肉鸡本身就是计算机的产物。根据培育罗斯 308 的安传捷（Aviagen）公司所说，该公司设计品种的依据是严格的"生长率"和"饲料效率"计算，而罗斯308肉鸡符合"普遍终端产品的需求"，能提供"整合良好的运作，达到饲主、肉鸡及加工业者三方的完美平衡"。

粪便飘散出来的氨气刺激着我们的眼睛，搔动着我们的喉咙，让我们不停地咳嗽、眨眼，仿佛身陷一场沙尘暴。泰瑞的脸色发白，面如死灰，而且咳得像是肺癌患者一样，在一片迷蒙中，他眯眼朝向门口看去，仿佛正在计划逃亡的罪犯。

尼克把套了塑料套的靴子前端伸进粪便堆里，他想知道他的脚要伸多长才能探得到地板。"这里不只是粪便，"泰瑞连忙告诉尼克说道，"里面还有很多的甲虫，我们这里的甲虫问题非常严重。"

然而，在黑暗之中，甲虫完全混进粪便里，仿佛黑森林蛋糕上的巧克力脆片一样，不可能看得清楚甲虫究竟在哪里。在粪堆里，我们唯一能辨识出来的只有泼洒的饲料，这些饲料在给饲器附近形成黄色的一圈痕迹。"我们喂肉鸡吃玉米黄豆粉和肉粉。"泰瑞说，"肉粉是从猪那里来的。"

每只乳牛， 平均吃下一磅的其他动物

以前我不知道"肉粉"是什么意思，直到布瑞克解释之后才明白。在蛋鸡场里，布瑞克长茧的手里拿着一颗饲料丸，他向我说明道："我的饲料丸和大多数的饲料丸不一样。多数的饲料丸里都有屠宰的副产品，屠宰场的人会把屠宰剩下的部位'回收再利用'，也就

是说他们会把副产品磨碎，然后做成肉粉、骨粉，或是其他种类的动物饲料粉。"

"然后，他们会把那些回收再利用的东西和玉米、黄豆加在一起做成饲料丸。你没有办法买到分开的玉米丸和黄豆丸给鸡吃，因为全部的饲料丸里都混杂所有的成分，包括屠宰的副产品。饲料厂商都是这样贩卖鸡饲料的，所以鸡无法自行选择要吃什么。它们一定得吃下屠宰的副产品，因为副产品也混在饲料丸里了。"

泰瑞的鸡饲料和布瑞克的不同，他的饲料是粉状，而不是丸子。泰瑞自己种玉米，另外购买黄豆和猪肉饲料粉，最后再把这些东西全部混合在一起。这三种饲料粉会透过管线送进红色给饲器，粉末虽然混在一起，但仍是彼此分开的颗粒。这也就意味着，泰瑞的肉鸡有别于大多数的饲养鸡，它们可以从饲料中挑选想吃什么，可以借由食用的顺序来表达对不同饲料的偏好。

"它们会先挑出玉米和黄豆的饲料粉。"泰瑞说道。

它们当然会这么做，鸡吃猪肉根本就不是一件自然的事。然而，泰瑞的鸡饲料里有四分之一包含猪肉。(如果要达到最高获利，可能就得打造一个完全自给自足的封闭食物链：让动物吃它们排泄出来的东西。如此以粪便为核心的食物链将会是农业上的一大突破，肉的价格也将变得前所未有的便宜，不会比粪便贵上多少。)

"喂动物吃屠宰的副产品是不对的。"布瑞克继续在他的蛋鸡场里告诉我，"鸡不应该去吃其他的家畜。这就是为什么，我一定会确认我的饲料丸里没有屠宰的副产品。我的饲料比其他农家的饲料还贵，因为我的蛋鸡和火鸡都是'素食饲养'的。"

然而，在美国与加拿大，只有极低比例的鸡和火鸡是通过素食饲养，绝大多数在每天的饲料里都包含动物副产品。"长久以来，美国的家禽业者一直都有在饲料中使用屠宰副产品的做法。"一篇名为《家禽营养中的屠宰副产品》(*Rendered Products in Poultry Nutrition*) 的论文如此解释，"屠宰副产品所提供的脂肪通常比植物油来得便宜，例如，色拉油就比较贵，不过色拉油在其他国家却得到广泛使用……这些副产品加以结合，可大幅减少家禽业的成本开销，而家禽业使用这些产品的比例也相当高……这些产品在家禽业中的高使用率可谓常态，而且在未来预计这样的使用还会持续成长。"

"以鸡来说，你要看的是每公斤的利润。"泰瑞一边喘气，一边对我说道，"我们会做一份最低成本分析，意思是我们会使用成本最低的饲料。屠宰副产品的成本最低，所以我们就会用它来做饲料。我们这么做是为了要赚钱，这是在做生意。"

在泰瑞的生意中，肉粉饲料来自于罗塞伊 (Rothsay)。在罗伯兹一家人和他们的朋友之间，罗塞伊这个名字实在太常出现了，所以我一开始还以为，这是一个重要邻近城镇的名字。事实上，罗塞伊是一家屠宰副产品处理公司，而且是加拿大规模最大的。罗塞伊之前隶属的食品公司也是加拿大排名前几的大公司，也就是规模高达数十亿美元的枫叶食品。[不过，在 2013 年年底，罗塞伊被名为达尔琳 (Darling

Ingredients）的食材公司并购，达尔琳是一家公开上市的公司，总部位于美国德州，全球有超过 200 间的作业工厂。]

枫叶食品这个名字在罗伯兹一家人的社交圈里比罗塞伊更常出现，因为所有人（真的是所有人）都为枫叶食品工作，只是领域不同而已。泰瑞从罗塞伊那里购买猪肉粉饲料，劳伦斯是枫叶食品的火鸡契养户，而布瑞克的自由放养火鸡也是交由枫叶食品进行屠宰。也就是稍早在枫叶食品的会议中，布瑞克对农产事业的"高产量、低利润"模式产生了新的怨恨。

运作的方式是这样的，枫叶食品提供动物给契养户，由执业者根据契约来进行饲养的工作。接着，当动物依据要求的指示，在要求的时间内达到要求的重量时，枫叶食品就会进行屠宰。罗塞伊和旗下的五百名员工则负责处理屠宰之后的副产品，也就是人类无法消化的、不爱吃的、食用上不安全的，以及受到污染的动物部位。

他们每年都会烹煮、压扁、碾碎几亿磅重的动物部位，包括头部、尾巴、肝脏、肺脏、肾脏、骨头、羽毛、血液、皮肤与肠子。这些身体部位做成的副产品包括肉粉和骨粉饲料，用来喂食鸡、火鸡及猪；猪肉粉与猪内脏粉，用来喂食所有的农场动物；还有血粉和羽毛粉，用来喂食农场里最草食性的动物——乳牛。结果是，每天在美国的农场里，每一头乳牛平均吃下一磅重的其他动物。

罗塞伊并不只回收利用屠宰场的动物，也收集屠宰之前就已经死亡的动物尸体，也就是在农场上不健康、罹患疾病的动物。然后，罗塞伊再把这些动物的尸体做成饲料粉，贩卖给契养户，喂食这些业者农场里的动物。罗塞伊甚至还提供"农场回收"服务，亲自到农场收集已经死亡的动物尸体。

为了方便回收人员每周的工作，劳伦斯和艾娃会准备五个蓝色大桶，里面装满死掉的火鸡，而桶就摆在他们的木屋旁边，即使这些桶完全破坏了木屋的典雅高贵。而布瑞克的做法与史密特家不同，他从不使用任何形式的"农场回收"服务，因为他本身拒绝使用屠宰的副产品，所以他也不愿意做出任何贡献。保罗会把蛋鸡和火鸡的尸体放进一个很大的冰库，等冰库满的时候再取出尸体进行掩埋处理。

泰瑞看起来不太舒服，他面无血色，眼神呆滞。"可恶，我受不了了。"他低声吼道，"我现在就要出去!"而后就往外跑。

从人工饲养到机器监控

泰瑞跪在稍早迎接我们的入口处，他的双手放在膝盖上拼命喘气，像是刚刚逃出一场火灾。

"我有气喘。"他一边喘气，一边说道，"如果我们刚才再多待十分钟，氨气就会让我窒息而死。我每次进去都会戴口罩，但是这一次之所以没有戴，是因为我不知道你们会想要待在里面。"

泰瑞恶狠狠地看着我。"我很抱歉。"我说道。他摇摇头，眼神瞥向别处，仿佛因为他伤得太重而无法回答。

泰瑞恢复之后，他打开墙上一个小柜子的门。柜子里装满各式各样的口罩：布口罩、手术口罩、消防口罩，还有能把整张脸都罩住的面具，仿佛脸是被熊吃掉的鱼一样。泰瑞几乎可以把出租万圣节用品当作副业了。

"如果没有气喘，我就不用戴口罩了。"泰瑞一边咳嗽，一边说道，"但是，这样一来，我就会有比气喘更严重的问题，因为会吸入这些氨气。气喘虽然很讨厌，但是它可以救我一命，因为它强迫我必须戴上口罩。"

工厂化农场里的氨气已经难以忍受到了这种地步，竟然会让泰瑞为自己的气喘感到高兴。

"这里的空气对你很不好。"尼克认同地说道，"我一直告诉保罗叔叔要戴口罩，说了好几年了，但他还是不戴，结果他现在就咳成那样。"

我注意到泰瑞的口罩十分干净，就像是放在玻璃柜里的瓷器一样。"我很少戴这些口罩。"他解释道："我只有在这里有问题时才会进来。"

"但是，如果你不进来，你怎么会知道这里有没有问题呢？"我问道。

"用我的电话。"泰瑞一边说着，一边在我的面前挥舞着手机。

"我不懂。"

"她和你们待在一起多久了？"泰瑞用一种难以置信的口吻询问着尼克，好像我不在场似的。"对你来说，这种事情可能很难理解。"

他转过头来对我说，"但是，举例来说，温度，我把养殖场里的温度设定在华氏 65 到 85 度之间，如果温度低于 65 度或是高于 85 度的话，我的手机会自动接到一通电话，然后我会进来看一看状况，否则就不需要进来了。"

"不过，即使没有问题，难道你都不用进来检查一下吗？"

"我会用我的手机检查。"他不耐烦地说，"我示范给你看，这样你就会懂了……你看，我现在正在打给三号养殖场。不是这一栋，是另外一栋。"

嘟嘟嘟嘟……"我把它设定成要响很多声，这样不小心打错的人就会自己挂断电话。"他向我解释道。三号养殖场的电话最后终于接通了，一个女性的机器语音开始提供最新的状况，首先是"第一区"，然后是"第二区"，再来是"第三区"……

"一共有八区。"泰瑞进一步说明，"第一区和第二区是养殖场的实体区域，而第三区到第八区则是不同的设备。我只要打电话进来，就可以知道所有区域的状况。"

区域、电话和机器语音，这座养鸡场仿佛成为一部未来感十足的科幻电影——《黑客帝国》（*The Matrix*）的另一个版本。工厂化农场自动化到这种程度，甚至连实地检查都已经不再需要了。事实上，在这样充满毒性的环境里，人们就连存活都很困难，泰瑞就是一个很好的例子。

然而，电话检查的趋势不只限于泰瑞而已。过去半个世纪以来，世界各地在农场里工作的人数不约而同地都在减少。在美国，一个人往往就要负责几千头猪，以及几十万只的肉鸡和蛋鸡。"美国现在的监狱囚犯人数比全职农夫还多。"记者艾瑞克·西洛瑟（Eric Schlosser）在他的著作《快餐共和国》（*Fast Food Nation*）里如此写道。

五十年前，动物是由人喂食和照料的，所以农场里的条件必须让人们足以忍受，这样人们才能在农场里工作。到了今天，这些工作已经被机器与电话取代。智能型手机可以开灯、关灯，可以替大楼上锁、解锁，还可以追踪动物的饮食状况。农夫也有许多应用程序可以选择，像是家畜生育计算器（Cattle Breeding Calculator）、专业奶农事件簿（Pro Dairy Event）及猪肉生产（Pork Production）。"用行动监控来管理农业所有面向的趋势只会继续成长。"一家行动学习公司的电话农场管理报告如此预测。

科技取代人工本身并没有什么错，在任何产业皆然，但是相较之下，电话农场管理所带来的问题较为隐晦。如果契养户再也不需要进入养殖场里，那么对他们来说，就再也不会有任何诱因促使他们把环境变得更适合动物居住。

当素食者遇上鸡农

泰瑞邀请我们到他的家里喝啤酒。

时间已经将近午夜 12 点了，所以我婉拒邀约，不过尼克却答应了。

"我怕等一下可能会提到，所以必须先和你说一件事。"在前往泰瑞家的路上，尼克在货车上对着我喃喃自语。他停顿了一下，接着开始缓缓诉说，听起来就像是一辆载货的火车一样，而他的语气仿佛是在为自己的罪孽告解。"我曾经和泰瑞的女朋友凯莉（Kelly）约会过！不过那是我八年级的事了，当时凯莉是九年级。现在我对她已经完全没有兴趣了，知道吗？但是，这并不代表我不喜欢年纪比我大的女生！"他澄清道，似乎是想起我年纪比他还大两岁这件事，"我喜欢年纪比我大的女生，非常喜欢……"

泰瑞居住的小区有许多新建的房屋和时尚的汽车，看起来更像是富裕、别致的市郊，而不是乡村地区。他的房子也一样，瓷砖地板、大理石厨房料理台，还有一台大型的平板电视，正播映着《快客杀手2：极速电击》（Crank 2: High Voltage）。泰瑞的女朋友凯莉及另外两位朋友正专注地观赏着这部动作爱情片，一位是表情肃穆、身材消瘦的奶农，另一位则是漂亮而开朗的奶农女友。

"噢……这太可怜了。"奶农的女友呜咽着说道。

《快客杀手2：极速电击》里的一个男人正在训练他的德国牧羊犬，训练的手段是为牧羊犬戴上一个电击项圈。当男人按下手中的遥控器电击牧羊犬时，牧羊犬会先发出呜咽声，接着狂吠。《快客杀手2：极速电击》的男主角薛夫·茄里欧斯（Chev Chelios）是由演员杰森·史塔森（Jason Statham）所饰演的，他正好在这个场景里出现。"你晚上怎么有办法睡得着？"他斥责电击训练师说道。男主角释放牧羊犬，并且拍拍它的头，然后说："我来自善待动物组织（People for the Ethical Treatment of Animals，PETA），你这是虐待动物的行为。"电击训练师称呼男主角是一个"自由派的疯子"。

"我和威尔去养猪场的时候，他曾经用电击棒电过我几次。"尼克一边看着电视上电击牧羊犬的场景，一边说道："痛死我了!"

虽然女友在一旁哀叹，但是这位身材消瘦的奶农在这个电击场景出现期间完全无动于衷，仿佛观看的是一则洗碗精广告。他的乳牛牧场大概也和麦可的一样，被锁链拴住的乳牛上方可能也悬挂着通电的排便训练器。

奶农和他的女友在不久后就离开了。尼克与泰瑞走到房子外头抽烟，同时欣赏凯莉买的新车，凯莉说这辆新车是一个"大美人"，而且是她"一生的挚爱"。屋里现在只剩下我和凯莉。凯莉现年25岁，一头金色短发并没有洗干净，而她黏蜜般的声音宛如人工糖精一样。她不喜欢泰瑞的养鸡事业，原因有好几层，其中包含她身为女友、动物爱好者，以及素食主义者的身份。

"鸡臭死了!"她告诉我，"我叫泰瑞不要进入养殖场，但有时候他还是必须进去，他回来的时候全身都是鸡粪的味道。我叫他把农场里穿的衣服放在地下室，但是距离这里这么远，我还是闻得到味道!我对灰尘过敏，所以我只有在小鸡送来时才会进入养殖场，然后我和我的朋友会在里面跑来跑去，能拿几只小鸡就拿几只。我们会为两只小鸡戴上项链，然后把它们当作我们的宠物!"

凯莉调整她黑色的杜嘉班纳（Dolce & Gabbana）墨镜，两手模仿着抱小宝宝的姿势。"我喜欢小鸡，它们超可爱的！我很喜欢动物，我也是素食主义者。"

我发现，在偶然间进入这个畜牧业社会之前，我从来没有这么常听见别人吃素。这些最接近肉品生产体系的人们如此抵制吃肉，绝对不是偶然。

凯莉给我看她手机里的一张照片，照片里的她将一只宛如水仙花的小鸡捧在手心。"我想要在家里养一只鸡当宠物，但是泰瑞不准。"

尼克和泰瑞回来了。"泰瑞，我可以在家里养鸡当宠物吗？"凯莉嘟着嘴哀求道。

"绝对不行！"泰瑞回答道。凯莉对他比出中指。

尼克与泰瑞加入我和凯莉的行列，我们四个人坐在厨房的餐桌前，而尼克与泰瑞开始分享一些喝酒、打架、闹事之类的故事。"有一天晚上，我在我家房子的后面撒尿，"尼克说，"结果有一个老家伙不晓得从哪里冒出来，他从我后面走过来，然后朝着我的下巴揍了一拳！……"泰瑞也开始讲起他被打的故事，"当时我在一间酒吧，然后有一个混蛋朝着我走过来……"但是，他的故事并没有讲完，因为《快客杀手2：极速电击》演完之后，电视就开始播放色情片。

泰瑞冲过去关掉电视，而尼克把这个举动解读为我们应该离开了。

我非常害怕这一刻的到来，因为尼克和我会在货车上独处，而我将必须说谎。

谎言造成的不欢而散

我不愿意花费更多的时间再与尼克相处，因为这样只会让他继续抱有错误的期待，所以我想要隔天早上自己搭公交车回家。然而，尼克也同样坚持要用货车送我一程，对于我"喜欢坐公交车"的说辞完全无动于衷。当天稍早，我已经放弃自行离开的念头，不过到了晚上，我又有了一个想法，这个想法的灵感来自于我们看电视时，尼克的一段激进话语："我宁可把眼睛挖下来，也不要坐办公室。"

"我明天会待在我姐姐的办公室里。"我在货车上这么告诉尼克，"办公室真的很无聊。相信我，你一定不会想来的。明天早上，我还是自己搭公交车回去吧！"

尼克的那瓶啤酒仿佛中途冻结在他的嘴里，"不过，明天不是星期六吗？"

我应该早点想到这一点。"是，没错。"我吞吞吐吐地说，"但我还是必须去她的办公室。"

"为什么？"

"也许我会协助她工作……？"

正是因为最后的疑问语气像绳索一样悬在半空中，所以尼克明白办公室其实只是一个谎言、一个借口。他的脸色一沉。"你说得没错。"他声音紧绷地说，"我不想星期六还待在办公室里。"

尼克不发一语地抽烟、喝酒，他并没有邀请我到他家喝一杯，而且载我到他父母家时，他没有对我微笑，也没有向我挥手说声再见。我再也没有见过他。

怀抱情感的真心接纳

我待在米勒乳牛牧场的经历中处处充满敌意，而我也因此产生了一种自我意识，觉得自己是一个不好的客人，甚至是一个不好的人。也因为如此，待在罗伯兹家的这段期间，我发展出两种类型的恐惧：其一，我害怕哪一天会巧遇米勒一家人；其二，即便没有碰到，我也担心罗伯兹一家人会像米勒一家人一样讨厌我。

这两种情境最后都没有发生。"你是我们家的一分子了。"布瑞克时常这么对我说。我不晓得是什么原因，也许布瑞克自己也不知道，但是他对我十分信任，也很乐意和我分享他生活中的每个方面。他与我分享他的家、他的家人及他的朋友，而他的朋友们也因为对他的敬重，所以十分乐意和我分享他们自己的家、他们的家人及他们的朋友。

在这个小小的农业社会里，布瑞克的认可等同于一张 VIP 通行证。如果没有这张通行证，所有的大门都会关上，而所有的礼仪都必须遵循。而有了这张通行证，大门纷纷敞开，所有礼仪都可以省去。住在罗伯兹家的这段时间里，我一共走进三户人家：查理的小木屋、劳伦斯的木造房舍，以及泰瑞市郊风格的宅邸。相反地，我在华尔街工作的整整两年里，只进过一个同事的公寓，就只有那么一次，而且还是为了一场居家派对。

在这个遥远的农村社会里，我必须说这里的人都非常真诚，他们说的都是心里想说的真话，而且他们想说什么就会说什么，一切直白坦率。这也是为什么在布瑞克家寄宿之后，我不可能会拒绝他想要住在我家的要求。

"我是布瑞克叔叔。"在我离开两周后，布瑞克来电说道，"我打电话给你是想告诉你，我很喜欢你这个女孩子！祝你健康、快乐、发大财、长智慧。我现在和你的男朋友在办公室里，而且我们已经醉得东倒西歪了！我们下个礼拜会去农业展售会！展售会距离你住的地方很近，所以我们应该可以在那里见面。"

"没问题。我之前没去过农业展售会，我应该穿什么衣服？"

"我只要进城开会都会穿着晚礼服。不过，我不会穿晚礼服去展售会，但是我一定会盛装出席的！噢，对了！我会和你的男朋友，还有 23 个农夫一起去。我们一定会喝很多酒，不醉不归，然后那天晚上我们会住在你的公寓里！开玩笑的。不会真的有 23 个人去住你那里，其实是 35 个人！"

35 位农夫？住在我的公寓？不醉不归？不，不，不！

但是，布瑞克听起来充满朝气，充满啤酒带来的兴奋，于是我只好扭了扭身体，不太确定地说："好吧……"我真的希望布瑞克只是在开玩笑，但因为他是布瑞克，所以实在很难判断。

"我到展售会的时候再打给你！我爱你哟！"

布瑞克停顿一下，似乎在等待我的回应。"我也爱你。"我咕哝地说道。

是利用， 还是虐待？

我依照布瑞克的指示，在出席农业展售会的当天，穿了一件有钮扣的黑色衬衫，搭配一件黑色及膝裙。这样的搭配对华尔街来说已经很轻便了，我之前每天上班都穿着套装。但是，我后来才发现，农业展售会展示的其实是目不暇接的货车、挂车和曳引机，以及排水、灯光与油漆设备，还有水泥、饲料和种子供应厂商。展售会现场上千名与会者几乎清一色都是男性，而这些男人差不多都穿着牛仔裤、戴着棒球帽，他们大多用奇异的眼光盯着我看，仿佛我是一头穿着高跟鞋的母猪。我想自己其实大可换上晚礼服、戴上头冠，和现在相比也不可能再显眼了。

不过，布瑞克之前说的盛装出席并不是在开玩笑。他穿着一件硬挺的格纹衬衫，系上一条棕色腰带，腰带的扣环闪闪发亮，而最显眼的是他那一副红色、闪亮的廉价太阳眼镜，上面镶着一排假钻，因为布瑞克的脖子很宽，所以以眼镜不用链子就能直接挂在脖子上。布瑞克之前说有 35 个人要住在我的公寓里确实是开玩笑的，在他身旁只有劳伦斯和罗比，我都认识他们。他们三位都已经预订旅馆房间，没有人真的要来我家住，我感觉松了一口气。

布瑞克给了我一个用力的拥抱，接着他把烟味浓重的黑色皮夹克披在我的肩上，然后一只手臂环住我的腰。"保罗叔叔也想来看你，但是他没有办法来展售会，因为他跑去密西西比州四天打高尔夫球了。"布瑞克告诉我，"你的男朋友在那里，站在太阳能板的旁边。"

真的吗？尼克也来了？来农业展售会？这表示他应该已经不介意我们最后的对话了！我感到很高兴，于是转头往太阳能板的方向看去……

不是尼克，是他的弟弟威尔。

我感觉有一股失望涌上心头，因为我很珍惜和尼克的友谊，而我也为这段友谊的终止感到遗憾。

威尔、布瑞克、劳伦斯、罗比与我在农业机械中四处闲晃，而这个五人组合就和小熊维尼（Winnie the Pooh）里的团队一样古怪。这四个男人最感兴趣的是太阳能板，令我感到意外的是，整个农业展售会里展出数十种的太阳能板，有些尺寸非常小，只和家用电视机差不多大，有些则是大得惊人，和电影院的屏幕尺寸差不多。

"我正在多装一些太阳能板。"布瑞克告诉我，"我已经在火鸡养殖场的旁边装上一些了。"我在火鸡养殖场里也曾看过。

"我有四块太阳能板。"罗比说。

"我有两块。"劳伦斯也补充说道。

"太阳能板是怎么运作的？"我问道。

罗比详细解说过去二十年来太阳能板的价格、付款机制及获利能力，并且得出一个开心的结论："太阳能板赚的钱够让我三个女儿念完大学了。"

"但太阳能板究竟是怎么运作的?"我又问了一次，"太阳能板是怎么把阳光变成电力的呢?"

罗比耸了耸肩。劳伦斯搔了搔他头上写着"老家伙说了算"的棒球帽。"我去上个厕所。"布瑞克对大家说道。

在那一刻，我忽然明白，农场动物对契养户来说就像是太阳能板一样，农场动物的价值在于把饲料转换成身上的肉，它们的饲主只在乎它们的价格、付款机制及获利能力，其他的都不重要。讽刺的是，农场动物和太阳能板之间的唯一差别在于，太阳能板享有较多的自由。太阳能板看得到阳光，而且会追踪太阳在天空中的轨迹，跟着太阳倾斜、旋转。

关于太阳能板，还有另外一项讽刺之处。之前的农场都是以草原为基础，所以就定义上而言，也是太阳能的使用者：太阳滋养草原，而草原进一步滋养着以草维生的动物。今天，在工厂化农场里，阳光唯一扮演的角色只剩下促进玉米、黄豆的生长，使其能够作为动物的饲料。除此之外，当今工厂化农场和太阳之间的关联就剩下太阳能板了。

今天的契养户与以往的农夫毫无共同点可言。不过，就在半个世纪以前，农夫还会亲自照料动物；相反地，契养户只负责把动物饲养到规定的重量，像是把草种到规定的长度一样。以往农夫重视的目标是质量，契养户重视的目标是数量；以前农夫在乎的是动物的健康，而契养户在乎的则是动物的重量；过去农夫的农场向所有人敞开，而契养户的农场则是自我封闭的小世界，里面充满疾病，入口基于生物安全的理由必须加以管制。在今天，动物利用已经是"动物虐待"的同义词了。

在走出农业展售会的途中，我默默地买下两套二手的农场连身工作服。

难题与抉择

在华尔街，我时常加班到凌晨，但是没有一个办公桌前的夜晚比农场里的夜晚更具有挑战性，无论是在罗伯兹还是米勒农场皆然。动物农场对我所有的感官来说都是一大折磨，尤其是母猪，它们用头碰撞狭栏的声响、它们尖锐的嘶吼声、它们粪便的臭气，在我的脑海中挥之不去。工厂化农场里的画面、声响和气味持续缠绕着我，像闪电一样不断划过我的记忆，让我难以入眠。

当我在米勒家展开农场假期时，原本以为这就像是一个人在池子里游泳一样，虽然孤单，但还算是惬意。不过，问题来了，我跳进去的这座池子正缓缓流入整片畜牧业的汪洋之中，我脚下的地板逐渐消失，而整件事也逐渐从原本的玩乐性质转变为耐力的考验。现在的我扪心自问：我应该游回岸边吗？还是要继续朝着深海迈进呢？

岸边长满熟悉、可亲的海草，像是工作、家人、金钱、稳定、社交、城市，这一切我所熟知并热爱的事物；相反地，农业的汪洋冰冷无情，既陌生又难测。两者之间的抉择看起来似乎显而易见，有好几点原因足以说明，我为什么应该立刻远离农业这条路。

第一点是我的职业生涯。在学生时代，我时常熬夜念书到很晚，把课业、学业看得比生活、交际来得重要，就像是一部失衡的读书机器、一颗不需要充电的电池。我生长在中产阶级的家庭，因此从小就发疯似地努力用功，希望有一天能够成为有钱人，我还时常幻想着，如果变得有钱，要购买哪些漂亮的衣服和配件。到了华尔街之后，我终于得到梦寐以求的安稳生活，想要买什么都可以买得起，而且也买了很多。我的午餐和晚餐都由公司买单，还有加班回家坐的出租车费也是，我的生活都靠着公司供养。

但是，如果我想要回到华尔街，就必须立刻采取行动，因为自从上一份工作结束以后已经过了一段时间，如果再拖延，就不会有公司想要雇用我了。但如果我继续推开下一扇农业的大门，就等于关上了华尔街的这一扇门。这一点让我连想都不太敢想，我深怕以后会一辈子因为这个决定而感到后悔。

第二点是概率问题。即便我决定像戳破气球一样毁了自己的职业生涯，农业的大门仍然有很高的概率持续深锁，不论我怎么用力敲门都还是毫无动静。布瑞克的认可是我目前为止的密钥、豁免书，然而他已经把所有认识的人都介绍给我了。未来我只能靠着自己这个新手，独自走在陌生的森林里。

第三点是危险。教室和办公室的本质就是没有什么危险，在学校与公司里，我遇过最大的危险就是作业迟交。相反地，住在陌生人家里、在未知的地方晃荡，这些都是危险、鲁莽的行为，很有可能一不小心就摔进岩石裂缝里，没有任何人知道。

第四点是开车。罗伯兹一家人非常贴心，总是开着货车载我跑来跑去，但是未来我要怎么自己行动呢？我不会开车，而玉米田底下也没有地铁。

第五点则是家人。一直以来，我的父母都为我的工作感到骄傲，但是之后他们可能就不会再以我为傲了。我的母亲发疯似地担心我目前失业的状态，虽然理由有那么一点想得太远。"如果你失业，以后有谁会娶你呢？"她说，"你不想结婚了吗？如果你问我的话，我会觉得你正在摧毁你自己的人生。"

基于这五点原因，我的理智要求自己尽快远离农业的这片汪洋，但是我的直觉却要自己停下脚步，至少得等我试着解决农场动物被虐待的问题之后，再为这段旅程画下句点。

一反常态地，这次我选择了直觉，而非理智。

没错，我可能会毁了自己的职业生涯发展；没错，我可能无法进入农场；没错，我可能正冒着生命危险；没错，我不会开车；没错，我可能会招致父母的反对。但是，我不觉得还有其他的选择。

如果没有提出解决方法，任何对病症的思考就像只是去看了医生，然后没有得到诊断就先离开一样。解决方法能够让愤怒转化为力量，让混沌转变为秩序。我决定潜入畜牧业的深海之中，直到取得解决方法的闪耀珍珠之后，才会重新浮出泡沫四溢的水面。

06 动物天堂

不靠抗生素的成长历程

"我们农作机制背后的动机，是为了让农场里的动物尽可能拥有最好的生活，让它们和血亲群体住在一起愈久愈好，并且给予它们没有压力的生活……动物是我们务农的核心，所以我们的第一要务就是要了解它们。每一只动物分别需要什么，才能够完全发挥它们的潜力呢？"

这是我在哈雷农场（Harley Farms）的网站上找到的话。在经历几座工厂化农场之后，我有点犹豫是否该相信哈雷农场的网站。充满哲理的文字、田园牧歌般的照片，一切会不会只是一个幌子呢？我决定打电话给哈雷农场寻找答案。

我与农场主人罗杰·哈雷（Roger Harley）的对话长达近一小时。最后，他邀请我到他的农场待几天，这样我就能亲眼看看他的理想如何付诸实践了。我兴奋地答应邀约。

罗杰住的小村庄叫作基恩（Keene），位于多伦多东方两个小时的车程，从纽约州北部开车大约是三个半小时。

哈雷家的住屋是由两栋房子连接而成的，就像是两块石头一样，一栋是白色，另外一栋则是红砖房。这两栋房子最初是两百多年前由在此定居的先民兴建，不过罗杰和他的家人大约在十年前才搬来，当时他们从英格兰西南部的威尔特郡（Wiltshire）移民到这里。

罗杰现在已经永久定居在加拿大，不过他还是只认同自己是英格兰人，他也有着一口生硬的英国腔。每天下午，他们一家四口都会进行一项迷人的英格兰仪式，而我也会加入他们：用精美的维多利亚式花纹茶杯喝茶，这些茶杯是他们从英格兰带过来的。

罗杰今年五十出头，有着亮蓝色的眼睛和剪得极短的灰色头发，他的双颊红润、嘴唇薄、下巴突出。罗杰的性格开朗且富有感染力，露出笑容时整个人容光焕发。他的妻子叫作茱莉（Julie），是一名护理之家的社工，虽然她的身材娇小，举止又温柔，但是做起事来效率十足，精力充沛。

罗杰和茱莉的儿子名叫詹姆斯（James），是一个文静的高中生，专长是各式各样的木工，像是雕刻椅子、拐杖及相框等。他们的女儿埃米莉（Emily）则是一个金发碧眼的中学生，在摄影方面很有才华。哈雷一家人除了都喜欢喝茶以外，还有一个共同的兴趣，就是英格兰的橄榄球运动。罗杰在年轻时曾打过橄榄球，而詹姆斯和埃米莉也都是学校橄榄球校队的选手。

"我父亲生前是一位兽医，所以从小我身边就围绕着各种农场动物，于是我的心中产生与这些动物的一种联结，以及对它们的尊敬。"罗杰告诉我说，"茱莉的一辈子也始终围绕着动物，她的父母从前有一座乳牛牧场。之前在英格兰，我和茱莉拥有自己的农场，里面有牛与羊。我们有 4500 英亩的土地，养了将近 1000 头牛，还有大约 2500 头绵羊与羔羊。不过，后来英国爆发狂牛症和口蹄疫，所以农场动物的价格开始大跌，边境也因此关闭。我们的农场没有任何一例狂牛症与口蹄疫，但是仍然因此受害，因为其他执业者那里有问题。我们结束农场，然后搬到加拿大。2002 年在这里开设一座新的农场，名字就叫作哈雷农场，我们在户外养猪、养羊及养牛，因为这些动物本来就应该在户外饲养。"

"哈雷农场开张三年后，有一家名为罗维农场（Rowe Farms）的公司和我们取得联系，希望我们加入他们的团队。罗维农场隶属于一个拥有十几座农场的联盟，而哈雷农场现在是这个联盟的旗舰农场。罗维农场在很多通路销售鸡蛋，而牛肉、羊肉、猪肉、鸡肉和火鸡肉则大多是在罗维农场的专卖店里贩卖。罗维农场成立于 1967 年，成立的目的是希望打造一个没有抗生素与生长激素的动物饲养环境。自从我们加入以来，联盟的焦点逐渐扩大为更广泛的动物福利。"

"动物福利是一切的出发点。一旦改善动物福利，其他问题也都能迎刃而解，不需要抗生素或是任何其他东西。在工厂化农场里，问题并不是出在细菌，而是出在动物承受很大的压力，它们受够了这一切。你可能注意到，我的电子邮件地址里有'自由食品'这个词，这是因为我们相信，所有的动物都应该饲养在自由的环境中，动物也应该获得生活中的满足与快乐。"

"我们在哈雷农场的座右铭是,'不一样是好事'。在我们刚刚搬来这里的时候,所有人都觉得我们的想法太疯狂了,大家都认为我们一定是疯子。但是,我们向大家证明,我们的想法其实是可以运作的,动物福利和维持生计不一定是无法兼顾的事。直到最近几年,大家才开始听我们的话,并且认真看待我们的工作。大家真的很难相信我们在做的事情,他们觉得非常不可思议!"

寻找一个自然的平衡

在经历米勒和罗伯兹两家破旧的客房之后,我很高兴看到在哈雷家的房子里,我的房间不但舒服、整洁、温暖,床上还铺了柔软的床垫。

我睡得很好,但是睡得不够,因为我在破晓之前就得起床,和罗杰一起绕着农场参观一圈。如果在这个世界上真的有喜欢早起的人,那么罗杰肯定是其中之一。我在一开始发了一些牢骚,但是在户外我正好经历了破晓的时刻,实在太壮观了。太阳熔融状的橘色、粉红色色块在黑夜这块织料上逐渐扩散,透过缕缕云朵纵横交错,仿佛获得启发的画家画下的一道道笔触。

哈雷农场的总部是一间木造谷仓,里面有一头老灰驴、两匹年轻的棕马、两只活蹦乱跳的黑棕色火鸡和一群蛋鸡,另外还有一群优雅、全身斑点的珠鸡,它们的羽毛柔软得像是丝绸一般。在冬天的夜里,这个已经够热闹的动物园里还会再加入一群绵羊。

罗杰和我钻进他的曳引机，然后带着我绕行他的土地一圈，他的土地大约 1200 英亩这么大。曳引机后面还跟着 5 只精力充沛的狗。

"如果没有这些狗，我们的农场就无法好好管理。"罗杰说道。这些狗里有两只是牧羊犬，是黑色小型的牧羊犬，可以协助牛羊放牧的工作；其他三只则是警卫犬，是雪白、如北极熊般的大型狗，可以保护牛羊免于郊狼在夜间的攻击。

关于牧羊犬协助放牧这一部分，其实有着更大的概念：一切都要轮替。罗杰进一步解释道："我们会让动物轮替，确保土地不会过度使用。所以，举例来说，在农场的任何一个地方，我们会种植两年的作物、干草，然后是放牧一年的牛、羊和猪。这就是我们的农场循环，一次循环是七年。任何一个时间点，农场不同的地方都在经历不同的循环阶段。有些地方现在是在养猪，有些地方是在养羊，有些则是养牛。在农场循环之中，所有动物都有自己扮演的角色。如果要达成永续发展，并且年复一年成功地保育土地，每一座农场都必须建立一套自己的循环。"

罗杰所谈论的农场自然循环深深地吸引了我，因为在我目前参观过的工厂化农场里，根本不存在循环一说。每一个白天与夜晚都是同样的悲惨，每一个季节都是同样的黯淡，每一年也都重演着相同的苦难，唯一的循环就是苦难的循环。罗杰所说的每一件事，都和我在罗伯兹家那里听到的截然不同，他根本像是在说另一种语言。

"目前我们的农场里总共大约有 300 只的羊、猪和牛。一英亩会养 5 头母猪，羊的话是 1 英亩会养 3 只，而牛则是 1 英亩饲养 1 只。"

一英亩大约是一个美式足球场的四分之三大，这是一块相当宽阔的空间。和我看过的工厂化农场相比，这简直就是一场文化震撼，给动物这么多的空间似乎有些奢侈。"你为什么不增加每英亩饲养的动物数量呢？"我询问罗杰。

"工业化农场为了要成长，所以会增加每英亩饲养的动物数量，或者应该说是每平方英尺的动物数量。我们成长的方式则是增加土地的面积，这是工业化农场和我们这种田园式农场之间的重大区别。工业化农场只在乎数量，而我们则是重质胜于重量。我们无法把更多的动物养在一起，因为那样会降低动物的生活质量，也会破坏土地。在我们的农场里，平衡是最重要的。"

这才是真正有哲理、有道德，并且重视生态保护的农业，也正是我一开始想要找的，事实上，它比我一开始想要找的还更好。

正确的品种，正确的对待

罗杰和我来到牛群的前方，然后走下曳引机。这群母牛看起来体型很小、很胖，颜色非常分明。它们的品种是白带格罗威（Belted Galloways），而这些牛长得非常像奥利奥饼干，身体中间的一圈白色是奶油，前后两侧则是滑顺的黑色。白带格罗威牛有两层卷皱的黑色毛发，让它们在冬天不只能生存，还可以保持活跃。罗杰用曳引机上的耙子把两包干草放在牛群中间，而母牛也纷纷走近，并且开始闻闻嗅嗅，最后咀嚼着。

罗杰和我接着来到羊群附近，它们位于农场里属于自己的地盘上。这些羊的品种是威尔特郡有角种绵羊（Wiltshire Horn），它们的毛是白色的，脸型较长，外表看起来十分严肃、安静。

"我都是很小心地选择牛、猪和羊的品种。"罗杰说，"我给农夫的第一个建议永远都是：要挑选对的品种。对动物福利来说，品种非常重要。我在这里曾经试验过许多不同的牛、猪、羊品种，看看哪一种最适合我们的人道农业。曾经有一度，这里有多达 20 个品种的牛呢！我想知道哪一个品种能够一整年都饲养在户外，而不会觉得冷，也不需要阉割、去角，同时又能长得够快。我得到的答案就是白带格罗威品种的牛，这是来自苏格兰的品种。"

罗杰不只是一位农夫，还是一位创新者。

我和他又钻进曳引机里，朝着猪群的方向前进。猪是罗杰最喜爱的动物，而罗杰就像是推销员一样，只要任何人想听，他就会开始称赞猪的种种优点。"猪实在太聪明了！"他大声喊道，"它们非常勇于表达自己的意见，对事物充满好奇心，而且它们也非常固执。它们不想做的事，你是无法要它们做的！我也尊重这一点。"

罗杰的母猪和母牛一样特别。它们是属于塔姆沃思（Tamworth）品种，身体是赤褐色的，眼睛的轮廓非常深，猪鼻子也特别翘。它们的后蹄高出一截，看起来就像是穿着高跟鞋一样，走在这片闪闪发亮的白色雪毯上。这些母猪住在宽广的围栏里，不过远远看去，根本看不出来它们的行动范围有什么限制，因为围栏的边界就只有一条蓝色的电线而已。

"如果想要的话，这些猪随时可以跨越这条电线离开围栏。"罗杰说道，"但是，它们其实并不想这么做，因为它们在这里活得很快乐。我们的塔姆沃思猪是英格兰最古老的猪种之一，也是户外饲养非常理所当然的选择。它们有一层非常厚的毛，另外在背部还有2到3英寸厚的脂肪。"罗杰用拇指和食指比画着脂肪的厚度。"我们的猪很享受冬天，它们喜欢在雪地上钻洞。相反地，通常工业化饲养的粉红猪背部几乎没有什么脂肪，所以在天气冷的时候并没有办法把它们放在户外。"

"工业化饲养的粉红猪还有各式各样的健康问题。因为基因和环境的关系，它们对疾病的抵抗力非常弱。我们的猪抵抗力则非常好，它们十分活跃，而且几乎不会生病，感谢老天保佑。它们的保护本能也很强，是非常好的妈妈。相反地，工业化饲养的粉红猪虽然肉长得很快，但是它们完全不知道要怎么照顾自己的小猪，它们已经被养得完全忘记母性了。"

我回想起查理的养猪场。查理养的母猪看起来病恹恹又昏昏欲睡。我曾经抓起一只阉割、断尾后的小猪，小猪害怕地惊声尖叫，然而注射抗生素的母猪却完全无动于衷，连抬头看小猪一眼也没有。罗杰养的母猪和查理养的母猪之间，实在有着天壤之别。

罗杰的猪群流着口水，等着我们分送早餐，它们每天的早餐都有小麦、燕麦、大麦及玉米，罗杰和我稍早把这些饲料分桶装上曳引机的后车厢。混合谷物是母猪们一天的第一餐，其他餐还包括一般的干草和发酵的干草，这些干草直接放在猪舍里堆成一座座小山，取之不尽的干草吃到饱。

"工业式农场只喂猪吃以玉米为主的饲料，因为这些农场想把一切都自动化。"罗杰向我解释道，"他们想要按一个按钮，然后食物就准备好了。但是，干草却没有办法这样准备，干草无法像玉米粉一样和水混合在一起，然后透过头顶上的管线输送。准备干草需要花费较多的精力、时间，也比较难以管理，而且比较难以测量。当动物吃草或吃干草时，你不晓得它们到底确实吃了多少，也不知道它们究竟是什么时候吃的。工业化农场不喜欢这样，因为它们想要掌控一切，希望所有的东西都能精准测量到小数点，然后全部放进计算机里，由计算机代替它们思考、计算。而在我们这样的农场里，农夫必须保持着完全不同的心态。"

在我看来，以牧场为基础的农业有一点类似舞蹈。这样的农业需要高度用心，同时还得放手随着生命之乐摇摆。农夫必须了解并接受一项事实，就是并非所有的东西都能够测量、监控，照着人类的意思走，而且也不应该什么都照着人类的意思走。这种新形态农业标示着一种典范的转移。

快乐的小猪游乐场

罗杰的母猪住在一间间宽敞的木屋里，木屋有着斜屋顶和白色帆布做成的门。母猪吃东西的时候，罗杰要我偷偷走进或是爬进其中一间木屋里看看。我照做了，匍匐前进着，一开始还有一点犹豫，不过我在看到木屋之后就感到十分兴奋了。因为实在太棒了。木屋的地上铺满麦秆，而且非常干净，也出乎意料地温暖。外头的风寒冷又刺骨，相较之下里面的温度仿佛是桑拿。母猪居住的木屋是罗杰另一项实验成功的结果。

"这些猪舍都是我设计的，然后我儿子詹姆斯和他的朋友们再一起把屋子盖起来。"罗杰说道，"整体来说，我们为了母猪试了差不多四五十种不同类型的屋舍。我们把很多因素都纳入考虑，包含建筑材料、空间、舒适度、成本、行动能力及风向。我们发现这种类型的木屋效果最好，母猪也非常喜欢。白天它们会在外面到处乱晃，到了晚上就会在屋子里暖和地依偎在一起。"

当我们从猪舍爬出来时，罗杰的态度就转为严肃。"我也曾在工业化养猪场里工作过，那是三十年前的事了，当时我才二十出头，人还在英格兰。"他说道，"那真是太可怕了。母猪无时无刻不被绑起来，氨气和粪便的臭味让我很不舒服，而且我的身上永远都有臭味，即使洗过澡也一样，我保证你没有办法在那种地方待超过三四个小时。"

罗杰说得没错。待在查理养猪场的那晚是我这辈子最糟的夜晚了，但愿任何人都不会经历那样的遭遇。

"如果母猪整天都被绑着，"罗杰继续说道，"它们就会习惯站着不动，而且大腿就会开始变得没有力气，这时候即使再把它们放出来，它们也不会动了。这并不是因为它们不想动，而是因为它们已经没有办法了。这就像是你如果有很长一段时间卧病在床，不可能忽然就跳下床开始活动一样。我曾经整只手骨折，然后花了三个月才让肌肉重新正常动作。在工业化农场的体系里，母猪所得到的待遇真的非常糟糕。"

从罗杰二十出头的那个年代以来，猪所受到的待遇只是变得愈来愈糟而已。今天的母猪不是被绑起来，而是被关起来，情况更为凄惨，它们并没有犯下任何的罪行，但是却被终生监禁在铁和镀锌钢材质制成的狭栏里。养猪场的规模在这段时间内也大幅暴增。1935年时，美国平均一座养猪场只有10头猪，而到了1980年，这个数字已经上升到了100头。时至今日，美国平均一座养猪场有5000头以上的猪。

罗杰和我回到曳引机上，前往一间别致的木造猪舍，里面有70只红褐色的小猪。它们大约两到三个月大，住在一片绿油油的干草和麦秆上，而这层铺垫同时也是小猪们的食物。小猪们和它们的母亲一样，也把生活空间整理得干干净净，而且彼此合作，把大小便活动一律集中到墙边。

我深深吸了一口气，这间猪舍闻起来……竟然很舒服。我才明了，田园式农场的味道其实是好闻的，因为土壤和麦秆会吸收粪便与臭味。这种开放概念的建筑同时也能促进空气流通，将臭气送出去，带入新鲜的空气。工业化农场注定臭气冲天，因为基本的建材都不是有机物质，全部都是水泥与钢铁，所以无法吸收臭味，而且里面也没有天然物质能够除臭。除此之外，工业化农场也不怎么通风，唯一的对外窗户只有布满灰尘的排气扇。

我和罗杰站在小猪之中，而这些小猪形成一片快速流窜的海洋，啼叫声此起彼伏，从猪舍的一端延伸到另一端。我本来以为这是它们正常（古怪）的行为，直到罗杰告诉我说："这是因为你在这里的关系。"

他说得对。小猪们在跑动的时候只会盯着我看，完全没有注意罗杰，因为它们已经很习惯罗杰的存在了，对它们来说，罗杰仿佛天空中的白云一样理所当然。我很惊讶地发现，小猪对我的一举一动竟然会如此敏感，即使我只移动一根脚趾头，还是在我的靴子里移动，而且靴子还埋在干草堆里，它们也都会察觉，并且快速起身做出反应。

终于在半小时后，小猪对我已经不再有新鲜感，于是恢复日常的行为活动。有的钻进干草堆里，有的玩耍，有的彼此亲昵，有的相互追逐。有的小猪还会把冰雪弄碎，而罗杰认为这是小猪们最喜爱的娱乐活动。小猪也开始朝着我靠近，并且开始咬我的靴子。我试图赶走它们，但是它们又会跑回来。我又赶走它们一次，它们又会再跑回来一次。

这里仿佛是一座小猪游乐场。我问自己：这些猪快乐吗？答案无疑是肯定的。动物的快乐几乎就像是人类的快乐一样显而易见。不快乐的猪就像查理养的猪一样，它们会互咬彼此的尾巴，咬到对方流血；快乐的猪则是像罗杰养的一样，它们很从容、满足，既调皮又热爱冒险。

稽查员和农场的利益冲突

罗杰每年都会去稽查罗维联盟旗下的其他农场，确保这些农场都持续符合人道标准。

罗杰是一位内部稽查员，因此时常由一位外部稽查员陪同，这位外部稽查员是一位名叫莱德（Maud）的女士。莱德和一般人们所想的不同，她并不是政府单位的稽查员，而是由 SGS（Societe Generale de Surveillance）公司所聘雇。在美国和加拿大，相关的政府机关——美国农业部与加拿大的食品检察署（Canadian Food Inspection Agency, CFIA）将大部分农业认证的权责委托给企业和非营利组织。

莱德这位 SGS 的稽查员并非由政府给薪，她的薪水来自于她所认证的农场，因为农场会缴纳昂贵的费用给 SGS，每座农场每年就要缴交上百美元。这样的机制显然会形成利益冲突：受到稽查的农场单位实际上就是稽查人员的客户。如果稽查人员不让农场通过认证，农场就不再是稽查人员的客户，于是认证公司每年就会减少上百美元的收入。正因如此，几乎所有的农场每年都会持续保有认证。在美国，平均每年只有不到 0.1% 的有机农场认证遭到撤销。

艾力克斯·爱弗瑞（Alex Avery）是《有机食品的真相》（*The Truth About Organic Foods*）一书的作者，他就严词批判有机农场及其他另类农场的稽查和认证机制。在《我们相信有机》（*In Organic We Trust*）这部纪录片中，他如此解释道："这些认证单位都只为自己的获利着想……这里就存在根本利益冲突的问题……我并不认为，有任何一座农场曾因为有人举报而丧失美国农业部的有机认证，我想这就显示这个机制基本上并没有什么约束力。"

稽查单位与农夫的诱因不但没有彼此冲突，反而还紧密结合在一起，双方的命运就像铜板的两面一样彼此相连。有机农场本身就深受如此松散的认证机制所害，因为不但价格所费不赀，还会削减这些农场的信誉。这些成本最后进一步转嫁到消费者的身上，这也是为什么有机食品的价格会比较高的原因之一。如果要提高成效，农场的认证和稽查制度应该要由公立部门而非私立部门主导，也就是应该要由政府而不是企业来进行。

以罗维农场的例子来说，外部稽查的质量其实并不重要，因为不论如何，罗杰的内部稽查都会做得比任何外部稽查更彻底。但是，对大多数的农场而言，质量低下的稽查确实是一大问题，因为这些农场本身并没有如此一致而强有力的内部标准。

我陪着罗杰准备到三座罗维肉牛农场进行稽查，不过在罗杰的警告之后，我的期望顿时大减，"我们的稽查人员茉德几乎不会说英文"。

茉德应该已经要抵达第一座农场了，但是却不见人影。在我们等待她时，罗杰介绍两位农夫给我认识。这是一对和蔼的中年夫妇，他们没有自己的小孩，所以"就把牛群当成自己的小孩一样看待"。他们照顾 80 头牛，牛群的身上闪耀着光泽，有棕色、黑色及金色三种。

茉德终于到了，迟到超过半小时，却没有半句道歉的话语。她是一位克罗埃西亚裔中年妇人，有一张蜡黄色的脸庞和一头干燥的头发，搭配着小女孩般的卷发刘海，看起来就像是窗户外垮下的遮雨篷。她并不喜欢我，她很快就清楚地展现了这一点。

"你在这里干吗？"她问我道。"不好意思？"我听不太懂她的口音。"你在这里干吗？""我想多了解畜牧业。""不在我这边。"（Not my side）她回答道。"什么？""不在我这边。"

她的意思是"不是我的风格"（not my style）吗？我很纳闷，她的意思究竟是什么？

罗杰不知道为什么会听得懂茉德的话，于是充当她的翻译，用他掷地有声的英国腔重复着茉德的意见和指令。"有多少猫？"茉德转向那对轻声细语的中年夫妇询问道。"不好意思？""你们有多少只猫？"罗杰代替茉德大声说道。"猫也在稽查的范围内吗？"中年夫妇一脸困惑地问道。正确答案是猫并没有包含在稽查的范围内，然而茉德没有打算回答的意思。罗杰之后向我解释道："她讨厌猫，所以每次都一定会询问有多少只猫的问题。"

茉德随便问了这对中年夫妇几个关于井水的问题，看起来她不管是对问题还是对答案都不感兴趣。接着，她快步绕着牛舍走一圈，但是并没有走进去，而稽查最终在她测量完牛舍的周长之后就结束了。她的检查方法可以说是：什么都不检查，什么都通过。

"我完全不晓得她为什么要绕着牛舍走。"罗杰稍后对我说道，"也许她是在寻找猫吧！她的稽查时间总是压缩得很短，因为她不喜欢一直待在户外。但是，不管是长是短，这样的稽查其实毫无作用。她都用我的稽查表格来填写她自己的表，所以如果我能帮她省下麻烦，直接把表格寄给她，这样就会更容易了。但是，政府规定我们一定要做这些稽查。你可能会问：为什么我们不找更好的稽核人员呢？原因是，其他人都和她一样搞不清楚状况。"

罗杰和我继续前往下一座农场。茉德理应跟着我们，但是她在半路上无故消失了，所以我们又得再等她一阵子。第二座农场的农夫是一位 72 岁的大块头男人，身高超过 6 英尺，体重将近 300 磅。他的手指像香肠一样粗，手也是我的手的两倍，甚至是我的脚的两倍。身为第七代农夫的他，今日务农并不是为了赚钱，纯粹是兴趣使然，他希望延续祖先 200 多年前定居以来承袭至今的传统。在他 700 多英亩的土地上只有 35 头母牛，这让罗杰忍不住惊叹道："他的每一头牛都有 10 到 20 英亩的土地空间呢！"

茉德终于到了。她盯着牛舍里的猫看，对牛群却只不过短暂瞄了一眼。她和刚才一样询问井水的问题，然后又同样绕着牛舍的周围行走一圈。之后我们又前往第三座，也就是最后一座当天需要稽查的罗维农场，而稽查的工作也同样空洞。

选择的力量

每天傍晚六点，哈雷一家四口会和我聚在一起，一同享用茉莉准备的美味晚餐。晚餐之后，两个小孩会开始看电视，而罗杰与我则会转移阵地坐到沙发上，然后我会请教罗杰一些畜牧业的相关问题。

"你对有机食品有什么看法？"我问他道。

"有机食品必须更强化、更严格。今天许多有机食品都是由大公司供应，而这些大公司都会花钱聘请律师钻各种法律漏洞，任何再小的漏洞都不会放过。这些公司贩卖的肉品、牛奶和鸡蛋虽然号称有机，但其实并不是真正的有机食品，有时候甚至距离有机的标准还差得很远，但是由于现行的认证、稽查制度，这些公司并不会被揪出来。你已经看到这个稽查制度的样貌了。此外，有机的意涵应该是动物能够被自由放养、可以自由活动，可是目前的情况并非如此。现在的动物只有在一年的某几天里会被放出来，而且即使在这几天里，也只是偶尔被放出来而已。现在，很多的有机食品一方面想要尽可能地从民众身上赚钱，另一方面又只想做得愈少愈好。一切根本就只是一个幌子。"

布瑞克之前也曾说过自由放养是一个幌子。"如果用有机还不够的话，罗维农场要怎么营销自己的产品呢？"我问道。

"我们把自己的事业描述成'有良心的高质量'，目标是打造让民众信任的好品牌。我们之前说这里的所有动物都是'天然饲养'，但是后来政府说我们不能再使用这个词了。"

针对"天然饲养"这个词，加拿大政府采取了一个古怪的哲学性诠释，认为家禽、家畜永远不可能经由天然饲养，只有野生动物才能做到天然饲养。在这个政策制定的过程中，加拿大政府似乎忘了"野生"动物的定义：非经由人类饲养的动物才叫作野生动物。"天然饲养"这个词在美国同样也经历了一番激烈的辩论，不过最后偏颇的方向却和北方的邻国加拿大恰恰相反，美国对于"天然饲养"的定义选择过度宽松。即便动物被关在脏兮兮、暗无天日的笼子里，它们在美国还是可以被称为经过"天然饲养"。

"如果使用天然饲养的营销手法，"美国农业部在一份新闻稿中解释道，"美国肉品的供应有可能获得提升……无论是在美国、欧盟及其他的出口市场都是如此。"

"有人说小型农场是农业未来的出路，你怎么看这个观点？"

"我并不这么认为。"罗杰说道，"规模经济还是非常重要的。小而美在大多数的时候都适用，唯一的例外就是在谈到赚钱的时候。当今农业的问题并不在于是否该走规模经济，因为规模经济本来就应该存在，问题反而在于，这个规模的供应来源究竟该是天然的户外农场，还是工厂化农场。换句话说，我们并不是在谈规模，而是在谈论体制。哈雷农场每年都有大幅成长，现在规模也许还比较小，因为我们还很新。我们以前在英格兰的农场有几千头牛羊，而且全部都过着天然、美好的快乐生活。"

"我了解，这一点很有趣，区分规模和体制的不同。我之前并没有这么想过。另一方面，我已经看过许多农场，但是还没有见过屠宰场。屠宰的状况怎么样？"

"我曾经稽查过屠宰场，就像我稽查农场一样。屠宰存在非常多的问题，这个产业里有太多人对许多问题视而不见。我有一位巴基斯坦裔的朋友，叫作阿布杜尔（Abdul）。他的一个儿子最近动了心脏移植的手术，是全国少数几个动过这种手术的小孩。扯远了，阿布杜尔有一间屠宰场，他的哥哥也有一间屠宰场，而且他的哥哥现在已经改吃素了！你能想象吗？屠宰场的主人居然会是一位素食主义者？"

"我想我可以想象。我要怎么样才能够参观屠宰场呢？"

"相信我，你不会想要参观屠宰场的，你绝对不会喜欢，我自己也不喜欢。而且根本不可能进得去，我不晓得你要怎么样才能进去。"

"好吧！换一个话题：你觉得畜牧业要怎么样才能改变呢？"

"现在有一群人正开始拥有最大的影响力，就是民众，所以最终还是要回归到消费者身上。然而，问题在于，消费者现在毫无头绪。他们很不喜欢农业，他们不信任农业，但是他们也完全不晓得动物应该怎么饲养才对。此外，对人们来说，农场动物和小猫、小狗根本是完全不相干的两回事，民众在自己的猫、狗宠物身上花费大笔钱，可是却不想多付几块钱购买放牧饲养、高动物福利的肉品、牛奶及鸡蛋。我个人认为，民众的心中充满各种混淆与困惑。"

美国和加拿大民众在心爱的猫狗身上撒下大把钞票，这虽然很感人，但是却也令人费解。根据美国宠物产品协会（American Pet Products Association）表示，2013 年美国人总共花费高达 550 亿美元在宠物身上，和二十年前相比，这个数字增长了三倍。以一个养一只狗的美国家庭来说，光是一年在宠物照顾上的费用就将近 900 美元。今天有超过三分之二的美国家庭都拥有一只以上的宠物；换句话说，小孩和宠物一起长大的概率可能都还要高于与双亲一起长大的概率。从童年开始，我们就和猫、狗建立非常紧密的联结，然而与牛、猪及鸡却一点联结也没有。

虽然目前看起来，宠物消费的增长暂时没有消退的迹象，但是过去几十年来，家家户户的食物消费却是连番触底。根据美国农业部的数字，美国人在食物上平均只花费个人可支配所得的 10%，包含食品采买与外食的费用。在美国，食物支出占总体支出的比重远远低于其他国家，甚至不到许多欧洲国家的一半。

"你觉得像你这样的田园式农场要怎么才能变得更普遍呢？"我问罗杰道。

"必须让其他农夫看到这种类型的农业也可以获利，金钱会说话。事实上，从经济上来说这的确是可行的，我们可以在天然的环境中饲养动物，让动物以它们应有的生活方式生活。"

"如果说田园式农业的可行性这么高，为什么没有更多的农夫加入呢？"

"因为农业并不是这么有弹性的。一旦打造一个特定的体制，就无法改变了。企业会支付工厂化农场的建造费用，但是农夫得一辈子完全遵守这些公司的指示，即便他们讨厌这么做也没有办法，债务也必须花费一整代人的时间才能还清。有一次，一位农夫来我们这里参观，他拥有一座大型的工厂化农场的养猪场。当他离开时，他告诉我说，他再也没有办法直视自己饲养的猪了，他再也不想踏进他的养猪场一步！但是，他却什么也无法改变。"

"如果要改变的话，你还看到其他的挑战吗？"

"有的，工厂化农场企业往往可以成长为大型企业，手中握有数十亿美元的现金，而它们试着利用这些钱来收购田园式农场。几年前，加拿大最大的工厂化农场企业曾经来过这里，大概是在我们开始经营哈雷农场的一两年之后。他们派遣两个身穿西装、手提公文包的男人过来，表示愿意支付每年25万美元给我，希望我停止经营农场，并且希望我停止向其他人说工厂化农场是不好的。他们说如果我关闭农场，并且停止发表看法，就会付给我每年25万美元。"

"那么你怎么回答？"

"我婉拒他们了。"

罗杰对人道愿景的执着实在令人景仰，换成其他人大概都会选择收下25万美元，然后关闭农场。这个案例正显示着，一幅美好未来的愿景可能会像这样被偷偷摸摸地粉碎，而一位前瞻者也有可能会远离，一座美好的农场也可能因此消失，没有半句反对的话语。这显示出农业正陷入一场产业内部的战争：工厂化农场的大巨人，穿着西装、手提公文包、握有大把钞票，要对抗像罗杰一样的田园式农夫。

往好的方面想，如果一家数十亿美元规模的企业都能感受到单个人的威胁，那这就凸显出个人的力量有多么不容忽视。我们每个人都拥有选择的力量，必须做出正确的抉择。

最保护孩子的母亲

我每天早上都陪着罗杰巡视农场，试着尽可能在曳引机的后面保持身体平衡，虽然偶尔还是会跌倒。

最后一天早上，我睡过头了，这个意思其实是我在八点起床。罗杰之前曾取笑我晚起的习惯，于是那天早上，罗杰就自己先开始农场巡视的工作。不过，正当我和茱莉在厨房里慢慢喝茶时，罗杰忽然从前门冲进来，当时埃米莉正准备出门上学。"有一只小牛刚刚出生了！"他大叫道，"我们得赶快把它和它妈妈送到牛舍里，让它们今天可以好好休息。"

埃米莉和我兴奋地跟着罗杰走出去。埃米莉从小就开始帮忙务农，所以她完全知道应该做什么。她把干草装到曳引机的后面，"好让这辆车对小牛变得有吸引力"，接着我们就出发了。

不过，母牛和小牛却不见了，眼前一片空荡荡。走近仔细一瞧，原来它们躲在附近的杉树林里。埃米莉与我留在曳引机上，罗杰下车去寻找树林里的新生小牛，他很快就回来了，手里抱着一只美丽的、湿漉漉又有点皱褶的小动物，小牛黑白相间，拥有一对大耳朵和大眼睛。小牛的脐带还在身上，出生才不过一个小时，它是我见过的最年幼的动物，也是农场里唯一一头在冬天出生的小牛。

罗杰抱着小牛走向我和埃米莉，小牛的母亲在后面发出哞叫声，迫切地追着小牛。我担心母牛会冲向罗杰攻击他，罗杰说他曾被一头母牛"踩过"。平心而论，从这头母牛的观点来看，罗杰根本就是一名小偷，他抱走它的第一个孩子，然后拔腿就跑，而对母牛来说，这个小孩是全世界最重要的，它怀了这个孩子足足 9 个月。

罗杰先前对我说过，母牛是全世界所有动物里最保护小孩的母亲。罗杰提及道："当你走近小牛，想要在它的耳朵上做记号时，母牛就会把你撞倒在地上，然后你就知道它一定会是一位好母亲。"

正因母牛拥有如此强大的母性，因此牛在印度极受敬重。"在很多方面，母牛比生育我们的母亲还更伟大。"甘地（Gandhi）曾经这么描述母牛，"我这么说并不是要贬抑生育我们的母亲，而是为了向各位展现我景仰母牛的原因……我景仰母牛，所以我应该向全世界捍卫这份景仰。"

就像小偷一样，罗杰也有一个生存策略。当他手里抱着小牛的同时，也会回头对母牛发出哞叫声，而这个好笑举动的目的是为了要让母牛放心。当罗杰回到曳引机旁，并且把小牛放在干草上时，一件不可思议的事情发生了。年纪还不到我一半的埃米莉忽然坐到驾驶座上，然后开始发动引擎。"母牛会跟在车子后面，因为它生下的小牛就在车上。"埃米莉向我解释道。

我很惊讶地看到，母牛的确跟着缓慢移动的曳引机。母牛在一个小时之前才刚刚生产完毕，但是此刻它的身体就像水中的船一样载浮载沉，它的牛蹄拍打着雪地，仿佛在拍打灰尘一样，它的母爱是如此强烈，驱使它跟着曳引机前进。母牛的鼻子触碰着小牛的鼻子，而小牛的身体也朝母牛的方向靠着。当我们抵达牛舍时，罗杰抱起小牛，放进一间牛棚里。他将几把干草撒在小牛的身上，让小牛感觉温暖、舒服，接着就离开牛棚，让母牛接替照顾小牛的工作。

由于这一连串母牛和小牛的工作，埃米莉已经错过搭校车的时间，早上几堂课的时间也已经过了。对我这个爱念书的书呆子来说，不管是基于什么原因，逃学都是难以想象的事。然而，对哈雷一家人而言，他们是如此用心的农夫，所以不管基于什么原因，不好好照顾动物都是难以想象的事。"埃米莉和詹姆斯一个月大概会有一天上学迟到。"罗杰告诉我说，"如果不是詹姆斯今天已经出门，他也会留下来一起帮忙。在我们的农场里，动物永远排在第一位。"

这是我第一次真正了解"家庭农场"这个词的意涵。家庭农场不只是由一个家庭拥有或管理，而且每一位家庭成员都会参与其中，每个人都尽可能地奉献一己之力。

"在我们的农场里，春天比冬天还要热闹。"罗杰告诉我说，"春天再回来看看我们吧！也可以带着家人一起来！"

我真的照做了。

春天里的高音合唱团

春天的时候，罗杰居住的村子里满是碧绿的山坡和绿意盎然的丘陵。此外，还有茂密的树叶与歌唱的小鸟。当我抵达不久后，就领略到田园式农场的一年其实也可以视为一天。春天就像早晨，夏天就像午后，秋天是晚上，冬天则是深夜。从某方面来说，哈雷农场的动物们在冬天就像是在沉睡，而如今在春天的破晓之际，动物们纷纷苏醒，充满抖擞的朝气。冬天是寂静的季节，而春天则是繁衍后代的季节。在牧场上，小牛、小猪及小羊形成嘈杂却又和谐的幼儿园，伴随着萌芽的绿草和奔涌的泉水。

在冬天里，绵羊是最安静、最无聊的动物，但是一到春天，它们却成为最喧哗、最有趣的动物，它们和小羊的咩叫声形成持续不间断的高音合唱团。小羊是娇小、可爱的卷毛动物，它们雀跃地一跳一跳地跟在妈妈的身旁，有时候也会组成玩耍的小团体。当小羊睡觉时，它们通常会两两依偎在一起，这时所有的小羊会由一或两只成年的母羊守护着，其他的母羊可以去吃草。

我在冬天造访时，最精彩的事件是小牛的出生；而在春天造访时，最精彩的事件则是一只小羊的诞生。两只动物的出生都彰显着农场动物深刻的母性与母爱。

在养殖场一旁的遮荫处，有一头母羊正在历经生产的阵痛。然而，这只母羊正舔舐着一只小羊，于是我假设母羊刚生下这只小羊，而现在正准备生下小羊的双胞胎兄弟或姐妹。不过，罗杰告诉我并不是这样的，他看了看小羊之后就把它带走。"如果它刚生下的是这只小羊，那么这只小羊的身上应该会是湿的。"他解释道，"但这只小羊身上是干的。这就表示这不是它的小羊，而是从其他羊那里偷来的。绵羊很喜欢领养其他同伴的小羊，因为它们太喜欢小羊了。"罗杰把小羊还给它的亲生母亲，母羊感激地收下小羊，并且舔了舔小羊的脸。

与此同时，阵痛的母羊分娩了。它站起身来，接着一只小羊就直接从它的身体里掉了出来。小羊是黄色的，全身覆盖着卷毛，差不多就是人类新生儿的大小。动物出生是大自然的奇迹，是生命循环的神秘起始，而目睹这个过程也让我万分感动。

这头母羊开始温柔地舔舐着小羊的脸和脖子，接着，一件惊奇而出乎意料的事情发生了。所有在附近的数十头羊也纷纷前来造访这只新生的小羊，它们围成一个大圈。羊群正在迎接小羊来到这个世界，并且欢迎它加入这个群体。这时候我才明白，原来动物也有自己的礼节与仪式，而这些礼节和仪式演化上千年之久，已经成为永恒的直觉，既引人入胜又充满神秘。

到了晚上，我和父母、姐姐一起与罗杰一家人用餐，地点是在我们居住的乡村旅舍，旅舍里有一间湖畔餐厅，这里距离哈雷农场大约十分钟。用餐期间的对话十分愉快，只有少数某些比较不平静的片刻。

罗杰和茱莉一时之间不晓得该说什么，因为我的母亲对他们提出一个她时常对我说的建议："你们为什么不像一般人一样，找一个办公室的工作呢？办公室的工作不是比较简单吗？而且薪水又比你们现在还要高，不是吗？"而我的父母也有不知道该怎么反应的时刻，因为罗杰以高昂、充满热忱的口吻表示说："工业化农业一定要停止，因为实在太不人道了，而且也是最大的污染源之一……"

在和家人一起造访哈雷农场之后，我对"家庭农场"这个词又有了另一个角度的诠释。家庭农场就是一个你真的可以带家人一起去的地方。我的父母非常喜欢看着白花花的绵羊和活蹦乱跳的小羊、貌似奥利奥的母牛与毛茸茸的小牛，还有极为保护小猪的母猪，以及调皮爱玩的小猪。

如果要衡量一座农场对动物关怀的程度，家人的反应会是很好的依据，因为旁人才是最佳的试金石。

07 小牛肉农场的冒险

一次参访，一次救赎

"在吃小牛肉这件事情上，更精确地说，应该是在不吃小牛肉这件事上，许多荤食者和素食者是达成共识的。"《华盛顿邮报》（*Washington Post*）的一篇文章这么写着。

"很少有像小牛肉这样能够引发民众情绪的食物了。"英国的《独立报》（*Independent*）写道："只有鹅肝酱可以和小牛肉一较高下，因为在民众的心目中，这两者都是明确、众所周知，而且毋庸置疑的动物虐待案例。"

正是因为小牛肉的恶名昭彰，所以当我读到加拿大安大略省农场动物委员会（Ontario Farm Animal Council）的网站时才会这么惊讶［这个单位后来改名为农场与食品关怀组织（Farm & Food Care）］，它的网站上写着："在安大略省，安大略小牛肉协会（Ontario Veal Association）的成员都很乐意开放农场给各位参观，并且回答任何进一步的问题。多数参观小牛肉农场的人都惊讶地发现，这些小牛的生活条件其实优于原先自己所想象的。"

真的是这样吗？

我打电话给安大略小牛肉协会，这个协会是一个产业支持团体，最近几年持续推销着小牛肉，把小牛肉宣传得像是糖果一样，主张小牛肉不仅美味，对经济也能够产生效益。这通电话被转接两次，最后才有人愿意和我交谈。"为什么您想要参观小牛肉农场呢?"对方以狐疑的口吻询问道。

"我之前在乳牛牧场担任志工，对小牛肉开始产生兴趣。"

"我需要您提供乳牛牧场的介绍人数据。"

"我没有介绍人资料可以提供。"

麦可绝对不可能当我的介绍人，我很清楚这一点。此外，如果需要介绍人，那么协会网站上写的小牛肉农场"很乐意开放给各位参观"，是假的吗?

这通电话并没有什么用处。我决定当面试着说服安大略小牛肉协会，它在加拿大户外农业展售会（Canada's Outdoor Farm Show）上预计会设立一个摊位。

农业展售会的冒险

我搭上火车再转乘出租车才抵达展售会现场，展售会的地点是一个名叫伍德斯托克（Woodstock）的小镇，距离多伦多和纽约州北部大约两小时的车程。展售会现场有上百家参展公司，其中一家竟然是麦可的乳牛牧场，这并非我乐见之事。我决定尽可能远离麦可的摊位，最好不要碰巧遇到他本人。

展售会上最大的摊位之一是一家家禽公司，名为克拉尔克（Clark），该公司的蛋鸡场最近安装了一个"八层式自动化笼架系统"，这是全球这类系统的第二个安装案例。这个八层式的笼架系统可以让一座养殖场里关进135 000只的蛋鸡，而这个数字是布瑞克蛋鸡场的整整10倍。布瑞克的四层式笼架就已经比我的头顶还要高，几乎要碰到天花板；八层式笼架究竟有多高呢？我边想就边打了一个冷颤。

在展售会现场，安大略小牛肉协会只有一个低调的小摊位。"安大略小牛肉协会做了很多事，"摊位上的金发女孩向我解释道，"我们对消费者进行推广、支持小牛肉业者，同时也宣传小牛肉产品。我们有一个网站叫作安大略魅力小牛肉（Ontario Veal Appeal），我们在这个网站上教育民众，告诉民众为什么他们应该要吃小牛肉，另外还提供食谱。"

她塞给我几本和小牛肉相关的小册子和宣传单，包括一本小牛肉趣味书，这是一本八页的迷你童书，里面有和小牛相关的着色图、填字活动、谜语及小游戏。迷你童书的第一页是一张可以着色的猜谜图，图中是一只站在草原上的小牛，小牛头上的太阳露出灿烂的微笑。

"所以，您想从事饲养小牛这一行吗？"她问我道。

她假设我想要走农业这一行，因为几乎所有在农业展售会现场的人都是农业相关业者。仔细回想，就连火车上的验票员都假定我是农产业者，因为她看到我正在阅读一本家禽杂志。"我很怕吃鸡肉，"验票员对我说，"而且我不晓得什么才能吃。"

"没错，我想从事饲养小牛这一行。"我充满自信地回答摊位上的女孩，听起来小牛肉就仿佛是我毕生的梦想一样，这个谎言让我的胃里有一种被侵蚀的罪恶感。

"今天晚上有一场小牛肉座谈会，您在那里可以获得更多的信息，也可以和一些小牛肉业者碰面，这是地址。"

座谈会的卧底试探

这场座谈会的名称叫作"小牛肉、谷类与油籽"，举行的地点距离农业展售会不远，是一间速八（Super 8）连锁汽车旅馆的地下室，这间旅馆十分破旧，顾客以货车司机为主。座谈会的时间是晚上 7 点到 9 点，我 6 点 45 分就抵达现场，因为我打算 9 点一到就离开，原因有以下三点。

其一，我很紧张。这是一场为小牛肉从业者举办的研讨会，与会者都具有业界经验，所以我想他们一定一眼就能看穿我，像是看穿一片玻璃一样。其二，我一直担心奶农麦可会一脚踏进速八旅馆的地下室，他看到我一定会先倒抽一口气，然后手指着我，用所有人都听得到的声音大喊道：她根本不想做小牛肉这一行。其三，造成我紧张的原因在于，回家的最后一班火车很快就要开了，如果我错过那班车，势必得在这间脏兮兮的速八汽车旅馆里住上一晚。

我原本以为会有不少农夫参与这场座谈会，但是最后除了两名演讲者以外，就只有两位男士和一对夫妻出席。我坐在两位男士的其中一位旁边。

他的头发远远看起来很像有着不同层次颜色的金发，但是走近一瞧才发现是白发，而他的年纪也比我想得还大。"我 25 年前开始养第一头小牛，"他高兴地说道，"现在我已经有 300 头了。"

"300 头听起来好多啊！"我给了一个愚蠢的答复。

"和别的农场比起来还不算很多。"他笑着说道。

我的直觉告诉我，和这个男人再谈下去也不会有什么结果。时间宝贵，于是我很失礼地直接起身，走向那对与会夫妇的其中一位。

他们的名字是皮尔斯（Pierce）和玛莉（Mary），年纪接近 30 岁。皮尔斯很有魅力，他的身形偏瘦，拥有海蓝色的眼睛，上半身露出棕色的卷胸毛，脸上挂着没有心防的微笑。玛莉的眼睛则是绿色的，她的金发差不多留到耳朵，而且怀有身孕。她看起来比她丈夫的年纪还大，也没有她的丈夫好看、有魅力。皮尔斯是一位全职电工，而玛莉则是一位全职护士。每天的清早和傍晚，他们也要照顾 200 头小牛。

我并没有坐在皮尔斯和玛莉旁边，而是坐在他们的前面，因为我想这样看起来比较不明显。"我可以参观你们的小牛肉农场吗?"我急促地询问他们。这种行为让我自己联想起电影里的毒枭：他们会在没有眼神的接触之下进行交易，一切都发生在一瞬间，没有人知道。距离 7 点整只剩下 5 分钟，快要没有时间了。

"你为什么想要参观呢？"皮尔斯接着询问道。

"我想要经营一座小牛肉农场。"我一说出谎言后便觉得有罪恶感，因为皮尔斯是这么温暖，如此愿意提供协助的态度。

"我们两个人工作日都要工作。"他说道，"不过你可以在周末来看看。"

我记下皮尔斯和玛莉的电话号码与地址，接着赶在座谈会开始前就冲了出去。我准备要进入这个世界上最神秘的地方了。

喝不到牛奶的小乳牛

我决定买一份礼物送给皮尔斯和玛莉，借此表达感谢。他们正准备迎接新生儿，所以送一个给小婴儿的礼物应该不错。他们拥有一座小牛肉农场，所以如果这个礼物又和牛或小牛相关的话就更理想了。我到书店的童书部走了一趟，而且出乎意料地找到好几本和牛与小牛有关的童书。

其中一本的标题是一个疑问句：《牛做什么事？》（*What Do Cows Do?*），而书的内容回答："牛住在农场里；牛吃很多的青草……牛的小孩叫作小牛，小牛喝妈妈的牛奶。"

但是，小乳牛其实并没办法喝到妈妈的牛奶，小乳牛就连一滴牛奶也喝不到，因为对农场来说，把牛奶卖给消费者比给小牛喝还要赚钱，即便牛奶原本应该是要给小牛喝的东西。现今，荷士登品种的乳牛个个都有巨大的乳房，因为它们都经过基因筛选，能带来惊人的牛奶产量，产量是小乳牛实际需求的 20 倍之多，但是奶农却把所有的牛奶都拿去贩卖，一点都不留给小牛。

小牛吃的则是牛奶副产品加水所制成的替代配方。就概念上来说，这种做法正好符合小牛的地位，因为小牛本身也是奶农业的副产品。事实上，奶农业把小牛肉产业视为一大重要客户，因为小牛肉业者不只会向奶农业者购买小牛，还会向他们购买牛奶的副产品作为小牛的饲料。正因如此，小牛肉产业可以说是奶农业的双重客户，不只买车还加油。

此外，《牛做什么事?》还提到小乳牛和它们的妈妈住在一起，这也不是真的，小乳牛一生下来就和妈妈分开了。如果是小母牛，就会被关在乳牛牧场里的牛笼里，就像我在米勒农场看到的一样，而这些小母牛以后就会取代它们的母亲成为乳牛。小公牛则被认为没有什么价值，因为它们无法生产牛奶，所以小公牛就变成了小牛肉。

"乳牛必须持续怀胎、生产才能够不断提供牛奶。"美国农业部解释道，"然而，对奶农而言，生出来的小公牛几乎没有，甚至是完全没有价值。"

其他十几本我挑出来的动物农场童书也都存在一些错误、过时的描述，所以我没有一本能买。我们小时候习得的知识，包括看过的图片与记忆中留存的印象，将无可避免地成为一辈子内心深处的基础。即便长大，小时候所接收的错误讯息并不会退还，我们将会持续咀嚼这些讯息一辈子，而且在面对真相时，我们甚至还会急欲为自己错误的认知辩护。这就是为什么小时候开始接触的知识、讯息一定要是真实而非虚假的，这一点非常重要。

最后，我挑选一个小牛玩具与一套婴儿毛巾，带给皮尔斯和玛莉。

没有出租车的乡间村落

我坐了三小时的火车，前往皮尔斯和玛莉所在的乡间村落。我以为下了火车之后，就可以直接找一辆或是打电话叫一辆出租车。

我错了，这里根本就没有出租车。

我无助地走进一家餐厅，向服务生求助道："我可以请你们的外送员载我一程吗？"

"我们没有外送员，我们没有在做外送。不过，如果你愿意的话，"她热心地说道，"可以问问看那一桌男士们，看看他们有谁可以载你一程。他们已经坐在那里好一段时间了，所以我想他们今天应该没有什么特别的事。"

顺着她的视线，我转头看向那一桌的四位男士。他们都是老人家，差不多 70 到 80 岁左右，而且都很胖，大约 200 到 300 磅重。他们的脸松垮、下垂，皮革状的脖子布满皱纹，而且他们穿的都是宽松的牛仔裤和满是污渍的汗衫。他们看起来不太能让人信任，我站在原地迟疑着，脑海中闪过直接搭下一班火车回家的念头。

最后，我还是打消这个念头，毕竟我都已经努力来到这里了，绝不能现在就投降。我鼓起勇气，挺起肩膀，朝着那一桌男士走去。

"我想去一座小牛肉农场，"我说道，"请问你们有人方便载我一程吗？"

没人注意到我，我才发现原来自己太紧张了，所以根本就只是在小声地喃喃自语。我清了清喉咙，再次更大声地说出我的请求。

其中一位男士从注视着桌上的培根与荷包蛋中，抬头看了看我。"有人方便载这一位可爱的小姐一程吗？"他对其他人大喊道。所有人都吓了一跳，纷纷从桌上的培根与荷包蛋中猛然抬头，仿佛乌龟的头从龟壳里探出一般。

"我喝完咖啡之后可以载你。"其中有一个人很小声地说道。

他的脸上布满皱纹，看起来就像是一张用过后揉起来的卫生纸。他有一个鹰钩鼻，而且两颊发红，布满血管，宛如众多流经地下的小溪流。他的胡子花白，牙齿发黄，带有污渍，而且有些地方还没有牙齿。嘴里还有几处没有牙齿的黑洞，而他的双下巴比下巴还大，让整张脸都向下垮，地心引力的展现就连棒球帽都能感受得到。他的棒球帽上写着：支持我们的部队。

我尴尬地站在他的身旁，等他喝完咖啡。他并没有请我坐下，也没有自我介绍。最后，当他终于站起身时，也没有向他的早餐同伴们道别，只是勉强地挤出一丝微笑，看起来就像是在扮鬼脸。他步履蹒跚地离开餐桌，这时候我才注意到，他的大肚子已经影响到整个人的身体结构，他的双腿看起来就像是两根弱小、无力的棍子，已经快要无法支撑上面的躯干，正濒临崩塌的边缘。

他开始走动，但方向并不是前门，而是朝着后门缓慢踱步而去。他的车不是停在餐厅的前门，而是停在后门，这时候我的脑中忽然警铃大作。当我跟着他走过狭窄、昏暗的后走廊时，整个人更是不安，因为我在想：什么样的人会把车停在餐厅的后门呢？八成是罪犯，可能是违法分子，或许甚至是杀人犯或强奸犯。

更重要的是，什么样的人会搭上罪犯的便车呢？一个笨蛋。

这位沉默、不知名的男人打开餐厅的后门，于是我们来到车旁，站在大太阳底下。他在牛仔裤口袋里翻找着汽车钥匙，而我则在心里寻思着离开的借口。他在我找到借口之前就先找到了钥匙，于是我只好坐上车。

他的名字叫吉姆（Jim），驾驶的是一辆小手排车，车里到处都是烟灰。后座有一张标语牌，上面的字正好呼应吉姆棒球帽上所写的：支持我们的部队。

吉姆开车像是疯子一样，紧急刹车、踩油门、突然转弯，仿佛他在和某位隐形的赛车手一较高下。他是一位老烟枪，而且觉得就是要关着车窗抽烟才最有滋味。直到我开始咳嗽，他才心不甘情不愿地稍微摇下车窗。

吉姆刚才在餐厅里很安静，但是其实他像小孩子一样多话，他用着老烟枪的沙哑声音和我讲话，口吻听起来仿佛我们已经认识很久一样。"人们不像从前那么热心助人了。"他感叹道，"现在如果你生病了，都不会有人来探望你。每个人只顾自己，都不认识邻居是谁……全世界的状况看起来都不太乐观，少数人太过有钱，而大多数人却太过贫穷……"

吉姆的外表和烟瘾、行事风格与谈话主题，都在让我回想起温暖的布瑞克，这种熟悉的感觉让我感到安心。然而，吉姆接着却说道："你知道吗？你自己一个人来乡下又没有车，是很危险的。到处都有绑架和强暴事件，又有很多不正常的人，像你这样一个漂亮的女生……"

"我以前的体重是 275 磅，后来我早餐开始吃蔓越莓配上培根荷包蛋，体重才开始下降。"吉姆继续说道，"因为吃蔓越莓的关系，我的体重减少 40 磅，只不过还是有糖尿病的问题。"

吉姆身高 5 英尺，现年 75 岁。他在这个年纪，饱受肥胖和糖尿病之苦。不过，在他人生的稍早阶段，也就是在童年时期，曾经饱受饥饿之苦。他生于 1936 年，小学三年级时遭遇第二次世界大战，当时他被迫辍学，因为他和姐姐没有东西吃，所以必须找一份工作。接下来十年间，他的生活基本上只够填饱肚子。后来他成为一位货车司机，在北美洲各地行驶超过 300 万英里的里程。

然而，吉姆被迫在 46 岁时退休，长时间装卸重机具上下货车的负荷，使得他的背部再次被迫"投降"。退休之后，他和姐姐及外甥女一起生活。直到十年前，同样也是那一年，他生命中的这两位女性相继离开。

"我姐姐的前夫之前会殴打她。有一次他又打了我姐姐，于是我就打断他几根肋骨，然后把姐姐和外甥女都带走了。在那之后，她们就与我在一起生活，我提供她们食宿。我把外甥女当成是自己的女儿。亲爱的，我看到你就会想起她。"

也许这正是吉姆答应载我一程的原因。他既亲切又真诚，并且渴望有人陪伴。我的内心充满罪恶感，因为稍早之前只不过是凭着他的外表和停车习惯，我就对他做出价值判断。

"有一天，在我的外甥女过马路时，"吉姆继续说道，"被一辆车辗过，当场就死了。我的姐姐也发生了一场车祸，但是并没有马上过世，而是几年后才离开。她的心智变得和小婴儿一样，我必须把她送进护理之家。护理之家收费很昂贵，但是只要我不去，他们就不会照顾她，所以我每天都会去那里确认他们是否好好照顾了她。"

吉姆姐姐的悲惨故事让我领悟到一件重要的事，我们应该让民众走进动物农场里，而这个原因就和我们要让民众走进护理之家、精神病院及学校等场所一样，因为这些场所里的人们无法充分为自己发声，民众的造访可以成为一种查核机制。

我不久前参加的户外农业展售会就是一个很好的例子，被带到展售会现场的十几头牛不但健康，而且全身上下十分干净。虽然当时我并没有多想，不过现在我明白了，它们之所以会健康又干净，原因不外乎是每年会有上千人出席这场展售会。如果牛看起来不干净或是不健康，至少有些与会者会提出抱怨，甚至有可能联合抵制这场展售会，而民众的参访确实能够改善农场动物被对待的方式。

在转错几个弯之后，吉姆和我终于抵达小牛肉农场。"亲爱的，我在车里等你。"吉姆说道。

意想不到的小牛肉农场

当我踏出吉姆的车时，皮尔斯便走上前来。他看到吉姆时似乎有些困惑，此时的吉姆已经笼罩在一团烟雾里了，而皮尔斯见到我似乎也不怎么开心。

"抱歉，我想问你一个问题。"皮尔斯说道，他的语气听起来有些不好意思，"你并不隶属于任何动物权益团体吧？"

"我不是。"

皮尔斯松了一口气，"我只是想确认一下。有时候动物权益团体的人会到农场来卧底，像是善待动物组织的人，我们并不希望有任何人到这里卧底。"

说完之后，皮尔斯便快速展开他的农场导览，跟在他身后的有我、他的黑色拉布拉多犬，以及他的妻子玛莉。皮尔斯和玛莉拥有超过100英亩的农地，大部分栽种的是玉米、黄豆与小麦。这些农田在房屋四周形成一道优美的圆弧形。

皮尔斯是荷兰裔移民的后代，他的父母在数十年前从荷兰移民到加拿大。和许多其他的荷兰移民一样（包括米勒夫妇），皮尔斯的父母一开始也是经营乳牛牧场。然而，在1990年代初期，由于疯牛病爆发的缘故，小牛的价格暴跌到每头只剩 10 美元，于是皮尔斯的父母嗅到了一丝商机。他们像是寻找破产公司股票的投资人一样，开始买进一些小牛，并且逐渐从奶农业转做小牛肉生产。皮尔斯后来买下了父母的小牛肉农场。

今天，皮尔斯身为一位小牛肉业者，他的小牛分别来自于四座邻近的乳牛牧场供应，其中一座乳牛牧场的经营者就是他妹妹。当乳牛生下小公牛时，乳牛牧场就会打电话给皮尔斯，这时候皮尔斯就会开着货车前往乳牛牧场，把小公牛载回到小牛肉农场里。他向我解释：他的小牛肉农场一共包含三个阶段，这三个阶段是以小牛的年龄为基础划分的。

第一阶段是小牛出生的第 1 周到第 7 周，这时候小牛住在牛笼里。一共有 14 只小牛住在这种一个个分开的白色笼子里，小牛都被金属链栓起来，这些链条从牛笼的顶端垂下，仿佛一圈圈的套索。牛笼的屋顶上会开一扇小窗，而阳光会透过小窗照射进来，在每一座牛笼里形成一个光亮的区块。所有的小牛都缩着身躯躺在这些区块之中，因为它们受到阳光的吸引，就像飞蛾受到火焰的吸引一样。这边的天气风和日丽，但是小牛却无法到处晃荡，甚至连一步也走不了。

"由于小牛是群居动物，所以应该尽可能让它们群居生活。"欧洲食品安全局（European Food Safety Authority）如此表示，"拴系往往会造成小牛的问题……个别关养的小牛不应该被拴系……小牛需要借由运动来维持正常的骨骼和肌肉生长。"

当我蹲在牛笼前方时，小牛纷纷站起身。它们的双眼宽大，膝盖浑圆，几乎每一只都是黑白相间的正常颜色，除了两只最小、最年幼的例外，它们的颜色是红白相间。这两只是红色的荷士登乳牛，而不是黑色的荷士登乳牛。红色是荷士登乳牛隐性基因的展现，而黑色则是显性基因的展现。

"它们是双胞胎。"皮尔斯说道。

我自己也是双胞胎，所以十分同情这对双胞胎的处境。虽然这对兄弟同时出生，但它们却像是陌生人一样，无法触碰彼此，和对方玩耍。在所有的同伴之中，它们看起来最为疏离。

小牛肉农场的第二阶段比第一阶段好多了，这一点令我感到相当欣慰。15只小牛一起住在一座大型的围栏里，小牛可以在里面走动、亲昵、玩耍和躺着休息。这群小牛停下来看了我一眼，接着又回到它们原本的活动里。"我们把小牛分别从牛笼放出来，一起养在这个围栏里，就好比一群四岁小孩子聚在一起。"皮尔斯笑着说道，"它们非常兴奋！整天都跑来跑去地玩耍。"

小牛肉农场的第三阶段是一个简单、半圆形而类似帐篷的建筑，由白布搭建而成。这座建筑的四面都是开放的，空间里洒满阳光，相当舒适，而里面一共有八个宽敞的、铺满麦秆的围栏，围栏依小牛的年龄划分。这里有一些小牛在吃东西，有一些小牛缓步而行，而更多的小牛只是一起躺在围栏后方，眼睛望着外面的玉米田。

"它们喜欢待在窗户旁边，因为微风的关系。"玛莉顺着我的视线望去，接着这么告诉我说，"我们一共有 200 只小牛，这个数字比许多其他的小牛肉农场少了很多。我们知道有些小牛肉农场拥有 600 到 1000 头小牛，有少数甚至高达 2000 头。那些农场通常都和企业签订合约，而且不太注重对小牛的照顾。我们并不一样。"

这里一点臭味也没有，这些小牛的味道甚至比我还要好闻。"我们会保持小牛的清洁，"皮尔斯解释道，"如果小牛不干净，它们也不会舒服。我会给小牛充足的空间，并且经常更换它们的麦秆。"

加拿大安大略省农场动物委员会指出："多数参观小牛肉农场的人都惊讶地发现，这些小牛的生活条件其实是优于自己原先所想象的。"由于这个产业的不透明化与恶劣的名声，所以当我看到这些小牛有着不错的生活环境时，确实颇为意外。这里怎么可能会是一座小牛肉农场呢？的确，前七个礼拜小牛是被铁链拴着的，但是在七个月的剩下的时间里，它们都过得不错。这一次的参访有点让我出乎意料。

当天稍早搭上火车时，我本来很确信，"一座好的小牛肉农场"一定是一个自相矛盾的概念（小牛肉农场一定不可能会是好的），正如我在前往米勒乳牛牧场之前，也十分确信"一座不好的有机农场"一定也是自相矛盾的概念（有机农场肯定不会差到哪里）。这趟旅程颇具教育意义，这里确实是一座好的小牛肉农场，皮尔斯和玛莉的确十分照顾小牛。

安大略小牛肉协会说得没错："多数人并不了解小牛肉产业，而且多数人也不会把小牛肉产业的做法和其他畜牧业的做法相提并论。"
"和其他畜牧业的做法相提并论"是这段话的重点。就我所看过的农场而言，所谓其他畜牧业的做法包括用铁链拴系乳牛、把蛋鸡关在笼架里，以及把母猪关在钢铁狭栏中。此外，还有生长神速的鸡和火鸡，而且它们还被关在氨气弥漫的养殖场内。

小牛肉的人道与健康隐忧

美国的星条旗上有红色、白色和蓝色三种颜色，而小牛肉可以被区分为三个种类：红小牛肉、白小牛肉与胎牛肉。

皮尔斯和玛莉的小牛属于红小牛肉，它们通常是被群体圈饲，吃的通常是玉米，所以这种小牛也被称为"谷饲"小牛。

对照之下，白小牛肉种类的小牛一般则是饲养在个别的牛笼或牛舍里，而且饲料通常只有牛奶的替代产品，因此也被称为"乳饲"小牛。这类小牛的饮食配方往往把铁质含量刻意压低。此外，饲主也会限制小牛的行动，让它们的肌肉萎缩，好让小牛的肉质细嫩、口感滑顺，颜色维持淡白色，正因如此才会有"白小牛肉"的称呼。

"白色是有问题的。"一篇英国国家广播公司（British Broadcasting Corporation，BBC）的文章直白写道，而许多农夫也同意这个观点。

"白色小牛存在健康上的问题，因为它们吃的都不是固态食物。"玛莉告诉我说，"通常在6到8周大的时候，小牛很自然就会开始吃草或谷类这类固体食物，但是在白色小牛肉农场里，业者仍然只会喂食牛奶替代产品。此外,白色小牛肉农场十分封闭,没有任何新鲜空气或阳光,不像我们这里。我们并不支持白色小牛肉。"

我记得麦可也一样,即便他的农场有一大堆问题,但是他也反对白小牛肉。"小牛不应该被关在笼子里,"他曾经告诉我说,"我都把我的小公牛卖给红小牛肉农场,我从来不卖给白小牛肉农场。"

由于饮食和生活条件的缘故,白色小牛时常生病。它们很容易感染沙门氏菌与大肠杆菌,也时常会有腹泻和肺炎的问题。美国兽医协会(American Veterinary Medical Association)表示,白色小牛时常"因为铁质缺乏而导致贫血",以及"瘤胃(反刍动物的第一个胃)发育不全"。

2011 年时,加拿大的小牛肉产业历经一场都柏林沙门氏菌大爆发,这是一种对抗生素拥有抗药性的危险细菌,对小牛的致死率高达 50%,而且会传染给人类,导致死亡。安大略小牛肉协会本身就表示,疾病的成因要归咎于小牛的生活条件:"过度拥挤、空气质量不佳、合并感染、小牛运送及营养缺乏都会造成小牛的压力,而压力则会导致这类细菌的感染。"

第三种小牛肉是胎牛肉,主要和年龄因素有关,胎牛肉的英文是 bob veal,而 bob 就是源于 baby(婴儿)这个字。这些小公牛一生出来就被屠宰了,通常是在短短一天或两天之内。在母牛怀胎 9 个月后,这些小牛在这个世界并没有待上一点时间,它们的生命还没有真正开始前就已经结束了,命运是如此悲惨。

胎牛肉在 2009 年时登上头条新闻，卧底偷拍的影片揭露了布什威屠宰场（Bushway Packing）的真相。这间屠宰场位于美国佛蒙特州，而在影片里，屠宰场工人残忍地拖着、踢踹着胎牛肉小牛，并且用电击棒电击它们。有一些小牛没有办法站起来，因为它们被货车运送很长一段距离，已经受伤、饿肚子，并且呈现脱水的状态。许多小牛在屠宰前被电击得不够准确，因此在被铁链铐上、屠宰及剥皮的当下都还有清醒的意识。

胎牛肉小牛不只是一出生就要被宰杀，布什威屠宰场的案例更进一步地显示，这些小牛的死亡往往格外残忍。

在美国和加拿大的畜牧业，不管是鸡蛋、牛奶或猪肉产业都很类似，但小牛肉产业则是唯一显著的例外。加拿大生产红小牛肉与白小牛肉，而美国则是生产白小牛肉和胎牛肉。在加拿大，红小牛肉的发展主要是作为白小牛肉在人道上的替代选项，到了 1990 年代初期，市场占有率才开始明显提升。过去在加拿大，白小牛肉是"消费者唯一能取得的小牛肉选项"，而在美国也一样。

幸好，美国小牛的命运随着时间而获得了改善。2007 年，美国小牛肉协会（American Veal Association, AVA）无异议表决通过一项办法，呼吁全美所有的小牛肉农场在 2017 年以前转型，逐渐从个别笼养转型为群体饲养。在 2007 年，全美有 90% 到 95% 的小牛都关在笼子里或是被铁链拴系着，而到了 2012 年，已经有 70% 的小牛是采取群体饲养了（假设美国小牛肉协会的报告诚实、精准）。美国整体从个别笼养到群体饲养的转变也受到立法支持，今天在美国的许多州里，法律已经明文禁止小牛笼的使用，这些州包括亚利桑那州、科罗拉多州、缅因州、密歇根州、罗得岛和加州。

虽然至今，美国有30%的小牛，而加拿大有20%的小牛，仍被关在牛笼之中，但在欧洲却完全没有这种状况。自1990年以来，英国就已经禁止小牛笼的使用，而芬兰则是从1996年开始禁止，欧盟整体也在2007年禁止小牛笼。

北美与欧洲地区的趋势显示，小牛笼正逐渐从世界各地的农场里消失，并且可能在未来十年到三十年内完全从地表上绝迹。同一时间，小牛肉的消费趋势也显示着，小牛肉正在逐渐退出民众的餐桌。

小牛肉的英文是veal，源自于拉丁文的vitellus这个字，意思是年幼的小牛。小牛肉最早源自意大利与法国，早期是象征财富和地位的一种食材。在佛罗伦萨曾经有一条法令规定，如果婚礼晚宴上有小牛肉料理，其他肉类都不得出现在同一份菜单上，可见小牛肉有多么美味。然而，在今天却有愈来愈多人反对吃小牛肉。在1991年的喜剧片《新岳父大人》（*Father of the Bride*）里，婚礼策划人法兰克建议把小牛肉料理加入菜单，而新娘安妮则提出抗议："我有意见……我一直阅读这类文章，小牛受到很多不人道的对待。"法兰克回答道："我也曾读到，真是太时髦了。"

1980年代期间，小牛关在笼子里受苦的许多照片重挫了小牛肉的销售量。1988年之后，美国的小牛肉消费从此跌破平均每年每人一磅，而且再也没有重新超越这道关卡。时至今日，美国的小牛肉消费差不多是平均每年每人三分之一磅。

1980 年代和 1990 年代期间，美国与英国有上千位民众走上街头，他们高举着标语谴责小牛肉。他们发动联合抵制，拦阻载运小牛的货车、船只及飞机，甚至还有抗议者为了小牛牺牲自己的性命。1995年，英格兰有一位 31 岁的母亲名叫吉儿·菲普斯（Jill Phipps），她被一辆载运小牛的货车撞死，脊椎当场被货车的车轮辗碎。

2013 年，《滚石》（Rolling Stone）杂志的一篇文章指出，消费者已经"用行动投票，纷纷远离不人道饲养的小牛肉产品，饲养这些小牛的笼子差不多就是一个小孩的棺材那么大"。这篇文章继续写道，"如此看来，我们对美味的追求所导致的动物苦难也是有限度的。"

监禁圈饲农业的哀伤

皮尔斯和玛莉的农场导览花费了将近一个小时的时间，我很担心吉姆会在车上等得不耐烦，也许他已经先离开了，结果他还在。我问他能否载我到火车站，他拒绝了。

"火车还要等三个小时才会来。在那之前，我先载你绕附近一圈兜风吧！"虽然我答应得很勉强，然而事后回想，这趟兜风其实既惬意又具有启发性，无论是就农业或吉姆而言，都是如此。

我们开车经过若干牛群，这些牛群在绿油油的田野上吃草，在绿意盎然的景致点缀上它们黑、棕色的色块，尾巴也在微风中快乐地晃动着。然而，我们每经过一个户外牛群，同时也会看到几座工厂化农场。要不是因为金属饲料桶像卫兵一样竖立在旁，这些农场看起来就像无名的仓库一般。

以往，农场之所以位于乡村地区，是因为乡村地区才有空间让动物活动。今天，农场还位于乡村地区的唯一理由，无非是乡村地区的空间成本比较低，而不是平均每只动物拥有较大的空间。如果乡村地区的土地没有比较便宜，工厂化农场其实设立在任何地方都没有差别，可以盖在贫民窟、郊区，甚至盖在北极。

"可怜的动物。"我们只要开过一间动物工厂，吉姆就会一边叹气，一边这么说。他会猜测是哪一种动物被关在工厂里：乳牛、猪、火鸡、鸡、蛋鸡？我们经过一间他认为是关着蛋鸡的工厂，他红润的脸颊顿时显得颓丧又阴沉。"农夫会用机器切除母鸡的喙，避免它们啄掉彼此的眼睛。"他感叹道，"今天的农场动物没有一天能离开室内，它们只有在被送去屠宰时才会第一次走出户外，现在全部都是监禁圈饲农业了。"

吉姆的"监禁圈饲农业"这个词用得一点也没错，其中暗示着囚禁和惩罚的意涵。农产业者似乎不只是把监禁圈饲视为达成目标的手段，甚至已经把监禁圈饲本身当作目标，并且热切地追求着这个目标。

"许多人的农场里塞进了太多的动物，规模是合理数量的两倍。"吉姆继续说，"动物之间非常拥挤，像是30个人塞在一个小房间里一样，就是这么拥挤。我很高兴看到像你这样的年轻人对农业有兴趣。

不过，亲爱的，我希望你的农场里不会也塞进这么多的动物。"

我转头望车窗外，这样吉姆才不会看到我充满罪恶感的表情。我告诉他的话与告诉皮尔斯和玛莉的一样，我说自己毕生的梦想就是经营属于自己的小牛肉农场。"我不会让我的农场变得太挤的。"我答应他。这段对话显得有些荒谬。

吉姆出生在乡村地区，而且一辈子也都住在乡村地区。我则正好相反，我出生在都市，而且几乎生活在都市里。然而，我们对于动物所遭受的对待，以及对于"监禁圈饲农业"抱持着相同的看法，我们都认为，农场里的动物不应该被迫受苦、受难，而人类应该提供给它们更好的环境。我们两人之间并没有所谓的城乡差距。我对农业领域的一番调查教给我一件事：不只是城乡差距，社会上大多数的差异其实都有被夸大之嫌，包括年龄、种族、性别与世代。事实上，我们彼此的雷同往往大于彼此的差异。

那一天，吉姆告诉我的生命故事既温柔又哀伤，就这一方面来说，乡间的这一趟兜风也十分类似，充满温柔与哀伤的情怀。但是，至少我很高兴能以吉姆所渴求的陪伴来报答他载我一程。

当天我最喜欢的时光是吉姆载我到海边的行程。海边咸咸的微风令人心旷神怡，而海水的波涛既安稳又抚慰人心。我们坐在一张野餐椅上，吉姆吃着路边摊买的热狗，而我则吃着自己带的三明治。我们凝望着大海，欣赏着灰白相间的海鸥，海鸥像风筝一样掠过海浪的上空。它们看起来多么自由、多么美好。

08 恐怖屠宰场

未解而无谓的苦难

我在 Google 中输入三个字：屠宰场。

其中一项结果是黑水公司（Blackwater），还附上电话号码与地址。这家公司的位置距离多伦多东北方一个半小时车程，从纽约州北部出发的话不到三个小时。我拨打电话号码，暗自希望不要有人接听。

"你好，我是纳德（Nader）。"

"嗨，纳德……呃……我想请问能否参观黑水屠宰场？"

他放声大笑道："你听起来怎么这么有礼貌，好像要去参观动物园之类的！为什么你会想来参观呢？你想在这里工作吗？"

这也是安大略小牛肉协会的人做出的假设，他们也以为我想在这个产业里找工作。"没错。"我鼓起勇气回答道，"到你们那里可以搭乘什么大众交通工具呢？"

这个问题又再次让纳德放声大笑，我好像是他有史以来碰到过的说话最好笑的人。"你在开玩笑吗？这里没有火车，也没有公交车！"

不过，他接着边说边想，帮我设计出一条繁复的路径。"先搭地铁，然后换搭火车，接着再转乘公交车。……然后告诉公交车司机，要他看到红色邮筒和蓝色小货车的时候放你下车。听懂了吗？蓝色小货车和红色邮筒。我们有人会在蓝色小货车里等你。"

这听起来像是连续剧《黑道家族》（*The Sopranos*）式的谋杀场景。但是我知道，如果不赶快去黑水屠宰场看看的话，我一定会按捺不住，所以我告诉纳德，隔天就会准时赴约。

"你想帮我屠宰吗？"他问道。这一次他并没有笑，而是认真地询问。

"呃……好。"

"开玩笑的！"他笑了出来，"明天是你的第一天，所以只要在旁边看就好了，下一次你来的时候我再让你屠宰。"

我们结束通话，然而半小时后纳德又打给我，"穿着方便活动的服装。"他指示道，"你到了之后，我会提供给你橡胶鞋、外衣和发网。"半小时后他又打了一通电话给我，"穿两双袜子，知道吗？明天会非常冷。"半小时之后他又打来第三通电话，"不需要带午餐。"他吩咐道，"我们会在这里用餐。"

"我比较想要自己带午餐。"

"不需要带午餐，我说了。"

那么我在黑水屠宰场要吃什么呢？吃肉吗？我已经茹素好几年了，而且我觉得在看完屠宰场之后，一定会比从前更不想吃肉。另外一个问题是纳德，我有一种感觉，他这个人很有问题。

空气里的血腥味

当天晚上，我被害怕和恐惧慢慢笼罩着，于是在床上翻来覆去好几个小时。然而，在我终于睡着的短短一两个小时后，电话响了。时间是清晨 5 点 15 分。

是纳德打来的，他一句话也没说就挂断了电话。15 分钟后，他又打给我一次。"我每次都看到你在做这种事！"他大喊道。他是在对附近的人大吼，对象并不是我，但是他的声音却令我不寒而栗。他又挂断电话了，一句话也没有对我说。15 分钟后，他又打来了，这次他问道："你在路上了吗？你在路上了吗？"在我心不甘情不愿上路之后，他又打了两通电话给我，"你在路上了吗？你在路上了吗？"

我非常确定纳德有一些心理上的问题，而搭乘红色邮筒旁的蓝色小货车听起来开始变得有些危险，仿佛羊入虎口一般。在前往黑水屠宰场的曲折旅途中，几乎各种大众运输工具我都搭上了，而恐惧也在一路上逐渐蔓延，最后吞噬我空荡荡的胃，直到我感觉一阵恶心之后陷入昏厥为止。不过，我还是到了，我走下公交车，坐上了红色邮筒旁的蓝色小货车。

小货车的驾驶员名叫莫斯（Moss），他的身材十分高大。他缺了上排的四颗牙齿，所以嘴巴看起来就像是一口荒芜、幽深的黑洞。我猜想他的牙齿大概是打架时被打落的，他是流氓吗？我小心翼翼地询问他一连串的问题，希望得到这个问题的解答。

莫斯说他出生在加拿大的萨克屯（Saskatoon），是乌克兰裔移民的后代。他今年50多岁，已经和妻子离婚，育有一个儿子和一个女儿，两个人都30多岁了。他在二十几岁时曾做过社工，帮助毒瘾者和无家可归的街友。后来他成为一名矿工，时常得在地表下辛苦地工作，而那里的温度往往低于摄氏零度。他目前的职业也是他最后的一份工作，就是屠宰。

　　莫斯有一对柔和的双眼，眼角的纹路皱起来就像是火焰一般，而且他有一副低沉的烟嗓，在我经历许多农场行程之后，不知道为什么对这样的声音开始产生一种亲切感。我暗自决定，莫斯是不是曾经当过流氓已经不重要了，我喜欢他这个人。

　　我本来希望前往屠宰场的车程可以长一点，但是却只有15分钟。从外观上看起来，黑水屠宰场很小，水泥建筑很方正，就像是一家牙科诊所。就连大厅在乍看之下也如同牙科诊所，这里有一张白色柜台与欢迎标语。然而，刺鼻的气味还是让它现出原形，空气中的血腥味非常浓。就连白色柜台上也沾染了几道旋转、缠绕的血渍。

　　纳德就站在大厅迎接我的到来。

　　纳德很高、很壮，皮肤是咖啡色。他的脸型像是不对称的一块面团，上面凹陷着青少年常见的痘疤。他的双眼藏在眼镜之后，嘴唇薄而紧闭。他戴着一顶亮黄色安全帽，仿佛是一位建筑工人，然而他身上穿着的白袍看起来又像是实验室的工作服。在白袍之外，还罩着一件类似盔甲的亮蓝色围裙，而在最外面是一件像是保护衣的黄色围裙。他的穿着看起来好像要上战场一样。

我们彼此握了握手，仿佛建立起某种商业伙伴关系。他的手是湿的，一定是和我握手之前就先洗过了。

纳德递给我一件深蓝色手术衣、一个发网、一双及膝橡胶鞋和一件白袍。"白袍本来是给检查员穿的，但是冬天为了保暖，我们会在手术衣外穿上白袍。"他说道。

我把手术衣和白袍套在自己身上的好几件衣服外面，但这两件衣物都是男生的超大尺寸，对我来说都太宽松了。我担心它们会滑落，就像花生壳从花生上脱落一样。橡胶鞋也是，对我的脚来说太大了，和纳德的橡胶鞋根本就是同一个尺寸。

换好衣服后，我站在通往屠宰区的铁门前犹疑不定，门缝传来另一头的声响，有屠宰机械的转动声和撞击声，让我不寒而栗。在我的内心有一段一直试图掩藏的回忆，站在门前的当下，这段回忆再度涌上心头。我8岁时曾带着一只受伤的流浪猫去找兽医，当兽医拿着刺针检查着它的伤口时，这只猫不断地叫着。我看着模糊的粉红色血肉，接着脑中的一颗灯泡忽然熄灭。我晕倒了。

纳德相信我想要在屠宰场里工作，而我担心的却是自己可能会在黑水屠宰场里晕倒。

我推开铁门走进屠宰区，但我知道，走出来的时候，我将不再是原来的我。

别无选择的屠宰之路

屠宰区大约是一间公寓的大小，四周的墙壁都没有窗户，而眼前的颜色不是灰色就是红色：灰色的机器精密地将生命化为死亡，而地板上流淌着发臭、腐败而氧化的血河。

为了走到纳德所在屠宰区的另一端，我必须颤抖地踏过一大滩血水与各种尸体部位。我先踏出一只脚，接着再踏出另外一只，我感到一阵恶心，还得试着避免溅起血迹，这项跨越血河的挑战仿佛横渡流沙一样充满了生命危险。

我的脚滑了一下，差一点就要跌倒了。我学到一件事，血比冰还要滑，这是我在屠宰区里上的第一课。

当我走到纳德身边时，他正退往屠宰区旁的另一个小房间，这间小房间叫作系留区，在这里，动物会从货车上被卸下。我跟着纳德走进系留区，里面的 7 个围栏关了将近 40 头绵羊和 10 头山羊（在我到达之前还多了十几头的绵羊与山羊）。有几个待宰的围栏已经爆满了，绵羊和山羊头贴着头、身体贴着身体，全部像罐头一样挤成一团。不过，它们都十分冷静、镇定，似乎并不明白再过几分钟、几个小时之后，等待着它们的会是什么样的命运。我注意到，它们并没有食物，也没有水，但是法律明文规定，在任何时刻都必须提供水（如果动物被监禁圈饲超过 24 小时的话，法律也要求必须提供食物）。

在系留区里，纳德点了一根烟，接着开始说起他的生命故事。

"我是回教徒。"他说道,"我的父母都是印度裔,但是我出生在盖亚那。在我 10 岁时,全家就从盖亚那搬到了加拿大。我爸是典型的会打小孩的父亲,因此我在 12 岁就离家了。我需要钱,所以 16 岁就辍学,开始在屠宰场工作,然后就从那时候一直做到现在。我今年已经 32 岁了……我不太会读书写字,但是需要那些干吗呢?……我已经做这一行做了大半辈子,但是我从来没有受过任何屠宰训练。"

加拿大的法律严格规定,屠宰工人必须接受训练,而纳德已经从事屠宰大半辈子却没有受过一天训练,这正显示出这个体制是如此宽松。研究发现,工人缺乏训练往往会导致动物在屠宰过程中遭受不人道的对待。

"但是我在这里工作一天,"纳德继续说道,"就可以净赚 140 美元。"

"你说的'净赚'是什么意思?"我问他。

"意思就是指台面下。"

"'台面下'又是什么意思?"

"意思就是没有人知道我赚这些钱,也就是说我不在体制内,所以不会被查到。"

纳德的眼神落在系留区里最年幼的一只动物上,这是一只卷毛、大眼的白色羔羊。"我们今天所有宰杀的绵羊和山羊都是老的母羊。"他告诉我,"它们常常被叫作'山羊奶妈'或是'绵羊奶妈'。我们无法从它们的身上赚太多钱,因为它们的肉不够鲜嫩,只能卖到便宜的价格。白人不太吃这种老肉，所以这些肉通常是卖到少数族裔的商店和餐厅，像是牙买加、海地、盖亚那裔的商店与餐厅等。但是，这只羔羊的肉是最鲜嫩的，所以可以卖到最高的价格。"

纳德手上的烟抽完了，与此同时，我在系留区里的缓刑也跟着结束了。

生与死之间的界线

纳德把手伸向一头绵羊，然后抓着它的后脚就拖出围栏。"咩！咩！"

纳德把绵羊拖进屠宰区，接着关上身后系留区的大门。他放开绵羊的脚，拿出一把电击枪。当绵羊正准备跳起来时，纳德就拿起电击枪瞄准绵羊的头部，接着扣下扳机。绵羊应声倒地，两眼张得大大的，舌头从嘴巴的一边掉出来。看起来像是陷入昏迷，而这也是为什么电击枪也被叫作"昏迷枪"的原因。

"这把枪是通电的。"纳德向我解释道，"过程非常安静，电流进入动物的脑袋里，就会让它们陷入昏迷。"

高大的莫斯走进屠宰区，衣着和纳德一样，也是戴着一顶安全帽、穿着一件白袍，白袍外罩着蓝色与黄色的围裙式盔甲。莫斯越过地上的血河，接着他和纳德各自抓起绵羊的一只脚，合力把不省人事的绵羊抬上屠宰架。屠宰架看起来有一点像是晾衣架，只不过这张架子是金属制的，而且距离地面较近，差不多是一张椅子的高度。于是，绵羊被四脚朝天地放在屠宰架上的凹槽里。

纳德从腰间的工具包里掏出一把小型弯刀。"现在我要开始割、割、割了!"他对着我挤眉弄眼，一边笑着，一边说道。接着，他的手快速一挥，绵羊的喉咙就被割断了。

这是我一直以来恐惧万分的片刻，而这个片刻发生得如此突然。绵羊的脖子原本只有一块，现在变成两块，从中间切开，气管被割断了，现在绵羊的头和身体呈现 90 度角垂直，只剩下脊椎的一小段还相连着。从里面看起来，绵羊的喉咙与人类竟然如此相似，同样都分布着维系生命的血管组织。绵羊的血从脖子奔涌而出，就像是水从坏掉的水龙头喷出来一样。鲜血溅到我的白袍上，然后与地面上的血河汇流，但是仍然看得出区别，因为它的血液还是鲜红色，而不是暗红色的，这是仍然充满氧气的鲜血。

绵羊的眼睛依旧诡异地大张着，一眨也不眨，但是脚仍反射性地踢着。在一段仿佛永恒的时间之后，虽然才不到几分钟，但确实是我一生中最难熬的一段时间，绵羊的踢踏才慢慢停下来。它的脚变得瘫软、弯曲，摆放在肚子上休息着，看起来像是沉睡的小猫咪。如果不是睁大的眼睛和满是鲜血的喉咙，这头绵羊看起来就像是睡着一样。

生与死之间的界线不过就是一把刀锋这么宽的距离，这条边界细如丝线，生命在转瞬间就可以结束。我的双手在口袋里紧握着，无法停止喘息。

凝视死亡的历程

纳德接着宰杀第二头绵羊，手法和第一头如出一辙。接着他用钩环扣住绵羊的大腿，把整头绵羊吊挂起来。纳德做了一个严肃、丑陋的表情，接着开始帮两头绵羊剥皮，在他撕开、拔除绵羊毛茸茸的皮时，他还得试着在血泊中维持平衡而不致滑倒。纳德把拔下的毛皮丢在屠宰区的一角，这些毛皮像极了一头头活生生的动物，缺少的只是内里的部分，看起来令人毛骨悚然。

"剥皮是一种艺术。"纳德这么告诉我，他似乎很高兴有人端详着他艺术层次的最高面貌。在剥皮的艺术后，紧接着是取出内脏的艺术。纳德垂直划开第一头绵羊的胸口，接着把手伸进去。由于绵羊的身体相当温暖，而周围的空气又十分寒冷，所以从尸体内部蒸发出的水汽形成一团白色迷雾，就仿佛动物的鬼魂从被肢解的躯体中飞出来。纳德的双手在尸体里停留一分钟。"外头好冷，"他说道，"但是动物的体内既温暖又舒服。你想和我一起把手伸进来吗?"

我婉拒了。不过接下来一整天里，纳德还是重复询问我同样的问题。

屠宰区里非常嘈杂，所以每次纳德说话时，我都必须十分靠近才能听见他在说什么。所有的机器和设备都在运转，烫水槽、头顶上的挂钩、除毛的机器，我们就像是站在一座爆炸的引擎内部。

纳德把手抽出绵羊的体内，同时也去除肝脏、脾脏及肠子。这些内脏黏糊糊的，十分恶心。纳德划开肠子，而黏稠的绿色液体（原本是干草）就泼洒在地，与地上的血液混在一起。"这些动物就只会吃。"他说道。纳德的另一刀划在肠子的其他地方，这回出现的是像黑色石块的一颗颗粪便。接着，纳德划开膀胱，尿液忽然间泼洒而出，骚臭的尿液距离我不到几英寸，我立刻跳开。

"我是在帮你的忙。"他笑着说道，"尿可以去油，所以泼在血上就比较不滑了。"

纳德把绵羊的内脏丢进墙边的 5 个大黑桶里。每天工作结束后，他就会把这些桶子拖到屠宰场后方，而每周都会有动物内脏工厂的人前来收集，他们会把这些动物部位压扁、碾碎，然后再做成饲料喂食农场动物。

在黑水屠宰场里，我才第一次了解到，一只动物真正能让人吃的部分原来这么少。有一些身体部位是人体无法消化的，例如：角和蹄子。动物的外层——皮肤和毛发，以及内脏——肠子、胃、肝、肺、脾、膀胱等，也会完全丢弃，而血液也会流干。只有中间的那一层会留下来，其中的骨头在食品处理的过程中或是在餐桌上会被去除，所以大概只有半头牛或羊会真正被人类吃下肚。

此外，饲料转换的比率也需要思考。牛、绵羊或山羊如果要增加一磅的体重，就得吃下好几磅重的玉米或干草。然而，这些种植玉米和干草的土地显然有更好的使用方式，无论在经济、环保及道德上都是如此，即栽种蔬果，供民众直接消费。如果我们愿意吃食物链较底端的食物，全球饥荒的问题就可以获得大幅改善。弗朗西斯·摩尔·拉佩（Frances Moore Lappe）于 1970 年代出版知名著作《一座小行星的新饮方式》（*Diet for a Small Planet*），她在书里就提倡上述的概念。

我站在血河中凝视着死亡，此刻实在很难不把动物饲养与屠宰视为一件浪费又毫无效率的事。然而，在美国和加拿大，被屠宰的动物数量却违背上述的理性思考。2013 年，在美国被屠宰供人类食用的动物数量包含 85 亿只鸡、2.39 亿只火鸡、1.12 头猪、2300 万头牛及 200 万头羊。2013 年的屠宰总数超过 90 亿只动物，和 50 年前相比超过 4 倍。

纳德在屠宰区的一个角落工作着，而在另一个角落还有一位工人。他的身材高大、白皮肤、外形帅气，有着一头棕发，肩膀相当宽阔，一副运动员的体态。他的穿着和纳德与莫斯一样，都是白、蓝、黄三色，全身也都喷溅到红色。他用狐疑的眼神凝视着我的存在。这位工人的名字叫作维克多（Victor），他是一个残忍的人。

阳奉阴违的屠宰方式

维克多的面前挂着 2 头死羊，而在他身后巨大的阴影之下，蜷缩着 9 头待宰的活羊。维克多从系留区一次带了 11 头动物进入屠宰区，为的只是省去来回走动的麻烦，然而这几头羊已经被吓得魂飞魄散了。

屠宰区通往系留区的大门已经关上，但是它们仍绝望地想回到系留区。这些动物扭着身躯、弯曲着背，希望能穿过大门的栅栏，但是它们无计可施。它们试着上下挪动膝盖，希望能从大门下方滑过，但是依旧没有办法。

它们的身体已经做好逃离的姿势，但却无处可逃。屠宰区的地上流满鲜血，而这些动物都被这个景象吓坏了，它们不约而同地坚决背对着屠宰架。它们知道已经无望，于是一头头交叠地趴着，并且争相推挤到羊群的最底层，这样就可以让自己躲得最好，让自己成为被宰杀的最后一头动物。它们发抖、喘息着，彼此缩在一起，形成一张圆形的羊毛毯。

"如果你知道你要死了，"纳德注意到我沉痛眼神看去的方向，于是这么问我，"你难道不会害怕吗？"

"所以，你认为它们知道自己要死了吗？"

"噢，当然，它们都知道。它们看到其他的同伴死亡就知道了，它们并不像我们想得这么笨。"

系留区里的羊群相当安静，然而屠宰场上的羊群却十分歇斯底里。这就是为什么纳德一次只会从系留区带一头绵羊或山羊出来，接着立刻进行屠宰，而不是强迫它们目睹其他动物的屠宰过程，然后慢慢等死。毕竟这种等待的本身也是一种折磨。

而维克多恰恰相反，他完全不介意让动物的内心充满死亡即将到来的恐惧。他并不介意在屠宰之前先折磨动物一番，而他屠宰动物的过程也宛如一场折磨，屠宰手段既残暴又野蛮。

维克多并不是一次电击一头动物，而是会一次电击两头动物，一头接着另一头，如此一来，他就只要拿起电击枪一次，而不需要两次，因此省去移动手臂的几秒钟时间。对他来说，电击枪这项工具的目的并不是为了减轻动物死亡的痛苦，而是为了让他的工作比较方便轻松。

电击完两头绵羊之后，维克多会用刀子在其中一头绵羊的后腿上挖一个洞，接着会把挂钩穿进洞里，然后在遥控器上按下一个按钮，这时候挂钩上的绵羊就会缓缓从地上升起，由于仍然处在昏迷状态，它的眼睛依旧睁得大大的，而舌头也还露在外面。绵羊以大腿在上的姿态倒吊着，整个身躯无力而瘫软，头朝向地面，而蹄子朝向天空。这头绵羊会被吊挂着横越大半个屠宰区，最后来到一座血槽上。

维克多会在这里穿刺这头绵羊：他会将刀子刺进绵羊的胸口，接着垂直划向颈部。（"我来割，维克多来刺。"纳德向我描述道，"割是水平的，而刺则是垂直的。"）绵羊的血液就会从身体涌入血槽，同时也会溅洒在维克多后方蜷缩、待宰的羊群身上，让它们再次害怕得全身颤抖。

当第一头绵羊被放血时，维克多会转头处理刚才电击的第二头羊。他的程序完全一模一样，但是这头羊的感受却截然不同。这一次当维克多在大腿挖洞时，这头绵羊虽然面无表情，但会踢着腿，它或多或少感觉得到有人正在挖着它的大腿肉。维克多皱起眉头，因为绵羊腿部的动作干扰他的工作，于是他会紧紧抓住绵羊的脚，继续完成挂钩穿刺的工作。对维克多而言，绵羊的痛楚毫无意义，仿佛他只是一名正在木柜上打洞的木匠。

第二头绵羊会踢腿，而第一头却不会，原因在于当维克多解决第一头绵羊，回头处理第二头绵羊时，电击的效果已经慢慢退去了。电击所形成的昏迷效果只会在绵羊身上停留 15 秒钟，在短暂的时间过后，绵羊便会开始逐渐恢复意识与知觉，有一点像是我们头部受伤后苏醒的感觉。

对第一头绵羊来说，整个大腿挖洞、挂钩穿孔及倒吊横跨屠宰区的过程大概需要两到三分钟，这就意味着这头绵羊很有可能在大部分的时间都有感觉。而对第二头绵羊而言，从电击到穿刺已经过了好几分钟，在这种情况下，绵羊显然在过程中会有感觉，它从一开始就已经在踢腿了。不过，这些对维克多来说完全不重要，他会先在绵羊的腿上挖一个洞，然后再透过腿上的洞把绵羊吊挂起来，接着绵羊就会万分痛苦地横跨屠宰区，最后再接受维克多的穿刺。

这一切动物的折磨与苦难，只是因为维克多可以省下一些麻烦，让他不需要拿起电击枪两次，而只需要拿一次。

在两头绵羊的血都流干后，它们的身体或者可以说是屠体，还要经历一道漫长的程序。首先，为了使羊毛变得松软，屠体会倒挂浸入"烫毛槽"，烫毛槽是一个装满沸水的大锅子，里面沸腾的蒸气就像是烟囱冒出的烟一样升上空中。接着，吊挂着绵羊的钩子会把它们带往一台巨大、V 型的金属机器上，这台机器会剧烈摇晃屠体，让羊毛和身体分开。由于绵羊的双眼依旧睁大着（即便已经死亡），而烫毛槽已经洗净它们身上的血迹，再加上它们正在剧烈摇晃着，因此看起来就像是还在活蹦乱跳的动物。

"你很后悔来这里，对不对？"纳德问我。

我转头看向纳德，他的双眼正在沾满血迹的眼镜后方仔细打量着我。

"后悔"这个词语完全低估此刻我所承受的毁灭性冲击。这一天绝对是我一生中最糟糕的一天。我的白袍上沾满上百滴血渍，而且恶心的感觉已经攀升到临界点。唯一感到安慰的是，我还没有晕倒，只是还没有而已。

"我只是有一点饿。"我撒了谎，而且勉强挤出微笑。

"我们快要吃午餐了。"他也微笑着对我说道。

现在我又有了新的压力：以我现在的状况来说，肚子饿可能是最糟的解释。如果我刚才和纳德说自己不饿的话，就可以不需要吃屠宰场提供的午餐，而且不会引发任何怀疑。但是既然我已经说肚子饿了，待会儿就没有理由不吃东西，我一定要把午餐吃下肚。但是，经历这一切之后，我怎么可能再吃肉呢？

恻隐之心

纳德和我离开屠宰区，进入一间小办公室，我们要在这里吃午餐。

"这间屠宰场的老板和你一样，都是巴基斯坦裔。"纳德告诉我道，"他叫作阿布杜尔，他的儿子动过心脏移植手术，是全国少数几个动过这种手术的小孩……"

阿布杜尔？儿子动过心脏移植手术？是谁之前曾告诉我有关心脏移植手术的事？……罗杰！

罗杰曾经告诉过我，他有一个巴基斯坦裔的朋友名叫阿布杜尔，而阿布杜尔有一个动过心脏移植手术的儿子，这一定是同一位阿布杜尔，因为小孩的心脏移植手术非常罕见。这则新的信息让我非常惶恐，因为在此之前我对罗杰说的都是实话——我关心动物福利议题，但我对纳德说的却都是谎话——我想在黑水屠宰场工作。要是罗杰不只向我提到阿布杜尔，还向阿布杜尔提到我的话，该怎么办呢？要是阿布杜尔今天正好来屠宰场该怎么办？要是阿布杜尔把所有的线索拼凑起来，然后发现我其实并不是真的想在屠宰场工作又该怎么办？

我真是一个笨蛋，之前实在太天真了，一直说着各种不同版本的故事，像是在发万圣节的糖果一样——我想经营小牛肉农场、我想在屠宰场工作，然而故事应该要是同一个版本才对，同一个事实，或是同一个谎言。

"阿布杜尔常来这里吗？"我试着装出轻松、不经意的口吻询问纳德。

"是啊！他的妻子有时候会准备午餐，然后他会送来给我们。我们现在坐的地方就是他的办公室。"

死定了。一分钟之后，通往屠宰区的大门打开，而我也屏住呼吸。我背对着门口，所以看不到，但是我却可以听见脚步愈来愈近，接着就有两袋食物放在我眼前的桌上。我迟疑地抬头，是莫斯，并不是阿布杜尔。

然而，我只是短暂地松了一口气而已。这袋食物提醒我，我在屠宰场里的假面演出必须进入下一个阶段：我得吃肉。我的恶心感受更强烈了。

莫斯离开去抽烟，维克多走了进来。

纳德打开袋子，一阵令人垂涎欲滴的香气立刻飘散出来，是刚出炉、热腾腾的咖喱香。纳德把食物从袋子里拿出来，接着一盒一盒地依序打开。第一盒装的是面包，第二盒是米饭，第三盒是扁豆咖喱，第四盒……南瓜咖喱。全部都是素食。我们明明是在屠宰场里，然而午餐吃的却全是素食。

我一时之间说不出话来。"为什么全部都是素食呢？"我接着向纳德抱怨道。我的意图是，借由抱怨的口吻，我可以凸显出自己有多么喜欢吃肉，这样一来，我的屠宰场假面就更具有说服力了。

"只要在这里吃饭，我们都吃素。"纳德回答道："猜猜看我昨天晚餐吃什么？"

"吃什么？"

"猜一下。"

"我不知道……羊肉？"

"不对。"

"那牛肉？"

"不对。"

"什么？鸡肉？"

"不对。"

"鱼？"

"不对，我吃了一大碗的五谷杂粮……我大部分的时间都吃素。"纳德停顿一下，接着以严肃的语气继续说道，"在我们出生之前，人类就开始吃肉了，而在我们死后，人类还是会继续吃肉。但是，要把肉送上餐桌并不容易，现在你已经知道了。"

我回想起另一件事：罗杰曾经告诉我，阿布杜尔有一个兄弟也经营屠宰场，而他也吃素。这一点十分具有启发性：屠宰场工作者，或是说至少有一些屠宰场工作者并不想要吃肉。

肉品以塑料包装，切成一片片，接着经过烹煮、腌渍、烧烤和调味，最后成为送上餐桌的咖啡色块状物体，这个物体与活生生的动物已经毫不相像、毫无干系。然而，在屠宰区里，两者之间的所有距离顿时完全消失于无形，无论是实体上或心理上的距离都是如此，而人们心中所有想要合理化的借口在刹那间也被抹除得一干二净。在屠宰区里，人们很明确地看到动物如何从活体转变为尸体，于是在肉品料理的食谱中，人们很难不感知到恐惧与苦难的成分。

若要亲自磨刀霍霍的话，大多数的人是不会想要吃肉的。消费者建构并维持着动物和肉品之间的一大段距离，但是屠宰工人就无法做到这一点。"在人类的心中，不愿杀生的恻隐之心是如此根深蒂固！"托尔斯泰很久以前就曾这么说过，而他本身也是一位素食主义者。"人性对于任何的杀生都是如此嫌恶……杀生是违反道德感受的一种行为。"

41 岁的维克多外表条件如此出色，而像他这样的男人通常不是成就不凡，就是几乎一事无成。从他自己的观点来看，他几乎是一事无成；而从纳德的角度来看，他却是成就非凡。

维克多出生在一个意大利移民家庭，拥有高中学历、健壮的身材，还有一个美满的家庭。二十几岁时，他曾是一名职业美式足球选手，后来因为膝盖受伤动手术的关系，被迫中止了球员生涯。他在三十出头结了婚，娶了一位高挑、金发的妻子，而现在他是四个女儿的父亲，最小的女儿 3 岁，最大的是 9 岁。维克多让我看他手机上女儿的照片，这也是我第一次见到他散发出温暖的微笑。"这是她们坐在沙发上！……这是她们在玩！……这是我的二女儿……这是大女儿！……这是我和我妻子在打曲棍球……"

我很难想象这个画面，这么冷酷无情的人每天被一群叽叽喳喳的小女生包围着。"你的妻子或女儿看过你屠宰吗？"我问他。我也不知道为什么自己会想问这个问题，也许是因为他的家庭生活看起来如此虚假，与他的工作如此脱钩。然而，我的问题还是破坏了维克多短暂的亲切。

"没有，她们并没有看过我屠宰。"他冷冷地回答。而后把手机塞回口袋，放下手上的叉子，然后弯起手肘，把手臂放在桌上。他用一种骇人的眼神盯着我看，让我再次联想到连续剧《黑道家族》。"你是警察吗?"他质问道，"你是卧底的警察吗? 你在写报告，对不对?"

纳德猛然抬头，就像是一只秃鹰，他的眼睛在沾满血渍的眼镜背后睁得大大的，现在他看着我，仿佛对我有了全新的认识。"你是警察吗? 你是警察吗?"

我笑着想要缓和紧张的气氛，但是气氛并未因此和缓，两个男人一点都不觉得这有什么好笑的。"我当然不是警察! 我看起来像警察吗?"

维克多不发一语，径自走回屠宰区。纳德起身坐到维克多原本的座位上。"老实告诉我，"他眯起眼睛看着我，"你是卧底的警察吗?"

"不是!"

"但我很确定你一定是卧底的警察。你知道为什么我很确定吗? 不然像你这么漂亮的女生跑到这里做什么?"纳德捶着胸膛，指着自己的心，说道，"重点是我们这里的东西。如果你在写报告，描述着这里所有恐怖、可怕的事，我希望你能记得我内心的善意。"

拒绝沉默

2008 年，美国的一部卧底影片带给民众极大的震撼，这是由美国人道协会（Humane Society of the United States，HSUS）所拍摄的，场景是一间加州的屠宰场，屠宰场的名称是西地华尔马克肉品包装公司（Westland／Hallmark Meat Packing）。在影片里，工人会虐待那些被称为"倒牛"（downer）的生病、受伤而无法行动的乳牛。屠宰工人会踢踹这些乳牛、用堆高机冲撞它们、戳它们的眼睛，甚至用电击对付它们。

为了响应大众的群情激愤，美国农业部决定关闭这间屠宰场，并且出现了有史以来最大宗的肉品召回事件，总量超过1.4亿磅牛肉，这些肉品中超过三分之一是用纳税人的钱购买，然后再分配给学校作为午餐食材，或是要提供给其他联邦的相关计划使用。西地华尔马克肉品包装公司当时是美国全国学校营养午餐计划（National School Lunch Program）里碎牛肉项目的第二大供货商，并且曾在2005年荣获美国农业部颁发的"年度最佳供货商"奖项。

在加州的西地华尔马克肉品包装公司风波过去短短一年半后，另一间屠宰场随即也受到了全国的关注。这家公司名为布什威屠宰场，是佛蒙特州的一间胎牛肉屠宰公司。黑水屠宰场的维克多一次电击两头动物，然而布什威屠宰场的工人一次竟然电击多达十头以上，相形之下，维克多仿佛成为一位圣人。许多布什威屠宰场的小牛在被屠宰的当下完全具有意识。这个案例和其他多数案例不同：首先，这间屠宰场拥有有机食品加工认证；其次，这次举报的并非乔装卧底的调查者，而是政府机关的检查员。

公共卫生兽医专家迪恩·华耶特（Dean Wyatt）博士向美国人道协会提出检举，于是该协会随后展开独立的卧底调查行动。华耶特博士当时受雇于食品安全检验服务中心（Food Safety and Inspection Service, FSIS），该中心隶属于美国农业部旗下，负责执行屠宰相关的法令规范。然而，华耶特博士并没有因为举报而获得业界称许，反而遭到业界诋毁，次年就因为脑癌辞世。当时的农业部长汤姆·威尔赛克（Tom Vilsack）就曾表示，华耶特博士的行为"不可原谅"。

布什威屠宰场事件令美国农业部大感蒙羞，因为这正显示了该产业里官商勾结的常态。卧底影片显示，美国农业部的检查员对于眼前极为残忍的行径视若无睹，还指示屠宰场工人等华耶特博士不在场时再虐待动物。除此之外，在西地华尔马克肉品包装公司的丑闻爆发后，食品安全检验服务中心不但没有要求同仁格外严谨，而且恰恰相反。根据华耶特博士的说法，当时食品安全检验服务中心指示，检查员只能以传真呈报严重的违规事件，如此一来，这些事件就不会进入"不合规报告"的计算机数据库，因此一般大众也无从得知。

华耶特博士的国会证词可以说是对美国屠宰体系的一大控诉。"人们问我：为什么我情愿冒着毁了自己职业生涯的风险前来作证呢？"华耶特博士表示，"我想引述亚伯拉罕·林肯（Abraham Lincoln）的一席话作为答复，他曾说过：'在必须反抗时，如果选择罪恶的沉默，这样的人无疑是一位懦夫。'我深信，在屠宰场里，美国农业部的检查员是唯一能为动物发声的角色。如果我们转头漠视这些无助者，如果我们无法为这些无声者倡议，如果我们默许动物虐待和苦难存在，那么一个有正义感、有同情心的社会所该有的道德也将不复存在。"

华耶特博士详细列举了许多违反人道屠宰规范的事由，而这些违规都是他亲眼目睹的，地点是两间他在职业生涯中曾派驻过的屠宰场，其中一间就是布什威。两家都"有心并蓄意地忽视"华耶特博士发布的停工令。然而，食品安全检验服务中心却一面倒向两家执业者，并"苛责""严斥"华耶特博士，威胁将其降级、开除或转职。在国会作证的最后，华耶特博士呼吁食品安全检验服务中心："这个政府机构服务的客户不应该是执业者，应该是消费者才对。"

美国政府责任署（Government Accountability Office, GAO）是美国国会里负责稽核与评量的单位，该单位曾经撰写多份报告，呼吁屠宰检查的机制应该进行重整。2010 年，在分析了来自食品安全检验服务中心超过两百位屠宰检查员的问卷回复后，美国政府责任署做出一项结论，就是"当屠宰场乍看之下没有什么问题时，检查员并不会下令屠宰场停工，也不会采取任何法律行动"。除此之外，有半数的检查员甚至无法"正确回答一些与动物感受征兆相关的基本问题"。

危机重重的屠宰环境

午餐之后，我回到屠宰区，准备迎战第二回合。这时候我才清楚地意识到，自己来到黑水屠宰场究竟冒着多大的生命危险。

首先是纳德和维克多，他们都对我抱持怀疑的态度，而且两人都是危险人物。纳德的精神状况不稳定，我十分确定这一点，而维克多又明显是一个残忍的人。

　　其次，纳德、维克多及莫斯全都戴着黄色工地用安全帽，以免头部受伤。在黑水屠宰场的入口处有一项安全警示，上级要求每一位进入屠宰区的人都应该佩戴硬式安全帽。然而，并没有人提供任何安全帽给我。我很怕上面笨重的金属挂钩会砸到头，让身体受到永久性的伤害，就像纳德一样。"我的头有一次被挂钩砸到，"他告诉我说，"之后过了好一阵子才能走路。从那时候开始，我都要穿着背架，如果不穿的话，我就没办法站直。"

　　另外一个危险是丙烷。烫毛槽的作用是要让羊毛变得松软，而烫毛槽的加热是通过下方一条输送丙烷的粗管线，但是纳德在为动物去皮时，有时会不小心踩到管线，于是丙烷会从烫毛槽底部释放出来。接着，火苗便会沿着地板上的血迹燃烧，把血照亮成黄色。由于丙烷火苗的关系，再加上屠宰场后方一整排的桶装丙烷，这个地方的易燃度相当高。

　　虽然提到火，但另一项令我不舒服的来源却是寒冷。即便我已经听从纳德的吩咐，穿上好几件衣服和两双袜子，但是脚趾却依旧冷到麻痹。唯一能让我的脚趾保持温暖的方法，就是不断地在血河里踩踏，但是血又很滑，而且我并不想跌倒。

　　自从《屠场》（*The Jungle*）这本著作问世以来，屠宰业似乎并没有太大的改变。"屠宰区里没有暖气，"辛克莱写道，"屠宰工人其实大可整个冬天都待在室外工作……当老板没在看的时候，你不时就会看到，工人们把脚与脚踝放进湿润、暖和的公牛屠体里取暖……"

纳德并没有把他的脚放进动物屠体里，但是他确实很喜欢用动物屠体来暖手。

最后一点是，我手术衣的裤子是男生的尺寸，所以对我来说不合身的程度几乎就和一条毯子一样，而且还会滑下来。我并没有注意到自己的裤子已经滑落了，而这一点恰好也证明，我当时有多么心慌意乱，根本无暇顾及其他事。一直等到莫斯和纳德先后发出一阵爆笑，我才知道自己的衣着已经出糗，因为我的下身穿着长裤和发热衣，而衣着实在是当天最不重要的事了。

纳德帮我重新穿好手术衣和白袍，这件白袍整整绕了我两圈。"你的脸上有血。"他随口提醒我一声，这时我们的脸距离只有短短几英寸。

我吓了一跳，连忙用衣袖疯狂地擦着脸，这时候我才发现，自己的衣袖上也早已沾满血迹。此时的我仿佛遭到重击般陷入一阵恍惚，身体无法动弹。

"别担心！"纳德注意到我的惶恐，而且八成觉得我太小题大作，于是安慰我说，"你的脸上有血很好看，我整张脸也都是血。"

我站着一动也不动，而纳德在我的身旁，继续把绵羊和山羊从系留区里拖出来。他一头接着一头进行电击，并且割断它们的喉咙。每一头绵羊与山羊的死亡都不尽相同，有些死得慢，有些死得快，有些轻微地抽搐，有些则是疯狂地颤抖。

当纳德将动物吊挂起来移除内脏时，我注意到至少有三分之一的动物内脏都被脓肿包覆，而脓肿里满溢的脓水正不断渗透出来。肝脏通常是最严重的器官，看起来就像是一块乌黑的平地上布满喷发的火山。脾脏与小肠也很严重，上面覆盖着浓稠欲滴的白色和黄色脓水。然而，即便是这些渗出脓液的内脏，也会被丢进回收桶里，之后成为农场动物的饲料。以牛来说，脓肿的形成是由于饮食中有过量的玉米，因为牛的瘤胃还没有进化到足以消化玉米。至于绵羊和山羊，脓肿的成因尚未经过充分研究，不过应该也是类似的问题。

当这些不健康的身体部位成为其他动物的饲料之后，其他动物的健康会受到什么影响？我既有的知识不足以想象、推敲。更让我无法想象的是，当这些农场动物最终成为人类的食物时，人们的健康又会受到什么影响？然而，我想如此错综复杂又充斥着疾病的食物链，势必会造成一些问题。也许人们自己不会吃到这些脓肿，但还是有可能会吃到身上有着这些脓肿的动物，还有以这些脓肿为饲料的其他动物。

我稍早时候声称自己的目标是经营一间屠宰场，而现在纳德似乎把我的话当真了，他开始把我当作学徒一样对待。"去抓一头绵羊。"他在系留区里下达指令。我先是拒绝，但是他仍坚持。我试着抓一头绵羊，但却没有成功。接着他吩咐我电击一头绵羊。我发射电击枪，但是故意射偏射到地板上，并没有击中绵羊。纳德于是从我的手上拿走电击枪，发射击中绵羊。

我注意到纳德和维克多并没有一套统一的电击方法，他们看起来反而像是在尝试各种不同的电击手段。有时候他们会直接把电击枪放在动物的头上，有时候却是距离几英寸。有时候他们会从前方射击，有时候则是从后方，有时候又是侧面，总之，就是看当下哪里的距离最近，就从哪里发射。

"电击往往都做得不恰当。"放牧式农夫罗杰之前曾经告诉我，他根据的是过往稽查屠宰场的经验，"电击动物时应该要从头部上方的一个精准角度电击，但是屠宰工人往往毫无概念。即便他们有概念也毫不在乎，工人常常电击头部的不正确部位。我曾看过，有一头牛被电击之后还站得好好的，然后又被电击一次，结果还是站得好好的，这就表示电击的位置距离头脑正确的部位还差得很远。此外，动物在经过电击后应该快速进行屠宰，否则它们很快就会恢复意识。然而，屠宰动作通常都进行得不够快。在我稽查的过程中，许多动物在被屠宰时都还保有部分意识，甚至完全具有意识。"

维克多突然抬头看着我。我回避他的眼神，但是他开始朝着我走来。

他想要做什么？他是想要我离开吗？他看穿了我在想什么吗？

"可以帮我一个忙吗？"他问道，"你可以上楼去叫玛拉（Maara）吗？"

睁一只眼、闭一只眼的检查员

玛拉是一位矮胖的黑人女士，她来自千里达岛，走路走得很慢，说话的音调带着明显的高低起伏。她是政府指派到黑水屠宰场的检查员。

在美国和加拿大，政府会指派检查员进入屠宰场，以确保动物并未遭受不当对待、没有罹患疾病，消费者在食用上安全无虞。上述的每个项目都是一项专业，需要个别的技能与知识，但检查员一个人就必须扮演这三种角色。然而这些检查员几乎所有的时间都只花费在其中一个项目上：肉品安全。

"布什威屠宰场的检查员有99%的时间都花在屠体检查，"华耶特博士在国会听证中指出，"因此检查员在人道屠宰和其他工作方面无法善尽职责，这正合屠宰场经营者之意。"

虽然法规明定，玛拉必须从头到尾待在黑水屠宰场的屠宰区里，从屠宰工作开始到结束为止，然而实际上，她却几乎很少出现在屠宰区里。玛拉绝大部分的时间都舒服地躲在楼上的办公室里，在那里收发电子邮件。她大概每两个小时左右才会大驾光临一次屠宰区，有时频率甚至更低，每当她出现时，也只是快速在屠体上盖下戳印，接着把屠体推进"冷藏室"里。而在玛拉短暂地出现屠宰区的时间里，99%的时间都只花在屠体检查上。

维克多之所以会要我去找玛拉，是因为已经过了两个多小时，但玛拉却迟迟没有出现，盖下屠体的戳印。这会造成食品安全上的风险，因为屠体必须冷藏才能保持新鲜，可是如果玛拉还没有盖下蓝色的防水圆形戳章，屠体就不能送进冷藏室里。我遵照维克多的指示，上楼请玛拉走进屠宰区。她在我提醒后将近一个小时才姗姗来迟，也因此，维克多用嘲讽的口吻嘀咕道："你终于来了，哈。"

玛拉的屠体检查包含：先检视头部两侧的淋巴结，接着再从脸部切下两条肉块。玛拉的刀子从屠体的眼睛旁边擦过，而此时动物的双眼依旧睁得大大的，看起来十分诡异。"我现在这么做是为了要看它们有没有脓肿。"她慢吞吞地对我说。对玛拉而言，动物的内脏有没有脓肿并不重要，只要脸上没有就好了（脸上从来都不会有），于是玛拉核准这具屠体，这具屠体可供人类食用。

玛拉正好是一道缩影，体现《屠场》里所描绘的检查员形象。屠体"必须经过政府检查员的检查，而这位检查员坐在门口，草率检视着动物颈部的腺体……这位政府检查员并不像是那种会卖命工作的人……如果你是一个爱好社交的人，他会十分乐意与你交谈"。

玛拉再怎么看都不是"卖命工作"的类型，她的确十分乐意与我交谈。"我决定成为一位屠宰检查员是因为薪水非常高。"她用一种提供职业生涯咨询的口吻告诉我说，"我一周可以赚1300美元。"

虽然玛拉是一位政府公职人员，但她的薪水其实是由屠宰场支付，加拿大的其他屠宰检查员也都一样。这就表示，由于玛拉赚取的薪酬远远多于领时薪的纳德、维克多及莫斯等屠宰工人，因此除了黑水屠宰场的老板以外，玛拉比所有人都更有动力要让黑水屠宰场持续营运。

"如果检查员关闭屠宰场，"罗杰曾向我解释道，"那么检查员就失业了，因为他们的薪水是由屠宰场给付的。对检查员来说，关闭屠宰场就等于是结束自己的事业，让自己没有工作可做。因此，我们永远都会看到，检查员最后也成为屠宰工人的一分子，对任何事情都会选择睁一只眼、闭一只眼。"

"你曾经让屠宰场关闭过吗？"我询问玛拉道。

她被我的问题吓了一跳，弄掉手上正在草率检查的淋巴结。"我检查过的所有屠宰场都很好。"她说道，"这边也是，这里也很好。身为一位检查员，你会希望屠宰场能够喜欢你，而你也会希望自己能喜欢这些屠宰场。这样大家都会比较轻松。"

当然，大家不包括动物。

我询问玛拉关于电击的问题。"关于电击，我只知道，"她拉长声音说，"在电击之后，你必须在 15 秒内屠宰这头绵羊，20 秒之后它们就会开始恢复意识了。"

当天最大的讽刺就在于，正当玛拉描述这项电击的铁律之际，这项铁律同时也遭到了违反。就像平常一样，维克多依旧一次电击两头绵羊，而在玛拉说明的当下，维克多正在第二头绵羊的腿上挖洞，这距离电击已经过了不只十几秒，而是好几分钟的时间。绵羊的腿激烈地踢蹿着，然而玛拉都没有看到，因为她和平常一样只做屠体检查，至于对屠宰的本身，则是选择睁一只眼、闭一只眼。

玛拉在黑水屠宰场时，总是坚决远离屠宰区；而当玛拉在屠宰区里的时候，她又总是坚决远离屠宰工作。

生理折磨与心灵崩解

"我要去系留区抽烟休息一下。"纳德说道。

在系留区里，纳德告诉我更多关于他的事，而他也展示给我看，先从双手开始。他的左手戴了一副绿色手套，手套外罩着一层钢丝网格，保护他的手不会被刀子弄伤。他脱下手套，表情痛苦地伸展着手指。"我的左手有腕隧道症候群的毛病。"他说道。他的右手腕上戴了一个钢制手镯固定关节，因为他挥了大半辈子的刀，抬了大半辈子的动物，手腕关节已经松弛不堪了。纳德的双手，从手腕到手指，从手心到手背，交错着一整片伤疤。

大多数的产业都已经随着时间演进而变得相对安全，然而屠宰业却变得愈来愈危险。在所有的产业里，屠宰工人的受伤率、疾病率是数一数二的高。通常人们之所以会进入屠宰业，是因为他们找不到其他工作，但屠宰业却也让他们无法再从事其他工作。15% 到 30% 的屠宰工人受到各式各样的伤病折磨，包括割伤、扭伤、摔倒、骨折、肌肉骨骼失调、背痛、疝气、毁容、烧烫伤、腕隧道症候群、断指、断肢、截肢、心理创伤等。

如今，半数的美国屠宰场雇用的工人不超过 10 位，就像黑水屠宰场一样，另外有四分之一的屠宰场雇用 10 到 40 名员工。然而，在美国也有上百间屠宰场雇用超过 500 位工人，有的甚至雇用超过 1000人。这些规模庞大的屠宰场供应全美绝大多数肉品。

如今在美国的 8 万名屠宰和肉品包装工人中，有将近 40% 都是墨西哥裔，而且其中有不少是非法移民，确切的数字不详。令人惊讶的是，美国 80% 的屠宰工人都没有高中学历，而他们的平均薪资是每小时 11 美元，和他们日常工作的危险相比，这个数字完全不对等。

"屠宰工人每天都暴露在噪音、危险机械及高温或低温之中，"美国劳工统计局（U. S. Bureau of Labor Statistics）指出，"整天抬举沉重的肉块，以及重复性地进行切割，这些都让屠宰工作造成身体的负担……此外，肉品处理工厂里的地板通常很滑，因此时常导致工人跌倒……在多数的肉品处理工厂里，工作条件往往十分恶劣、不理想，并且造成身体的负担，这些都使得屠宰业的离职率居高不下。"

纳德从事屠宰业工作有 16 年之久，算得上是稀有动物。大多数的屠宰工人面临低薪、超时工作、遍体鳞伤等问题，都做不到一年，甚至还有三分之一的人在工作的第一个月就辞职了。

纳德的全身上下充满各式各样的病痛，但是他的精神状态甚至比身体问题还要糟糕。"我吃很多种药，"他一边说着，一边指着他的头，"如果我不吃药的话，状况就会变得很糟，但是因为吃药的关系，我不能开车。我有麻痹精神分裂症，而且我也在吃抗精神病药物，是精神科医生开给我的。我一个月要去看一次精神科医生，另外每个月也要去找一次缓刑监督官。"

我不敢进一步询问纳德为什么会被判处缓刑。

"抗精神病药物让我每天晚上都很想睡觉，7 点药效就会开始发作，我都说这些是我的昏迷药。我还有在吃其他的药物，有抗情绪起伏的药，还有抗注意力不足过动症的药。我之前曾经可卡因成瘾，现在没有了，不过我 16 岁辍学时加入帮派，就开始吸食古柯碱……因为精神问题的关系，我有身心障碍保险。"

我不晓得该说什么，我从来没碰过一个有这么多心理问题的人。

"身心障碍保险可以帮助我养活自己，"纳德继续说道，"但是还不够，它只能让我买得起食物，所以我只好继续工作，即使我其实不应该工作。如果有人检举我在这里工作就糟糕了，我会失业……我觉得自己的这些问题都是屠宰工作造成的，我的工作太暴力了。一整天都在对着动物大吼大叫，把它们推来推去，最后再杀了它们，这不是很好的感觉。但是，我没办法换工作，也不会其他工作……我刚开始从事屠宰时，晚上都会做一大堆恶梦。"

令人难过的是，纳德的经历正是屠宰业的最佳写照。有好几份研究都证实，屠宰工作会导致心理创伤，进而造成药物滥用与犯罪行为，而屠宰工人内心的崩溃也会演变成人际关系上的分崩离析。一份 2009 年的研究发现，除了地方上的暴力犯罪件数以外，"屠宰工作也会显著影响强暴案件和其他六种犯罪行为的案件数目。"2004 年出版的《屠宰场的忧郁》（*Slaughterhouse Blues*）一书也发现，美国堪萨斯州的某个郡内，在两间屠宰场开张营运的五年内，孩童受虐案件就增加到原本的 3 倍，而暴力犯罪事件也增加了 1.3 倍，其他拥有大型屠宰场的郡也呈现出类似的前后明显对比。

纳德除了屠宰以外，什么工作也不会，他屠宰动物之际，同时也是在缓慢地屠杀自己，流尽自己一点一滴的鲜血，仿佛他手里的屠刀也挥向自己。他每天都走在生死一线的钢索上，走在理智与疯癫的边缘。我为他感到难过，也为他感到愤怒。从战场上退役的士兵享有福利，而屠宰工人不也应该享受这些福利吗？他们的工作现场不也是战场？屠宰区里不也是日复一日的战役，永远淌流着鲜血？

"你欠我哦！"纳德说道，"我是说真的，你欠我。我让你进来这里，可能会让我有大麻烦。"

我掏出身上所有的钞票，加起来一共只有 30 美元，我真希望身上带着更多的钱。不过，纳德脸上浮现的并不是高兴的表情，反而是受到冒犯的感觉。他撇过头不看这些钞票，仿佛这些钱是贿赂。

"我喜欢帮助人。"他正派地说道，"我的意思并不是你欠我钱，你欠我的不只是钱。我是一个失败者，而且我一个朋友也没有，我也没有女朋友。你欠我一次约会，你对我来说，就像是美梦成真一样。我很寂寞，我也想和一个人定下来，结婚成家，过着幸福快乐的日子。"

"噢。"

"让你知道一下，其实我的家庭背景很好的，我堂嫂的父亲几年前在巧比公司（Chubby）担任主管。我身为屠宰工人很难找老婆，没有人会想要嫁给一个屠夫。但是，我看得出来你不一样，你在屠宰区里完全没问题，你的心志很坚强。别的女生都会尖叫着'啊！啊！'但是你却不会。我可以更进一步地帮助你，帮你打点关系，我知道几个市场上的大人物。"

"你说你可以'帮我打点关系'是什么意思？什么大人物？什么市场？"

"我的意思是，我可以帮你和一些人打好关系。"

"比如谁？"

"我认识几个大厂商。"

"什么意思？"

"我的意思是，我可以帮你找到屠宰业的工作。"他不耐烦地详细解释道，"我可以帮你跨入这一行，帮你打开大门，而且我们也可以一起饲养动物当作副业，由你来饲养，我来屠宰，然后再卖给各家餐厅。我一直都想做家庭事业，我们可以一起来做。"

动物福利与宗教信仰之争

"来吧，女士们！"纳德说道。

"女士们"指的不是我和玛拉，而是当天系留区里剩下的四只绵羊和两只山羊。纳德抓着它们的后腿，一次把它们全部拖出来，迫不及待地想要结束一天的工作。"最后这几只动物要用清真（halal）屠宰法，"他告诉我说，"然后卖给一家清真餐厅。"

"清真屠宰法"指的是伊斯兰教的屠宰仪式，而"犹太（kosher）屠宰法"则是犹太教的屠宰仪式。

"我是回教徒，但是我不喜欢清真屠宰法。"纳德继续说，"清真屠宰法唯一的差别就只是你不能电击动物，但是研究显示电击其实比较好。古时候的人如果要杀动物，会拿棒子击打动物的头，但是我们现在已经不那么做了。电击是好事，是一种新的科技，但是回教徒仍然不采用。如果有人用棒子打你的头，你会觉得怎么样？"

无论这四只绵羊和两只山羊往哪里看，无论它们往哪里走，无论它们往哪里闻，周围都被鲜血与腐臭的内脏围绕着，这让它们发狂不已。

这些动物的屠宰和之前其他动物的死亡完全是两回事。当它们被横放在屠宰架上时，这些动物疯狂地踢踹着腿，并且流出大量排泄物。当纳德割断它们的喉咙时，他会说一句敷衍了事的清真祭词："奉真主之名，阿拉至上。"然而，此时动物们依旧不断地眨眼、眨眼，再眨眼。眨眼就意味着，这些动物确实还存有意识。

它们的腿持续踢动着，被划破的气管依然挣扎着呼吸。现在，动物们的头与脖子只剩下脊椎的部分相连，但它们的头还是抬得起来。它们嘴巴蠕动，从双唇间发出"嘶"的声音，像是蛇一般的尖锐声音。

"想要知道它们在说什么吗？"纳德问我道。他模仿着独特的嘶声，仿佛脖子被人掐住一般，"为什么你要杀我?"他笑了出来。

接着，纳德做了一件我完全没想到的事。他先宣布："我没有时间等这些动物慢慢死去了。"然后就在动物们前腿的膝盖上划下一刀，这时候它们还有意识，不停喘息、眨眼、踢腿、发出嘶声，双眼直视着纳德。它们剧烈地震动、抽搐，因为腿踢得太用力了，所以整具身躯就从屠宰架上掉了下来，栽进一地血泊里，有些血还是它们自己流下来的。它们在血泊中依然持续挣扎，而且后腿的动作方式就像它们正在逃跑一样。最终，它们腿部的动作静止，头也垂了下来，然后咽下最后一口气。

美国的人道屠宰法（Humane Methods of Slaughter Act）和加拿大的肉品检查规范（Meat Inspection Regulation）明定，犹太与清真屠宰仪式不受必须电击的强制规范，借此保障"宗教自由"。相反地，在许多欧洲国家，包括瑞典、挪威、瑞士、冰岛及丹麦，所有的农场动物屠宰都必须采用电击，无论宗教信仰为何。2014 年，丹麦的农粮部长现身电视节目上，为政府强制全面实行电击的决策进行辩护，他说："动物福利优先于宗教信仰。"

在黑水屠宰场里，有一只山羊的死法和其他动物都不相同。当纳德与莫斯把它抬到屠宰架上平躺下来时，这只山羊踢了纳德一脚。山羊的后腿像棍子一样高高举起，然后奋力踢了纳德的上唇，由于力气很大，纳德的安全帽整个飞了出去，掉落在远处。(除了动物福利的原因以外，保障工人的安全也是电击屠宰的一项重要理由。)

"去你的!"纳德大吼道。他粗暴地划开山羊的喉咙,这次连那一句敷衍了事的清真祭词都免了。他津津有味地在山羊的前腿上切割着,山羊喘息、挣扎、抽搐着,最后体力不支倒卧在地板上的血泊之中。

我再也受不了了。我一边发抖,一边走出屠宰室。

"你觉得她是不是已经受不了了?"门在我身后关上时,我听见维克多这么问纳德。

我并没有听见纳德的回答,但正确答案是肯定的。

生与死的无情转换

一个小时后,也就是一天工作结束之际,屠宰场已经刷洗、消毒干净,里面没有任何血迹,没有动物的哀号,也没有机械运转的噪音。这个地方几乎让人认不出来,仿佛一切都不曾在这里发生过。

然而,这里确实发生了一些事,某种转换曾经在这里完成。早上时,所有的动物都还在系留区里,还是活生生的。到了晚上,所有的动物都已经悬吊在冷藏室的挂钩上,而且都已经死亡。

纳德带着我前往隔壁的建筑物,这是一间鸡屠宰场,也是阿布杜尔所拥有的。纳德可以感受到我与他独处时的害怕,就像他可以感受到绵羊的害怕一样。"别怕我,"他不断告诉我,"我不会伤害你的。"然而,他的保证只会更增添我的不安而已。

沿路的冰雪很滑。"如果你要跌倒的话,我会扶住你的。"纳德说道。他向我伸出手臂，这个姿势很滑稽，因为看起来更适合出现在舞会现场，而不是一间屠宰场。一开始，我先婉拒他的好意，不过后来还是欣然接受了，因为我差点跌了一跤。"你看起来好柔弱。"他说道，"如果你跌倒的话，感觉好像所有的骨头都会碎掉一样。"

柔弱，又是这个词。在前一天，我才刚收到一位朋友的电子邮件，我之前曾向她提到我这一阵子正在参观几座农场。"你看起来好柔弱，亲爱的。"她写道："希望你不用做什么比采西红柿更劳累的事。"当我扶着纳德的手臂行走时，我发现"柔弱"这个词对我而言曾经是精确的描述，但是现在它仿佛是我已经蜕去的一层旧皮。现在的我就像是仙人掌一样，已经不再柔弱了。

这间鸡屠宰厂还没有开始运营，但是建筑物的施工已经完成了。许多闪闪发亮的大型钢桶与半空中的挂钩充满整个空间，未来一天这里可以屠宰两万只鸡。

"你今天表现得很好。"纳德微笑着告诉我，"这间鸡屠宰场很快就会开张了，到时候我会开始招募人手。你想在这里工作吗？和我一起？"

"我会考虑看看。"

听到我兴味索然的回答，纳德的脸色一沉。

莫斯和纳德载我返回火车站。莫斯驾驶着蓝色小货车，纳德坐在副驾驶座，而我就坐在后面。由于服用会影响大脑的药物，纳德不能开车。一路上纳德就跟着收音机高兴地哼唱着，仿佛我们今天去的地方是公园一样。当莫斯终于停下车时，我们抵达的并不是火车站，而是一间餐厅。

"在送你去车站之前，我们要先快速地送货。"纳德告诉我说。他从小货车的货柜里拿出十几袋冷冻肉，接着把这些肉送进餐厅。这是一家牙买加外带小餐馆，装潢的颜色非常鲜艳，里面没有顾客。大门旁边有一个招牌，上面写着：和平、喜乐、爱。

接下来的几天里，我一个人躲在家里哭泣、疗愈和复原。我过去从未遭遇过这么大的震撼与惊吓，而纳德的连环来电并没有提供太大的帮助。

"你做噩梦了吗？我做屠宰很久了，所以已经不会做噩梦了，但是你应该会做噩梦，之前我就和你说过……"

"希望你没有生我的气。你在生我的气吗？也许那一天对你来说太过分了？不管怎么样，我在7点就要吃我的昏迷药，所以在那之前打电话给我吧！打给我，好吗？好吗？或者也许我再打你……"

"黑水屠宰场的政府检查完成了，几个礼拜后我们的鸡屠宰场就会开张，想在这里和我一起工作吗？……"

"最近有一场婚礼，想和我一起去吗？……"

"你已经忘记来我们这里的那一天了吗？别把这个行业忘了……"

"还记得我说过的话吗？我可以帮你接洽几个市场上的大人物……"

"我上礼拜的屠宰工作赚了很多钱，所以我想约你去吃饭、看电影。回电给我好吗？"

"有人检举我在这里工作。现在我不能在这里工作了，因为我有身心障碍保险，所以不该工作，我不晓得该怎么办……"

"我搬家了，因为我被人检举。现在我在一间牛屠宰场工作。也许我可以安排一下，之后再打电话给你。我可以帮你安排一次导览，然后我可以带你去我家。好吗？可以吗？"

"回电给我，好吗？拜托……"

另一个世界的曙光

09 飞往巴厘岛的单程机票

满足2%人口的斗鸡赛

在黑水屠宰场，我触及某种内在的极限。当我摇摇摆摆地站在通往屠宰区的门边，便知道心底有些东西将再也不一样了，确实是这样没错。

如今，华尔街仿佛遥远又模糊的海市蜃楼，永远触摸不到，我也感觉自己与家人、朋友疏远了。我觉得他们或有意或无心地活在虚假的面纱之下，也更认为这个社会本身就是躲在偌大的托辞背后过日子。工业化农业的现实距离大多数人的日常生活如此遥远，根本就像是发生在另一个时空的事。

我发现加拿大农场动物的待遇有很多棘手的问题。然而，在这一团混乱中，我也观察到一些解决方法。我了解畜牧业的价值，知道在畜养与屠宰这两方面适当检查的重要性，也明白好的法律有其必要。可是，我还有很多东西要学习，拓展视野的时候到了。

我在加拿大能看的都看了，包括乳牛、蛋鸡、猪、火鸡、羊、肉牛、小牛肉和屠宰业。我必须更进一步学习，于是我决定到远方旅行，去一个我不认识任何人，甚至不会遇到任何人的地方。世界上这样的地方并不多，经过我筛选之后，只剩下了南极洲与印度尼西亚可供选择。

我选择印度尼西亚。我并不清楚印度尼西亚人的长相、衣着、生活、饮食。东方与西方的农业可能会有什么异同之处？印度尼西亚能为我指出新方向，替农场动物找到新的出路吗？我会发现可以普世应用的正面做法吗？

我和我的同卵双胞胎姐妹苏菲亚（Sofia）买了飞往巴厘岛的单程机票。

天然的万物共生

苏菲亚是我最好的朋友。我们都就读于达特茅斯学院，主修经济系毕业。两人都在华尔街的投资银行工作，彼此上班地点就在对街。我们先居住在纽约，然后搬到多伦多，住在这两座城市时都是一起分租公寓。换句话说，我们这辈子的生命轨迹一模一样，除了一个例外：我在米勒乳牛牧场的短期志工假期，那一次人生道路上的短暂分歧，有生以来首次把我们推往截然不同的方向。苏菲亚在金融圈享有成功的事业，而我则在亚洲游荡，不知所终。

在六月一个潮湿的午夜里，我们降落在印度尼西亚。我第一个注意到的是，印度尼西亚人有着和我们一样的棕黑肤色。上网预订的民宿不等我们抵达就关门了，所以我们得在大半夜里仓皇地寻找栖身之所，终于找到落脚处后，便筋疲力竭地倒头呼呼大睡。隔天早上，我们在破晓时分醒来，吵醒我们的并不是闹钟，而是鸟鸣声。

鸟叫声悦耳至极，一群身上有着明亮鲜红色与紫罗兰色羽毛的鸟儿，组成甜如蜜的交响乐团，时而独唱，时而重唱，更多的时候是众鸟合鸣。我们过去从未听过这种鸟鸣，更不知道大自然里会有如此令人悸动的天籁之音。待在巴厘岛的这段时间里我们听上了瘾，听得愈多，就愈渴望。

印度尼西亚是由数千个岛屿组成的国家。苏菲亚和我住过其中四座岛屿的村落。第一个村落是特特巴图（Tetebatu），位于一座名为龙目（Lombok）的回教岛屿上。虽然乡下地方的住宿条件令人不甚满意，床上有脏污，墙上还有壁虎盯着你看，但是老奶奶每天为我们做的美味餐点，也就是用自己种植的当地特殊蘑菇品种烹煮出的热腾腾又辛辣的蘑菇，足以弥补了一切。

我们跟着一个叫作巴朗（Badrun）的导游，花了一天的时间游遍了这座村庄的街坊、田地与森林。巴朗的身高不到 5 英尺，32 岁，有着一对招风耳与狡黠的双眼，还有鬼脸般的咧齿笑容。他和大多数的印度尼西亚男人一样，都说自己是老烟枪。他并不习惯看到我们这种肤色与体型的游客，下了一个批注说："其他的观光客又白又'回'（肥，印度尼西亚人常常把'f'发成'h'的音）。"

我们四处走动，看到大多数的印度尼西亚女子包着头巾，而且不管男女都穿着纱笼，这是一种素色或格纹状，形似裙子的长棉布衫。多数人都有手机（有的人不止一支），多数家庭也都有电、自来水、电视及一两辆摩托车。有别于许多的发展中国家，印度尼西亚规定，儿童必须接受教育，所以有九成的印度尼西亚人识字。

印度尼西亚位于东南亚，幅员广阔。与印度王国的贸易往来、佛教王朝、穆斯林统治及荷兰殖民主义构成了印度尼西亚的历史，这些人基于不同目的，在不同时期来到这个国家，覆盖前人留下的影响。印度尼西亚国内还持续说着数百种方言，不过有一种被称为"印度尼西亚语的官方语言"被作为学校与公务往来的用语。

巴朗、苏菲亚和我走过色彩缤纷的田地与花圃，里面种植着香蕉、竹子、椰子、树薯、咖啡、可可、花生、草莓、辣椒及甜椒。拜潮湿的热带气候和肥沃的土壤所赐，印度尼西亚以拥有丰富的动植物资源为豪。我们漫步经过青翠的稻田，这些田地在丘陵上刻画出美不胜收、完美无瑕的阶梯形状，高挑修长的稻穗像是舞者一般在微风中款款摇摆。围绕着农田地基的水池里，有着农夫引进来吃虫的鱼儿与青蛙在泅水，这种做法比施用人工杀虫剂及化学药品更为天然且环保。

在巴朗居住的村子里，几乎每个家庭都儿女成群，鸡只也成群，后者的数量从半打到两打不等。公鸡既高大又多彩，身上有着铜色与金色的羽毛，还带着黑色扇形的尾羽，在阳光下闪烁着绿色和靛蓝色的光芒。母鸡的身形比较娇小单纯，羽毛是纯褐色的，在照顾小鸡时可用来伪装，保护其不受掠食者所夺。小鸡的色泽则有金黄色、米黄色及咖啡色，它们兴冲冲地排队尾随在母鸡身后，一副慌慌张张的模样。

印度尼西亚鸡的待遇就和苏菲亚及我一样，含住宿加早餐。它们每天在家吃第一餐稻谷与玉米，接着整个早上和下午便在村子里搜寻种子与虫子。凭着敏锐的方向感，它们总能在日落前回到家里，在枝叶低垂的树下歇息过夜。

母鸡是母性坚强的动物，不但不会转身跑掉，还不让我们靠近小鸡。苏菲亚和我询问巴朗，为何村子里的猫经过小鸡时，会把它们当成小石头似的不感兴趣，几乎没有正眼瞧过。"鸡会啄猫。"他这么说。确实，我们看到有一只猫为求舒适而靠小鸡太近，母鸡便鼓起羽毛，把匕首般的嘴喙对准那只猫。

发生了一个有趣的插曲。虽然大多数的母鸡就像天空中自由飞行的鸟儿，可以在村子里随意来去，但是当我们经过时，看到一只母鸡和六只小鸡被圈在围篱里。它温柔地对着小鸡咯咯叫，小鸡们也唧唧啾啾地回应着。这幅景象十分迷人，可是等我们再次经过围篱时，却只看到母鸡。我们询问巴朗：小鸡去哪里了？

不同肉类的不同地位

"我不知道。"巴朗翻了翻白眼，回答道，"我没聊了。"

巴朗的意思是他感到无聊了。我蹲在母鸡前方，它看向我的眼睛，冷冷地瞥了我一眼。围篱里没有任何小鸡曾经存在的迹象，我坐在那里搔着头，准备认输，重新评估现实情况。不知怎么的，小鸡成为我想象下的虚构之物。然后，就在我正要走开时，母鸡的羽翼下露出一只小小的脚。一颗金黄色的小脑袋探出头来，接着另一边又冒出一颗小小的巧克力头。这两只小鸡目睹我的巨大身形，便再次消失在妈妈的羽翼之下。

真是奇妙。小鸡们知道什么时候要躲起来、怎么躲，又要躲多久。巴朗自己也养了12只鸡，他打着呵欠告诉我们。

"你多久吃一次鸡？"我问道。

"不知道！看情况。大概一个月一次。印度尼西亚的有钱人天天吃鸡，穷人家一个月吃一次。我穷，吃自己养的土鸡。白鸡，不喜欢。"

巴朗解释说，在印度尼西亚，"白鸡"是对工业化饲养的各种白肉鸡的通称，这是从发达国家引进的。白肉鸡是一种病恹恹、久坐不动的鸡，我在加拿大泰瑞的养鸡场里曾看过。而我们在巴朗的村子里所看到的赤褐色鸡，在印度尼西亚叫作"土鸡"，因为这些鸡都是当地土生土长，而且一二十年前还是印度尼西亚现存的唯一鸡种。

"村子里的人都吃白肉鸡，还是土鸡？"我问巴朗道。

"土鸡。在观光客还没来龙目岛前，我没听过白肉鸡。村子里的朋友并不喜欢白肉鸡的味道，观光客才喜欢。而且白肉鸡一天要喂三次，没办法像土鸡那样自己找'出'（吃）的，太'回'（肥）了，走不动。而且这种鸡死得快，很快。一有事情就会吓到，然后就死了，一两个月就死了。土鸡不会就这样死掉，土鸡很强壮。"

就口味与成本来看，巴朗和村子里大多数的人都喜欢土鸡胜过白肉鸡。白肉鸡必须一天喂食三次，土鸡则只要一次，早上供餐甚至并非必要，主要是为了吸引它们期待隔天的早餐，而能在晚上回家。

我问巴朗，印度尼西亚人除了鸡之外，还吃些什么。

他数出五样东西：米饭、蔬菜、蛋、大豆和肉。

他说，米饭是印度尼西亚的主食，早餐吃、午餐吃，到了晚餐还吃。人会吃、鸟会吃、狗会吃，甚至猫也会吃。我与苏菲亚在村子里闲晃时，就曾偶然碰见一只猫对着一碗满满的米饭狼吞虎咽，感到惊奇不已。

巴朗说，米饭之后的其他四种食物，在印度尼西亚人的餐盘中占据的空间相当。蔬菜肯定有的，鸡蛋则被当成是加菜，通常会把炒蛋斜斜地覆盖在一盘米饭上，这叫作印度尼西亚什锦饭（Nasi Campur）。豆腐很常见，天贝（tempeh）也是，后者是一种几百年前发源于印度尼西亚的可口发酵大豆饼，也是唯一源自中国与日本以外地区的主要大豆食品。而谈到肉食，不出所料，事情就复杂多了。

肉食事涉宗教，或者应该这么说，吃肉往往会有亵渎宗教的问题。巴厘岛的居民有八成不吃牛肉，因为他们信奉印度教，认为牛是神圣的。相反地，巴厘岛以外的印度尼西亚人有八成是回教徒，认为猪是不洁、污秽的，所以不吃猪肉。换句话说，牛对印度教徒来说太高贵，而猪对回教徒来说则是太下等，所以一律吃不得。

和西方世界相比，牛和猪在印度尼西亚享有截然不同的地位。其实，吃肉的宗教政治学适用于这个世界上绝大多数的人口。全球有四分之一的人口是弃绝猪肉的回教徒，而有七分之一的人是弃绝牛肉的印度教徒。

印度尼西亚人就与其他大多数亚洲人及非洲人一样不喝牛奶。牛奶之中含有一种叫作乳糖的成分，可以被消化系统里的乳糖酵素分解。不过，当母乳喂哺一结束，就不会再制造乳糖酵素了，这是一种名为乳糖不耐症的疾病，症状从腹部肠鸣到严重腹泻都有。世界上有三分之二的人口有乳糖不耐症，换句话说，从生物学的角度来看，不喝牛奶比喝牛奶天然许多。

巴朗、苏菲亚和我也路过碰见了几只牛。

自由跳跃的牛

这种身高五英尺的褐色牛叫做巴厘牛，看起来就像迷你版的北美牛。从两只到五只不等，它们成群住在田里，有时候会被长长的绳子拴在树上，但更多时候是住在独栋的木棚里。巴朗解释说，把它们拴起来是为了避免它们"在村子里东吃西吃"。

看到牛不能到四周绝美的绿野与山谷中漫游，委实失望。可是，原来这还不是事情的全貌。"那几只狗好大啊！"苏菲亚嚷嚷道。

村子小路的前方远远有三只动物朝着我们跳来，看不清楚体形，但是活泼有力的步伐显示，这些动物应该是狗。可是，等到它们靠近时，我们才看清楚那并不是狗，而是……小牛！还有一个男人用长长的牵绳牵着三只母牛远远走在后面。男人和母牛经过我们的身旁，小牛则是另辟蹊径，跳过一排横陈倒卧的竹子，消失在树丛之中。

苏菲亚与我瞠目结舌地看着它们：我们从来不知道小牛也能这样跑跑跳跳，如果不是亲眼目睹，也不会相信。

"跟着那个男人的母牛是妈妈。"巴朗解释说，"小牛不需要绳子，因为它们会跟在妈妈的身边。那个人是在带牛散步。这里的人每天都会带着牛散步半小时或一小时，这样牛才不会没聊。"

巴朗的意思是：这样牛才不会感到无聊。看到印度尼西亚人会像美国人遛狗一样地去遛牛，这很吸引人。他们不但一年到头把母牛和小牛放养在户外，还会确保它们平日获得刺激与运动。

对苏菲亚和我来说，这趟村庄散步最令人愉快之处，是我们在一块草地上碰见一个古怪的组合：两只圆滚滚的幼犬和三只黄鸭。其中一只小狗咬着我的手指，然后在我的大腿上蜷成一团打盹儿。巴朗盯着这只小狗看，所以我带着小狗走近他。

他往后跳开来，恶心地撇着嘴说："回教徒不喜欢狗！我是回教徒，我不碰狗。我养一只狗，可是我从来不碰它。"

"那你干吗养狗？"

"为了安全，万一碰到小偷的话。狗不是宠物，没有名字，也不能进到家里。"

巴朗的看法和大多数回教徒一样，因为在伊斯兰教中，狗被认为是污秽的（比狗更肮脏的动物只剩下猪了）。以传统来看，用狗来工作是可以被接受的，因为狗可以保护房屋，不过却不能亲近，所以狗不准进入家门。就像《伊斯兰传统与回教文化中的动物》(*Animals in Islamic Traditions and Muslim Cultures*) 这本书所说的，狗被认为是"低等之最"。

苏菲亚和我住在印度尼西亚的这段期间，注意到在有些回教村庄里，因为居民不想要狗的关系，就连一只狗都看不到。

知识，　却把现实推得更远

苏菲亚和我前进到龙目岛这座回教岛屿的另外一个城市圣吉吉 (Sengiggi)。我们在旅馆大厅认识了一位教授。

对方名叫穆哈吉尔 (Muhajir)，意思是"阿拉伯旅人"，双亲之所以会为他取这个名字，是因为他们从印度尼西亚爪哇岛搬到苏门答腊岛时，母亲正怀着他。任何人看到穆哈吉尔教授，都能正确地猜出他的职业，因为他戴着一副方框眼镜，对这个世界怀抱着一股令人喜爱的理想主义。

穆哈吉尔教授在肯塔基大学取得博士学位，也在那里住了五年。"我非常喜欢美国。"他如此坦承说道。他是一个土壤科学家，过去十年为了参加环境学术会议，已经去过三十个国家了，这一次会住在这家旅馆里也是因为一场会议，这场会议有来自于印度尼西亚主要岛屿、语言及宗教的上百名教授与会。

穆哈吉尔教授邀请苏菲亚和我一起参加闭幕早餐会。我们欣然同意。餐桌上与穆哈吉尔及其他几位环境学教授长达两小时的早餐会谈本身极具启发性，但谈论的内容却并非如此。

因为穆哈吉尔教授是土壤科学家，所以我们询问他的，都是跟随巴朗在村子里闲晃时所看到的焚烧植物的事。我们曾经路过好几堆正在焚烧的稻秆堆，滚滚的浓烟冒出，直冲天际。村民在收割后为什么要放火烧掉庄稼呢？这样焚烧不会对环境造成伤害吗？

"嗯……放火焚烧庄稼可以把植物分解成养分，把灰烬当成肥料来用。"穆哈吉尔教授说道，"不过，长期来看，灰烬对环境是不好的，一旦下雨，它们就会从土壤中流出，因而污染水源，而且焚烧植物也有碳排放的问题。可是，村子里的人并不明白这个道理，他们认为焚烧是好事。"

"那么有什么方法可以避免焚烧植物？在这个会议里有没有提出任何建议的行动步骤呢？"

"嗯……情况很复杂。"穆哈吉尔教授这么说，而同一桌的其他男士们也点头称是。无论苏菲亚和我再怎么多做探问，得到的结果不出"情况很复杂"这个答案。

我们所在的会议里，有环保知识分子齐聚一堂，身怀累积数千年的经验，能以复杂难懂的理论架构来完全理解问题。可是，他们却对解决方法一无所知。事实上，他们的学术分析似乎未能使他们更接近解决方法，反而把他们推得更远了。这场对话让我感到既谦卑又深具启发性，提醒自己这一趟旅程不能空手而回，要专注在解决方法上。

二十五场斗鸡

"请洽询我，纽曼·卡里 (Nyoman Kari)，学校老师"，五彩缤纷的名片下达这道指令。苏菲亚和我向接待柜台询问纽曼这个人，他便如同变魔术般地立刻现身了。

纽曼是一个看起来像印度人的印度尼西亚人，因为他的祖先是几个世代前从印度搬到巴厘岛的移民。他童山濯濯，只剩下几撮从侧边梳向头顶遮秃的头发，除了露出雪白牙齿的大大笑容之外，还有着一张过目即忘的大众脸。他是一个快要退休的高中老师，娶了以前教过的学生为妻。苏菲亚和我住在他开设的附早餐的旅舍里，那是由十二栋雅致小屋组成的梦幻别墅群，坐落在一个种植着百年老树的豪华山谷之中，周围满是振翅飞翔的鸟儿与蝴蝶，生机盎然，是我们看过的最美丽的地方了。

"你们今天想要和我去看斗鸡吗?"纽曼询问我们。

苏菲亚和我犹疑地看着对方。"一点的时候来找我。"纽曼这么告诉我们，一副就这么说定的模样。在他转身招呼其他的客人之前，又把时间改到两点，然后又改到四点。"下午去。"最后他如此说道。

我们不动声色，也不做回应。如今我们已经知道，在印度尼西亚人的心中，时间好比天空中的浮云，既不明确又意义模糊。就算是大忙人，说一个大概的时间范围，像是早上、下午、晚上应该就已经够了，而坚持问到确切的时间就和一直想要知道某个人的实际年龄一样，是不得体的举动。我们尽力对这类事情做出最好的判断，决定在纽曼提到的时间内取中间值，在两点去找他。

纽曼用吉普车载我们抵达斗鸡场。几百个男人像蜜蜂般簇拥在由竹子圈出的圆形泥地外围。他们推挤、争吵、抽烟、喝酒，人群中弥漫着一股狂热，一种噬血的贪婪和对暴力的执迷，这场景令人联想到《角斗士》(*The Gladiator*)。

我和苏菲亚的出现使得骚动中断，大家都回头伸长脖子。纽曼因为带女人到斗鸡场，瞬间成了村子里的名人。男人们走向他，咧嘴笑着与他握手表示庆贺，并且如连珠炮般丢出"她们从哪里来的？"和"她们是双胞胎吗？"这两个问题。

两个男人的胳膊下各自夹着一只公鸡，站在斗鸡场上。其中一只是乌黑色的，带着闪闪发亮的水鸭绿花纹，另外一只则混杂着金色与铜色的柔和色调。这两人开始紧捏着公鸡的喉咙与肉垂，手指都扭曲了。他们猛拉公鸡颈后的羽毛，掌掴它们的头。公鸡开始发出凄厉刺耳的叫声。

苏菲亚和我吓得缩起身子，"他们想要让它生气，"纽曼解释道，"为了让鸡发怒，他们两年来每天都这么做。"

接着，一根状似匕首的长形刺马钉被绑在公鸡的左脚上。"刀片很锋利！"纽曼大声嚷嚷道，"比用鸡喙厮杀来得快。"

当天的第一场斗鸡赛没花几分钟就比完了。苏菲亚和我什么都看不到，我们前面站了好几排男人，形成了牢不可破的紧密人墙，直到斗鸡结束，我们才越过某个人的肩膀窥到一眼。

墨绿色的公鸡还站着，可是一跛一跛的；它获胜了。金铜色的公鸡被对方脚上的刀片割得遍体鳞伤，鲜血淋漓。它的主人抓住它的一只脚，把它拎起来，扔到一个白色麻布袋里，然后把袋子甩到一边，气冲冲地喃喃自语。"他会把它拿来煮汤。"纽曼大笑道。

另外两个斗鸡人带着公鸡进入场内，同样过程重复一次——捏下巴、掴头、绑刀子、战斗。苏菲亚和我留下来观看当天二十五场斗鸡中的七场，一个接一个上演着如出一辙、痛苦难当的过程，充满了伤害与死亡。

"巴厘岛有多少比例的男人喜欢斗鸡？"我问纽曼道。

"大概有20%。"

"照你所说的，这些人之中有多少比例是真的喜欢到'上瘾'的地步？"

"大概20%。"

20%的20%就是4%。如果排除女性的话，那就只占巴厘岛人口的2%。换句话说，斗鸡只影响2%人口的既得利益。那么，这项传统之所以会延续下来，并非由于很多人喜爱，而只是因为没有够多的人反对。

我知道农场动物也是如此。只有2%的美国人与加拿大人从事农业，在包括蛋鸡饲养笼架与母猪狭栏在内的任何现行农业制度下，攸关利害的主要也是这一群人。因此，这类监禁圈饲做法之所以能持续，并不是因为有很多人支持，而是因为没有够多反对的人，没有反对的力量出来面对在某种程度上从圈饲农业中获利的极少数人。

斗鸡已经存在数百年，不过在今天大多数的发达国家，这一活动都不见容于道德和法律，而被认为是过去的一种野蛮仪式，与竞技场格斗、斗熊及焚烧女巫不相上下。甚至在印度尼西亚，斗鸡已经被禁止超过三十年了，只能通过行贿当地警察才能持续下去。

在观看过斗鸡之后，我也明白残忍不只是残忍而已。制度性残忍与人为残忍是两头不一样的野兽。斗鸡是一种人为残忍，得到个人支持，但是为制度——政府所禁止；相反地，工厂化农场则是一种制度性残忍，为产业所认可，但是如果个人有所认知，就会加以谴责。

国家的文明程度愈高，对农场动物的人为残忍就会减少，可是如今，以利润而非娱乐为名的制度性残忍却因此变多了。

在纽曼的巴厘岛旅舍住了两天后，苏菲亚和我搭乘渡轮，在五个小时后到达一个名为吉利美诺（Gili Meno）的沙滩小岛。

我不曾在海上航行，从胃的深处便能感受到渡轮每一次的上下起伏，可是每一张躺椅上都黏着一个戴着太阳眼镜做日光浴的白人观光客不动，我处在晕眩恶心的状态下，别无选择，只好像一个喝酒喝到流口水的醉汉一样躺在甲板上。一位船员好心给了我一块垫子，我闭上眼睛，沉沉欲睡。

"有海豚！"一个观光客嚷嚷道。

观光客全部都冲到我所在这一侧甲板上，其中有一人被我绊倒，她爬了起来，把相机从皮套里抽出来，并没有停下来说声抱歉。她拍到一张照片，捕捉到一片鱼鳍浮在浪头上。如此大惊小怪，就只是为了看到海豚的一片鱼鳍。这场观光客的海豚活动害我再也控制不住，我吐了。

"情况不会更糟了。"我想着，如释重负地吐出一口气。不过，在登岸以前，我又吐了一次。"一定会愈来愈好的。"我这么告诉自己。可是，当我踏上结晶沙滩时，还是又吐了。我好像《少年派的奇幻漂流》（*Life of Pi*）里那个意志崩溃的派，虚脱地倒在岸上。

我抬头仰望星空，明白斗鸡就像呕吐。所有的社会性病态都和呕吐一样，只能一步一步地消灭。禁止某种做法，不管是斗鸡还是使用蛋鸡饲养笼架，都只是第一步而已，我们还需要社会意识、认同和参与这些其他必要的步骤。

与良师益友的邂逅

苏菲亚到另外一座名为苏拉威西（Sulawesi）的岛屿浮潜，我则回到巴厘岛研究动物养殖。我前往岛屿北边一个叫作达努布拉坦（Danau Bratan）的印度教徒居住区域。在那里，群山间坐落着成群的壮丽而又神秘的村落，云朵仿佛在树木间穿梭而过。

我走出达努布拉坦的植物园，经过一块大广告牌：自己采草莓。一个男人带着一个黄色篓子站在广告牌旁，他把篓子塞到我的手上，打开草莓园的栅门。我不想伤感情，每每碰到这种事便很容易妥协，于是便答应去采草莓。可是，当我开始采的时候，农场主人就亦步亦趋地跟着我，好像怕我会偷藏几颗草莓在口袋里似的。天空降下一阵滂沱大雨，猛烈地打在我们的身上。

农场主人指着旁边歪斜的棚屋，我们便冲过去避雨。他坐在一张摇摇晃晃的椅子上，我则蹲坐在堆肥工具与肥料中间的矮凳上。大雨重重地落在我们头顶的铁皮屋顶上，敲击出狂暴的声响。园主的名字叫作阿贡（Agung），没过几天，他就成为我在这个世上最亲密的朋友之一，然而不到几个星期，他就死了。

阿贡的穿着像加州人，白色 T 恤、蓝色牛仔裤，加上一顶棒球帽。他脱掉棒球帽晾干，露出一大片光滑的头皮，沿着四周有一圈头发。他爽朗地露出微笑，让那张圆如满月般的黝黑脸孔更增添了几分孩子气。

"别烦恼，开心一点！"他注意到我因为这场大雨而不开心，所以这么劝我。我经常听到大家对我说这句话，它似乎成了印度尼西亚人的信条。以前，我从来不知道自己看起来这么忧心忡忡。相较之下，阿贡散发出一种安定喜悦的气质，他的脸庞就和佛陀一样清净无染。后来他与我分享他的秘诀：每天静坐冥想。

阿贡的身上有四个刺青，一个在胸口、两个在右臂、一个在左臂。他解释说，这些刺青各有意义。胸口的鸟代表自由与恩典；壮硕手臂上那艘暴风雨中的帆船，代表他曾经骚乱不安的心，帆船上方白人女子的脸孔是安吉丽娜·朱莉（Angelina Jolie），因为他对她深深着迷；右臂上则是一头咆哮的老虎，因为"我念书的时候，曾经加入一个叫作九虎（Night Tigers）的摩托车帮派"。阿贡的一边耳朵上还戴着一个亮晶晶的心型耳环，因为"我前辈子搞不好是一个女人"。

一个女人走进棚屋。她的个子娇小、皮肤黝黑、下巴宽大，及肩的黑发挑染着叛逆的赤褐色，手上拿着两把伞和两个手机。她是阿贡的妻子丝瑞卡缇卡（Sri Kartika），是我在印度尼西亚遇到的唯一一个会抽烟的女性，她的双唇之间常常叼着一根烟，每天要抽上两包，而她的丈夫则是每天要抽三包烟。

阿贡和丝瑞卡缇卡都年约四十出头，两人在三十多岁认识结婚，婚后一直想要有小孩，但却无法如愿。阿贡觉得很讽刺，因为"丝瑞卡缇卡的名字意味着肥沃"。接着他说道，他的名字代表"大"的意思，因为他是家中三兄弟的老大，而且他和巴厘岛最高的阿贡火山同名。

阿贡开心地和我用英语交谈，而丝瑞卡缇卡则用巴厘语加入对话，再通过阿贡翻译。雨势渐缓，我们撑着丝瑞卡缇卡带来的雨伞，走到对街由这对夫妻开设的餐厅里。我和阿贡、丝瑞卡缇卡及另外六个人共度夜晚，阿贡笑着把这一帮人逐一分成"家人、员工与邻居"三类。

晚上结束后，阿贡冒着重重落下的雨珠，用摩托车载我到居住的附早餐旅馆——草莓山饭店（Strawberry Hill Hotel），这家饭店是由一群不可思议般的美丽如画的小木屋组成，四周环绕着成熟的草莓、奇花异草及呱呱鸣叫的青蛙。认识阿贡那天，是我在印度尼西亚度过的最美好的一天。

全球暖化的共犯

接下来的那一个礼拜，我天天造访阿贡的草莓园。他会骑着摩托车到我住的小木屋来接我，我们坐在草莓园外的一张桌子前，就着成堆成篓的草莓、梨子、苹果，以及类似马芬蛋糕、色彩丰富的印度尼西亚甜点，聊上几个小时。丝瑞卡缇卡、家人、员工、邻居或小狗经常加入我们的行列，而阿贡的狗"睡在院子里，并不像在美国那样!"

阿贡也常常带着我到村子里四处逛逛。我们去找他种植甜椒的表亲、才华洋溢的木匠表亲，以及拥有一只可爱的（进口）黄金猎犬宝宝的表亲。阿贡和丝瑞卡缇卡也会带我外出共进午餐与晚餐、到当地市场采购，并且送给我很多耳环和饰品。

阿贡是我所认识的最善良的人了。对他来说，善良并不是指分享有形的财富，而是为人宽大、理解、接纳，并且能坦率地分享感情与想法，不求任何回报。他所到之处，莫不带着满满的笑容，村子里的人都喜欢他，也敬重他。他把我这样一朵孤单的异国花卉种植在他繁荣茂盛的亲友花园正中央，令我备感荣幸。

"修行的第一步是饮食。"阿贡说，"我在修行以前曾杀过两头猪，我在杀它们的时候感觉很难过，而且还做噩梦，梦到它们想要杀我! 我在修行以后就不杀动物了，而且再也不吃猪肉……"

我们坐在草莓园外，天空开始飘雨。我待在村子里的这段期间，天天下雨。

"会下雨是因为全球变暖的关系。"阿贡告诉我说，"我这辈子，只有过去这两年一直看到地球变暖的现象。这个村子已经下了两年的雨，就算在旱季也下雨。每年的这个时候应该是旱季，可是现在已经无法区分雨季和旱季了。我不喜欢这样，因为下雨对我的草莓不好，它们需要干燥的气候。"

我很讶异会从阿贡的口中听到全球变暖，就像住在印度尼西亚的这段期间内，听到其他的乡下人谈到全球变暖，一样让我感到惊讶。"这里的人也知道全球变暖？"我问他道。

"嘿呀！当然。只要念过中学就会知道。"

"你知道农场动物引起大量的全球变暖吗？"我说，"它们会制造甲烷和二氧化碳，所引起的全球变暖远比汽车与世界上其他的交通工具加起来还多。"

"我不知道。"他说。

大多数的人都不知道。"全球变暖"和"气候变化"指的是温室气体浓度上升，捕捉了太阳的能量，导致地球的热度提高。虽然有些人否认气候变化，但是绝大多数的科学家都同意，气候变得愈来愈不稳定，对降雨与土壤状况造成冲击。畜牧业会产生大量的温室气体排放，已经被证明对气候变化的影响超越其他的人类活动。回过头来，气候变化导致天气形态改变，又使得像阿贡这类农民的作物收成减少，危及粮食安全。

由于印度尼西亚是由群岛组成，而且人口密度与生物多样性都很高，所以是这个世界上最难以抵抗气候变化的国家之一。2014 年，美国前国务卿约翰·凯瑞（John Kerry）在印度尼西亚首府雅加达的一场演讲，把气候变迁描述成"恐怕是全球最可怕的大规模毁灭性武器"。他说，海平面上升三英尺，"便足以让半个雅加达泡在水里"。

我和阿贡坐在草莓园外，我发现这趟畜牧业之旅把我推进了一个世界，这里有着形形色色的人，而我和他们并非不会有任何交集。我现在觉得，过去在那个常春藤、华尔街的封闭朋友圈里，我错过了好多。这才是真实的人生，坐在草莓园外谈天说地，被雨淋得全身湿透。相较之下，我过去的人生经验似乎显得苍白无力，与五彩缤纷的鹦鹉相比，犹如一只黯淡单调的棕色麻雀。

这趟旅程也帮助我发现自己感性的一面。我过去一向是个理性自制的人，毫不掩饰对感性的嘲讽与不屑。可是，农场动物触动了我的心弦，显示我开始有了恻隐之心。如今我已打开心门，不免纳闷自己怎么会让心封闭了这么久。

永远无法康复的病鸡

我对阿贡说想要看看养鸡场。他告诉我，他的小弟凯图特（Ketut）会陪我去。

凯图特大约三十出头，长相出奇的帅气，他有着淡褐色的眼睛、宽阔的肩膀、波浪般的褐色头发和亲切的笑容。巴厘人的名字都有涵义，多数和排行有关，凯图特的名字也不例外，意思是"老四"。他友善而害羞，因此更彰显出一种男孩子气的魅力。凯图特的英文说得比阿贡流利，因为他以前曾在邮轮上工作，这是很多印度尼西亚男人梦寐以求的职业，而阿贡过去则在旅馆做过事。凯图特义务性地担任起我的司机和翻译，花一天的时间骑着摩托车载我前往四处的养鸡场。

第一座养鸡场有三座鸡舍，其中两座是两层楼，另一座则是一层楼，全部都是木头地板与网状的墙。我走进只有一层楼的鸡舍，里面容纳了 600 只鸡，白色羽毛，35 天大，过两天就要被送去屠宰了。

鸡舍的前方有一小块地方被一块铁板隔离，能够明显看出这是病鸡围栏，因为里面有二十几只鸡看起来已经死了或快要死了。它们都受同样的病痛所苦：为了增重与快速成长而做出最大程度的基因筛选，导致双腿伤残。有半数圈饲的鸡双腿并不是平行的，而是像劈腿那样又开呈现 90 度角。

一只侧躺的鸡一直抬起头来，饥肠辘辘地啄着地板。不过，它急切的尝试徒劳无功，因为病鸡围栏里并没有食物或水。那时我才明白，这些鸡之所以会被隔离，并不是由于它们会康复，因为无论再怎么看，它们复原的希望都很渺茫，而是由于它们不能再吃东西了。这样一来，就不用把钱花在它们身上。它们在临死之前，不但要承受断腿之痛，还得忍耐饥饿的煎熬。

鸡舍里的其他白鸡看不出有瘸腿的迹象，只不过几乎都是坐着的。我一时兴起朝它们冲过去，想要看看它们会有什么反应。它们缓缓起身，移动两英尺，然后扑通一声又坐了下来，它们久坐到了几乎像是不动的状态。我在同一时间，有了三个发现。

首先，这些白色划一、工业化饲养、进口的商品化鸡，从外观与行为上来看，和村子里自行找食物吃的肉桂色及金色土鸡是完全不一样的物种。白鸡圆滚滚得像是海滩球，软绵绵得像是枕头；相较之下，土鸡又高又瘦，身形如鸟，而且很漂亮。白鸡静坐不动；土鸡的双脚灵活有力，会冲刺快跑，让人很难好好拍到一张它们的照片。

其次，在印度尼西亚畜养猪、牛的做法还很传统，但是养鸡业已经在转型中，从饲养土鸡改成饲养白鸡，从在农家后院少量饲养（十几、二十只鸡）到大规模农业（上百到上千只）。愈是富有的村落，农业工业化的巨轮就愈向前推进，相关的肉品消费也是如此。

最后，虽然这里的鸡舍在概念上和加拿大的鸡只契养户泰瑞的鸡舍相似，但是泰瑞的规模大了 33 倍，每层楼能容纳 2 万只鸡，而不是只有 600 只。动物的数量确实对工业化农场的生活福利有所影响。我在印度尼西亚看到的白鸡尽管处在同样痛苦不堪的饲养环境，但是生活质量却比较好，它们居住的环境粪便比较少，空气比较清新，阳光也比较多，每只鸡的空间也比较大。

凯图特骑着摩托车载我到下一座蛋鸡场。

老鼠肆虐的蛋鸡场

那个地方很破旧，被灰色水泥墙围起来，墙上还有老鼠在急促奔跑着。我们打开门，第一只看到的动物并不是母鸡，而是老鼠，木头地板上、阴暗的角落里、生锈的屋梁上，到处都有。我们一进来，它们便一哄而散。我吓得直发抖，不能自已。凯图特开口说："不好意思？不好意思？"可是却没有人听到。

我们前面有 6 组蛋鸡饲养笼架，每一组有 4 个长形横排，每一排有 250 个笼子。每个笼子都是一个小小的方形木箱，长宽高只有大约一英尺，还关着两只鸡。

鸡的身躯紧靠，脖子和头像是野草般地从笼架顶部狭隘的条板间隙探出。多数鸡的脖子都是赤条条的，好像正在做化疗的病人一般，外观带给人生病的感觉。它们因为相互啄咬，而且经常摩擦笼架的木条板，所以羽毛都掉落了。这些蛋鸡是褐色的，蛋的颜色也是，东南亚的蛋几乎都是这种颜色，此处的文化偏好褐色的蛋胜过白色的蛋。

印度尼西亚的蛋鸡让我不禁想到加拿大布瑞克的蛋鸡。印度尼西亚的笼架是木制而非铁制，高度只有两层而非四层，每个笼子里关着两只鸡，而不是四到五只鸡，还没有自动化。不过，概念却是一样的：终身监禁。

老鼠们大啖笼架下方堆积如山的深色碎裂鸡粪。在非笼架饲养的农场，蛋鸡会把老鼠啄走，可是被关在笼架里的鸡却无能为力，鼠群也就因此繁荣壮大。如今已知，像沙门氏菌和禽流感这类疾病，在同一个农场及不同农场的鸡之间，都是由老鼠所传播的，也为动物与人类的健康带来严峻的威胁。

有一个女人从旁边的房间现身，还有两个睁大眼睛、眼中满是警戒的男孩跟在她的身后。这个女人名叫葛黛（Gede），印度尼西亚语的意思是指第一个出生的。葛黛完全不懂英语，而我完全不懂印度尼西亚语，不过凯图特居中翻译，帮助我们跨越了语言的藩篱。

葛黛亲切和蔼，说话轻声细语，她在这座蛋鸡场工作九年了，就住在身后那间又小又挤的房间内，鼠满为患。她在房间里生下了第二个儿子。"我们这里有 12 000 只鸡，"她说，"还有至少 1000 只老鼠。"

笼架前面架着一片板子，鸡蛋会自动滚落到板子上，可是将鸡蛋装箱并非自动化作业，而是由葛黛每天早上亲手捡拾，然后小心翼翼地装进箱子里。她伸出右手臂给我看，好像她是病人而我是医生似的。她的手臂上从手指到手肘布满球根状的粉红色伤疤，令人触目惊心。"鸡会狂啄。"她说，"每天都这样。我还发现一只会同类相残的鸡。"

在我们的面前，有一只鸡正不停地狂暴地啄咬笼友的脖子。那很痛，尤其是隔壁那只鸡的脖子上已经没有羽毛了，光秃秃一片，可是它却习以为常，无动于衷，毫无反应。在这种场景下，我畏缩地把自己的黑色发环拿到正在啄咬的鸡只面前，想要让它分心。奏效了，黑色发环被狠狠啄了一口。

蛋鸡为了自我防御，所以很好斗。它们被关在笼子里，无法摆脱笼友和葛黛每天都会突然伸到蛋架上的手臂，所以才会起而攻击。这些家禽既悲惨又愤怒。

"我觉得这些蛋鸡如果离开笼子，就不会去啄咬对方了。"葛黛通过凯图特告诉我说："土鸡就不会互啄。"

"印度尼西亚为什么要用这种笼架养殖法呢？"我问她道，"是为了降低蛋的价格，还是为了要提高产量？"

"为了让老板有钱。"葛黛冷冷地回答，"我的老板还有另外五座蛋鸡场。几年前，这个村庄发生禽流感，老板是村子里损失最惨重的，为了消灭禽流感，所有的鸡都被政府焚烧捕杀了。"

"它们是被活活烧死的，还是死后才烧？"我问她，心里热切地希望她的答案是"死了才烧"。

"当然是活活烧死。"

"禽流感"是全世界所有农夫心中挥之不去的字眼，也是他们最大的噩梦。和细菌性疾病相比，病毒性疾病因为无法用注射抗生素的方式治疗，所以可能会为农业带来更大爆发性的灾难。病毒也常常会很快地改变或突变，跨越物种藩篱，因此传染途径不仅可以人传人，也可以通过动物传给人。

2003 年，中国出现高致病性的禽流感 H5N1，并且散播到 15 个国家，导致近 400 起检验证实的死亡个案（在总死亡人数中所占比重似乎微不足道）。印度尼西亚由于幅员广阔，而且是海岛地形，所以是受影响最大的国家，感染与死亡人数都高居首位。每 5 个印度尼西亚人之中就有 4 个人染上 H5N1。葛黛和她的两个儿子可能也在其中，因为他们不但在蛋鸡场工作，也住在里面。蛋鸡像针刺一般啄咬着葛黛的手臂，恐怕这就是直接感染源。

2013 年年初，就在 H5N1 爆发的十年后，新型禽流感病毒 H7N9 又出现在中国。这种病毒在 15 个月内便可造成 450 人成为重症患者，165 人死亡。当然这个数字也同样仅限于检验证实的个案。

尽管亚洲有这两种禽流感，但是过去半个世纪以来最严重的流感疫情仍属 2009 年爆发的 H1N1 猪流感。这是一种能感染人类、猪与禽鸟的强力病毒，导致世界卫生组织（World Health Organization，WHO）为此破天荒宣布首宗"国际关注公共卫生紧急事件"（public health emergency of international concern）。根据一组由 30 多名研究人员组成的团队所做的估计，H1N1 导致高达 50 万人死亡。这个病毒虽然出现在墨西哥，但是很快就散播到世界上的各个角落，被传染的国家超过 200 个以上。它对穷人的冲击之高更是不成比例，有一半的死亡个案发生在东南亚与非洲，而且一反以老年人为目标的常态，年轻人死亡的数量比例极高。

另外一个以年轻人为目标的病毒，是 1918 年的流感疫情，和 2009 年疫情的相似程度令人不寒而栗，被称为"医学史上的最大浩劫"及"传染病之母"，估计全世界的人口有三分之一遭到了感染，总计有 5 亿人。保守估计，该流感已经造成 5000 万人死亡，但是死亡人数可能高达 1 亿人。

病毒能够带来难以想象的破坏，而工厂化农场的环境就是病毒的温床。

"这种笼架饲养方法在欧洲是被禁止的。"我问葛黛和凯图特说，"你们觉得呢？"

"禁止是好的！"葛黛还没有机会开口，凯图特便如此热切地嚷嚷道。

不是只有富裕国家的人民关心动物农场的健康与伦理问题，而是大家都很关切，像葛黛这样的人尤其如此。我给了她一些钱，为她和她的儿子们被困在这样的饲养体系里感到难过，利益归于农场主人，苦厄则由动物与员工承担。

葛黛双手合十，以巴厘岛的传统方式表达感谢，她笑得如此开怀，让我觉得真该多给她一些钱的！

众神之岛的庆典

阿贡常常提到"大日子"，我以为是他的生日。结果不是，而是指一个节庆。

巴厘岛又称为"众神之岛"（The Island of the Gods），因为岛上不管什么地方，无论是厨房、餐厅、花园、水田，处处都竖立着金黄色的石像，现出猴子、老虎、龙及人形的神祇相貌，而且往往带着邪嗔的表情，而举办供奉花果的庆典是必要的，以便安抚这些反复多变的神祇。

很高兴阿贡和丝瑞卡缇卡邀请我跟着他们及家人，一起到附近的一座湖边神庙，参加当年最重要的一场巴厘岛庆典。只是有一个问题是：观光客不被允许进入神庙的祈祷区。丝瑞卡缇卡克服了这个难题，用她节庆时穿的服饰为我精心打扮，并保证"不会有人看得出来你不是印度尼西亚人"。

我穿上有金色折边的深蓝色纱笼，搭配一件绣着雅致灰色花朵的白色长衫。丝瑞卡缇卡把我的头发像她那样高高挽起，而阿贡则从花园摘了一朵漂亮的柠檬绿兰花，插在我的头发上。

湖边神庙是由一群高耸美丽的茅草顶塔状建筑组成，坐落在波光粼粼的蓝色水岸上，四周群山环绕。我跪坐在神庙的地板上，阿贡和丝瑞卡缇卡在我的左右两边，印度教的祭司们把圣水与米粒洒在我的身上，我不仅外表像，内心也真正感觉自己是一个快乐的印度尼西亚人。

我们回到他们的家里，阿贡带领我观看他的圣坛，这种感觉就更深刻了。那是他灵修的地方，他每日在此打坐冥想。阿贡送给我一尊小小的黄金象牙雕像，那是印度教的神祇——湿婆神——正在双盘打坐，一只手压在膝盖上，另一只手则高举到心脏处。湿婆神以如此强而有力的姿势，反映出阿贡的个人转化，从有着骚乱不安的心变成定与静的化身。阿贡希望我也能体验到类似的转化，我也这么希望；从他手中收到这么体贴又别具深意的礼物，我备感荣幸。

"真难过，我可能再也不会见到你了。"阿贡告诉我，"答应我，你会回到巴厘岛度蜜月。"

我对婚姻并没有任何期待，可是我想象（希望）有一天我会回来，我许下承诺，也打算实践。

在印度尼西亚的最后一天，阿贡、丝瑞卡缇卡及凯图特好心地开车送我到距离村庄要两个半小时车程的机场。我记下阿贡和丝瑞卡缇卡的生日，他们两人都是在 12 月出生，而且只差 6 天，这样一来，我就可以每年打电话，并且赠送礼物给他们了。他们倾注于我大量的友爱、对话与礼物，我迫不及待地想要开始回报他们的体贴。可是，我再也没有机会了，我才离开不到几个星期，就收到凯图特的讯息，说阿贡死了。

骤然而逝的灵魂

阿贡的胸部和背部突然抽搐剧痛，凯图特连忙把他送到医院。几个小时后，阿贡看起来感觉比较好了，所以起床通宵打牌，这是他很喜欢做的事。可是，隔天一早，他就突然倒下。祭司把阿贡的死因归咎于巫术，真正的医学死因则不清楚。

阿贡的离世令我悲痛欲绝，我哭了好几天。

我们的生命只有短暂的交会，但是在那段短短的日子里，阿贡已经成为我的良师益友、我的楷模，他是我的心灵导师。他教导我幸福的重要性与善的真义，引领我去倾听内心的声音，不要视而不见。他启发我成为一个更好的人，进而去创造一个更好的世界。

我不能相信他已经走了，心碎不已。

10 快餐王国马来西亚

有空调的大型鸡舍

随着飞机降落，我看到的并不是人，而是棕榈树。

它们矗立在路的两旁，像巨大的菠萝，也像枝叶繁茂的雨伞，细瘦的枝桠在微风中摇曳，树干则稳稳屹立着，也把马来西亚这个国家扎实地种在世界经济的土壤中。对马来西亚来说，棕榈油就好比液体的黄金，与中东的油田与天然气田相比，有如永不枯竭的瀑布。马来西亚是世界上最大的棕榈油出口国。

"女士啊！对我来说，种植棕榈树有好、有坏，也有伤。"当我们急驶通过路旁的山崩警告标语时，机场出租车司机这么告诉我说，"对经济好、对环境坏、对眼睛伤。"

从高空中往下看，马来西亚和南边的邻居——印度尼西亚看起来并没有太多的相似之处；站在地面上看，这种差别就更明显了。印度尼西亚是发展中国家，而马来西亚则是发达国家。印度尼西亚以包罗万象的人文为傲，马来西亚则努力追求实际的生产力。两边的国训便隐含着这样的差异：印度尼西亚是"多元融合"（Unity in Diversity），马来西亚则是"团结是力量"（Unity is Strength）。马来西亚的房屋比较大，建筑物比较高，道路比较干净，而清真寺与博物馆的建筑也比较壮观。

马来西亚和印度尼西亚一样有着丰饶的热带气候，夏季像是哭个不停般地一直下雨，两国的识字率与寿命也不相上下。不过，在其他大部分的人口统计方面，两者便有所不同。马来西亚的人口有 3000 万，是印度尼西亚的 1/8，从绝对人口数量与相对规模来看，堪与加拿大和美国比拟。在马来西亚，有半数人口属于马来人，接近四分之一是华人，以及 7% 是印度裔。马来西亚的官方语言是马来语（和印度尼西亚语很接近），不过因为这个国家曾经是英国殖民地，所以在学校及商业上使用的是英语（这对我来说是一个好处）。

马来西亚的人均国内生产总值是印度尼西亚的 3 倍。该国最主要的出游活动是逛街与外食，商场富丽堂皇，有冷气空调，里面满满的都是高档的美国与欧洲品牌。超级市场也正在快速取代露天市场。一排排有着诡异灵活眼神的牛头、一堆堆指向天空的黄色鸡爪，以及一桶桶粉红色、软绵绵的成对猪耳朵，正让位给透明塑料袋包装的肉品，而这些肉品部位愈来愈难以区分是来自于哪一种动物。

这个国家最流行的午餐与晚餐是肯德基（Kentucky Fried Chicken，KFC）、麦当劳和必胜客（Pizza Hut）。马来西亚是快餐业的大本营，有超过 500 家肯德基、300 家必胜客及 300 家麦当劳，每周服务的顾客数加起来有好几百万。一份 2004 年的全球调查报告发现，马来西亚人吃的快餐比美国人还多。有三分之一的美国成年人每周至少会吃一次快餐，相较之下，马来西亚人的比例更是高达惊人的五分之三，他们对汉堡的钟爱仅次于香港人。

马来西亚的快餐业蓬勃发展，导致国民的腰围日渐宽广。今天，每7个马来西亚人中便有1个属于肥胖，相较之下，印度尼西亚人则是每20人才有1人。这个数字与美国相比还算低，因为美国的成年人中每3个就有1个是肥胖，另外1个则是体重超过正常水平。

马来西亚人团结在对国家的认同下，他们的政局稳定，经济发展，享有小康生活水平。在他们的眼中，隔壁那个幅员广阔的邻居——印度尼西亚的人口过多，是一个可怜兮兮的地方；而小不点邻居——新加坡只有一丁点大，人民像机器人一般工作。马来西亚人认为自己在这两边的分寸拿捏得宜，而且未来的方向正确。

不断飙升的肉品需求

在马来西亚，MARDI指的并不是纽奥良每年举办的嘉年华会马蒂·格拉斯（Mardi Gras），而是马来西亚农业研究发展局（Malaysian Agricultural Research and Development Institute）的缩写。大家都叫我要去马来西亚农业研究发展局，所以我去了，与向（Shan）博士谈了两个小时。

向博士是一个戴着眼镜的高个子印度裔男士，蓄着厚厚的灰色八字胡。他既亲切又慈祥，有两个年龄与我相仿的小孩，而且在我们谈话的过程中，他始终带着微笑，既专业又优雅。向博士在英国念兽医，并且取得了博士学位。他是马来西亚农业研究发展局里策略性牲畜研究中心（Strategic Livestock Research Centre）的"生产系统副主任"。他在这个部门工作 20 年，重心先是放在鸡，后来则是研究猪。

"你是学生吗？"他问我说。

"是的，我在研究食品生产。"

"你有研究重心吗？"

"有的，国际化农业，特别针对动物农场这方面。"

"是修硕士学位，还是博士学位？"

"硕士。"

我在编造谎言的同时便开始后悔了。向博士和善、博学又可敬，是那种我出于本能就想要讨好的人。欺骗他的感觉很差劲，事实上，我难过到在要离开马来西亚前还打电话给他，差一点就要全盘托出，告诉他我并没有在就读正式学位，只是出于个人偶发的好奇心，我自己也困惑不解。但是，连我自己都不能明白的事情，又要如何对向博士解释清楚呢？

"马来西亚过去也像印度尼西亚那样在自家后院饲养家畜。"向博士开始为我口头介绍马来西亚的农业，"不过，现在已经完全消失了。这里的家禽养殖，不管是肉鸡或蛋鸡，全部都是工业化饲养。马来西亚的养鸡场分成开放式与封闭式两种。开放式用的是网子而非墙壁，有自然光，通常会饲养大约 6000 只肉鸡。"

开放式鸡舍就是我在印度尼西亚看到的那种养鸡场，只不过规模是马来西亚的 1/10，有 600 只，而非 6000 只肉鸡。

"封闭式比开放式大得多。"向博士继续说，"之所以会称为封闭式，是因为鸡舍保持封闭状态，外面的空气或光线只能通过风扇进来。每间封闭式鸡舍一般会饲养2万只鸡，如果是两层鸡舍的话，就有4万只鸡。一座养鸡场通常会有四到五间鸡舍，这表示一座养鸡场本身一次就饲养10万到20万只鸡，一年的总产量可以达到100万只鸡。"

封闭式鸡舍就是我在加拿大看到的那一种。泰瑞的养鸡场有两层笼架，每一层正好就有2万只鸡。我学习到，每层2万只鸡是这个产业的标准数字，在世界上任何地方都一样。

"马来西亚人吃的肉愈来愈多了，尤其是鸡肉，"向博士接着说，"这是社会因素导致的。人们富裕了，就会把钱花在肉上。我十一二岁的时候，一年只会吃一到两次鸡。如今，我每天吃一到两次鸡。鸡肉在世界各地都曾是奢侈品，比牛肉还贵，可是今天我们想要吃多少就能吃多少。"

印度尼西亚的食用肉主要还是牛肉，不过在马来西亚已经变成鸡肉。鸡肉的消费量显示，马来西亚已经稳稳地跻身发达国家的行列。这几十年来，西方国家的鸡肉普及率向来有稳定的增长，与此同时，餐盘上的牛肉分量则正在缩减中。

全球肉品消费量中，牛肉所占的比例已经从半个世纪以前的40%锐减到今天的25%，主要是出于健康的考虑。相较之下，鸡肉所占的比例却成长两倍有余，从1970年的15%提高到今日的32%。猪肉是今天这个星球上最受欢迎的肉品，不过，在过去半个世纪里，猪肉生产量与消费量的扩张绝大部分发生在中国，该国消耗全世界将近一半的猪肉。相较于牛肉及猪肉，预期未来鸡肉仍然是成长最快的肉品，扩张速度在发达国家甚至更为明显。

"工业化饲养在马来西亚比西方国家来得晚。"向博士说道，"这里是从 1990 年代起，大型企业才开始扮演'整合者'的角色。'整合者'这个词的意思是生产过程的每个步骤都被加以整合。整合者提供雏鸡给契养户饲养，然后再买回来送去屠宰。马来西亚的家禽肉品大部分都来自于联结到整合者的契养户。"

"这里的饲养体系和美国的大型鸡肉公司泰森食品（Tyson Foods）一样。所有的农场技术都是来自于海外：品种来自国外，设备来自国外，技术也来自国外。而在这里也开始使用抗生素和人工授精。今天，美国与马来西亚的养殖系统及生产力已经差别不大了。"

"整合者在这里一开始并不受欢迎，因为大家心里存疑，他们不知道农业可以借由封闭式的农舍高产量运作。不过，我们马来西亚农业研究发展局，也就是政府，说服他们，这是进步的唯一路径。我们告诉大家，封闭式鸡舍的生物安全性比较高、生产力比较好，对鸡来说也比较舒服。饲养在封闭式鸡舍的鸡没有生活压力，日子过得比我们还好。"

"你真的这样觉得吗？它们的日子过得比我们还好？"

向博士不好意思地露出笑容。"也许没有。"他坦承地说道，"不过，也没有人反对。"

这个国家已经开始进行工厂化农场养殖的官方宣传，而且被包含在内的生产者与消费者、年轻人与老年人、受过教育的和没有接受教育的国民毫无异议地接受了。事实上，载我到马来西亚农业研究发展局的出租车司机就很热心地告诉我："在马来西亚，他们会帮鸡兴建又好、又大、又有空调的房舍，就像住在天堂里。"

今日畜牧业的战役不只关系到生产制度，也涉及动物本身和它们的天性。农企业气急败坏地说服自己与大众，宣称阳光、干净的空气及活动空间对动物来说并非必需品，甚至不是奢侈品，反而是严重的剥削形式。讲成这样，讨论还没有开始，便走偏了方向。

"我要怎么样才能参观马来西亚的农场？"我询问向博士道。

"没有办法，这里的生物安全控管很严格，你要提出特殊申请才能进去，得写一封申请函，还要先冲澡。农场并不希望有人进去。虽然我为政府工作，但就算是我要进去也很困难。"

快餐业、宗教与鸡

"你有信吗？"哈密（Hubib）先生问我，"大学发的信？"

"没有。"

哈密先生眯着眼睛盯着我的脸看，我小心翼翼地故作面无表情状，他看不出所以然，所以同意地说道："好吧！我带你很快看一遍。"

哈密先生是一个皮肤白皙、圆滚滚的马来人，看起来像华人。（我之所以会称呼他为"先生"，是因为在马来西亚这个多礼的国家，称呼任何比较年长的人都必须加上称谓。）哈密先生穿着一件黄色运动衫，手机好像吊饰般用链子挂在脖子上。他是三个男孩的父亲，他的蓝色汽车后车窗上贴着英文标示"车内有婴儿"，估计其中一个还是小婴儿。

　　"我以前在石化厂工作。"哈密先生说道，"然后来这里，因为我哥开了这间养鸡场，赚到了一些钱。与自己家人工作比与外人工作好过多了。我是肯德基的契养户。肯德基在马来西亚有很多很多的农场，肯德基指导我们怎么做，他们会给我们 DOC，然后再把 DOC 带回去收割。"

　　哈密先生的用词颇具启发性。对他而言，是"DOC"，而不是雏鸡（day - old chick）；是收割，而不是屠宰，委婉地暗示这些不是动物，而是植物。我们通过思想的帮助选择用语，不过用语也会帮助我们选择我们的思想。

　　"马来西亚有很多鸡都是提供给肯德基的，"哈密先生接着说道，"现在大部分的人都喜欢吃肯德基。你在肯德基可以吃午餐、吃晚餐，也可以吃早餐。你知道这非常快速，所以叫作快餐。无论是回教徒、印度教徒、华人，大家都可以吃肯德基，因为肯德基没有猪肉，也没有牛肉，所以大家都没问题。而且肯德基又很好吃，价钱也很便宜。"

　　肯德基是马来西亚的快餐业龙头，原因有四。首先，就像哈密先生所说的，从文化层面来看，相较于牛和猪，吃鸡肉最安全，不会触犯宗教敏感性。其次，肯德基只比麦当劳早几年进入马来西亚，但却是具有决定性的几年。肯德基在 1973 年来到此处，比麦当劳的 1980 年早了 7 年，和吃汉堡相比，马来西亚人更多了几年的时间养成吃炸鸡的喜好。

最后，肯德基每年花费数百万美元进行创新营销与品牌经营。在 2007 年，马来西亚肯德基将美国四处可见、和蔼可亲的山德士（Sanders）老上校的脸孔，作为标志进行宣传。这项活动很成功，"刺激了餐厅消费"并"促进了生产力"。最后，肯德基不仅精通推广，也像哈密先生所解释的那样强力掌控生产。

"肯德基的模式和麦当劳不同。"哈密先生说道，"麦当劳和公司买肉；肯德基则是拥有自己的完整供应链，从雏鸡、屠宰到装盒，肯德基都自己来。"

肯德基是马来西亚的前五大整合者之一，每个月孵化、饲养和屠宰超过 300 万只鸡。相较之下，麦当劳在这个国家的整合程度就远远没有那么先进与完善了。

肯德基在该国有超过上百家的契养户，哈密先生便是其中之一。他带我去看四间鸡舍的其中一间。

惊人的成长速度

在我们的面前有 2 万只鸡，上面还有 2 万只鸡，和马来西亚农业研究发展局的向博士形容的一模一样。哈密先生的据点每个月总共生产 16 万只鸡。

外面阳光明亮，里面却是蓝色的，货真价实的蓝。墙上用深蓝色的帆布覆盖着，让这个地方看起来像是外层空间，呈现出一种奇异的宁静气氛。"蓝色能让鸡平静。"哈密先生如此解释道。

他的说法在科学上是对的。就算对人类来说，蓝色也有平静的效果，不过禽鸟对颜色的敏感度超过人类。一份《英国家禽科学》(*British Poultry Science*) 的文章解释道，蓝色还能"加速肌肉与胸部的成长，增加重量，而且可能让肌肉更加软嫩"。一旦牵涉到获利性，农企业就非常精通动物学。

哈密先生的鸡有 16 天大，看起来确实很平静，处于昏睡的状态。我把手伸进鸡只之间，抓住其中两只。它们昏昏欲睡到根本不打算躲开。它们的腹部下垂，呈现粉红色，而且光秃没有羽毛，两只翅膀像团块状的残肢。它们在我手中尖叫时，大脚丫滑稽地在空中乱踢着。它们是鬼魅滑稽版的鸡——无害，但是这种无害看在眼里却令人触目惊心。

虽然到现在我已经看过成千上万的肉鸡，但是对它们的成长速度之快仍然无法释怀。一想到我三个星期后再回来，它们总共只花了五周的时间便已经达到要求的体重，就要被送去屠宰，便着实惊诧不已。

哈密先生当肯德基的契养户已经有五年的时间了，但是也对鸡的成长屡屡感到大惑不解。"鸡长得非常快。"他说，"品种的名字是快肥（Cobb），我之所以知道名字叫作快肥，是因为肯德基给我的表格上是这么写的。快肥是美国泰森的肉鸡品种。"

我想到，除了哈密先生以外，向博士也曾提到泰森。大多数的美国人都不知道泰森这个名称，他们并不清楚这是自己国内及全世界最大的鸡肉生产商，可是在马来西亚的农企业里，泰森就好像是隔壁的邻居，处处可以听到它的名号。

光是在美国，泰森一年便屠宰超过 20 亿只鸡，再加上 2000 万头猪与 700 万头牛。"几乎每个美国人都会定期吃泰森的肉品，无论是在家里、麦当劳、自助餐厅、疗养院。"尼可拉斯·纪思道（Nicholas Kristof）在《纽约时报》（The New York Times）上这么写道。泰森与数千家契养户合作，发明出契作生产和整合的概念，并且加以完善与外销。

泰森的影响力很大，它拥有一种在 1980 年代开始实验性繁殖的种鸡，叫作快肥。从一开始，快肥便以超大的鸡胸傲视其他的鸡种。鸡的胸部这么大有其目的，因为泰森认为"拥有最多鸡胸肉的肉鸡能为执业者带来最大的报酬"，而且"用透明塑料盒装"时，看起来卖相比较好。快肥鸡的胸部庞大，导致这些鸡往往无法站好，反而会往前扑倒，经常就这么一屁股坐在萎缩的腿上。马来西亚有四分之三的鸡是直接从泰森引进的快肥鸡。

"有时候，我们觉得 DOC 并不是好的、健康的 DOC。"哈密先生如此哀叹道，"看看鸡的动作，健康的鸡一直在动。"他用两根手指快速移动来示范。"快肥鸡不动，快肥鸡坐着，而且坐着的时候，两只脚会张开放在后面，并且垂着头。这样并不自然，以我的经验来说，鸟生病时才会低垂着头，这表示快肥鸡有病。"

事实上，哈密先生所饲养的鸡中有很多正处于这种状态。它们把头埋在地板上的稻谷里，双眼紧闭，把两只脚往后张开，让整个身体就像海豹那样，保持水平前仆的姿态。因为它们梦幻的利润制造机，也就是胸部，沉重到让它们难以支撑。

"而且这些鸡很有侵略性。"哈密先生接着说道，"外面的土鸡会和同伴玩耍，可是不会见血或互啄。在这里，我的经验是，同伴会被咬到受伤的地步。"

一开始，我以为哈密先生是在说他的朋友们会咬他，接着我才搞懂，他是在说他的鸡有时候会互相啄咬到见血的程度。

哈密先生看了一下悬挂在脖子上的手机时间。"一点了，今天是星期五！"他大声叫道，"我现在得去清真寺做礼拜了，每个星期的礼拜时间到了。"

哈密先生和我走出他的肯德基快肥鸡舍。从室内催眠般的蓝色色调走到阳光底下，我的眼睛花了一番力气调适，因而泪眼汪汪。可是，我才因为脱离蓝色而松了一口气没有多久，哈密先生便又丢下一颗震撼弹。

质量一致的肉品， 来自做法一致的酷刑

"我以前也有开放式鸡舍。"哈密先生说道，"可是开放式鸡舍要给每只鸡 1 到 1.2 平方英尺的空间。像我带你看的封闭式鸡舍，就可以有比较多只鸡，而且只要给每只鸡 0.75 平方英尺空间。除了你看到的这一间封闭式鸡舍以外，我现在还有新形态的养鸡场呢！"

他圆滚滚的脸像是灯笼般亮了起来，"我的养鸡场有四间鸡舍，比这四间更先进的是，养鸡场用的是设计给蛋鸡的系统。"

"你在说的是……"我开口问道，但是并不想知道答案。

"我的新肯德基肉鸡场有笼架。"

"可是我以为笼架只用来饲养生蛋的鸡，"我说，"并不会用来饲养食用的肉鸡。"

"没错，以前是这样，可是现在不是了！马来西亚去年开始用肉鸡笼架。这是重大的发展。用肉鸡笼架的话，每只鸡只要 0.44 平方英尺，我就可以养更多只鸡，一间鸡舍就能养 54 000 只鸡！我会赚很多钱。"

我震惊不已。我知道笼架构造会用来饲养生蛋的母鸡，可是过去从未听过饲养肉鸡用的笼架。我希望是哈密先生令人困惑的英文让我误解了，我得亲眼看到肉鸡笼架才能相信。不过，哈密先生并不喜欢这个主意，他皱着眉头，双手紧紧抓着挂在脖子上的手机。

"Haiyya a'laa salah!"他大声地喊出这句话，阿拉伯文的意思是：

快来礼拜吧!

"我的笼架养鸡场在两公里外的地方,为了生物安全。"他没耐心地说道,"我今天没空,现在要去清真寺做礼拜了。"

哈密先生为饲养的每只鸡只提供 0.44 平方英尺的空间,大约是一本书的大小,而他以为做礼拜就可以拯救他的灵魂?

哈密先生终于勉为其难地同意了,看来动机是出于炫耀他的新设施。他叹了一口气,说道:"我再给你 15 分钟。"

哈密先生的新据点与之前的一样,有四座仓库排成一排。当他和我走下他的蓝色汽车,朝第二座仓库走去时,我跟着他齐步走,可是双腿好像僵住一般。我疲惫地发现自己厌倦这一切,我好像快要没电的手机,感觉精疲力竭、不堪负荷。我不想要再看了,也不想知道更多了,我想逃离这里,再也不要回来。

哈密先生和我走进去。那个地方散发出强烈刺鼻的氨气味道。在我们的面前有三排我目前看过的最高的铁笼,高达 5 层,总高度超过 8 英尺,令人望而生畏,我得伸长脖子才能瞥见最上面一层。每个鸡笼大约是一张桌子的长度与宽度,里面容纳着 120 只鸡。鸡挤在一起,几乎难以分辨头尾,它们消失在彼此的身形里,好像白云交织混杂成一团,而不是单一不同的个体。

哈密先生的其他养鸡场是蓝色的,而这里则是黑色的,深陷在犹如洞穴般的黑暗中。黑色比蓝色糟糕许多。布瑞克在加拿大的笼架养鸡场也是深色的,可是并不像这里这么昏暗,因为如果是饲养蛋鸡,啄咬并不会对获利率造成直接影响，而饲养肉鸡就会。

"如果鸡啄咬同伴，就会在皮肤上就会留下伤痕。"哈密先生解释说，"这样的肉在市场上的售价相对低廉，因为大家买肉时并不喜欢看到皮肤上有伤痕。关闭光线，鸡就会因为看不到而无法啄咬了。"

杂货店里要卖质量一致的肉品，就需要农场里实施一致的酷刑。

由于害怕鸡的胸部会顶到笼架的铁丝网而起水泡或是被割伤，所以直到近期技术发展解决这类担忧，才开始使用笼架饲养肉鸡。哈密先生的鸡并没有坐在铁丝网的地板上，而是坐在用黄色塑料皮包裹的网子上，借此避免摩擦。塑料地板保护这些鸡并不会因为铁丝网而受伤，黑暗则保护它们不会伤害彼此。保护与剥夺携手合作。

哈密先生离开前往清真寺祷告，我则是离开去搭船，横渡一条河流。

河水静寂绝美，我把脏兮兮的脚趾浸泡在内，感觉一阵清凉。太阳温暖地照在我的膀子上，天空一片蔚蓝，一缕又一缕的薄云轻扫而过。河边绿树环绕，远看好似绿花椰菜，绿色的倒影有如网子般在水面上漂动着。水牛沿着岸边吃草，尾巴懒洋洋地在微风中轻轻摆动着。

这是一趟任性但却必要的航程，让我紧绷的心得到舒缓。在河流之上，我终于向自己坦承：我的情绪低落不已。

心乱如麻，彻夜难眠。我离乡背井，举目无亲。在印度尼西亚，至少还有我的姐妹与我为伴；而在马来西亚，我是一人独行。我为了解决畜牧业的问题所做的追寻探索，就好像一只狗在追着自己的尾巴，既无望又费解。我在这个产业的漩涡之海潜游得太深了，没有力气再游下去了，当一只手顶着浪潮对抗水的力道时，另一只手再也无法继续举起，向前伸出。无论我转往哪一个方向，都会有更多的海浪向我的头拍打而来，把我吞没到海面之下。

这趟船程是及时雨。当我看着水面时，发现此时此刻，仲夏时分，日正当中，是生命中最易感、最美丽，也最有价值的时刻，无论对人类还是动物都是如此。可是今天，农场动物都被剥夺了这样基本的享受和这样的"物质欢愉"，它们遭到限制、囚禁与控制，再也看不到太阳、天空或绿地。除了这个以外，还能图些什么呢？

深入马来西亚前五大家禽企业

地砖反射出天花板的灯光，像镜子般闪闪发亮。有着华丽饰框的画作里，描绘着驰骋中的马匹与倾泻而下的瀑布。前台则摆设一座田园风雕像，上面有一只母鸡正在窝里歇息，身旁围绕着一群小鸡。有着贵气金边的沙发上摆放着蓝色厚绒靠垫，我就坐在上面等待。发来（Huat Lai）企业的总部极尽豪奢之能事。

大厅两边的玻璃墙后是一排又一排的办公室和小隔间。男男女女穿着硬挺的衬衫与合身长裤，好像有什么紧急重大事件似的，匆忙穿梭其间。

前台两位戴着领巾的接待小姐年龄与我相仿，但是和我苍老憔悴的模样相比，她们的表情明亮而充满自信，举止看起来比我年轻多了。我告诉接待小姐，想要参观公司的养鸡场。她们动作划一地对着我摇了摇头，咯咯地笑了起来。

我知道，她们之所以会拒绝我，有一部分原因是我的穿着。尽管那天我已经穿上带来亚洲最好的衣服——一条皱巴巴的米色裙子、一件褪色的紫色毛衣和一双脏兮兮的粉红色夹脚拖鞋，但我的穿着仍然像是游客。这一趟的亚洲探险，为了方便上下飞机、公交车与出租车，以及为了避免麻烦，我只带着一个小小的手提行李箱。这个打算很聪明，但带给我的问题是，我并没有太多的衣服可穿。

我望着玻璃墙后自负骄傲的员工们，怀念起我在华尔街上班时穿着的硬挺衬衫和干净套装。如今，我用接待小姐的眼光来看自己，衣服老旧、头发凌乱、前额蹙紧，我对自己的邋遢模样感到羞赧不已。

我觉得自己好像霸凌别人的小孩，胁迫接待小姐打电话给主管。经过她们的努力后，一位高瘦的女士（让我很不开心地想起从前的自己）出来见我。"如果你想要参观，就必须出示大学的公函。"她这么告诉我之后，便蹬着高跟鞋，转身急忙回到座位上。

我正要转身离开时，有一位林先生正好来到前台。他是华人，但是用马来语给两位接待小姐交办工作（东南亚国家的人民大多能流利地说多种语言）。当他在一旁等接待小姐打电话时，似乎基于礼貌（这是马来西亚文化中很重要的一环）而不得不与我攀谈。

"自己一个人来吗？"他毫无兴致地问道。

"是的，我自己一个人来马来西亚。"

林先生把整张脸转向我，瞪大眼睛，一脸讶异。

"自己一个人来?"他又说了一遍，"只有一个人? 不会害怕吗?"

"是的，我只有一个人。不，我不会害怕。"

截至目前，我在马来西亚遇到的每一个人，在知道我独自旅行时都大为诧异。"你真有进取心。"向博士这么说过；"你胆子真大。"一位出租车司机这么说；"我从来没听过这种事!"一位旅馆服务生如此惊呼道；"大部分的女生都会害怕。"有一个餐厅老板曾经这样讲。

可是没有人像林先生这么震惊。"一个人来……"他喃喃复述着，一脸苍白僵硬，仿佛我告诉他月亮是我创造的那么迷惑紧张。他忘了交代前台的工作，严肃而缓慢地走向一间会议室，因为他太疲惫了，所以并没有招呼我跟上，但是我觉得自己应该跟过去。

明亮的长形会议桌主席位置有一张宽敞的黑色皮椅，林先生在椅子上坐下来。我初见他时，以为他是中阶主管，但是他出于本能地坐上主位，这个举动显示我的想法错了。

我发现林先生貌不惊人的程度实在了不起。如果一个小时后，我在街上遇到他，肯定认不出来。他的五官分布简洁，仿佛基于效率法则，只占据该有的空间。林先生的腿在桌子底下没耐心地摇晃着，脚尖轻拍着柔软的地毯。尽管他的表情平静，但是就和不断摇晃的脚一样，透露出相同的压力。我揣想着，因为突然冒出与我的会面，他大概在估算时程上的延宕。他看起来就是生产力的缩影。

　　林先生现年 52 岁，尽管出身寒微，但是今天早已功成名就。1979 年，他到一家小型蛋鸡场当基层工人，开始进入农牧业这一行。十年后，他离开农场，转而经营自己的蛋鸡场，养了 25 000 只蛋鸡。不到几年，这家农场便催生出林先生今日所领导的大型整合商——发来企业。

　　发来企业是马来西亚前五大家禽商之一，饲养超过 200 万只蛋鸡与 200 万只肉鸡。这家企业是由九家子公司组成，分别交由林先生的九位手足，也就是八个兄弟和一个姐妹管理，子公司里的次级主管则由一大帮叔伯及堂兄弟、表兄弟担任。今日的发来是在股票市场公开交易的上市公司，不过绝大部分股权还是掌握在林先生及其手足手上，所以严格来说，仍是属于"家族"企业，这个事实再次证明，公开上市这个字眼是多么没有意义。

　　马来西亚的农企业和美国一样是寡头企业。由屈指可数的企业供应该国绝大部分的鸡肉与鸡蛋。发来自己有几家直营的肉鸡场和蛋鸡场，其他则交由契养户管理。所有的鸡都是在发来旗下的屠宰场屠宰。这家公司充分整合，甚至自行制造装蛋盒。

　　发来大部分的肉鸡与鸡蛋都在马来西亚销售，其余则外销到新加坡、中国的内地和香港，还有中东地区。马来西亚的顾客有大型的国际化连锁超市，如家乐福（Carrefour）、特易购（Tesco）、巨人（Giant），而最大的顾客就是麦当劳。

林先生和我坐进一辆汽车，由司机载我们到要开几分钟车程的发来屠宰场。

科技化的屠宰场

我们大步穿过屠宰场宽广的大厅，途中经过一间办公室，那是林先生的兄弟，也是这家屠宰子公司的负责人。虽然我只能透过半掩的门窥探一眼，但是也足以看出，那是我见过最豪华的办公室。里面有一个摆满酒的弧形酒吧，气派的办公桌闪闪发亮，地毯贵气逼人。兄弟的办公室尚且如此，我不免怀疑林先生的办公室会是什么模样。

办公室里闻得到强烈的空气芳香剂味道，林先生打开隔壁的门，通往臭气冲天的屠宰区上方平台，使用空气芳香剂的原因便不言自明了。

平台上有五面长窗，分别可以看到屠宰场里的各个工作区。超过上百名员工，几乎清一色都是男性，穿着整齐的白色衣服执行指派任务，既不说话也不东张西望，他们是巨大杀戮机台里的小螺丝钉。从上方俯瞰，屠宰区一览无遗，充满未来感的高科技太空时代景象，活脱脱是赫胥黎《美丽新世界》（*Brave New World*）里的场景。

从第一面窗户可以看到员工把鸡从红色木板箱卸下，放到输送带上，像是丢篮球那样猛力抛掷，仿佛这些鸡已经没有感觉，而员工们的心理上也无感似的。第二面窗户应该出现正在被割喉的鸡，只不过因为屠宰区竖立一面屏障，所以无法从上方观看到屠宰的景象。从上方设置这些窗户，一开始就是为了发来的高层和顾客，但是他们希望避免看见宰杀的场景。

透过第三面窗户可以看到，死鸡排成一排呼啸而过，一路上有一台机器切断它们的头，另外一台机器则用来斩断鸡脚，接着便有一台去内脏机伸进去掏出内脏。去除内脏后的鸡会被快速送到隔壁的冷冻室，从第四面窗户望去，可以看到它是环状的，总长有一英里，用来快速冷冻鸡肉保鲜。

最后一面窗户看到的是最重要的活动。员工站在长长的鸡只输送带两旁，拿刀子去除鸡骨。自动化机器用透明塑料袋包装鸡肉，员工把一包一包肉装进木条箱内，随后送到麦当劳及其他连锁餐厅与零售店。这些鸡被装在木条箱里送进屠宰区，离开时也装在木条箱里，只是到了最后，没有人有办法认为，这些装在塑料袋里的浅粉红色鸡肉，曾经属于某只活生生的动物，这种想法就连我自己都觉得荒唐可笑。

我询问林先生是否可以参观他的养鸡场。

他静默几秒钟，我以为他没有听到我说的话。"可以。"他终于答复我说，"我的人明天会带你去农场，九点过来。"

对于新鲜的迷思

隔天早上九点整，林先生的人在企业总部等我。

其中一位矮胖、亲切的马来人是司机，另外一位则是被派来带我参观养鸡场的唐先生，他是 30 多岁的华人，有着和林先生一样精于计算效率的神情，衣着整齐，指甲修整得很干净，只有一根手指刻意留长淡粉色指甲。他看似礼貌地接下带我参观的任务，但是也很想赶快打发我。

"只有你一个人吗?"唐先生问我道，用着经过控制的语气确认一件他已经知道却难以置信的事。经过我确认之后，他发出"哇"的声音，而司机则是摇摇头，啧啧出声。

"你怎么认识我老板的?"唐先生问我说。

"我昨天跟他聊了一下。"我回答。

唐先生从椅子上坐直，看起来印象深刻的模样。

"我们会带你去四座养鸡场中最大的一个据点。"他说，"那个据点有 20 间鸡舍。"

我们抵达农场后，首先踏入的是鸡蛋包装厂。这个地方有着很高的斜面天花板，周边 20 间鸡舍的蛋都是送来这里清洗、分级、打包及装箱的。约莫四十多名工人穿着统一的黄色公司衬衫及深蓝色裤子在里面团团转。其中有一半是马来人，另外一半则是从印度尼西亚、印度、尼泊尔和孟加拉国等贫穷国家输入的外籍劳工。包装厂有一个区域摆放着装满鸡蛋的成堆大型硬纸箱，要送往香港，纸箱上用英文写着"新鲜"的字眼。

那时我才明白，各地的食品公司都知道，不管哪里的消费者，都喜欢"新鲜"这个词。可是，以鸡蛋来说，"新鲜"代表什么意思呢？到底什么是"新鲜"的鸡蛋？是最近才生下的鸡蛋，所以从下蛋到超市上架只有短短的时间吗？如果是这样，那么跨国运输的蛋又怎么会"新鲜"呢？或者"新鲜"的蛋是指生活在自然环境里，例如，能呼吸到"新鲜"空气的母鸡所生下的蛋？如果是这样，工厂化农场养殖的鸡蛋又怎么会新鲜呢？"新鲜"是一个在农企业里无用武之地的营销花招。

唐先生递给我一件白色的发来衬衫、一条深蓝色裤子、一条毛巾、一块肥皂和一个白色口罩。好在这条裤子有松紧带可以束紧，避免发生加拿大黑水屠宰场的那种意外。现在我对于农企业的穿着已经很有经验了，知道要怎么做，包含冲澡、换装，也已经不会再感到困扰了。

完成生物安全性冲澡之后，我和唐先生在走廊上会合，两人穿得一模一样，只有一个不同：唐先生戴上白色口罩覆盖口鼻，而我却没有，因为我觉得这样看起来很蠢。

千篇一律的金属笼架与鸡舍

这二十间又长又灰暗的鸡舍，每一间的长度有两到三个足球场那么长。我们进去看了其中三间，唐先生说里面饲养的是最健康的母鸡。

看起来并不像。在我们前面竖立着 5 排堆叠到 5 层高的金属笼架，每个鸡笼里分别关着 7 只蛋鸡。这间鸡舍里有 65 000 只鸡，是我看过鸡只数量最多的鸡舍，足足是我在加拿大和印度尼西亚看到养鸡场的 5 倍大。根据记载，每只发来的蛋鸡有 1/3 平方英尺的空间可以生存。

"这是旧式设计的蛋鸡场。"唐先生告诉我说，"这间鸡舍已经有 11 年了。我们新设计的蛋鸡场，笼架有 7 层，而不是 5 层，每间鸡舍就会饲养 9 万只鸡。"

我无法想象 7 层笼架有多么高，也不愿意去想象。

发来饲养的蛋鸡是赤褐色的，属于一种工业化的国外进口德国种，叫作罗曼（Lohmann），笼架则是从意大利一家名为特诺（Tecno）的大公司进口，该公司的笼架销往全世界九成以上的国家。

"马来西亚有另外一家笼架供货商，叫作大荷兰人（Big Dutchman）。"唐先生接着说道。大荷兰人创立于荷兰，现在总部设在德国，在上百个国家销售猪、肉鸡及蛋鸡饲养设备。

"我们的屠宰设备来自荷兰。"唐先生继续说道，"蛋分级机是斯塔卡特（Staalkat），也来自于荷兰。给鸡吃的玉米和大豆则来自美国、阿根廷及巴西。我们向嘉吉（Cargill）购买。"嘉吉的总部设在明尼苏达州，是美国最大的私人控股公司，占全美谷物出口的四分之一。

听唐先生这么一说，我才明白亚洲的工厂化农场，基本上是来自西方国家的工厂化农场集团的一环。从动物品种、动物饲料到动物笼架，无一不是从国外进口，结合所有最先进的技术，极尽监禁圈饲农场动物之能事，就连西方国家也无法企及。当欧洲的消费者对工厂化农场养殖日渐起疑防范的同时，欧洲的设备商正把目标瞄准海外，而且非常成功。

唐先生和我站在第三排笼架走道的入口处。在灰尘、泥土与臭气中，我的鼻涕像破掉的水管般滴滴答答流个不停。我用手上的口罩去擦拭，直到整个口罩像是湿透的毛巾一样。戴着口罩的唐先生安然无事，努力不表现出恶心的感觉。

在我的坚持下，他和我走进笼架间的一条走道内。多数蛋鸡的脖子因为啄咬与金属网架，而变得光秃、没有羽毛，裂开的粉红色皮肤看起来宛如裸露的伤口。当我们经过鸡群时，它们抓狂地嘎嘎叫着，翅膀像是风扇般不停拍打，像一个溜溜球似的前后摇晃，把羽毛和饲料洒得到处都是。每走一步，我都觉得自己像是走进暴风圈里。

我闭上眼睛抵挡灰尘，把手举到耳边阻隔蛋鸡们狂躁、呵斥的咯咯叫声。我真希望自己戴上口罩，也希望有护目镜与耳塞来应付这一切。我不免揣想，蛋鸡一辈子都要呼吸这种有害的空气，过的是什么样的生活。

唐先生走在后面，抵挡不住这些嘎嘎叫声与灰尘，露在口罩外的眼睛有如陷入迷宫的小孩般惊恐。他要求我们回头，我松了一口气，欣然同意，放弃这个穿越到鸡舍另一端的任务。即便从工厂化农场的这一边走到另一边都是一项挑战：这个环境糟透了，非得做好全身的保护才行。

当唐先生和我再度站在第三个走道的入口处，我问了他一些让我感到困惑的事。"这些蛋鸡对走道上走在我们前面的工人不会有反应,"我说,"可是为什么会对我们的反应这么激烈呢?"

"因为我们穿的是白色衣服,而工人穿的是黄色。鸡们从来没有看过白色衣服,并不习惯。"

我感到震惊不已。唐先生的回答就意味着蛋鸡会注意到工人衣着的颜色,一有异状便会做出回应。蛋鸡在面对新出现的情况,例如:穿着新颜色的陌生人时,会展现出情绪与认知的反应,也就是恐惧和不信任。当我与唐先生站在那里时,我也发现一件讽刺的事,就是蛋鸡已经进化到对颜色有着如此强烈的认知,但生活中所获得的颜色竟然这么少,大多是各种不同程度的灰色。

两只老鼠匆匆在唐先生和我面前经过。

14%的死亡率

"我们这里一定会有老鼠,"唐先生说道,"它们会带来沙门氏菌。"

许多相关的研究显示,笼饲蛋远比非笼饲蛋更可能带有沙门氏菌。老鼠让唐先生开始谈起显然更让他感到忧虑的疾病课题。"我们这里的蛋鸡死亡率是13%到14%,而在某些鸡舍更是高达26%。"

换句话说,每7只蛋鸡就有1只会死在笼架里,这是非比寻常的高致死率。

"在发来和马来西亚这里有很多的疾病。"唐先生继续说道,"其中一个是 IB"。

传染性华氏囊病（Infectious Bursal Disease，IBD）是一种具有高度传染性的致命病毒，会在拥挤肮脏的环境下扩散。

"还有一种是大肠杆菌，很多的大肠杆菌。"

大肠杆菌是一种大型而危险的细菌群，其威力能造成人类和动物的衰弱与死亡。而伴随着传染性华氏囊病的发生，大肠杆菌更容易出现在不卫生的环境里。

"还有 ND。"唐先生叹了一口气，绝望地摇了摇头。

他指的是新城病（Newcastle Disease），这是一种亚洲当地特有的高传染性病毒，在未经预防接种疫苗的群体里，死亡率接近 100%。

"ND 是一个大问题，头号麻烦。ND 会让肉鸡与蛋鸡的死亡率变得很高。整个区域都面临这个难题，就连印度尼西亚和泰国也是，这是这个地区非常严重的疾病。一旦鸡只染上 ND，蛋的产量低、质量差。鸡看起来会病恹恹的，不喝、不吃，最后就会死掉。"

"是什么原因导致鸡染上 ND?"我询问唐先生。

"压力。"

"那么你们要如何处理压力的问题呢?"

"我们在鸡的饲料里加了维他命。"

维他命? 没有其他减轻压力的方法吗? 何不让蛋鸡离开笼架，因为笼架就是它们一开始最主要的压力源? 比起局促地关在笼架里的蛋鸡，健康而有活动力的蛋鸡拥有比较强大的免疫系统和抵抗力。科学上已经证实，提供蛋鸡干净与不受笼架束缚的环境，便能减少唐先生提到的种种细菌和病毒。

"在2004年，我们这个地区有 H1N1 的问题。"唐先生接着说道，双眼蒙上痛苦回忆的阴影，"有两个月，新加坡政府禁止马来西亚的鸡蛋输入。事业停摆了，全部停止，我那时候天天哭。"他看起来一副又快要哭泣的模样。

H1N1 就是我在印度尼西亚曾参观的那座蛋鸡场感染到的同一种禽流感。它是病毒威力之大与农企业不堪一击的明证，对于免疫力低、工业化饲养、遭到监禁圈饲的动物来说，病毒的散播可以如此来势汹汹。它们不但会摧毁动物与人类的生命，造成数以百计、千计、百万计的死亡，而企业本身也蒙受其害，导致国际和市场间的往来停摆。可是，不知何故，企业并未因此学到教训。

"目前，发来只有用笼架饲养蛋鸡。"唐先生面露喜色地说道，"不过在三个月内，所有的肉鸡也都会用笼架饲养。笼架饲养节省很多成本。有了笼架以后，我们在一间鸡舍里就可以饲养更多肉鸡。我认为在十年内，马来西亚大部分的肉鸡都会采用笼架饲养。"

改变肉品生产与消费的快餐食物链

我在念大学的时候有一个拒绝在快餐店吃饭的朋友。"肯德基和麦当劳的做法很糟糕。"她简单地说道。她无法给我更进一步的解释，我当时也搞不懂她在说什么。直到来到马来西亚为止，我懂了。

当人们簇拥在肯德基与麦当劳的柜台前点餐，当他们拿着塑料餐盘坐在塑料餐桌前，他们所消费的不只是一只鸡腿或一个汉堡，而是一整个体系。

快餐业所到之处，不仅是开店而已，还带进工业化的心态和大量生产的技术。它们逼迫动物超越生物极限，将更大量的动物集中在更狭小的空间里。它们使得农舍从"开放式"加速转型成为"封闭式"。它们在密闭的农舍里装满来自西方国家的工业化动物品种与设备。在阴暗、肮脏的条件下饲养动物，造成各式各样的细菌和病毒孳生扩散。

快餐业唯有基于工业化农场养殖才能成功。举例来说，肯德基是马来西亚前五大整合商之一，也是该国最受欢迎的快餐。快肥鸡是美国泰森食品所发明的，但在马来西亚却是肯德基在饲养与屠宰。

快餐食物链不只改变肉品生产，也改变肉品消费。人们开始消费更多的肉类，而数量更为庞大的肉品却是用更悲惨的方式生产出来的。快餐店柜台上的标价这么低，直接的原因就是农场冷酷无情地对待动物。

在某种意义上，工厂化农场养殖就和种植棕榈树一样。"我觉得种植棕榈树有好、有坏，也有伤。"机场的出租车司机曾经这么告诉我。而工厂化农场养殖则是对经济好、对道德与环境坏、对美观有伤。

一项 1995 年的国际调查发现，有 88% 的受访者可以正确辨认出麦当劳的金色拱门，相较之下，只有54%的人能正确辨认出基督教的十字架。调查结果显示，快餐是这个世界的现代信仰，既殖民也归化各地的人民，以金色拱门为其皈依之门，以山德士上校而非基督作为神祇。今天，世界各地有超过35 000个麦当劳据点与超过18 000个肯德基据点。很多国家的快餐餐厅数量比宗教场所还多，而且几乎每个国家的快餐餐厅光顾率都比宗教场所来得高。

快餐不但可以拿来和信仰做比较，也能拿来与国家及经济相比。麦当劳每日消费流量超过7000万人，大约是全世界人口的1%，比英国的人口还多。麦当劳的年营收为280亿美元，堪称世界第九十大经济体。

到处都有工厂化农场企业，像是发来这样的公司，而且与美国泰森食品的模式相似之处多过相异之处。工厂化农场与快餐的种子已经散播到世界各国的土壤里，而且正在自行繁殖中。

可是，它们并没有理由这样繁殖，没有人是被逼着去吃快餐的。

"目前，朝向有意义的改变所踏出的第一步是最简单的：不要再买了。"《快餐共和国》（*Fast Food Nation*）的作者西洛瑟在书中这么写道，"实际抵制，拒绝购买，其力之大更胜过千言万语。"有时候，最世俗的力量反而最无坚不摧。

11　　最不快乐的狮城新加坡

找不到蔬食的菜单

待在新加坡的这段日子一开始并不顺利。

我在夜晚抵达，疲惫不堪，发现旅馆都客满了。我使劲拉着身后的行李箱，从一家旅馆的自动玻璃门到另一家旅馆的自动玻璃门，却一直听到这句话："抱歉，我们客满了。"

我询问了好多家旅馆，只有一家还有空房，原因再明白不过了，因为它坐落于红灯区。我住进一个又小又寒酸的房间，当晚便呼呼大睡。隔天醒来，我发现空调漏水，滴在我的破旧行李箱上，把我所剩无几的财产也毁了。

我在新加坡的生活经验是例外多过常规。新加坡位于和马来半岛最南端相隔的岛上，是一个干净的都会型国家，有着窄高的摩天大楼。它的地理规模是罗得岛的四分之一，在世界地图上只不过一丁点大，然而，它却是商业与金融的重镇，相当于东南亚的纽约市。归功于高度的经济成长，新加坡被称作亚洲四小龙之一 [虽然它的国名直译是狮城（Lion City）的意思]。

新加坡的国训"前进吧！新加坡"（Onward Singapore）反映出国家

的态度。新加坡人在超高层的办公室打拼,然后在超高层的商场购物,接着回到超高层的公寓睡觉。生活井然有序,既竞争又忙乱。不过,这个国家是"金钱买不到快乐"这句格言的绝佳范例。一项2012年的全球调查发现,新加坡人是世界上最不快乐的人民,甚至比遭受战火蹂躏的伊朗、阿富汗、叙利亚的国民更不快乐。

正如同新加坡的许多产业一样,现在新加坡的农业也是委外生产。大多数的肉品、牛奶和蛋都是从马来西亚及其他国家进口。

从这一点来说,很遗憾的是,新加坡并不是我研究畜牧业的好地方。不过,我还是尽力而为。这个国家的农业区并没有公交车或出租车可以搭乘,所以我采用搭便车的方式前往一家养鸡场。当我抵达时,有人告诉我,因为一场同样重挫印度尼西亚与马来西亚蛋业的国际性 H1N1 禽流感大爆发,这家养鸡场早在多年前就已经关门大吉了。这桩插曲再度凸显出疾病对工业化农场的肆虐性与无可回避性。

我找到第二家叫做成春(Seng Choon)的养鸡场。它是我见过最大的农场,占地 14 公顷,相当于 26 个美国足球场大。即便距离入口很远,也能从外面闻到 20 间长屋散发出臭鸡蛋、臭母鸡与臭粪便的恶臭味。家族企业成春以笼架饲养超过 50 万只的蛋鸡,运用"几乎全程机器生产"的方式供应新加坡八分之一的鸡蛋,不但在鸡蛋生产规模和"全自动化与计算机化"系统上仿造美国的蛋业,就连主要的蛋鸡品种——罗得岛红鸡也是从美国进口的。

从成春的大量生产系统来看,我就能明白,为何新加坡人在食物上的花费之低仅次于美国人。根据新加坡的消费金额，每 14 美元中只有 1 美元花在食物上。

成春的管理阶层对禽流感恐惧至极，对待我的态度就好像我是经过证实的病毒携带者，一个会走动的病原体，他们要求我立刻离开。我并不意外自己没有许可证而遭受这种待遇，因为在大门口就竖立着一块红色警告牌，上面有一幅图像是一位警官拿着来复枪指着一个双手举向空中的男人。警告图示旁边写着这些字句："保护区：未经许可，不得进入。"

成春的网站上表现的敌意就没有那么强烈。"在您进入之前，我们必须确保您身上没有携带细菌。"网站上这么写道，"您不会希望让这些可爱的鸡生病。"成春的蛋箱外面则贴着"农场新鲜"与"高质量、高鲜度"的大张贴纸（我现在很讨厌"新鲜"这个字眼，感觉憎恶不已）。"当您在吃成春的鸡蛋时，"网站上如此写道，"会享受到纯粹来自于大自然的产物。您品尝到的质量和新鲜，是我们用关心与爱为您准备的。"

我在成春外面的街道上闲逛一会儿，然后再度招手搭便车。司机是一个三十多岁的印度人，出于好意地告诫我："女生独自在这个区域四处走动是不安全的！"他这么说道，看起来一脸痛苦的样子，"最近有新闻报导，说有一个女人被强暴了……"

他在这个国家少数仅存的其中一家乳牛牧场放我下车。这座农场具有独特的启发性，与成春截然相反。

这是一座由印度裔的印度教徒所开设的农场，从外观看来再明显不过了，因为蓝色神祇倚靠在一头牛身上的雄伟雕像，把入口装扮得美轮美奂。农场里的牛是我见过最干净的牛，身上的毛皮闪闪发亮。尤其在有过成春的经验后，来到这里真的是文化震撼。这是怎么一回事？

"印度教徒热爱也尊敬牛。"我被这么告知，"我们对它们心怀感恩，因为它们赐给我们牛奶。"

农场以崇敬的心每天为牛洗两次澡。他们也拒绝屠宰牛，而是在牛衰老死亡时，将它们就地埋葬。这种与农场动物间的关系是截然不同、闻所未闻的，是宠爱的，而非主宰的。即便在这里，在新加坡这座工业化岛屿上，这种农场也有可能出现并茁壮。

愈富裕，就消费愈多肉类

辣炒田鸡、酥炸活田鸡、招牌辣椒蟹、盐酥虾（必点！）、麦片虾（必点！）、咖喱鱼头、亚参鱼头、酥炸鸡翅、美味鸡、鸭舌拼海蜇、北京烤鸭、脆皮五花肉、咕咾肉、铁板牛肋、烧烤牛肉、辣烤墨鱼、铁板鹿肉。

我浏览餐厅的菜单，渴望找到不含肉类的餐点，结果令人失望。我在印度尼西亚及马来西亚吃东西时并没有遇到什么问题，但是在新加坡，我去过的许多餐厅里，菜单上完全没有蔬食可选，就连一道汤或色拉都没有。在美国牛排馆里可以找到的蔬食选择，还比标准的新加坡餐厅来得多。

在这一趟东南亚旅行途中，我注意到一个趋势。富裕国家的人民会吃比较多的肉类。据估计，印度尼西亚每人的人均肉品消耗量是20磅，马来西亚是115磅，而新加坡则是160磅（半个世纪以前，这些国家的肉品消耗量还不到现在水平的一半）。今天，印度尼西亚的人均国民生产总值是3500美元，马来西亚是115 000美元，新加坡则与美国相当，是52 000美元。换句话说，新加坡的富裕程度是印度尼西亚的15倍，而他们吃的肉量是印度尼西亚的8倍之多。正如马来西亚农业研究发展局的向博士曾经向我表示的："当人们富有时，就会把钱花在吃肉上面。"

除了富有之外，新加坡的动物食用量居高不下的第二个原因是文化。有四分之三的新加坡人是华人，而现在多数的华人会吃很多的肉。今天在中国，一般人每年会吃掉115磅肉，大约是40年前的4倍。如今，中国的动物食用量占全球消费量的四分之一以上，也超越所有发达国家消费量的半数。截至目前，中国是世界上最大的肉品食用国。以人均基础来看，美国人吃的肉比中国人还多，每人每年吃掉超过175磅的肉类，不过中国的人口比美国高出4倍。

中国的这个趋势在世界上的其他地方发生得更快，不过它们是齐头并进的。过去半个世纪以来，全世界的肉品消耗量每年增加将近3个百分点，其中绝大部分的增长是来自于发展中国家，这是受"所得增长"和"认知到阶级与肉食性之间的关联"所驱使。

全球动物食用量的走向令人气馁，唯一让人感到乐观的地方是印度，过去20年来，该国的人均肉品消耗量事实上是在下降的。半个世纪以前，一般的中国人与印度人所吃的肉量相当。今天，一个普通的中国人所吃的肉是大约15个印度人加起来那么多。印度是世界上肉品消耗量最低的国家，每年每人只吃7磅肉。联合国粮农组织（United Nations Food and Agriculture Organization）预期："以国际标准来看"，未来印度将持续迈向"以素食者为主的社会"。

漠视动物天性和人性的迪拜农企业

离开新加坡后，我打道前往迪拜。

迪拜是中东国家的成功故事，也是一个薪水飙涨，而且没有税负的大都市。世界上最高的摩天大楼、最昂贵的旅馆、最富丽堂皇的购物商城，以及人造岛屿在内的最罕见房地产开发计划，都群聚在此。新加坡整年笼罩在热带雨林气候下，繁花似锦，迪拜则曝晒在干燥的沙漠太阳底下。

我来到迪拜最大的工厂化农场公司，在一位白头发、脸色红润的南非籍高阶主管布斯（Booth）先生的办公室里，和他洽谈了几个小时。"如果你想要进入我们的农场，"他严肃地告诉我说，"你就必须在一个房间里自我隔离整整三天，完全不能离开。"

"我想这样的话，我会疯掉的，你能为我开特例吗？"

"抱歉，没有办法。你要是觉得这样很疯狂，就应该看看我们对员工的生物安全管理。他们有整整四个礼拜，也就是在鸡的生存期间内，被禁止离开住处。我们的员工是完全隔离的，会有人把食物和饮水送给他们。"

"有必要维持这么高规格的生物安全吗？"

"非常有必要。"

和布斯先生的整个谈话过程中，他谈到员工的口气就如同谈到农场动物一样。他的公司也用类似的方式对待员工，隔离他们、禁止他们离开，连外出觅食都不行。那时我才明白，农企业不仅漠视动物的天性，也漠视人性。把人软禁在住处或农场里四个星期是不正常的。只要没有人看到，到了晚上，员工肯定会想办法出去闲逛。如果整个体系的健全性仰赖对动物与员工的彻底隔离，便是建立在错误的基础上。完全隔离如果真的有用，禽流感的爆发就不会有如野火燎原了。

"我们这里用的每一样东西都来自世界各地。"布斯先生继续说道，"我们和欧洲做很多生意。我们的鸡品种来自德国，饲料粉碎机来自瑞士，屠宰设备来自丹麦，冷却水帘则来自美国。我们的农场就和美国的泰森食品一样，做法是让国外的公司来这里进行统包工程，从头到尾一次弄好。他们建造鸡舍，装好投料机与饲料箱。我们只要人到了那里，转个钥匙，然后就可以开始喂鸡吃东西了。"

中东就和亚洲一样，所有东西都来自于不同地方，希望它们能像一台机器的零件那样，组合起来便能运作。短时间看起来好像没问题。农企业启动这辆发出隆隆蒸汽声响的车子，高速向前行驶，可是只要有人停下来凝视车子的引擎，就会发现，它用错润滑油，正处在爆炸的边缘。

12

墨西哥野兽

和兽医的一场对谈

我在亚洲学到很多东西，可是尚未获得任何领悟。我成功搜集到更多片段，但是我的农场拼图非但没有更清晰，反而变得更加错综复杂、形状模糊。因此我明白，缺乏衔接性的采集是无益的。经过一番没有把握的折腾之后，我决定寻求新的土壤，不过这一次离家近一点，我去了墨西哥。

时值春季，我抵达的那一天艳阳高照。墨西哥是棕榈树与海滩、城市和风景名胜、玉米袋饼与卷饼的国度。它有 1.2 亿人口，是世界上说西班牙语人口最稠密的国家。墨西哥的经济和美国有很深的联结，而谈到农业，这个国家恐怕具有历史上的重要地位，它是玉米的发源地，而玉米则是今天全世界农场动物的主要饲料。

我一抵达脏兮兮的旅馆便直奔前台，询问接待区的一位男士可以在哪里找到农场。他以前从来没有听过这种要求，感到大惑不解。"你为什么不和其他观光客一样去海滩呢？"他愤愤地这样要求我。

然后他的态度变得缓和，抽出一本黄页电话簿，在 granjas（农场）及 pollos（鸡）这两个词下寻找。他拨打电话，多数的地方都没有接听电话，有接听电话的则表示："我们不允许参观。"于是，他换了一个新方法，拦下匆匆行经旅馆外的出租车，询问他们知不知道哪里有农场。有三个出租车司机说不知道，一个说知道，其实不然，他把我载到一家小孩子去的可爱动物园。

接连几天打听更多的地方之后，我终于摸索出进入畜牧业的门路。

严峻的环境负荷

"我们的公司名叫克肯（Keken），"欧马（Omar）说，"我们是墨西哥最大的猪肉生产商，排名第一。这里是我们其中一处办公室。如你所知道的，我们是商业公司，无法给你太多的信息。在正常情况下，我们不会把关于自己的信息分享给别人，不过因为你是学生，所以还好。我们会告诉你一点事情，但大部分东西我们是不能说的。"

欧马约莫 35 岁，是克肯公司的高阶主管，他的西班牙职称翻译过来是"外销生产长"。他有着白皙的皮肤、圆圆的脸孔、长长睫毛和翠绿色眼睛。他曾经在北加州念过两年高中，所以英文说得很好。他的东家克肯公司每年屠宰 100 万头猪，该公司形容这是通过"让动物不会感到痛苦的人道牺牲方式，把它们变成肉品"的一种过程。

"我们有很多头猪，"欧马接着说道，"很多。我们有至少 100 座农场，一般来说，每座农场至少有 2000 头猪。市场上对火腿的需求愈来愈多了，总是要得更多，一直都供不应求……克肯是一家完全整合的公司，我们有自己的生产链、农场、饲料工厂、基因、屠宰场、零售店，还有自己的屠宰后副产物炼油厂，制造其他动物饲料的原料。我们无所不包。在墨西哥，我们在自己的店面贩卖火腿，也会卖到像沃尔玛这种超级市场和星期五美式餐厅（TGI Friday's）之类的餐馆。"

美国数一数二的购物与餐饮连锁企业，在墨西哥的占有率不亚于美国本土。墨西哥有超过 240 家沃尔玛大型购物中心、150 家山姆会员店（Sam's Club）和 30 家好市多（Costcos），另外还有超过 500 家达美乐（Domino's）、380 家麦当劳、300 家肯德基与 180 家必胜客。

"我们卖到日本和韩国的火腿比卖到墨西哥本地的火腿还多。"欧马继续说道，"它们是我们的大客户，我们会密切追踪它们的需要。"

在与欧马的谈话中，我才知道美国正在成为亚洲的工厂化养猪场。日本、韩国和我亲眼目睹的新加坡，这些富裕的亚洲国家正在吃掉愈来愈多的动物，可是它们并不想把工厂化农场放在自家的地盘上，因为这样它们就会被迫与粪便造成的空气污染及水污染奋战。它们也想要好好吃一顿饭，所以就把动物农场外包到海外。

除了墨西哥的克肯公司以外，我知道还有加拿大的康尼斯多加肉品包装公司和枫叶食品公司也把亚洲当成顾客，尤其是日本、韩国及中国这些国家。墨西哥出口猪肉到日本与韩国已久，也从 2012 年开始外销价值数百万美元的猪肉到中国。对美国来说，日本、韩国和中国也是现今猪肉净进口的最大市场，而且随着时间持续激增。

2013 年，中国最大的猪肉生产商双汇国际宣布收购美国最大的猪肉生产商，也就是总部位于维吉尼亚州的史密斯菲尔德食品（Smithfield Foods），使得农业外包的新闻登上了报纸头条。这是有史以来美国公司被中国公司买下的最大宗收购案，虽然令人惊讶，但也不意外。

相较于史密斯菲尔德每年屠宰 2800 万头猪，双汇每年的屠宰量是令人吃惊的 3000 万头。两者都是垂直整合的企业，掌控从育种到饲养、屠宰到炼油的整个过程。它们的横向扩展幅度也很大，拥有大量的工厂化农场和屠宰场，史密斯菲尔德的营运据点不只在美国，还有墨西哥、罗马尼亚及波兰。其实，2009 年横扫全球的致命猪流感，其后造成高达 50 万人死亡，源头就被认为是史密斯菲尔德在墨西哥的工厂化农场。

事实上，双汇—史密斯菲尔德收购案所写下的一页就是：从加拿大的寒天冻土、美国中西部的土壤，到墨西哥烟尘漫漫的沙漠，整个北美正在变成亚洲的工厂化养猪场。

对美国、加拿大与墨西哥的企业来说，猪出口成长的利润极为丰厚，它们赶着供应都来不及了，可是这对猪、人、环境来说却糟透了。为了扩大产量，会有更多猪被圈饲在更狭小的空间里。"对猪肉出口商好，对美国不见得好。"《琼斯妈妈》（*Mother Jones*）杂志里有一篇文章这么写道，"愈多大量生产的猪肉，也就表示会有更多有毒排泄物造成的空气污染与水污染、更多危险而低薪的工作，还有更多有抗药性的病原体。而这才只是刚开始而已。"

此话不假。事实上，美国已经在辛苦承受严峻的环境负荷与压力了。一座工厂化农场可以制造出和一整座城市一样多的废弃物。一头成年猪一天要排放 13 磅的排泄物，意思是 1000 头猪的话，一天就要排放出 13 000 磅的排泄物。这类粪便充满大量有害的氨气、硫化氢、氮、抗生素及病原体，最后都会流到水域里。美国环保署（U. S. Environmental Protection Agency）表示，美国的河流、溪流及河口遭到污染，最常见的凶手就是工厂化农场。

"克肯的目标就是变得更大，"欧马继续说道，"我们每年会一直增产、增产、增产。我们希望在墨西哥维持第一名，也想与世界上其他的国家竞争。我们在墨西哥是很大没错，可是美国的史密斯菲尔德和我们公司相比，就是一头野兽。"

"野兽"这个字眼听起来很耳熟。我在某个农业办公室认识一个人，就是他和我提到克肯公司的，他曾说："克肯太大了，是一头野兽，一头非常巨大的野兽。"而现在，克肯却把更大的制造商史密斯菲尔德叫作"野兽"。

"不行，你不能参观我们的养猪场。"当我提出要求时，欧马这么告诉我，"你必须发文给公司，就算是我要去我们的农场，也得写公文申请，你必须提出公文，每个人都要经过特殊核准。"

前进克立欧农场

接着我前往一家叫作克立欧（Crio）的公司，它的总部是一栋亮黄色的房屋。我把一张纸拿给门口的两名警卫看，上面写着："Quiero hablar con alguien que hable ingles."意思是我想和会说英语的人谈一谈。

警卫挥手叫我进去找两个接待人员，接待人员挥手叫我进去找两位员工，而这两个员工则是挥手叫我进去找胡立欧（Julio）博士。

胡立欧博士留着黑色的翘八字胡，衬着暗灰色的头发而显得更为乌黑。他的个子很高，椭圆形的脸孔上带着一丝笑意，为人温暖、和蔼、体贴，是我在墨西哥认识的最好、最有教养的人了。从为人与专业来看，胡立欧博士让我想起马来西亚的向博士。

我们坐进他的大型载货卡车，前往半个小时车程的克立欧农场。

"我生在北方，"胡立欧博士说，"1988年大学毕业后就开始当兽医。我的家族里有很多兽医。两个叔叔是兽医，现在退休了，但是以前在乳牛牧场工作；有三个堂兄弟也是兽医，其中一个和我一样也在家禽业，另外一个在养猪场，第三个则在肉牛场。我有两个女儿，大女儿17岁，也想和我一样当兽医。她想当猫狗的兽医，因为家里养了四只狗。宠物兽医现在很热门，哗!"

"我是12岁时在夜校学的英文。我的英文现在可以派上用场，是因为我一年要去美国三四趟，到农场展售会购买农场设备。我会去亚特兰大的大型家禽展售会，在这个展售会上可以拿到很好的折扣，我到那里订购很多养鸡用的设备。墨西哥这里和美国同类型农场使用同样的系统、机器、流程。"

"'克立欧'的西班牙文意思是儿童，老板想要一个容易记住的名字。我在这里工作快要二十年了。在这之前，我大学毕业后到泰森食品工作了两年半。泰森是一家很大很大的公司。克立欧贩卖很多东西到沃尔玛、山姆会员店和好市多。我们是完全整合的公司，拥有全套流程，甚至还自行制造笼架。我今天不能带你去蛋鸡场，但是可以带你到肉鸡场。我们有大概 200 间肉鸡舍，总共有 400 万只肉鸡。"

铺设平整的路变成以绿树为边界、坑坑洼洼的泥巴路，到了路的尽头，我们通过一扇宽广的大门，抵达有十二间排成一排的灰色仓库。这是我见过的最长的鸡舍，开口是用与膝盖齐高的围篱而非墙壁，设置在较短的两侧。我们跨过围篱进入其中一间鸡舍。

难以置信的同类相食链

站在三万只鸡中间，我第一个看到的是成排红色给饲器蜿蜒通过长形鸡舍，上面写着"农活时光"（Chore – Time），这就是给加拿大布瑞克的火鸡养殖场供应红色给饲器的同一家美国公司。

鸡坐在地上，有些正在咯咯叫。"鸡很好奇，"胡立欧博士告诉我说，"如果门开着不关，它们一开始会害怕，然后有些鸡就会跑出去。它们从来没有去过外面……我想给你看一样东西。"

胡立欧博士带我到隔壁的鸡舍。从外面看来并没有什么两样，可是里面的感觉与气味却非常不同，弥漫着更多氨气的刺鼻味。

　　"和其他间鸡舍的鸡相比，你觉得这些鸡有多大了？"胡立欧博士问我说。

　　"大概两到三周。"

　　"错，是四天。这些鸡只有四天大。"

　　我知道这个逻辑，因为之前已经有人再三告诉我了，但我还是无法从心理层面去理解。这和生物法则相抵触，好像在说一只已经长大的猫只比刚出生的小猫咪大上四天，这是一个有违现实感的观念。《家禽科学期刊》（*Poultry Science Journal*）曾经做过计算，如果人类的成长速度与今天的鸡一样，体重在 8 周内就会超过 600 磅。消费者经常以为，鸡和火鸡这种诡异的生长速度是因为注射荷尔蒙的关系，但事实并非如此，而是它们体内的科学怪人基因造成的。

　　"鸡出生时的体重是 40 克。"胡立欧博士告诉我，"不过在 15 天内，它们的体重就能超过 3000 克，非常非常的重。因为这个缘故，它们会有一些毛病。一个问题是心脏的大小，另外一个问题则是肺的大小。今天的鸡已经比以往更大只，可是它们的心脏与肺脏还是和以前一样大，这表示没有足够的血液与氧气送到心脏，鸡会饱受心跳停止之苦。"

　　当我们站在那里时，胡立欧博士问我说："你看到这些灰尘了吗？"他挥挥手拨开淡褐色的蒙雾，驱散微粒，这些微粒在我们的周围飞舞，旋即静寂地在空气中不动。

胡立欧博士往下看着地板，我顺着他的眼光看去。粪便已经硬化成圆石状，经过无数次踩踏而变得更结实了。他捡起一球粪便，在指间捏碎，洒下一阵碎屑。"我们会贩卖这些鸡屎。"胡立欧博士说道，"有些用来在田地里施肥，有些则当成牛的饲料。"

把鸡的排泄物喂给牛吃？把一种动物的排泄物喂给另外一种动物吃？这种颠倒错乱达到了全新的境界，而胡立欧博士这么一个聪慧的人，居然可以如此稀松平常地谈论这种做法，这让人感到不安。

不只墨西哥会把鸡屎喂给牛吃，美国也会。由于家禽粪便的成本比玉米低，所以美国养牛业一年喂给牛吃的家禽粪便多达 100 万磅。这件事不管怎么看都令人反感，尤其是一想到鸡本身也会被喂食牛的残体，例如：加工肉和骨粉。鸡把吃进去的牛体排出来，而这些牛体又以鸡排泄物的形式回头喂给牛吃。怪异的同类相食链造成一种令人担忧的危险疾病，狂牛症便是其一，而这也是加拿大禁止把鸡屎喂给牛吃的原因。

安大略全国农场联合会（National Farmers Union – Ontario）的前任领导者曾大声反对这种做法，主张说："把鸡粪喂给食用牛吃当然有很多令人忧心之处。我们愈是认识疾病传染，如流感病毒，就愈明白在这个现代世界，我们正在冒着什么样的风险。鸡饲料的原料有牛，就会有来自肉和骨粉的粗蛋白质……美国牛正在吃的饲料，有可能导致BSE（狂牛症）……（我们应该）把这种做法的危险与愚蠢的风险昭告天下。"

养鸡界的摩天大楼

就在那个时候，我和胡立欧博士同时注意到一只鸡。我从未看过动物摆出这么怪异荒诞的姿势。它仰躺在地，双腿毫无生气地悬空在身体上方，它的头不知怎么的却折倒在背后。

胡立欧博士大步走向这只鸡，抓起双翅就把它提了起来。"我得把它淘汰。"他不带感情地这么说道。博士转身背对我，而后手臂使劲一扭就折断鸡的脖子，接着把它丢在地上。

这只鸡剧烈地扭动，它拍打着双翅，移动双脚，努力地想要站起来。它摇晃着脖子，陷入缓慢的死亡中。有两只鸡摇摇摆摆地走过去，在它的两旁坐下。

"养鸡业已经有很大改变了，而且还会有更多的改变。"胡立欧博士说，"最大的改变会是笼架。现在有很多人说，在 10 到 20 年内，所有的肉鸡都会用笼架饲养，就和饲养蛋鸡一样。可是我并不喜欢笼架，笼架对动物来说会造成较大的压力。"

听到胡立欧博士承认笼架确实会造成压力，真是令人耳目一新。这个事实就与我头上有头发一样一目了然，可是到目前为止，我在农企业遇到的人并没有人真的把它说出口。

"我们大多数的蛋鸡场有四层笼架，"胡立欧博士继续说，"可是现在我们已经建造两座新的蛋鸡场，设置八层笼架。这些新的笼架是向农活时光购买的，是我一年半前在亚特兰大家禽展售会与对方进行的交易。这些笼架非常非常贵，不过我们只要花三年就可以回本了。"

胡立欧博士让我看存放在他手机里的笼架照片。笼架是闪亮簇新的金属灰摩天大楼，誓言将工厂化农场带向全新的境界。

随着日落，天色逐渐变暗。悬挂在头上的黄色灯泡自动亮起，确保鸡在夜间也能继续进食成长。

当胡立欧博士载我回到市区时，他接到顶头上司，也就是克立欧负责人的电话。他挂上电话后，告诉我说："老板希望我们未来四年的肉鸡产量能提高六成，这表示每年要增加15%，非常非常困难。"

"这种事会成真吗？"

"会!"

13 赤足踩在美丽的伯利兹

与门诺教徒一起生活的日子

　　我离开墨西哥前往伯利兹所搭乘的两艘渡轮遇到大雷雨。雨水像冷冷的炮弹落下，把渡轮打得俯首称臣。

　　这番肆虐的报酬是出现一道彩虹，像变魔术般在水面形成一道粉红色、蓝绿色和橘色的优美拱桥，海洋与海上的一切在握手言和。躲在云层后的太阳露脸张望，蓝绿色的水面在太阳再次凌厉的凝视下，像水晶般闪闪发亮。水深处有金色、绿色与靛蓝色的鱼群在泅泳，形成一道水下彩虹，鲨鱼和魟鱼像鬼魅般在一旁的海流间漂游着。白翅海鸥则犹如纸飞机，乘风而行。

　　对工作过量和晒太阳太少的人来说，伯利兹是天堂，是宁静又悠闲的修行之地，只不过这里的神祇并不是佛陀，而是巴布·马利（Bob Marley）。伯利兹拥有堪比夏威夷檀香山的原住民，其文化也同样建构在沙滩及追逐沙滩的美国度假者之上。伯利兹以前叫作英属洪都拉斯，直到今日，英国女王仍继续其君主统治，主要扮演履行礼仪职责的角色。

　　我本来以为从墨西哥到伯利兹的渡轮之旅可说是惊涛骇浪，受制于像暗门一般忽开忽关的风云猛烈侵袭。不过，和伯利兹的公交车之旅相比，前者反倒像是在做舒压按摩。在伯利兹乘坐公交车犹如上演一出《女子监狱》（*Orange Is the New Black*），一群关在一起的囚犯狗咬狗的肥皂剧。乘客们奔跑着搭上公交车，相互推挤，好像失火般疯狂冲撞。我做不到，所以错过了公交车。

第二辆公交车抵达，我本来会再度错过，但是人群中有一个结实强壮的女人，毫不留情地抓住我的手腕，带我拉着行李箱往前推挤通过人群。她把我拉上公交车，可是已经没有座位了。我认命地站了两个半小时，疲惫不堪，发现自己怀念起原以为这辈子再也不会怀念的墨西哥空调公交车，那时候我坐在一个打鼾的男人旁边，而电视上则在播放类似《速度与激情》（*The Fast and The Furious*）之类的难看动作片，因为用西班牙语配音而显得更为糟糕。

公交车上有两位女士允许我靠着她们的座位边缘歇息。公交车蜿蜒经过有着柔和色彩的房屋、柳橙园与棕榈树的区域。群山的朦胧幻影从远方升起，山上的绿叶呈现出各式各样缤纷的绿色调：深绿、亮绿、柠檬绿、橄榄绿。伯利兹的国训和它的景色十分相衬："在林荫下，我繁荣昌盛。"（*Under the shade I flourish*）

从公交车车窗往外看，我发现伯利兹显然缺乏某样东西，某种墨西哥偏爱但此处回避的东西，某种也形成印度尼西亚与马来西亚间重大差异的东西，就是快餐。伯利兹这里没有俗艳的 M 形拱门，也没有山德士上校脸孔的海报。

"这里唯一的美国餐饮连锁集团是赛百味（Subway）。"坐在我隔壁的女人说道，"有一家赛百味（Subway）开业，大家的兴趣维持了两个月，只为了尝鲜，然后就不去了，最后关门大吉，伯利兹人不喜欢快餐。"

伯利兹似乎是一个适合我的地方。

我下车后，搭乘出租车到预定住宿的门诺教徒农庄。可是，农庄大门深锁，并没有人在家。有五只狗现身在大门栅栏的后方，喧闹地对我咆哮着。我扑通一声放下行李箱，就地等待。

门诺女教徒经营的自然农场

"真是抱歉，亲爱的。希望你没有在门边等太久，狗没有吓到你吧！我们待在教堂。今天是星期天，我们的教堂在山里，沿着一条泥巴路来回，要花上一点时间。不过，我们从来没有错过上教堂。这么多年来，一次都没有错过。进来吧！坐下来喝一杯茶。我是洁拉汀·里蒙（Geraldine Lemon）。"

洁拉汀有着被太阳晒得发红的双颊和深棕色头发，中间夹杂着几撮卷曲的灰发。她把头发向后梳拢成包头，用一顶黑色无边帽束紧，身上穿着长及脚踝的淡紫色洋装，上面有着褪色的白花图案。她的笑容温和，可是尾音里流露出极端的焦虑，她的脸孔因为蓝色双眼而显得冰冷，好像一片深水域中的温度一样毫无变化。

"家的适当温度要靠温暖的心维持，不能性急鲁莽。"客厅里贴着一张这样的标语。屋子里的装潢中有一个长长的木制书架，飘动的窗帘上装饰着鹦鹉图样，还有几排五颜六色的贺卡，用晒衣夹夹在一条绳子上。

"谈谈你自己，亲爱的。"洁拉汀说，"上帝保佑，你有小孩吗？你结婚了吗？亲爱的，你觉得自己几岁想要结婚？你会嫁给什么样的人？喔！你也不确定，是吧？嗯……你会嫁给有信仰的人吗？你问我信仰什么？哎呀！当然是信上帝啦！信奉主，信奉全能的神。我得问你：你自己相信全能的神吗？你会祷告吗？"

我的头扭动一下，希望这样能表达出既不肯定也不否定的态度。聪慧的洁拉汀一眼就看出了我的意思。

"我年轻的时候，有点……没有比较好的字眼，这么说好了，像你一样有点嬉皮。我自认无所不知。我的父母是基督徒，可是我反抗他们教导我的每件事情。亲爱的，1960 年代是反抗的年代。我生在英格兰的郊区，不过因为叛逆，所以我搬到伦敦居住，接着前往巴黎。我做瑜伽，成为一个吃素的人。我在过程中认识了我的丈夫，我们曾经花了一年半的时间驾驶一辆厢型车游遍美国。"

"等我们看够了瀑布，就决定来伯利兹，在这里安顿下来。我们不喜欢在伯利兹喝到奶粉泡的牛奶，所以卖掉厢型车，买了一头乳牛。我们在这里遇到门诺教会的传教士，他们对我们很好，所以我们受洗成为门诺教徒。"

"我们门诺教徒全心全意信仰万能的神，我们相信神的国度不在这个世界，所以不会加入世俗的体制。我们不追求教育、不参战，也不投票。我们往往会成为农夫，正是为了与世隔绝。伯利兹的农事大多是门诺教徒在做。"

"门诺教徒有很多种，亲爱的。有些会使用较多的科技，有些则用得少。如你所看到的，我们的房子走中间路线。我们有大多数的科技产品，微波炉和电视除外，这是我们画下的底线。不同的门诺教徒，最重要的区别并不在于他们拥有什么或没有什么，而是在于他们的保守程度。有比较保守的门诺教徒，也有比较不那么保守的门诺教徒。"

我希望洁拉汀会说她属于比较不保守的那一种。

"我们不喜欢比较不保守的门诺教徒，亲爱的。"她如此宣称。

我穿着深蓝色及膝洋装，搭配着鲜红色的腰带，还在头上系了一个大大的深蓝色蝴蝶结，我异想天开地认为这样会有老派的感觉。还以为特意穿成这样，能迎合门诺教徒的喜好，但是并没有。

"我们门诺教徒会穿着长及脚踝的衣服，"洁拉汀刻意告诉我说，"而且我们从来不会对主的名号不敬。我们从来不说'哦！我的老天！(Oh my God)'这种话。"

我已经说了至少一次，不幸的是，这是我的说话特征之一。我不知道要怎么避免，如果又脱口而出的话，会有什么后果。

"我住在伯利兹超过三十年，大半辈子都住在这里。"洁拉汀继续说道，"我的丈夫在八年前去世了。我有八个孩子，分别是五个女儿和三个儿子，大部分都是在伯利兹出生，在我们的乳牛牧场长大，年纪从 18 到 37 岁，他们大多结婚了。我的三个儿子一起工作，在山脚下有一间办公室当房地产经纪人。我和两个女儿住在这座乳牛牧场，分别是小女儿艾比（Abbey），还有排行中间的南西（Nancy）。我的大女儿生的小女儿——孙女凯悌（Katie）也和我们一起住。所以，你最常看到的就会是我、艾比、南西和凯悌四个里蒙家族的三代女性。噢！她们来了。"

舞出优雅平衡的生态农场

洁拉汀对上帝的热情如熊熊烈火般，一听到她女儿和孙女的声音，我跳起来就跑到外面。

18 岁的艾比纤瘦美丽，嗓音却出乎意料的沙哑，那是一种特别干脆利落的声音，充满热情与理想，充分彰显出她的个性。26 岁的南西腰围粗壮、脸孔扁平、肩膀下垂，沉重的脚步透露出生活的困倦与随之而来的世俗挑战。10 岁的凯悌有着部分门诺教徒血统和部分马雅血统，也就是一半白人、一半棕色人种，她很漂亮，有着晒黑的红润皮肤与迷人害羞的气质。

艾比及南西和妈妈一样穿着花布棉质长洋装，戴着黑色无边帽。每位女士说起话来都有自己的腔调。洁拉汀完全是英国腔，艾比受到英国腔的影响，南西则是加勒比海口音，而小孙女凯悌说话的声音太轻柔，让人无法准确辨识出她的腔调。

"南西负责家里的工作，像是煮饭、烘焙、清洁，"艾比叽叽喳喳地对我说，"我负责农耕。我会带你参观农场，你也会看到牛！我们有30头大牛和小牛，还有21块牧地，我们每天把牛从一块牧地赶到另一块，这样青草才会有时间生长。"

牧地的风光耀眼壮丽，被低矮的山丘环绕着，其中点缀着巨大的棕榈树、可可树、柳橙树、芒果树、番石榴和香蕉树。好几只黑色、白色与褐色的牛站在树荫下，尾巴在微风中摇摆，好像一辫辫刚洗过的头发。其他牛则成双成对地躺着，彼此依靠，看来就如艾比所形容的：到了下午就懒洋洋，无精打采的。

有着金色长喙与金色鬃毛的粉白小鸟，站在草地上盯着牛的脸看，好像在揣测牛接下来的动作。"这些是黄头鹭，它们想吃牛蜱。"艾比向我解释道，"这是它们的共生关系。牛希望牛蜱被吃掉，而黄头鹭则想要吃牛蜱。"

"我从小和这些牛一起长大，"艾比兴高采烈地继续说道，"我每天帮它们洗澡。我帮它们的尾巴编辫子。当我最喜欢的牛死了，我会哭好几天。那边的两只牛——阿依达和安妮塔是好朋友，老是待在一起。比利时和布雷迪也是朋友，这几天我看到它们常常一起厮混。牛喜欢和同年纪的牛在一起，不喜欢找年纪比较小或是比较老的。"

艾比踩着轻快的步伐跳过长长的草丛，把牛赶到一块新的牧地，牛儿们一派轻松地跟着她。要挤奶的牛则跟着艾比进入挤乳间，那是一个用栅栏围起来的户外区域。有一只牛逗留在原地吃草，并没有跟上。"过来，印姬！"艾比立刻对着它喊道，鼓励它跟上。印姬知道自己的名字，从容地快步走进来，站在史蒂芬妮的旁边。

艾比已经帮牛儿们准备好点心。早餐榨柳橙汁剩下的湿润柳橙皮，成堆放在饲料槽里，上面已经淋上大量丰富的糖浆，并且洒下麦麸与棉籽做的黄色粉末。用人类的语言来说，这道点心相当于一堆淋上巧克力糖浆、洒上糖粉的松饼。牛儿们津津有味地吃着，狼吞虎咽地把柳橙皮一扫而空。"有几堆柳橙皮比较多，"艾比告诉我说，"因为有些牛比较喜欢吃柳橙皮。"

艾比对她的牛认识之深，令我吃惊。她不但帮它们取名字，还了解它们的交友关系，甚至知道谁比较偏好柳橙皮。

水鸭和鸬鹚在农庄里覆盖着风信子的椭圆形池塘上优游，其他鸟儿则在头上低飞而过。"在我们农庄里，有黄头鹭、鸽子、乌鸦，"艾比如数家珍地说道，"还有大尾拟椋鸟、亲亲鸟、北方雉、秃鹰、笑隼、老鹰、鹳鸟、林地鸠、白仓鸮……"

有了这些鸟儿顺道造访，里蒙农庄不只是一座农场，还是赏鸟人的乐土，一个既能庇护本地动物，也惠及野生动物的圣地。这是一个舞出优雅平衡的生态系统，其中万事万物各自的福利与整体福利交缠不可分。以前我从未见过如此具有生物多样性的农场，感到惊艳万分。

艾比与我穿越她母亲的繁茂花园，走回房子，我在途中听到某种声音。低声的合鸣、咯咯的唧啾声……是母鸡？

自由自在的母鸡天堂

25 只赤褐色羽毛的罗得岛红鸡，成群住在两个由树枝围起来的圈地里。圈地约莫一个小房间的大小，日晒充足，空气新鲜，里面摆着巢箱，装着宽板木梯，梯板可以用来栖息，巢箱里还铺上一层厚厚的木屑。母鸡们走过去啄咬，在木屑堆中挖出一个浅浅的洞，安坐其上。

艾比回到家里，从厨房拿来一沓沓湿润多叶的莴苣，身后跟着的凯悌，手上则拎着一个木制农夫篮。艾比把莴苣喂给鸡吃，而它们就和牛在吃柳橙皮一样急切，凯悌与我则用手拾起巢箱里的鸡蛋，轻轻放在篮子里。捡完鸡蛋之后，凯悌把篮子放下来，做了一个真心的举动：宠爱这些母鸡。

她把它们一一抱起，好像抚摸一只猫那样地爱抚它们。红鸡们平静且毫无抗拒，它们认得凯悌。鸡的羽毛摸起来柔软茂密，这些温和生物的性情与外观，和我在其他国家看到关在笼架里的同类是如此的不同，简直可以说是另外一个物种了。

加拿大的笼饲鸡蛋生产商布瑞克和他的好友保罗曾说："与朋友们一起住在笼架里的蛋鸡很快乐。"里蒙农场的母鸡接下来的表现，彻底驳斥了他们的主张。

"我们每天傍晚 5 点就会打开栅门。"艾比这么告诉我。当她一把栅门打开时，母鸡们便如同潮水般涌出，形成一波红棕色的羽毛波浪，像小孩进入游乐园那样地蜂拥进入花园。它们开始在草地上啄食虫子，刨开泥土，四处漫步。那里是母鸡天堂。

里蒙式的房舍系统叫作禽舍，能适合母鸡的生理与社交需要。重要的是，大规模仿造并非难事。不止 2 个圈地，也可以做到 25 至 50 个圈地。每群母鸡的数目也不只 25 只，可以多达 50 只。总计来看，一座禽舍养殖场可以有数千只母鸡（虽然大概没有到上万只），而且鸡们可以行走散步，而非痛苦地关在笼架里。

里蒙的乳牛牧场及蛋鸡场是人道、环保、美丽的，而且令人大开眼界，这正是我在世界各地遍寻不着的那种农场，我几乎不敢相信自己终于找到了。

与农场动物成为生命循环里的伙伴

与里蒙家在一起的每一天，都是从吃着淋上柠檬汁或柳橙汁的菠萝和木瓜当早餐开始的。

然后，凯悌和我会陪着艾比去挤牛奶或混拌泥土，一路上哼哼唱唱、蹦蹦跳跳，仿佛生命中有了牛与泥土便其乐无穷。我会问艾比飞过头上的五彩鸟儿是什么，凯悌则会摘下树上的番石榴来吃。

忙完早上的农事之后，我们便会沿着泥巴路来上一段愉快的长途散步，道路两旁是低矮灌丛与枝桠蔓生的树木。我穿着拖鞋，里蒙家的女人们则会打着赤脚。"门诺教徒喜欢赤脚。"洁拉汀告诉我说。我也试了一下，但是路上的沙砾与石头热呼呼地刺着我的脚底，我马上就穿回拖鞋。

下午时我们会吃午餐，一般是吃南西准备的色拉。里蒙家的女人很少吃肉，她们的饮食几乎都是水果与蔬菜，甚至没有留意到我吃素，我们全部都吃一样的东西。一天之中，我最喜欢的时光是傍晚的下午茶时间。

就着一壶茶及一盘美味的巧克力布朗尼蛋糕，洁拉汀会大声朗读一本小说，她偏好简·奥斯汀（Jane Austen）、查尔斯·狄更斯（Charles Dickens）和吉米·哈利（James Herriot）的作品。"我不喜欢阅读当代的书，因为文字与主题太差了，里面还有不雅字眼和'哦！我的老天！'。"她这么解释道。

午茶后，传教士们会成群结队来到家里。艾比向一对手里抱三个小孩的传教士夫妇介绍我，她说："桑妮雅在研究动物农业（animal agriculture，即畜牧业）。"

"不是农业，艾比。"母亲洁拉汀严厉地纠正她说，"桑妮雅研究的是动物牧养（animal husbandry）。"

截至目前，我在农业圈里认识不下上百人，除了洁拉汀以外，无人做此区分。不过，"动物牧养"确实与畜牧业有着本质上的差别，意味着与农场动物建立一种截然不同的关系，隐含休戚与共，以及朝向看管和牧养而非主宰与剥削的观点。动物并不是可以超越极限的肉品、牛奶和鸡蛋制造机，而是生命循环里的伙伴。

不过，门诺教徒对动物的看法，还有其他的方面，都遭到了世人奚落，认为他们活在恐龙时代，是不知何故而残留到现代的过往遗迹。这一群人并非遭到遗忘与抛弃，而是选择不跟随。这是对社会的一记掌掴，而无法被宽恕。

我来到此地之初，也是属于这类心胸狭窄的批评者，但如今再也不是了。我发现，门诺教徒的农耕方式勇敢非凡，拒斥农业朝着工业化的方向进行你死我夺的竞争，倾心于牧养而非机械。在他们的看法里，也是在我新形成的看法里，过去与现在不必有所扞格。只要能汲取过去的美好，现在就可以变得更强大。

"如果我们在过去和现在之间争吵不休，"温斯顿·丘吉尔（Winston Churchill）说，"我们会发现，自己已经失去未来。"

推动女性参与， 唤回动物福利

"我只是一个傻女人。"我听到洁拉汀在与男性农夫或传教士说话时，不止一次地如此贬抑自己的想法。

"我想要结婚，这样就能让丈夫来引导我。"年轻的艾比这么告诉我。

在门诺教派的文化里，女性有时会被认为（也自认为）不及男性。不过，有趣的是，我只有在门诺教派的文化里，才会遇到女性经营的农场：里蒙家的农场是由三代女性管理。这种状况并不是因为没有男丁，家族里就有三个儿子，而是因为女人们想要和动物一起工作。

我发现，女性可能是农业的一个潜在解决方法。

一项研究发现，女性与男性的人格特征分布只有 10% 重叠，其中最大的差别在于感受性。另外一项公布在《大脑与认知》（Brain and Cognition）期刊的研究则证明，男性与女性的慈悲心有别，而慈悲的定义是"一种与察觉到他人的苦难有关的道德情绪，进而产生安抚受苦者的动机"。这项研究显示，男性和女性处理同情心的差异并不只是存在于心理上，也存在于神经系统。

其他的研究也都论定，从心理和神经系统上来看，女性都比男性更具有同情心。两者的人格与情绪特征差别是如此鲜明，以至于有些研究人员把它们形容成是"两种人性"。男女有别，被认为是在交配和育养方面趋异演化型的性选择压力（divergent evolutionary sexual selection pressures）所致。

无论社会是否注意到男女有别的科学明证，这个差异都得到了压倒性的认同。民调机构皮尤（Pew）在 2008 年的一项研究调查中发现，有八成美国人相信女生比男生更富有同情心。

男女有别最终延伸到两边对于农场动物的看法上。全世界的调查都显示，女性比男性更关心农场动物。女性也比较可能倾向提供给动物们更好的待遇，并且支持加强立法保护。

性别差异也表现在饮食习惯上。各国的女性都比男性更少吃肉食与快餐，也较有可能吃素。此外，研究证实，女性比较可能会购买有机食品、思考食品安全问题，并且在做出饮食决定时，评估健康、营养与永续性。

有些人会说，从事农业的人口性别之所以会偏向男性，就和建筑业及制造业一样，是受到这种工作的体能特性所支配。尽管过去如此，但今非昔比，里蒙农场便是一个很好的例子。"农耕已经不再像过去那样，需要强壮的身体与脆弱的心灵。"《进步农夫》(*Progressive Farmer*) 杂志引述一名农夫的话表示，"如今，最好是拥有强壮的心灵和脆弱的身体。"

如果说女性农场工人很罕见，那么女性高管更是属于濒临灭绝的物种，在我的整个调查过程中，就连一个都没有遇到。原来，我的经验反映出整体产业状况。截至 2014 年，美国最大的鸡蛋生产商柯尔缅因食品 (Cal - Maine Foods)，其领导团队的 20 名成员之中只有 1 位是女性；鸡肉生产商泰森食品的 15 位高阶主管里有 1 位女性；而猪肉生产商史密斯菲尔德食品的 17 位管理高层中也仅有 1 位是女性。这三家产值高达数十亿美元的工厂化农场企业，每 15 到 20 位管理高层中，都只有 1 位女性。就正如这个产业里的某些人所说的，女性向来无法打破这种"玻璃天花板"。

然而，尽管大多数食品是由男性制造，但却是女性在购买。好几个其他的产业也如出一辙，都是由男人制造，女人购买，可是谈到动物饲养（男性）与杂货采买（女性），情况就更为鲜明了。有着田园景色的产品包装设计，也对女性较有吸引力。从事农业的女性人口不多，但是农产却主要营销给女性，而且成绩斐然。

2008 年与 2009 年的华尔街危机,我自己也深受其害,危机过后,媒体上的文章出现诸如此类的标题:"华尔街是不是需要注射女性荷尔蒙?"、"男性荷尔蒙与巨额融资不对盘:那就让女人来吧!",还有"女人当家"等。《纽约时报》的纪思道在后来发表的文章上这么写道:"全世界的银行渴望获得数十亿美元纾困,但是它们也有另外一个自己并未意识到的需要:女人、女人、女人……撇开公平性的课题不谈,证据显示,这都是平庸决策下所造成的结果……在不同领域所做的大量研究都获致类似的结论,发人深省。"

不同的领域包括科学、零售、政府、法律、警务等。

麦克·路易斯(Michael Lewis)撰写过一本谈论经济危机的书《大卖空:预见史上最大金融浩劫之投资英雄传》(*The Big Short: Inside the Doomsday Machine*),他在 2009 年刊登于《浮华世界》(*Vanity Fair*)杂志的一篇文章中表示:"冰岛(经济)灾难和华尔街危机的其中一个特色,就是女性牵涉其中的程度少之又少。"

若要避免未来发生金融大灾难,他的首要提议是,银行里有一半的风险职位应由女性来担任。"我始终认为,如果让女人参与,华尔街就不会疯狂到这种程度了。"路易斯在一场演讲中这么说道。接着他又说,女性在金融界的人数与所扮演的角色,可以"非常轻易地改变",而"一旦如此,我们全都能过得安全一点"。

如果有更多女性从事农业,食物就会更安全一点,而动物们的日子也会过得好一点。

从购物开启的微革命

　　"我们在农场里贩卖自己的牛奶和用牛奶做的酸奶。"洁拉汀告诉我说，"大家会直接来找我们购买。而其他东西，像是我们的鸡蛋、南西的布朗尼蛋糕和面包、艾比的谷片，我们是在每周六的农夫市集上贩卖。"

　　零售连锁业对生产链造成影响，我在和里蒙家族生活的这段期间明白了这件事。农夫市集里的小贩往往就像里蒙家族，通常是有人情味、持续性的在地小农。买东西的人可以直接和农夫聊天、询问问题，而非相隔千万里之远，农夫市集鼓励并助长买卖双方的联结与关怀。"到农夫市集买东西，就是对很多价值的一种支持。"食品业作家麦可·波伦（Michael Pollan）在一场访问中如此言明。

　　无论是城市、郊区或乡村，今天我们可以在各种场所中找到农夫市集，摊位数从几个到几百个不等，全世界的农夫市集多不胜数。一如鸡蛋生产商布瑞克曾经向我形容，大型超级市场的模式是"大量、薄利"，着重数量多过质量。农夫市集基本上走的是相反的模式——数量少、利润丰，意思是他们贩卖的食品数量较少，可是质量更好、更用心。

　　法国老城区及乡村街道上的市集如此普遍又多彩多姿，我还因此在就读法语海外研习课程期间，撰写过一篇相关论文。美国的农夫市集传统是早年由欧洲传入，并且随着新拓垦的居地散播开来。从1994

年到 2014 年这 20 年间，美国农夫市集的数量跃升将近 5 倍，增加到 8000 个以上，每年仍有数百个新的农夫市集在全美遍地开花。

农夫市集的戏剧性复苏，反映出公众态度的正向变化。消费者开始更加关心动物的待遇和土地的永续性，把采购食品杂货视为一种生活价值的体现。他们凭借直觉明白，和光线明亮、巨石群般的大卖场式大型零售量贩仓库相比，独立、原始的农夫市集更能为他们的价值服务。

在我与里蒙家一起生活之前，从未想过采买地点也可以发挥影响力。这真的很振奋人心，因为这表示如果我们不想要改变饮食内容，譬如，如果我们不想吃素，只要改变购物的地点和采买的内容，就能有所不同。不仅是吃什么，在什么地方购买我们吃的东西，也能代表我们的为人。

无法摆脱的笼架阴影

我请里蒙家指点她们友人的农场方向，她们反倒说："我们都会去。"

南西、艾比和凯悌把那一天当成校外郊游准备，兴奋得叽叽喳喳不停。她们穿上新衣服，重新梳理辫子与发髻，妆点上花园里摘来的花，而凯悌也把散发着催眠般甜香的鸡蛋花插在我的头发上。南西开车，我坐在她旁边，洁拉汀、艾比和凯悌则坐在后座。洁拉汀唱歌咏赞上帝之爱，热情的声音抑扬顿挫："祂会提供……""我得自由，从这个世界……"

我们经过丘陵般起伏的绿草地，牛群与羊群的深色调搭配着绿草如茵，构成一幅动人的图画。伯利兹的牛群鲜少超过 20 只，每一牛群的牧地平均有一到两英亩。不只是牛，整个伯利兹的农业规模都很小。伯利兹所有农庄的鸡、火鸡及猪全数相加，数量相当于一般在美国、加拿大、墨西哥可以找到的单一农场的饲养量。尽管伯利兹是个小国，但是它证明了一件事：听从怜悯动物与保育土地价值的同时，也能完全自给自足。

不过，伯利兹并不是什么都美。

我们抵达洁拉汀朋友开设的蛋鸡场。劳拉 (Laura) 是一个大块头的门诺女教徒，长相状似史瑞克那样的怪物，她和她的丈夫是契养户，帮伯利兹的一家家禽从业者生产鸡蛋，该公司名不副实，叫作好质量家禽品 (Quality Poultry Products) 公司。它的鸡舍离地三英尺高，在铁丝网地板下堆积四排粪便，好像山脉那样层峦起伏。看到粪便的分量与形状，我就完全知道了里面是什么模样，但里蒙家的女人却浑然不知。

劳拉的母鸡住在四排铁笼里，和里蒙家一样都是罗得岛红鸡，只不过这些鸡又瘦又弱，有着起疹子般裸露的粉红色皮肤与易脆、断裂的羽毛，大约有 1000 只上下。她们目睹此景，立刻爆发出激烈的争辩。

"好可怜的鸡！"凯悌轻轻喊道。她看起来快哭了，紧抓着外婆洁拉汀的手求援。

"这很残忍。"洁拉汀严词苛责她的朋友劳拉说,"我们的母鸡傍晚都在外面跑,到处散步。我真替你的鸡感到难过。"

"我们把鸡养在哪里又没关系。"劳拉笑着反驳道,"它们不像我们有脑子。"她举起像香蕉一般粗的手指指着太阳穴,"它们不会思考。"

洁拉汀肯定会把隔天多数的时间用来模仿劳拉,把手指着太阳穴,咯咯地笑道:"它们不会思考,它们不会思考,"并且总是绝望地如此作结,"真糟糕!真残忍!"

劳拉的两个正值青春期的女儿也陪着我们进去,南西开始对她们解释笼架的残忍之处,"母鸡需要动一动,它们需要走动,所以它们才会有脚啊!"

艾比的反应是所有人之中最强烈的。"我很震惊。"她的双手紧握,靠在心脏处,表情痛苦地说道,"我以前就听过笼架,可是从来不知道它们这么糟糕,我简直不敢相信。这些笼子好小,它们一无是处。"

这是我第一次和仁慈的农夫一起进入有格子笼的鸡舍。她们当下强而有力的反应,足以显示出这种做法多么令人反感。

劳拉并未因为朋友的看法而感觉被冒犯,但是也不为她们的忧虑所影响。和她谈话就好像对着一面墙壁说话,不管什么批评,都像泄了气的皮球一样被弹开。

14 在美国深入虎穴

熠熠生辉的绿色山脉

近年来，美国有好几个州已经通过或打算通过法律，禁止记者及研究调查人员进入工厂化农场。英国的《卫报》(*The Guardian*) 曾经如此描述这些在道德上与宪法上令人质疑的法律：

"数个州已经通过所谓的'加格法律'(ag gag laws)，目的在于处罚探究工业化农业设施现况的采访记者……这些法律是对新闻自由的重大威胁，而尤其值得注意的是，它们正被同意生效。更重要的是，这些法律除了让消费者难以（有时候甚至不可能）对食物的来源做出有根据的选择，更对其健康与安全造成威胁。加格法律应该会在美国引起一阵骚动才对，结果并没有，这反映出社会对农业的明白态度……若是企图唤起这项课题的认知，往往会得到漠不关心的反应。显而易见地，这类课题不如名人丑闻那么有趣又吸引人，尽管它们更可耻，而且对人们的生活造成更为立即且直接的冲击。"

《亚特兰大》(*The Atlantic*) 杂志曾表示："谈到肉品供应……美国看来对于自己的盲目并不怎么忧心。这个国家宁愿承担染上大肠杆菌的风险，也不愿意动动手指，看电视了解屠宰场。"《纽约时报》的编辑委员会也曾撰文表示："我们需要的法律并不是加格法律，而是对农场环境制定基本标准，并且保障知情的权利，了解现在的食物是怎么被生产出来的。""当你下次切下一块牛排或敲开一颗鸡蛋时，"《华盛顿邮报》的编辑委员会建议道，"问问自己，为什么一个宣称没有什么好隐瞒的产业，会要求别人都没有的保护。"

我一路从加拿大南行到墨西哥与伯利兹，刻意跳过美国，是因为我对于调查美国的农业感到惊恐万分，深怕自己最后根本没做什么就锒铛入狱。然而我明白，美国的农企业是监禁圈饲农场动物的要角，如果未能深入虎穴，对畜牧业的分析就不会完整。美国的工厂化农场就和情节刺激的好莱坞电影、抒情流行音乐及巧克力饼干一样，既外销观念，也实质出口。

我决定放聪明一点，没有必要当烈士。美国将"加格法律"付诸实施的已经有爱达荷州、爱荷华州、堪萨斯州、密苏里州、蒙大拿州、北达科他州及犹他州。我决定对这七个州敬而远之，而前往佛蒙特州与加州采访。

加州是一个方便的选择，因为它除了是演员和创业家的家乡以外，其畜牧业更在全美排名第二，仅次于德州。至于佛蒙特州则是新英格兰主要的农业州，在地理位置上也很适合我，因为我正在计划跨越州界到新罕布什尔州的达特茅斯学院参加毕业五年的同学会。

加州与佛蒙特州的畜牧业主要都是乳牛农场。加州是美国最大的奶源，供应全美五分之一的牛奶。我预计通过这两州，也就是一个名列全美最大的州之一，另一个则是全美最小的其中一州，概览从东岸到西岸的美国畜牧业。

不过，我还没有抵达佛蒙特州便出师不利。飞机上的氧气不足，我在压力之下开始耳鸣，吞咽口水的感觉就像是拿枪扣扳机。黄色的面罩啪地落下，我拿起一个戴上。

我们终于落地了，还能呼吸、还活着，而我现在被迫面对一个新的恐惧：租车。我坐在租来的白色福特Focus车内，足足15分钟无法发动，双手在方向盘上留下潮湿的指印。当我转动点火开关的钥匙，脑子里充满关于驾驶教练噩梦般的景象，我向他买了25堂驾驶课程，愈上课，他就愈惊慌。"车子失控了！"他会歇斯底里地对着我大吼。在最后一堂课，他下了一个结论，宣告说："你上课并没有进步，你永远学不会开车。"我非常火大，炒了他鱿鱼。

我终于去报考汽车驾驶，尽管错误重重（像是不会停车），但是不知怎么的，还是通过了考试。不过，驾驶教练最后的预言："你永远学不会开车"，就像一首番石榴歌一直在我的脑海中播放着。开车对我来说，几乎就和学小鸟张开翅膀翱翔天际一样困难。

长期和短期的不同饲育观点

熠熠生辉的绿色山脉、蜿蜒的道路和鲜红色的村舍，佛蒙特州美不胜收，是我到过的最美丽的地方之一。它有一种特殊的光辉，让我在中途停车，驻足倾心凝望。

我成功开车抵达住宿的乳牛牧场，主人是一对夫妻和他们年约30 岁的儿子。妻子丽兹·德瑞克（Liz Derek）有波波头的金色短发与闪闪发亮的蓝色眼睛，外表迷人，她告诉我关于他们的故事：

　　"我妈妈以前卖汉堡。我不想帮忙，可是不得不做。有一天，我先生鲍伯（Bob）到我妈妈的摊子买了一个汉堡，我们就这样认识了。我们第一次约会是在牛搬运车上呢！我那时 19 岁，他 25 岁。三年后我们结婚，生了两个小孩，一个儿子和一个女儿。儿子在这里工作，我们是家族第五代，而他是第六代。我丈夫的家族从 18 世纪中期就开始经营这座农场，我这个儿子最好加把劲制造下一代！"

　　鲍伯是一个壮硕的男人，有着红通通的脸和长满斑的双臂，他知道我曾就读于达特茅斯学院，觉得很好玩。"我们从来没上过大学，"他说，"也从来没去过国外，我们对念书或旅行没有兴趣。"

　　卧室里有花纹图案的床罩与波浪形的窗帘，起居室的墙上则装饰着严厉的祖父母抿紧嘴唇的黑白照片。农场里的一个废弃古老的仓库里，悬挂着两张迷人的黑白标语："拯救家族农场"和"牛奶与蜂蜜之乡"。

　　在这个牛奶与蜂蜜之乡里，总牛群的数量是 140 头，其中有 70 头乳牛。不管在任何乳牛牧场，"泌乳牛群"的数量只会计算那些当时正在泌乳的牛，而"总牛群"则包括所有的大牛和小牛，而且往往是泌乳牛群的两倍。尽管在乳制品产业，"泌乳牛群"是比较常用的数字，但是若要对动物的总量有概念，"总牛群"会比较贴切。

乳牛是黑白相间的荷士登品种，由于泌乳量大，所以美国与加拿大的乳牛有九成都是这个品种。德瑞克家的牛只住在一栋红色牛舍里，连接丘陵起伏的绿草地，可以一览整座山谷。牛群在丘陵上漫步，鸟儿一路高歌，轻快地飞掠过它们的头顶，在山毛榉、枫树、橡树、西洋杉及栗子树上歇息。

"我们的牛随时都可以出去。"鲍伯告诉我说，"我们每天把它们换到新的牧地放牧，这样才有时间让草重新长出来。我们有十八块牧地，我们管理这些牧地，而让牧地来管理这些动物。"

这座农场和我在伯利兹住过的门诺教派里蒙农场极其类似。乳牛群并不大，而且每天都会换一块新的牧地，是一座深思熟虑、永续经营的农场。

"在我们这座牧场，"鲍伯接着说道，"牛可以得到运动，它们吃得好，十分健康。美国大型乳牛牧场的空间太小、牛的数量太多，农场主人便宜行事，喂它们吃抗生素……我用你听得懂的话来解释其中的差别，围栏饲育场的主人把牛看成股票，希望投资快一点回收；而我们则是把牛视为债券，不会逼牛每天辛苦地工作，所以牛会活得久一些，长期下来，我们也能得到较多的牛奶。这对大家都是双赢的局面。"

债券与股票的比喻是以长期观点和短期观点来诠释其中的差别，很有启发性。我在心里狐疑道："大型乳牛牧场是什么模样呢?"我过去从来没看过，所以就开车出去寻找。

既弱又瘫的饲育场乳牛

乳牛的奶是用机械挤出来的，由一个头发坚硬、走路一跛一跛的老人操作。起泡多脂的白色牛乳注入大大的玻璃圆罐里，罐身漆上标示重量的线条，温度计上的刻度则在测量牛奶的温度。老人在操作机械时转身，看到我站在身后，立刻跳了起来。

我询问他可否参观这座乳牛牧场，他用对讲机派他的儿子尼尔森（Nelson）到来。尼尔森有着灰色胡渣与灰色双眼，是一个可靠、有耐心又和气的人，与我说话的感觉就好像早已认识我，我立刻就喜欢上这个人了。

尼尔森的职称是助理牧人（Assistant Herdsman），只不过这个名称已经过时了，因为牛住在饲育场里，他没有放牧的事可做。尼尔森和他的儿子就与德瑞克家一样，曾经拥有一座有着 70 头泌乳牛的牧场，不同之处在于，他们六年前就已经卖掉牧场，然后在这座大型乳牛牧场工作。这里也是家庭农场，于八十年前买下，现在由第三代掌管。不过，牧场里有 480 头泌乳牛，总牛群数加起来接近 1000 头，规模庞大。

牛住在有遮阴屋顶的红色长棚里，有着长长睫毛的双眼昏昏欲睡，与我四目相对。它们的乳房胀满奶，上面有着一条条树枝状紫色与青色的血管。半数的牛躺在饲育场的牛栏里，另外一半则摇摇晃晃地从牛栏缓步走向玉米。它们把头伸到金属栏杆外，吃着另一侧成堆滚动的褐色玉米。

我看着它们，发现这些乳牛已经变成下蛋的母鸡。它们的食物是玉米，而且它们把头滑出栏杆间吃东西，形成一种既沉闷又沮丧的景象。

这些牛因为关在饲育场里，缺乏运动，所以又弱又瘸。据估计，美国饲育场里的乳牛有四分之一是跛脚。此外，因为健康状况不佳，所以美国的乳牛不到四五岁就会被认为"消耗殆尽"，只占它们二十多年的自然寿命的小部分的时光。然后，它们就会被载去屠宰，做成低等汉堡肉。

我领悟到"饲育场"这个字眼用得恰到好处，因为牛是在"一个场所"里被"饲养"，而非放到一块土地上滋养自己，进而使得土地因为有了它们吃草，得以再次生长补充。饲育场起源于 1950 年代与 1960 年代，是一种用玉米养牛的便宜做法，使得牛离开青草地而被放到水泥地上。"饲育场"这个字眼更常用在肉牛产业，不过与乳牛业的关系也变得愈来愈密不可分。

这些牛有一些古怪刺眼的地方：有半数的牛尾巴被切断，只剩下六英寸长的残尾，而非正常的三英尺长，看起来很像断肢。

"我们不久前还在把每只牛的尾巴剪短，"尼尔森告诉我说，"可是动物保护人士开始对这件事情大做文章。我不觉得这有什么大不了的，要不要剪短尾巴是个人偏好，很多乳牛牧场都会这么做。不过，加州在 2009 年已经立法禁止剪尾，我们认为佛蒙特州不知道什么时候也会禁止，所以就先停止了。这也就是为什么一半的牛有尾巴，而另一半没有的原因，因为我们没有把年轻一点的牛的尾巴剪短。"

剪尾是很痛苦的做法。在牛尾巴接近上方处绑上橡皮筋，以阻断后段三分之二的血液循环，让它萎缩分离。剪掉牛尾是为了挤乳方便：牛没有尾巴之后，就不会在挤奶工人面前挥动尾巴。可是，剪尾后的日子几乎就和耗掉一天时间让尾巴萎缩的过程一样辛苦，牛没有尾巴就没有能力赶走苍蝇，因此变得焦躁不安。

美国各地的乳牛牧场有半数到五分之四会剪短部分或全部牛的尾巴。相较之下，欧洲普遍认为剪尾很野蛮，因此在丹麦、德国、英国、苏格兰及瑞典是遭到禁止的。

我和尼尔森靠在栏杆上，乳牛们互相推开对方，靠过来嗅舔我们两个。它们的牛栏看起来好像铺着什么深褐色的东西，不是麦秆也不是木屑，看起来很像……泥巴，还是……粪便？

周而复始的悲剧

"我们把干粪便铺在牛栏里，"尼尔森证实地说道，"传统上是用麦秆或木屑来铺没错，不过现在有很多乳牛牧场开始用粪便。我们每天把几千加仑的粪便倒进消化槽，等到消化处理完成后，就拿来铺在牛栏里。这些粪土帮我们省下很多铺牛栏的钱，用粪便的沼气产生电力，也帮我们赚了不少钱。而且这个消化槽还有补助，政府很积极地推广消化槽，所以投注了很多的补助金。"

换句话说，铺牛栏省下的钱归于乳牛牧场主人，粪便消化处理的成本则由纳税人、牛及消费者分担。一家农场的消化槽成本要100到200万美元，这表示一头牛就要500美元以上，十分惊人。牛只日日夜夜躺在自己经过再循环的干掉排泄物上，灵敏的鼻子不断地嗅着这些味道。牛只一直接触到细菌，得乳腺炎或其他乳房传染病的机会也更高，进而影响牛乳安全性。

政府基于减少臭味与污染的考虑，而向大众推广消化槽。不过，尽管消化处理后的粪便不太会污染地下水及河流，但却污染了牛栏。此外，谈到排泄物消化处理，乃至于畜牧业的其他领域，政府补助制度都对大型工业化农场有利。

"大型厌氧消化槽的使用，使得工业化农场变得更为切实可行。"能源正义网（Energy Justice Network）如此表示。塞拉俱乐部（Sierra Club）也反对补贴消化槽，解释说："我们宁愿看到有赚钱的农场业主自行花钱购买。不论任何执业者，如果在稳定地制造排泄物，都不应该被奖励。"

我听到类似机器的声音，抬头一看，一位青少年正开着割草机，快速经过饲育场外的草地。真是讽刺，难道不应该让牛用吃草的方式来修整草地吗？有这么茂盛的青草可吃，为什么还要把它们圈饲在围栏里，喂它们吃玉米呢？

外面还有第二个更古怪的景象。一个戴着太阳眼镜的红发女子，她是尼尔森的妻子，正推着一台婴儿车，身后紧跟着一个小男孩，轻快地走过我们的身边，绕着饲育场散步。饲育场在美国乡下是如此司空见惯，以至于小孩不会被带到公园散步，而是会绕着饲育场散步。

在这个平凡无奇的场景里，有着更大的悲剧。尼尔森是奶农，他的父亲是奶农，他的祖父是奶农，而他的儿子长大后也很有可能也会是奶农。可是，尼尔森的儿子从婴儿时期看到的尽是数百只牛被圈饲在水泥饲育场里，睡在粪便上，尾巴被剪短，头伸出金属栏杆吃玉米。尼尔森的儿子会不会认为牛就应该属于水泥地？会不会以为它们缺乏天性、没有偏好？以为它们不是动物，而是用嘴巴吃着玉米、用乳房制造牛乳的自动机器？

可怕的人畜共通传染病

尼尔森农场的小牛住在另外一间摇摇晃晃的小谷仓里，这里十分拥挤，双腿沾着彼此的排泄物。奇特的是，它们的脸上和背上布满环状粗糙又灰白的硬皮疤痕，很像是皮肤灼伤后，在愈合之前的结痂。我在好奇之下怯怯地伸出手，想要触摸一只有疤痕的小牛的脸。

"这是一种叫作钱癣的疾病，会传染给人类！"尼尔森大叫道，我猛然缩手。"钱癣不是虫，"他若无其事地继续说道，"是真菌，会吃小牛和大牛的皮肤与毛发。这是一种皮肤病，传染性很强，大牛与小牛会相互传染，要好几个月才能复原。最好的疗法是晒太阳，因为真菌和霉菌都不喜欢阳光，它们在暗处生长旺盛。"

尼尔森的语气平静，我倒是震惊不已。像大牛与小牛这么需要吃草、户外活动及阳光的天性，一旦有所违背，是真的会生病的。它们住在饲育场里，受苦的不只是肌肉和骨骼，还有皮肤与毛发。当牛缺乏某些必要的维生素，例如：来自于晒太阳的维生素 D，以及来自于青草的维生素 A 和维生素 E 时，便更容易受到钱癣的影响，就好像人类如果缺乏维生素 C，就会比较容易得坏血病。像是钱癣这类真菌所导致的疾病，凸显出阳光与青草之于牛，并非出于偏好，而是一种生理上的需要。可是，乳牛牧场还是让它们挤在阴暗的围场里，结果爆发钱癣这类传染病。

尼尔森和我走过另外一个饲育场，看到一幅凄惨的景象。有三头又瘦又弱、黑白相间的小牛，就好像一堆废弃物那样躺成一团。我蹲下来看它们时，它们试着撑起发抖的长腿，摇摇晃晃地站起来后又倒了下去。

"这些小牛是公的，"尼尔森说，"今天刚出生。下一班卡车在一两天内就会来，届时我们就会把它们送进屠宰场。"

这些小牛甚至还没有学会走路，利刃很快就会划过它们的喉咙。它们在妈妈的肚子里待了九个月，就和人类的妊娠期一样长，但是它们却完全没有时间待在这个地球上。这些就是我先前在加拿大的小牛养殖场所知道的小牛肉。

尼尔森与我走进一个较小的区域，在那里看到的景象几乎和小牛堆一样触目惊心。一头牛躺在牛栏里，鲜血从鼻子中流下，眼睛睁得大大的，但却像是什么也没有看见。"它被处理了。"尼尔森悄声对我说，"我们用枪射中它的后脑。它生病了，我们不知道它为什么会生病，可能和乳腺炎有关。"尼尔森发现，轻声谈论一头死掉的牛，仿佛它能听懂他的话似的，是无稽之谈，于是他清一清喉咙，放大音量宣告说道："我们晚一点会拿它来堆肥。"

尼尔森的农场里有不少牛得乳腺炎，它们的脚踝都被绑上红色带子，以便与其他的牛有所区分，因为如果把它们的牛乳拿来给人类食用是不安全的。临床性乳腺炎是美国乳业最常遇到的健康问题，有六分之一的牛受到影响。粪便和不卫生的环境，使得乳腺炎的发病率更高。

尼尔森询问我此行的目的。"我在研究国际化畜牧业，"我脸不红气不喘地告诉他说，"趋势，还有实务。"

"所以你是一个……农业经济学家？"他问道。

我发现这种说法与事实相去不远，很惊讶自己以前竟然没有注意到。我在大学念书时，修习经济学与政府学，我觉得这两个领域对世界的影响最大。农场经验让我的看法更坚定，因为经济学与政府学是农企业最强有力的推手。

降低成本和牟取利润的经济欲望决定了动物的生存条件，而政治人物非但没有制定规章保护农场动物、消费者及环境，反而选择站在农企业这一边，补贴工厂化农场与饲育场，并且通过了加格法律。斩草要除根，同样地，如果不处理政治与经济的驱动因子，改变就不会发生。

"我们这种农场在美国算是传统式的。"尼尔森在送我离开时这么说道。

过去数十年来，畜牧业的改变如此之大，甚至连用语都不一样了。今天的工厂化农场已经如此根深蒂固，以至于即便和传统沾不上边，也被形容成"传统式"农场。相较之下，老派的、正确的放牧式农场反倒被说成是"新作风"。

无论如何，营销方式还是很传统。乳牛牧场的牛奶被盛装在白色瓶子里出售，瓶身上有着"圆滚滚的牛在茂密的牧地上吃草"的卡通图案。

激烈竞争的农业

我也调查了美国的蛋业，应该说是我试着调查，因为我在新英格兰，最多也只有两家仅存的鸡蛋生产商办公室可以造访。第一家是由一位愉快迷人的男士在管理，他大约 35 岁，脸上始终挂着微笑，令人赞叹。

"我们生产有机蛋。在你进来办公室之前，一定经过了我们的鸡舍。除了在这里生产鸡蛋以外，我们在本地还有 26 家契养农场。现场有 17 万只蛋鸡，契养户则有 40 万只鸡，我们的做法是提供给契养户鸡只，也会告诉他们要怎么建造鸡舍。我们的蛋都是褐色的，因为大家把褐色与更健康连结在一起，就好像全麦面包比白面包来得健康那样。"

"十五年前，我的父母决定从传统式笼架改做有机农业。之所以会做出这种转变，是因为我们的生存空间受到竞争者，也就是这个产业里比较大型的农场所挤压。如果只有50万只鸡，在价格上无法和有700万只鸡的农场竞争。要生存下去，唯一的方法就是另辟市场，在质量而非价格上做出区隔。"

"畜牧业各种品类的农场数量正在逐年下降，因为农场合并，而且变得更大了。全国只有108家鸡蛋商，有没有能力在分毫之间削减成本，就决定了是否能生存。蛋业是每况愈下。"

"工业化畜牧业的唯一一件好事，就是现在的农场和以前相比有更多的女性参与其中。"我很高兴他和我有同感，认为更多的女性加入对产业有益。"美国的农业是毫不设限的绝佳例子，什么管制都没有。不设限的农业对大家都不好，对农夫不好、对动物的福利不好、对环境不好、对消费者也不好。"

这番对话让我再次意识到农业的激烈竞争，我严肃地走回车上，途中经过办公室外长长的红色鸡舍，每间鸡舍的一侧都围着一块狭长形青草地。我曾经因为生物安全的理由而被拒绝进入农场的建筑物内，但是当我站在车旁凝视时，思考着这个问题："大型有机（Big Organic）对下蛋的母鸡来说代表什么意义？"

答案是它有意义，然而却不是我们所希望的意义。

现场有17万只鸡，其中不到70只鸡，也就是少于0.05%能在户外享受芬芳的午后空气。有三个原因：其一，这些鸡要走到草地上，必须先爬过一扇小门，然后再爬过另外一扇小门，和第一扇门还不是同一个方向。其二，从草地狭窄的宽度来看，本来就只能容纳不超过2000只鸡，相较于鸡的总量，不过杯水车薪。其三，在鸡还小的时候，如果不准它们踏出去，等到鸡长大了，因为不习惯户外环境，它们也不会踏出去。很多的有机业者部分出于这个了解，只在鸡长大，而且比较不想出去时，才会给予它们户外活动的选择。

总而言之，所有的努力都是在确保蛋鸡不会使用有限的户外空间。相较之下，我在伯利兹门诺教徒经营的里蒙农场所看到的一小群蛋鸡，就很喜欢走出户外，这是因为它们还是小鸡时就开始觅食，拥有宽阔的户外活动空间，而且如果要走到花园，只要直接通过一扇人身大小的门即可。

"非笼饲"鸡蛋绝无例外地好过笼饲鸡蛋，只不过好多少是一个重要的问题。答案是：取决于蛋鸡场的意图，以及对细节的注意程度。

一片绿意当中的铁皮屋

开车行驶在佛蒙特州的乡村道路上，四周绿山环绕，我偶尔会停下来，询问人们哪里有乳牛牧场。他们说："去杜波依斯（Dubois）。"尽管口气坚定，但是他们的眼神却透露出警告。

杜波依斯兄弟在一个世纪前以 13 头乳牛起家，经过三个世代，今天拥有的泌乳牛群是 1250 头牛，总牛群数则有 2500 头。就和尼尔森的牧场一样，身价数百万美元的杜波依斯也开心地接受政府补助，安装粪便消化槽，并且用粪便铺牛栏。

一个明德学院（Middlebury College）的学生曾经在 2010 年撰写过一篇关于杜波依斯的报导："用曳引机把饲料送到牛栏，"他如此描述道，"……全天候挤奶……聘用移工……杜波依斯农场与人们联想到的佛蒙特州乳牛牧场体系相去甚远。"

杜波依斯有七间无尽长的铁皮屋顶饲育场，绿色的高墙覆盖着帆布，不让牛看到外面，而陌生人也看不到里面。饲育场内传出金属撞击发出的铿锵声。这个地方比尼尔森的乳牛牧场更大、更黑暗，我起了鸡皮疙瘩，因为知道工作人员肯定会命令我离开，不过我还是走了进去。

几百头牛好像一群群鱼挤在一起，稍一移动就会撞到彼此。明亮的太阳高挂天空，照亮大地，唯独缺饲育场因为黑色帆布挡住光线，把牛笼罩在长方形的阴影中。佛蒙特州有着为牛量身定做的闪耀山峦与茂密青草，可是牛儿却无福享受四周丰饶的绿意，甚至连看都看不到。

牛站在成堆湿滑的排泄物上，也躺在上面，就好像面包涂上奶油那样沾染上粪便。每头牛的尾巴都被切得短短的。有很多牛，尤其是年纪小一点的感染了乳腺炎，长癣的面孔一脸病容，而粪便的氨气酸味直冲脑门。

我看到金属撞击声来自于牛群而不是人，顿时松了一口气。当牛头穿过金属栏杆，埋首于玉米堆中，这些栏杆就会移动，并且相互碰撞。鸽子栖息于上方高高的木梁，这些都市居民发现乡下地方的贫民窟——饲育场，并且最后在此定居。它们的数量多到无从躲避，还有一只鸽子的排泄物落到了我的头上。

年轻的围场饲育牛笨重地走过来，靠向前舔着我的手和头发。年轻的牛与老一点的牛差别很明显，撇开体形和乳房大小不谈，它们的步伐也不一样。老一点的牛就好像是老妇人，走起路来谨慎而安静，有的还一跛一跛的。它们在满是大便的水泥地上跌倒太多次了，年纪愈大就会愈害怕，而且伤痕累累。

两头牛在我的面前摔倒。第一头很年轻，马上就站起来了，但是第二头却没有。我不知道牛也可能会用这种方式倒下，它不是滑倒，更像是劈腿，啪的一声，它的后腿就像青蛙那样张成 90 度。正当我倒抽一口气时，它非但没有站起来，反而在地上转弯，缓慢地扭动身躯，像滑行的蛇一般开始用四肢在地上爬着。

那个牛栏里的牛都盯着它看，寂然不语，既不吃东西，也不喝水。有两头牛走向它，用鼻子轻触着它的脸，它则是继续爬行。我发现它朝着远离我的方向爬去，原来我在那里造成压力了。我沿着饲育场继续行走，几分钟后再度折返。不过，我走开是一个错误，它已经爬进一个牛栏里，而我再也无法分辨它和牛栏里的其他牛。

我心烦意乱地走过其他饲育场，每一个都和旁边的一模一样，难以区分，只有一个例外。那是一个封闭的场所，窗户用白色充气塑料物覆盖住。我猜想，那是用来储存玉米的地方。

我在杜波依斯闲逛半个小时之后，不巧遇到一个人。他有着棕色的皮肤、尖尖的长鼻子，配上显眼的黑色眉毛，更显得突出。

"我是奥斯卡（Oscar）。"他用很重的口音说道。

"你从哪里来的？"我问他。

"墨机科。"

奥斯卡现年32岁，曾住在缅因州两年，在佛蒙特州也住了两年，再不到一年就要回墨西哥去。

"你为什么要回墨西哥？"我问他。

他费力寻找字眼未果，耸了耸肩，"抱歉，不会英文……你会说西班牙文吗？"

"抱歉，我不会。"他看起来很泄气，"不过，我哥哥会说西班牙文！"我试着安抚他，他像亮起来的灯泡般立刻眉开眼笑。

奥斯卡并不介意我出现在杜波依斯。"你是好人。"他说道："你想看小婴儿吗？"

我点点头，虽然并不明白他的意思。他指了指那一栋我以为是玉米仓库的建筑。

最后倾颓的乳业

这个地方不但窗户被封住，入口也被红色的栅门挡住，需要相当大的力气搬开后才能进入。如果没有奥斯卡，我是没有能力进去的。

这个栅门放在那里就是为了不让人进入，而窗户上塞满充气的白色塑料，连一点缝隙都不留给人窥视。杜波依斯真的不想让任何人看到里面，更何况踏入其中。因此，我们两人都非常好奇，也非常紧张。

当奥斯卡打开下一扇门，我的眼睛花了一点时间才适应黑暗。

这个地方是由十二个黑色长方形构成，里面传来低声的哞叫。靠近一看，一个长方形是一排十个小小的铁笼，里面各自关着一头小牛。铁笼被黑色帆布覆盖着，把小牛的存在化约为一块长方形。帆布上被剪开两块正方形，以便小牛能从挂在笼子前的黑色桶子与红色桶子吃喝东西。这个地方似乎是白小牛肉的犊牛饲养设施，或者至少是仿造成这样的。我接着探问厘清，可是奥斯卡听不懂我在说什么。

这里总共有 120 头小牛，它们蜷缩成一团，身形娇小、黑白相间，有着大大的耳朵和大大的眼睛。当我伸出手时，有些小牛会摇摇晃晃地站起来，把头伸出笼子的开口，吸吮我的裤子。其他小牛则是懒洋洋的没有反应，看起来缺乏活力，也不想动。它们慢慢抬头看了我一眼，又毅然决然地低下头。

很多小牛发出又重又刺耳的咳嗽声，听起来诡异得好像人类一般。其他的小牛则是苦于腹泻，排出黏稠的芥末黄粪便。大多数小牛身上停满苍蝇，就好像蜜蜂围着蜂窝，在它们的身边嗡嗡鸣叫，可是小牛却无动于衷。另外，还有老鼠在小牛之间急急奔走。

奥斯卡带我走到旁边的储藏室。门上刻着蓝色与黑色的记号，作为奥斯卡和其他杜波依斯员工的指示。上面列出 1 到 12 的数字，用来代表这 12 排的小牛。其中有 4 排的旁边潦草地写上 AGUA 这个字，这个字在西班牙文的意思是"水"，会这样写在门上，是因为杜波依斯的墨西哥员工不会英文到连"水"都不认得的地步。

12 排当中只有 4 排的旁边写上 AGUA，是因为只有三分之一的小牛能得到适量水分。科学上认为，水分对于小牛，乃至于对其他的动物来说，是"绝对必需品"，而水分不足与小牛的腹泻及压力有连带关系，可是杜波依斯的小牛却被剥夺水分，这样它们才会多吃一点玉米，让体重增加得快一点。

"D"这个字母代表腹泻，也被草草地写在门上的几排数字旁。上面还列出药品：泰霉素（Tylosin），用来治疗肺炎；而林可霉素（Lincomycin）则是为了猪所发明的一种抗生素，尽管医疗指示是用于成牛，但却被杜波依斯用在小牛的身上。门上还列出其他药品，字迹潦草到无法辨认。这扇门是通往一个不真实国度的一扇窗，透露出了更多讯息：编号 6986 的小牛瞎了，而编号 7378、6875、6926、7124 与 7161 则死了。

杜波依斯的小牛，靠着大量药品与不当注射抗生素存活。

当我走回车上时，挥手向奥斯卡道别。我发现，乳业几乎是畜牧业里唯一还在雇用人类工作的部分，但是现在也快要没有人烟了。即便像杜波依斯这么庞大的农场，我也只遇到了奥斯卡一个人。

乳牛这种不久前还在户外的动物，低头吃着青草，在微风中轻摆尾巴，如今也已经被打败、被抵制，没有青草，也没有了尾巴。如今，每十头牛中只有一头是在户外放牧，农牧业的最后一个部分已经倾颓，无人见证其沉默地陨落。

"有机" 与 "当地" 的空洞价值

我造访新英格兰的第二座蛋鸡场，得到的招待明显不如第一座蛋鸡场那么热烈。这是一座家庭农场，和我谈话的是脸上戴着太阳眼镜，身穿及膝短裤的妇人。

"我们只和约好来访时间的人洽谈。"她告诉我，"我给你的时间不会超过 15 分钟……不行，你不能参观我们的鸡舍；我们从来不允许参观。我把我们的故事简单地告诉你：我们是农场家族第二代。我的公公在 1940 年代开始经营这座蛋鸡场，里面有 200 只鸡。我丈夫和我在 1980 年代接手，我的小孩长大以后也会接手经营。"

"佛蒙特州现在的蛋业规模很小。我们刚入行时，这个州有 17 家鸡蛋生产商，现在我们是本州岛唯一剩下来的商业生产商。不久前，我们还在与中西部和缅因州的农场竞争，它们各有 200 万到 1500 万只鸡，把蛋卖到佛蒙特州这里。我们无法和它们提供的价格竞争，这是不可能的事，因此需要一个生存策略，我们也想到了一个。我们决定把焦点放在制作佛蒙特州的当地产品上，不走低价路线，而是营销我们的'当地化'。我们算是侥幸存活了，大家现在对于'当地化'愈来愈有兴趣。"

"我们总共有 65 000 只蛋鸡。大部分用笼架饲养，不过有 12 000

只鸡非笼架饲养，而是养在谷仓里。欧洲禁止用格子笼，可是我觉得这样没道理，我并不认为美国也会禁止，在我活着的时候绝对不会发生。"

这座蛋鸡场的营销就和大多数工业化农场一样是个骗局，尽管只有六分之一的鸡养在谷仓里，但是公司的小货车上仍然写着"非笼架饲养"。"先有鸡还是先有蛋？哪一个优先呢？"该公司的网站上这么问道。"我们的鸡优先，"它自问自答，"我们的鸡得到非常特殊的照料。"可是，在蛋鸡场里，精疲力竭的蛋鸡之间弥漫着一层层臭气蒸腾的灰尘，后面是堆积如山的粪便，到处都是死掉的鸡与老鼠，黑压压的苍蝇在空中嗡嗡飞着。

在我造访的这两家新英格兰鸡蛋生产商中，一家是"有机"，而另一家则是"当地"，可是他们决定做出这种有效的市场区隔，并非出于个人热情或哲学上的倾向，而是生存机制使然。他们只有在能够获利之后，而非之前，才开始信奉"有机"与"当地"的价值。真是可悲，这就好像发现一个喜爱的歌手唱出动人心弦的歌曲，但其实一点都不动人心弦一样，这个歌手甚至不相信爱，之所以会唱得如此深情款款，只是因为这样可以卖出唱片。

谈到工厂化农业，"当地"这个字眼尤其空洞，完全无涉动物或环境伦理，只是一座设在当地的工厂化农场，有着千百万只被监禁圈饲的动物与堆积如山的粪便。

不变大， 就淘汰

我开车行经也走访过许多佛蒙特州的乳牛牧场，点滴搜集到有关这个产业，还有我自己的数个趋势。

首先，我开车笨手笨脚，生活常识也极其贫乏。开车时会焦虑到双手冒汗。常常迷路，偶尔还会在单行道上走错方向，被人不耐烦地按喇叭、摆臭脸，有时候还会被比中指。我不会使用全球定位系统，以为 13:00 的意思是 13 分钟就能抵达，可是它真正的意思是下午 1 点，这表示我以为只有 13 分钟的车程，结果发现开了一两个小时才抵达。

从走进到走出乳牛牧场，只有牛儿为我见证。而在那些有人类存在的农场里，往往碰到的情况是所有的工人都是墨西哥人，大多数完全不懂英语，不可能和他们谈出什么。他们会说 "Hola!" （哈啰!）跟我打招呼，而我也会用唯一会的西班牙文回答： "Hola! Como esta?" （哈啰! 你好吗?)，就只是这样。美国有超过三分之二的农场工人是墨西哥人，这表示在美国的农业文化里，懂得西班牙文就像和在墨西哥一样必要。

在某些主人或工人是白人的乳牛牧场里，我会像一个被定罪的囚犯般遭到审问，被人用着奇怪的意图询问我陷阱题： "你不是和善待动物组织那类可笑的团体是一伙的，是吧? 你说不是，这表示你听过善待动物组织。那么你的意思是，你已经知道善待动物组织，可是你不是和善待动物组织一起的吗?"

我学到的另一个（又一个）教训是"家庭农场"这个字眼可以与"工厂化农场"互换，因此也就无涉于动物福利或环境管理。美国99%的乳牛牧场都说自己是家族经营。此外，像"第二代""第五代"这类农场用的形容词也毫无意义可言，务农是不是家族传统，和这座家庭农场是不是采用传统做法并没有关联。

"我们在33年前搬来这里的时候，"一个乳牛牧场的主人告诉我，"在这个有6座城镇的山谷里有11座乳牛牧场，现在只剩下我们一家了。乳牛牧场一直在结束营业，剩下的则是愈变愈大。不管去到哪里，你看到的都一样。"

我眼中所见确实如此。佛蒙特州的乡间到处都是"农场出售"的牌子，小农场无可避免地落入待售的命运，也无可避免会卖给大型农场。自从第二次世界大战以来，佛蒙特州的农场就一直在结束营业，乳牛牧场的总数量从1950年的11 000家陡然降至今天的不到1000家。

全美各地都可以看到同样的趋势。乳牛牧场就和影碟出租店一样：你不知道明年它还在不在。从1992年到2012年这20年间，美国乳牛牧场的数量跌幅超过六成。关门大吉的牧场中，有四分之三会把牛群卖给更大的牧场。因此，每家牧场的牛数量逐年攀升，从1992年到2012年，美国的乳牛群平均成长142%。

农场并购不只是一种征服，更是一种转化。就好像小的教派融入更大的教派一样，小型农场会转化，进而融入较大的农场。"不变大，就淘汰。"自从 1970 年代以来，对工业化畜牧生产情有独钟的美国前农业部长厄尔·布茨（Earl Butz）发明这句话以来，其便成为该产业的口号。有好几个美国农场主人曾经不带感情地对我说过这句口号。

我偶尔会在乳牛牧场的户外零碎草地或泥土地上看到几头牛，我会问对方，为什么允许少部分的牛在外面漫游，而绝大多数的同类却还被关在室内。然后，就算是心肠最硬的男人也会带着难为情的表情，坦承地说道："牧草地对它们的脚与腿有好处。它们站在草地上会比站在水泥地上更轻松。"

研究显示，放牧牛的步态比养在水泥地上的牛更好、更有力，牧草甚至能治疗瘸腿，有助于牛蹄和牛腿的伤势复原。放牧牛比围栏牛更健康，它们的牛奶也比较健康，吃草得到的维生素与 omega – 3 脂肪酸会渗入牛奶中。

通常在还没遇到一座乳牛农场以前，我就知道自己会遇到，并不是因为心电感应或者闻到粪便的臭味，也不是因为看到牛。我之所以会知道，是因为看到玉米。在美国，只要有动物农场的地方，就会有玉米。它微微发亮的绿色茎秆有七英尺高，直冲天际，黄色的玉米穗轴自顶端萌芽，如海浪般整齐地在风中起伏波动着。

玉米及其衍生物构成糖果、可口可乐（Coca – Cola）和蛋糕等加工食品的基底。对牛来说也是如此，玉米相当于牛的糖果，在营养成分上比青草的等级更低，在实体环境上也是如此，因为牛可以在青草地上放养，却不能到玉米田里放养，以外形和结构来看，玉米作物无助于放养。就这一点来说，青草不但给牛健康，也给了它一个家；而相较之下，玉米茎只会对牛腿造成束缚。

玉米改变了……"而且是往坏的方向，"波伦在《杂食者的两难》（*The Omnivore's Dilemma*）一书中这么写道，"数十亿食用动物的生命，如果没有玉米之海供动物之城浮沉其上，这些动物就不会住在工厂化农场里。"

愈来愈寂静的农场

我注意到在佛蒙特州，大型乳牛农场的相似之处往往多于相异之处。它们拥有一个以上的据点，每个据点设有数个饲育场，饲育场里也无可避免地会养太多只牛、住在太多的粪便上、吃太多的玉米、尾巴太短，而耳朵上的识别号码又太长。

乳业是整个畜牧业的缩影，在表现比较好的农业部分中也最令人忧虑。过去数十年来，乳业已经从放牧饲育转型为围栏饲育，但是以猪、肉鸡、蛋鸡与火鸡的饲养来说，这种转型在很久以前便已完成。今天的乳牛蓄养是半封闭式的，而其他农场动物则困住在工厂里，甚至连一扇窗都没有。一个普通的美国养猪饲场养超过 5000 只猪，普通的蛋鸡场则会把 30 万只以上的鸡监禁圈饲在层层堆叠的狭窄鸡笼里。

由于牛乳生产的要求高，所以乳牛是美国最好命、最"高级"的农场动物，但就连它们的生活也充满了苦难。

在乳业，为了让疾病远离，隔离牛群被认为是不可或缺的做法。不过，所有的证据都显示，此举无效。我造访过的乳牛农场大多受到钱癣的严重感染，甚至得帮受感染的大牛与小牛建造大型隔离棚。然而，就连一无所知的人也能一眼看出钱癣的传染途径。就和鸡瘟一样，钱癣的硬茧很痒，会使得被感染的大、小牛想要不断摩擦彼此或牛棚的栏杆。经常性的摩擦，使得癣茧从一头牛传到另一头，从一个牛棚传到另一个牛棚，从一个牛群传到另一个牛群，尤其是从老一点的牛传给年轻一点的牛，而后者的免疫系统又比较弱。

我也害怕感染钱癣，皮肤上一点轻微的抽搐或掉屑都会让我有不祥的预感。到过佛蒙特的乳牛牧场后，我才明白为什么美国与加拿大的机场入境表格会要求乘客勾选是否曾到过农场。美国海关申报表会要你在"我（我们）携带土壤或曾经去过农场或牧场"，以及"我有（我们有）靠近（如碰触或接触）牲畜"上回答"是"或"否"。并未如实申报去过农场的，第一次罚款高达 1000 美元，如果再犯，可能会被罚款高达 50 000 美元。

美国海关申报表不问是否接触过枪支、核武器或生物武器，据此推想，今日的动物农场必然带来更大的危害。大多数旅客并未多想就对"是否接触牲畜"回答为"否"，这不是一个琐碎无聊的问题，反而鲜明地点出，该产业受到疾病侵袭的严重程度。

我注意到，飞过乳牛农场的野鸟数量与农场的牛数量成反比。原因出在只有玉米和水泥地的土地，对鸟来说一无是处，没有野草或虫子可以啄食。如今，在大型乳牛牧场里，麻雀的交响乐、燕子的歌声、渡鸦的嘎嘎大笑、知更鸟的啸鸣，还有长刺歌雀、东草地鹨、高原鹬，以及各种鸟类的高亢啁啾声，都已逝去。

蕾切尔·卡逊（Rachel Carson）在 1962 年出版了一本具有开创性书籍《寂静的春天》（*Silent Spring*），她在书中写道："美国有愈来愈多的土地没有鸟儿回归预告春天来临，清晨曾经充满小鸟美妙的歌声，如今仅存诡异的沉默。鸟鸣声蓦地沉寂，曾经带给这个世界的缤纷、美丽与趣味，消失得如此迅速、隐匿又不知不觉。"

《美国鸟类现况》（*State of the Birds*）年报发现："美国有超过97%的天然草原（包括大草原与牧草地）已经消失，绝大多数是农业转型所致。结果，草原鸟类数量从历史水平下跌的程度更胜过其他鸟种。"

工厂化农场不仅危害农场动物的福利和人类的健康，也危及野生动物的生存。

15 美国山地草原

放牧与工业化的战役

即便在旧金山的机场，也明显可见加州人的环保意识与健康意识。安检柜台上的标示建议，乘客保留空瓶以便重复使用，而洗手间里的标示则敦促乘客记得擦手纸来自树木。旧金山到处可见瑜伽裤和瑜伽垫。（就连不爱运动的我，也受到健身文化的鼓舞，参加了一上午的瑜伽课，把自己折弯过度了。）尽管加州的人民比大多数美国人更注重伦理饮食与健康料理，不过说来讽刺，加州却是全美某些最大型工厂化农场的家乡。

新英格兰的乳牛牧场与加州相比，犹如小猫咪遇到大狮子。在新英格兰，拥有超过 1000 头泌乳牛的乳牛牧场就会被认为是大型农场，而在加州（还有新墨西哥州、亚利桑那州及内华达州），一座普通的乳牛农场就有超过 1000 头泌乳牛。加州的总牛群数接近 200 万头，比加拿大还要庞大，占美国 900 万头乳牛总牛群数的乳牛牧场将近四分之一。

加州乳牛牧场的标志是以英文及西班牙文详细说明如下警语：请勿擅自进入。录像监控中。勿入！生物安全保护区。

我前往福斯特农场乳业（Foster Farms Dairy）这家加州本地企业的总部，那里是由宽敞的办公大楼与高耸的钢制储乳槽构成的迷宫般的建筑群，幅员辽阔。我把租来的车辆停在后面接近数百辆桶槽车的地方，并且和一位留着厚厚八字胡的桶槽车司机说上话。他给了我一张纸条，上面列出公司乳牛农场的地址，令我喜出望外。

福斯特农场有 5 座乳牛牧场，每一座有 700 头到 1600 头不等的泌乳牛。我开车到达最大的一座乳牛牧场，位于史坦尼斯劳斯郡（Stanislaus County），该郡每三个人中就有一头乳牛，只不过外人感觉不出来，因为无从看起。还有，这个地方的每三个居民就有一个墨西哥人，这一点倒是马上就能一目了然。我开车穿越邻里街坊，路上尽是破旧的墨西哥餐厅和小吃摊，店名叫做"茱莉亚的墨西哥快餐店"或是"巴亚尔塔玉米饼"之类的，感觉就好像回到了墨西哥。

我才刚在福斯特农场停好车，就有一个黝黑矮胖、身穿蓝色工作服的男人从背后现身，开口质问我。

农场领班的双语要求

"你在这里干吗？"他厉声问道。

"我想要参观农场。"我说。

"为什么？"

"做研究。"

"做什么研究？"

"农场研究。"

"你要英文导览还是西班牙文导览?"

"英文。"

"不要西班牙文?你看起来像墨西哥人。"

"我不是墨西哥人。"

"是谁告诉你这座农场的?"

"总部的一个桶槽车司机。"

"谁?哪一个桶槽车司机?我需要名字。"

"我不知道名字……他留八字胡。"

他怒气冲冲地把我领进一间办公室,好像他是仓库管理员,而我是小偷似的。那是一间改装过的厨房,我紧紧抓着皮包,坐在一张破烂不稳的橘色椅子上。他站在我的旁边怒目以对,拿起电话打到总部,把我的事说了一遍,查核真伪。他找不到任何证明,因为就像我告诉过他的,我根本不曾踏入总部。"你不能参观农场。"他挂上电话后告诉我说,"我们以前可以,不过因为狂牛症、口蹄疫,还有一堆负面宣传的关系,现在不行了。"

我已经在加州拥挤的高速公路上开了两小时以上的车,觉得恶心不舒服又大汗淋漓,只要在重压之下开车,我往往就会有这种反应。我不急着上路,所以就安坐在这张破烂的橘色椅子上,和这个叫作艾瑞克(Eric)的男人聊天。虽然他一开始的举止很粗鲁,但是其实他很温暖、很好心,我们聊了两个小时。

艾瑞克是葡萄牙裔，14 岁时搬来美国。他的职称是总领班，能爬上这个位置，主要是因为他的英文与西班牙文都说得很流利。聘用懂得双语的领班是福斯特农场刻意制定的政策，因为只有能说流利的英语和西班牙语，才能与总部高阶主管及墨西哥裔的农场工人沟通，并且作为双方的桥梁。

艾瑞克给我看他最大的骄傲，也就是 2002 年的郡立种畜登录册。2002 年，艾瑞克的乳牛牧场列在最高等级项目上，也就是 750 头以上泌乳牛获奖。艾瑞克及其他十一名全部都是墨西哥籍的工人还一起拍照片。我们翻阅了其他的种畜登录册，最后一本，也是他手上最近期的一本，是 2011 年郡立种畜登录册。加州的乳牛牧场在九年内有了翻天覆地的变化。2002 年，750 头以上泌乳牛在史坦尼斯劳斯郡已经是最高等级了，之后的级数愈来愈高：826 头以上、1126 头以上、截至 2011 年甚至到了 1761 头以上。乳牛牧场的规模在加州是一年大过一年。

我再次询问艾瑞克是否可以到福斯特农场的饲育场逛一逛。"抱歉。"他说，"如果我能做主的话，我会让你去走一趟。不过，我被命令不能让任何人进来。如果你想参观，明天早上可以打电话到总部问问大老板，他的名字叫作隆纳（Ronald）。"

关于荷尔蒙的辩证

尽管大老板隆纳在电话那一头的口气冰冷、带有敌意，但令我出乎意外的是，他竟然同意让我回到福斯特农场的乳牛牧场参观。有一个条件是：由他来担任我的向导。

隆纳认为陌生人是危险的，而他觉得自己很有本事控制并移转这种危险。他步下小货车，大步走向我，一开口招呼我的话便是："虽然听起来像是疯了，不过你得把包包锁在车子里。"

隆纳将近 50 岁，中等身高，体型精瘦，他戴着黑色太阳眼镜，穿着一件白色 T 恤，下摆还塞进蓝色牛仔裤里。他是我所认识的最冷漠、最令人生畏的人，就像是一个机器人不肯微笑，以过着没有笑声的日子沾沾自喜。不过，他也是一个高明的推销员、滔滔雄辩的演说家，说起话来铿锵有力，摆出传教士接引群众的姿态，一心令我皈依，不过并不是皈依什么传统的神祇，而是他的神：农企业。

"我的父亲在我出生两个月后，就开始到福斯特农场工作。"他说，"我是在福斯特农场长大的……长久下来，我一直看到农业的分歧愈来愈大。一边是有机式的农场，就把它叫作草根吧！"

我发现，无论从字义或比喻上来看，"草根"这个字眼都是对的。另类农场往往较有可能仰赖绿草而非玉米，而且它们通常也比较独立，有那么一点"草根"起家的感觉，是非公司化的。

"我对草根农场并没有什么意见，不过当它们说自己比传统式农场，也就是像我们这种农场更好的时候，我就有意见了……媒体扭曲，比如'粉红肉渣'（Pink Slime）就是这样；他们干的这些好事，扭曲整个议题，引起社会轩然大波，让我很火大……政府的管制太多了……像 BST 这种牛用荷尔蒙的争论就被误解了。为了制造更多的牛乳，我们应该可以对牛注射荷尔蒙才对，可是现在乳业都倒向大众和媒体那边，标榜'无激素'，不用 BST。"

重组牛生长激素（recombinant bovine somatotropin）又称为 BST，是一种人工的基因工程牛荷尔蒙，注射在牛的身上，用来扩大牛乳产量。由于它会提高牛跛脚与罹患乳腺炎的概率，也可能会伤害人类健康，所以在加拿大、欧盟、澳洲、新西兰及日本都遭到禁止。不过，BST 在美国的五十个州是合法的。美国食品药物管理局（U. S. Food and Drug Administration）主要是根据一份对 30 只老鼠所做的 90 天测试报告，在 1994 年核准了 BST 的使用。这份报告是由当时的 BST 制造商孟山都（Monsanto）所做的。今天，有超过半数的大型美国乳牛牧场使用 BST，每六只美国乳牛中就有一只会被定期注射。美国消费者要确保不会喝到 BST 牛乳的方法，就是购买禁止使用 BST 的有机牛乳。

"我对 BST 的态度很不以为然。"一位新英格兰的放牧式奶农曾经对我说，"我认为它是又一个跨国药厂发明出来的昂贵材料。BST 给牛带来更多的压力，而且效果并不持久，使用 BST 不符合奶农的最佳利益，但是奶农们中意这个想法，认为想要竞争就得使用。我们并不需要更多的牛乳，我们的牛乳已经供过于求了。使用 BST 的乳牛牧场生产出更多牛乳，但却是大家不想要的东西。"

隆纳只想站在停车场谈一谈，于是我问他要不要到福斯特农场的饲育场边走边说？"不要。"他这么回答我。不过，他最后终于厌倦了停车场，同意说："好吧！我带你很快地走一遍，让你看看我们的牛。你应该要先知道一件事，就是它们养尊处优，我们竭尽所能地让牛过得很舒服。"

存在于谎言之中的牧草地

1600 头泌乳牛无精打采、懒洋洋地躺在牛栏里。包括年轻的牛与小牛在内，这座农场的牛总数高达 3000 头。

就和我在佛蒙特州已经看过的一样，牛栏里铺着粪便，只不过加州的粪便非常湿。天花板上的喷雾器正在对着牛栏洒水，这表示牛们是躺在一层又厚又湿的旧粪便上，浸泡在恶臭与细菌堆里。

福斯特农场的饲育场和佛蒙特州很像，只是前者更长、更肮脏。然而，农场网站上的风景画，却描绘着连绵起伏的绿草地，牛群星罗棋布。"福斯特家族四代，"网站上这么写道，"很荣幸能照料这些乳牛群。我们所饲养的牛吃得既天然又健康，享受在开阔的牧草地上吃草的宝贵时光……"

这里并没有牧草地，谎话连篇。

加州牛只有一个地方比多数州所饲养的同类更幸福：它们被允许保留尾巴。加州州政府在 2009 年禁止为乳牛剪尾，这项禁令促使俄亥俄州、罗得岛及新泽西州的州政府起而效尤。从这一点来看，加州禁令证明了，就算只是地方法律与州法，也能在全国各地造成回响，说不定还能影响世界，所以仍须竭尽所能地争取。我在新英格兰的农业巡礼过程中，乳品生产业者就已经和我提到加州禁令，而包括尼尔森在内的一些人也都说，因为这个缘故，他们不再剪牛尾了。

隆纳与我大步经过好几百间的一排排白色小屋，里面住着寂寞阴郁的小牛。"我们提供这些小牛的生活一个好的开始。"隆纳如此宣称。

两个墨西哥裔工人从转角走来，看到隆纳后便停在半路上。隆纳告诉我说："我们对这些西裔的劳工非常好。"他向他们挥挥手，这两人立刻转向别的方向，匆忙离开。"我们给他们很好的条件。他们在其他乳牛牧场一天工作 14 到 16 小时，在这里，他们一天只要工作 9 小时，还包括午休时间在内。"

美国文化偏好"西裔"这个一般性字眼胜过比较具体的"墨西哥裔"。只要我说"墨西哥裔"，闻者莫不皱起鼻子，包括隆纳也是如此。后来有一个朋友告诉我："我们喜欢用'西裔'这个词，因为把他们归成一类，好像他们都是一样的，比较简单。"

乳牛牧场工人通常拿的是最低工资或接近的金额。如果在美国非法打工，说不定占了半数之多，农场就可以不依规定，而付给他们比最低工资更少的钱。福斯特农场的管理者每个礼拜坐下来，比较每座农场的工人之间，还有农场与农场之间的绩效表现。农场刻意营造紧张的"内部竞争"环境，如此一来，只要工人的绩效稍有闪失，就可以马上更换。工人的替代性比乳牛还高。来到福斯特农场，我就可以明白为什么像奥斯卡这样在佛蒙特州杜波依斯认识的墨西哥工人，会那么急切地想要回到墨西哥了。

福斯特农场就和我曾造访的其他乳牛牧场一样，正在考虑转型成机器人作业农场。"饲料以外，我们的第二大成本是劳工。"隆纳说，"如果有机器人，我们就不需要西裔挤奶工人了。"

我曾在某个农场展售会上第一次看到机器人乳牛牧场，这是乳业的新趋势，在圈子里形成一股热烈的耳语与骚动。使用"机器人"这个词，是因为在这种作业设施中，帮牛挤奶的不是由人来操作的机器，而是由机器自己操作的机器：也就是机器人。机器人乳牛牧场的发展在加拿大已经快速起飞，美国则是因为墨西哥劳工很廉价，所以追赶上的速度比较慢。

依我看来，机器人乳牛牧场的问题不在于奇特的技术本身，而是这样的作业设施既没有牧草地，也没有人类这件事。乳牛不能踏出户外，而人类也没有理由进入室内，这个封闭的循环系统大部分是自行运作的。

隆纳和我在一个阴暗发臭的棕色池子前面停了下来。那是一个蓄粪池，有三十英尺深，上面结了一层壳，夹杂着报纸碎片和塑料垃圾。加州乳牛制造的排泄物比同住在此的人类居民还要多，而在全美，农场动物制造的排泄物是美国人的三倍。

分散经营风险的双重品牌

除了乳牛饲育场以外，福斯特农场也有养鸡场与火鸡养殖场，它是西岸最大的鸡肉供货商，在全美也算得上数一数二。不过，福斯特农场的乳品和鸡肉品牌是完全分开的，有不一样的名称、包装及网站。

"没有人这么告诉我，不过我是这样想的，"隆纳说，"福斯特家族决定采用两个品牌，是因为如果其中一个品牌出事了，另外一个还是很安全。这么说吧！他们不想把太多鸡蛋放在一个篮子里。他们有'水晶'（Crystal）这个牛奶品牌，以及家禽类的品牌'福斯特'（Foster）。"

2005年，福斯特农场赢得加州最高的环境奖项——环境与经济领袖州长奖（Environmental and Economic Leadership Award），由州长阿诺德·施瓦辛格（Arnold Schwarzenegger）颁奖，以表彰其"保存加州资源的杰出领导及重大贡献"。

看看这个颓败无力的蓄粪池和四处堆积如山的粪便，我看不出来福斯特农场到底保存了什么资源。此外，不过在七年前的1998年，该公司把遭到鸡粪污染的1100万加仑暴雨积水排放到国家野生动物保护区而俯首认罪。粪便会导致濒危水生野生动物死亡，福斯特农场导致了这个环境大灾难，违反濒危物种法（Endangered Species Act），缴交了50万美元的罚金。尽管发生这一事实，但它还是得到了上述奖项。

即使隆纳建议我不要去，但在离开乳牛牧场后，我还是前往造访了福斯特农场的鸡"饲养场"。那里有一间褪色的蓝灰色房屋和八间摇摇欲坠的长形棚屋,周围用铁丝网围起来。每一间棚屋里约有 2 万只鸡,只不过完全看不到。有一个墨西哥男人从屋内现身,跺着脚朝着我的车子走来。他大声嚷嚷着要我离开,他的妻子和三个小孩则躲在没有窗帘的窗户后窥看。(事后有一个朋友对这种敌视的反应提出解释:"他们可能是非法移民,所以才会这么紧张,怕你会去举报他们。")

就和乳品一样,福斯特农场的家禽品网站也虚假不实。在一部看不到任何墨西哥人的动物福利相关影片中,一位生鲜制品的经理表示:"快乐的动物是质量好的动物,而这正是我们的目标。"

福斯特农场鼓励消费者在网络上提出"人道宣誓"(Humane Pledge),加入它们的行列,"支持人道对待所有的动物"。消费者会被要求同意以下声明:"我相信所有的动物,无论是家里养的、服务我们国家的、在我们的农场及饲育场里蓄养的,都有权获得人道对待。确保我所照料的动物获得尊严与尊重,我会生活得更好。我会做出聪明的选择,购买经过人道认证的家禽品、肉品、牛奶和鸡蛋。我选择人道精神,支持致力于动物福利的生产商。"

不过,福斯特农场及其他工厂化农场并没有什么两样,恐怕还比大多数的农场更糟糕。在 2013 年和 2014 年,福斯特农场的鸡肉产品含有沙门氏菌,造成 600 多个消费者生病。这一次疾病爆发之后,美国农业部检验福斯特农场的鸡只,发现有五分之一的鸡肉品感染沙门氏菌。美国农业部威胁要关闭三座福斯特的养鸡场,强迫该公司召回产品。

隆纳说得没错，福斯特农场是策略性地拥有两种商业品牌。就算家禽品的品牌商誉暂时蒙尘，乳品品牌还是安全无虞。

福斯特农场得到美国动物权益保障协会（American Humane Association, AHA）的人道认证，赢得 2013 年"美国人道认证"（American Humane Certified）标章，和数家工厂化农场企业齐名。但是，秘密调查显示，这些企业对待动物极其残忍，包括火鸡生产商奶油球（Butterball）、美国鸡蛋生产商柯尔缅因食品公司与玫瑰地农场（Rose Acre Farms），以及加拿大的鸡蛋生产商本布雷农场（Burnbrae Farms）都是如此。很不幸的是，"美国人道认证"标签并不值得信赖。

不美好中的美好

在美国的考察之旅中，我最喜爱的是在某个傍晚造访一座名为"北洞"（North Hollow）的佛蒙特州农场。那一次的造访过程就像是一部愉快的电影，而非习以为常的恐怖片。

我受到四只狗和一个年轻男人的欢迎。他的名字是布莱德（Brad），21 岁的他穿着一件有脏污的灰色 T 恤和旧卡其裤。他消瘦黝黑，有着小精灵般淘气的鼻子与黄棕色的头发，是我在美国农业圈里认识的最年轻、最聪明、最有趣，也最健谈的人，犹如一股清流。

"我来自北加州。"他告诉我说，"我爸是心脏科医生，我妈是护士。我就读明德学院，暑假在北洞农场实习，因为我觉得如果自己弄不清楚我们的粮食体系，很快就会被恶搞了。我已经阅读并学到很多关于粮食议题的东西。我对所有事情的结论就是：不管你吃什么，最好都要提高警觉。"

我请布莱德带我参观北洞农场。他犹如连珠炮般询问一连串和我有关的问题，然后语带迟疑地宣布说："好吧……我们从山羊开始看起。"

我们坐进他的破烂小卡车里，抵达一个摇摇晃晃的木造谷仓。这个仓库从 18 世纪末就矗立于此，犹如瘦骨嶙峋的老人，弯腰倾斜，可是不知怎么仍存活下来，还面带微笑。里面乱中有序，塞满干草和麦秆、大桶子与铲子，以及一道通往阁楼的梯子。谷仓院子外的栅门洞开，有可能是被风吹的，山羊们全部跑到路上，正在四处溜达，大啖邻居的灌木丛与青草，乱哄哄地咩叫。

布莱德从未看过羊群逃跑，他立刻从卡车上跳下来，并且对我说："你能过来帮我赶羊吗？你真是天上掉下来的礼物！有你真好！"

我很开心地答应了，因为没有被当成麻烦人物而内心激动不已。布莱德迅速敏捷地追赶着羊群，拎着山羊的领圈，一次一只、两只地带到栅门边。我站在门边，打开栅门让山羊进来，可是当它们进来时，又会有一两只山羊从我的身后挤出来，跳到外面。布莱德会追过去，再把它们带回来，然后才去追赶其他的山羊。

最后，所有的山羊都回到谷仓的院子里，和其他住在一起的动物重聚，我玩得超级开心，所以还觉得很失望。院子里的住客是一群绵羊、母鸡、鸭子、迷你马与羊驼，大部分由大猫和小猫咪看管，把动物们当成软绵绵的床来用。

北洞农场还有 12 头母猪住在谷仓的楼下，它们都有名字，像是潘、贝蒂等，而且它们住在宽敞的猪栏里，铺满干草和麦秆。小猪们相互依偎，发出尖锐的叫声，玩在一起。它们热情地咬着我的脚趾，我发现不管大猪、小猪，都喜欢这样做。

我们离开农场的时候，布莱德突然转身面向我，害我一头撞上。"这座农场也许看起来很糟，不过算是万中选一了。"他如此辩护道："当我刚来这里的时候，觉得这里很烂。他们会给山羊打针，而且所有的动物都不在户外。可是，现在我认为北洞农场是最好的农场，其他大多数的农场完全是在恶搞。"

"我知道。"我这么说。我的反应力道之强不仅让他吃惊，也让我自己很惊讶。

我的心路历程和布莱德相似。我严厉批判所造访的第一座农场——米勒有机乳牛牧场，可是美国的乳牛牧场才真的让人"大开眼界"。加拿大的米勒牧场有 65 头泌乳牛，一年之中每三天就有两天被关在牛栏里，剩下的一天则是可以到户外吃草。相较之下，美国的饲育场有几百头或几千头牛睡在粪便里，这辈子连一天都不曾踏上草地。这并不是说米勒农场不需要改进，它还需要大幅改进，但必须承认的是，和绝大多数的同业相比，它已经算是比较好的。只不过当时我还没有看过同行的牧场，所以并不知情。

布莱德和我又回到他的小货车上，他要载我去看北洞农场的主业：肉牛。他停在一个木造仓库前，上面写着"高山草原"。我跳下车，眺望青翠的山谷，在落日余晖与鸟鸣声中，这里显得生机盎然。牛们吃着长长的牧草，看起来就好像群山中的小圆点。

　　"我们把牛放养到整座山头的草地上。"布莱德说，"全年不论任何时候，我们的总牛群数都是 400 到 500 头牛。北洞农场是草饲农场，意思是说我们的牛吃青草。很多的农场喂牛吃玉米，但是我们并没有这么做。青草自然生长又不用钱，玉米就不是这样了。我们使用的土地有些也是免费的。山里的居民让我们免费租用牧草地，因为我们的牛可以避免这里杂草丛生。"

　　当布莱德和我开车回到我的停车处，他指给我看更多在摇曳青草中的牛。我发现自己很羡慕他，羡慕他年轻的自信、他的理想主义、他开心的生活。我曾经也像他一样，可是我的活力犹如风中之叶，已经飘然远去。我只比布莱德大五岁，但是经过这一场跨国农场调查，我觉得自己比他苍老了一个世代，而变成他母亲或祖母的年龄了，一部分的我似乎已经死去。

　　"我觉得我们应该不要用机器做事。"当我们步下布莱德的小货车，我听到他这么告诉我，"我理想中的农场，是用两匹拉曳马来做所有的农事……"

　　他的话好像心脏电击去颤器般让我醒来。在整趟旅程中，我的所见所学在潜意识里翻搅，直到现在才具体成形。突然间，我发现自己有了答案。我对布莱德发表我的首次演说，我的一场独白。

大规模放牧式农业是唯一的路

"科技不是坏事，"我说，"是好事。在多半的情况下，它让生活更便利、更美好。你的父亲是外科医生，大概在工作上也用了很多科技去改善病患的生命。科技可以用来改善农场动物的生活，也可以用来奴役它们；可以让它们舒服，也可以让它们的日子难过；可以建立在天性的基础上，也可以剥夺天性。问题不是出在科技，而是在于如何使用。"

"谈到农业，我现在明白，这个产业最主要的区隔在于农场架构，换句话说就是，农场是放牧式的，还是工业化的。放牧式农场的动物可以发挥天性，它们可以散步闲逛、自由呼吸、感受阳光。相反地，工业化农场是拥挤的、贫瘠的、人工照明的、监禁圈饲的环境。从各方面来看，放牧式农场都比工业化农场来得好。"

"如果农业主要可以用农场架构来区分，那么第二种划分方式就是农场大小。我在美国参观过 12 座乳牛牧场，泌乳牛的数量不是少于 120 头，就是多于 480 头，并没有落在中间的数字。两边的差别大到四倍之多，就好像产业里的一道巨大缺口。"

"断裂的原因在于，中等规模的乳牛牧场愈变愈大，而小型的乳牛牧场则会卖给大农场。因为这个缘故，大型乳牛牧场的规格逐年增大，而中小型乳牛牧场的阵容则是持续缩减。我在佛蒙特州就看过一座名为杜波依斯的糟糕乳牛牧场，仅仅在十年内，它的规模就成长了四倍，从 300 头泌乳牛增加到 1250 头。在农业里，这种规模上的分歧已经随着时间而变得更加明显了。"

"放牧式农场往往是小型农场，而工业化农场则属于大型，不过这并不是铁律，也有小型的工业化农场与大型的放牧式农场。我们可以把农场想成落在象限的四个区域里，这些区域分别叫作：大型—工业化、小型—工业化、小型—放牧式、大型—放牧式。"

"大型—工业化指的是大型的工厂化农场，就像我在美国看到的乳牛饲育场，和我在全世界，包括加拿大、马来西亚、墨西哥，看过的肉鸡场、蛋鸡场及养猪场。大型—工业化农场往往得利于规模经济，但却是以动物受苦为代价。今天，这类农场很容易就成为农场象限里最大的一块。"

"小型—工业化指的是小型的工厂化农场。比方说，我在伯利兹看到的蛋鸡场有 1000 只母鸡，和其他蛋鸡场相比，数量很低，只不过它仍然是把母鸡关在铁笼里。小型—工业化农场的数量很少，因为这种运作没有道理，农场小到没有任何规模经济，而动物的生活又很悲惨，两败俱伤。这就是为什么它在农场象限里是最小的一块。"

"小型—放牧式是世界上最古老的一种农场。过去，所有的农场都是小型—放牧式农场，在与房子相连的小块草地上饲养几头牛、几头猪、一群公鸡和母鸡。到了现在，世界上只剩下了极少数的小型—放牧式农场，大多数位于发展中国家与传统社会里。我在印度尼西亚的乡下就看过几家。我见过最好的小型—放牧式农场在伯利兹，是一座由门诺派女教徒经营的农场。小型—放牧式农场比较会善待动物，只不过就和其他小企业一样，因为没有规模经济，所以财务通常很艰难，这是它们的阵容逐年下降的原因所在。"

"象限里的最后一个，也是最新出现的区块是大型—放牧式。大型—放牧式农场就是像北洞农场这样的地方。你们在大约 1000 英亩的山地草原上，放养 400 到 500 头肉牛、100 头猪、80 只山羊，还有一些绵羊与鸡。另一个我在加拿大参观过的大型—放牧式农场是由一个叫作罗杰的英国农夫所有。他的农场也大约是 1000 英亩大，有几百只绵羊、猪和牛一年到头居住在户外。你们的农场和罗杰的农场都很大，而且是放牧式的，属于大型—放牧式。"

"除了规模以外，大型—工业化与大型—放牧式农场并没有任何共通之处，即便规模的相似度也很有限。大型—工业化农场把极大量的同一种动物饲养在一个屋檐下，比方说，像我在马来西亚看到的 65 000 只蛋鸡。而大型—放牧式农场则依赖自然循环来维持年复一年的永续生存，所以往往会饲养不同种类的动物。即使最大的大型—放牧式农场也不曾膨胀成庞然巨兽，因为这样的话，会更难维系伦理标准和生态平衡。"

"农场矩阵很有用，因为我们不必认为农业是复杂难解的迷宫，而可以开始把它想成一间有四扇门的房子。每座农场都是从这四扇门的其中一个进出，大型—工业化的门恐怕是最明显、最巨大的门，就位于房子的正前方，可是这并不是唯一一扇门。最受欢迎的门是最新的门：大型—放牧式。农场主人如果愿意，就可以从大型—工业化的门离开，进入大型—放牧式的门。只要他们这么做，就能找到一种问心无愧的做事方法，而不必昧着良心。"

"大型—放牧式农场有规模经济，所以既能落实生产者的优先性（低成本），也能满足消费者的偏好（低价）。重要的是，它们照顾到动物福利，而且是永续性的。对所有人来说，大型—放牧式农场都是双赢的局面，在农场象限里一枝独秀。我们永远都回不去小型—放牧式农场的那个时代，不过却可以创造出属于大型—放牧式的年代。"

我在说出这些话的时候，心脏好像快要停止了，因为我等待这么久、这么努力，就是为了能够说出这些话。我在世界上的各个角落寻觅解决方案，而在这里，在佛蒙特州的某座山巅上，俯瞰着繁茂的山谷，我找到了一个关键的解决方法。这一刻是如此完美，好到似乎不像是真的。我说："大规模的放牧式农业，是一个重要的解决方法。"

我紧张地盯着布莱德的脸，看看他要说些什么。我在山上发表这番冗长言论时，他一直耐心专注地听我诉说，双手环抱在胸前。

"等你完成后，寄一份完整的报告给我。"他如此宣称。

其他人可能会觉得失望，但对我来说，这是一个很理想的反应：有兴趣。

紧紧相系的未来

我登上农企业的阶梯一窥堂奥，不只看到一个国家，而是世界各地的八个国家：美国、加拿大、墨西哥、伯利兹、印度尼西亚、马来西亚、新加坡和阿拉伯联合大公国。

这一路上，我认识了各式各样的人，从契养户到执行长，从农场主人到屠宰工人，从兽医到政府官员。依照我的新农场矩阵，我调查过每一种类型的农场：大型—工业化、小型—工业化、大型—放牧式和小型—放牧式。我看过形形色色的农场动物：乳牛、肉牛、小牛、绵羊、山羊、猪、蛋鸡、肉鸡与火鸡。

如果要我用一句话来总结，有一位科幻小说家写的话很适合。"未来已经降临，"威廉·吉布森（William Gibson）说，"只是分布得没有那么平均。"

当我造访放牧式农场时，发现一切都显而易见，因为只牵涉到三个要素：太阳、青草及动物。相较之下，工厂化农场就很混淆直觉，这是因为一种剥夺导致的另外一种剥夺，而这个剥夺又会导向下一个剥夺，盘根错节的剥夺链需要大量解释才能说得分明。

我发现，各地工厂化农场的养殖模式是跟随着美国的脚步在走。第一个被圈饲与商品化的是肉鸡和蛋鸡，接着是猪，然后是牛。这个产业好像会先从它认为比较没有感知能力的动物开始下手，然后才一步一步地往上延伸。

美国环保署曾经帮工厂化农场发明一个词：集中型动物饲养经营（concentrated animal feeding operation，CAFO），因为它把大量动物集中在某个单一地点饲养。集中型动物饲养经营发源于美国，在全球各地的规模与数量正在成长中。如今，世界上绝大多数的肉鸡、蛋鸡和猪都被监禁圈饲在工业化农场里。

今天，有多数动物从出生到死亡，并没有感受过太阳照射在背上，双足也没有踩过一根青草。时时刻刻住在永恒的地狱里，悲惨不断延续，未曾有过片刻喘息。动物们活在疾病与衰弱的状态下，历经重重痛苦才得以死去。

农场是现代版的《一九八四》。动物们被囚禁在黑暗中，人们也盲目不见。政党的官方路线在社会上广为宣传，并且轻易地为大众所接受。大家所吃的每一餐饭，吞下的都是大大小小的谎言。

"像英国在印度的持续统治、苏联的整肃与驱逐运动、美国在日本投掷原子弹，这些事情当然都是可以辩解的，"奥威尔说，"只是那些辩护的言论冷酷到令人不忍卒读。"

工业化农业也可以辩驳，只是那些辩护的言论也同样冷酷到令人不忍卒读。当我们主张说，每颗蛋省下几分钱对我们来说比蛋鸡的福利更重要时，我们是在说那微不足道的蝇头小利，比一个生命的重大福利值得更多关注；我们是在声明，只要完全不要动到我们的钱包，我们愿意姑息任何事情，无论什么都可以。这种思维泯灭了我们的人性。

《动物机器》（*Animal Machines*）是 1960 年代一本关于英国工厂化农场养殖的书，作者露丝·哈里森（Ruth Harrison）写道："反对工厂化养殖的主张，基本上是奠基在人道主义和质量之上；而支持工厂化养殖的主张尽管不过尔尔，但却是属于经济面的立论。我们不必受其干扰。"她一派乐观地接着说道："社会上处处都是经济考虑与社会考虑的冲突，从第一个工厂立法开始便是如此，我们的立法中多的是基于人道精神的理由去预防人们便宜行事的例子。"

相互依存的动物与人类

工业化农业好像一条没有路标，也没有速限、街灯、车道标线或法律的高速公路。汽车与卡车胡乱地向前高速驶去，经常相互碰撞，不但有多车连环相撞导致全部紧急刹车的风险，还会伤及在路边过日子的寻常百姓。

农业是一个"人人自由参加"的产业，讽刺的是，它也为人人带来了代价与危险。没有人为畜牧业日益扩张的结构负起责任，然而，只要检视其膨胀的躯体，就会看到，里面并没有心。

农业宣称其既强壮又健康，但是一经检视，就会发现它并非充满生命力的健壮年轻人，而是一个老态龙钟的偏执老人，活在惊骇之中，与外界的任何接触都会招致他的死亡。他关上门窗，完全封闭起来，在自身周围设下"生物安全"的屏障，禁绝外在世界的所有接触。不过，他并不明白，没有一条通往未来的永续道路会建筑在恐惧之上，这么做只是在自取灭亡。

"任何地方的不公不义，都会威胁到其他所有地方的公义。"半个世纪以前，马丁·路德·金（Martin Luther King）曾经写下这段话："我们都深陷在一个相互依存的网络里，命运紧紧相系，无所遁逃。不论是什么，若是直接影响某个人，也会间接影响其他所有人。"

动物受苦，人类也会受苦。我调查过的许多农场都深陷在疾病的痛苦深渊之中。世界各地的农场主人向我表达他们的恐惧，深怕疾病大爆发会突然席卷他们的农场，使得动物遭殃。尤其在东南亚的长途旅行中，我看到禽流感爆发对人类也对动物造成多大的伤害，十年之后仍然可见其后劲。每年，全世界的报纸都会刊登出充斥恐慌言论的露骨标题，报导新型变种疾病是来自于某些养鸡场、养猪场或养牛场内部，而且其威胁正在波及人类。

这些疾病有禽流感、猪流感，还有最近的 H5N1、H7N9 及 H1N1；有沙门氏菌和大肠杆菌的变种；也有其他农场疾病，如新城病、传染性华氏囊病、钱癣、乳腺炎。

2013 年还出现过一种新的致命性疾病，叫作猪流行性下痢病毒（porcine epidemic diarrhea virus, PEDV），通过粪便传播，会导致新生小猪急性下痢、呕吐及脱水，对出生七天内受感染小猪的致死率是惊人的 50% 到 100%。美国与加拿大各地已经有数千家养猪场遭到猪流行性下痢病毒的感染，数百万只小猪死亡，巴掌大的身体痛苦地渗出体液。我在加拿大查理的工厂化养猪场里，就很惊骇地看到一桶桶死掉的小猪排在廊道之中。今天，我无法想象那里还会摆着多少桶。

亟需改善的生产体制

尽管工厂化农场人多势众，但是我仍要指出令人振奋的一点：残酷至极的体制没有理由存在于今天这个世界。没有一个地方的法律规章宣称，人类的存续是仰赖关在笼子里的下蛋母鸡、狭栏里的母猪，或是驱逐农场的阳光。这些方法并非出于必然，而是短视近利所致。它们既然能够断然崛起，也能被果决地消灭。

生命中有很多方面并没有明确的答案，就这一点来说，畜牧业完全有法可解，便值得庆贺一番。苏斯（Seuss）博士曾经写道："有时候问题很复杂，答案却很简单。"畜牧业的故事也是如此。

解决方法分成两种：生产与消费，各自牵涉到生产者和消费者。

谈到生产者，把人与问题加以区分是很重要的。我游历全球，深入这个产业的肌理，进行一场文化洗礼，明白各地的人民多半都是好人。就算是在那些我不能宽恕的农场里，我也很感佩所遇到的人。他们除了教导我产业知识以外，也告诉我人生的道理。

譬如说，布瑞克教导我如何聪明消费，把我的环境足迹减至最小的重要性；而吉姆，我的小牛肉农场司机，则让我知道生命中尽管发生不幸，但还是有快乐幸福的可能；我在黑水屠宰场认识的工人纳德，则用他痛苦的精神状态告诉我，人类的心灵有多么厌恶暴力，利刃无可避免会反噬内心；阿贡，我高尚的印度尼西亚草莓园主人朋友，则是教导我培养内心的平静。

农业的问题并不在于农场主人和工人，而是在于不让他们有间停下来思考的更大体制。"问题总是出在体制，而不是人。"史蒂芬·柯维（Stephen Covey）在《与成功有约》（*The Seven Habits of Highly Effective People*）这本书中写道："把好人放在坏的体制下，就会得到坏的结果。"

"关于工厂化农场对待动物的真正道德问题，"彼得·辛格（Peter Singer）和吉姆·梅森（Jim Mason）在《"吃"的道德伦理》（*The Ethics of What We Eat*）这本书中说道："不在于生产者是好人还是坏人，而在于这个体制似乎只有在获利能力受到妨碍的时候，才会承认动物的苦难。"

我提出八种改善畜牧业的生产者的解决方法：大规模放牧式农场、自然育种、性别多样化、内部承诺、有意义的检查、果断的法律制定、正确营销，以及有机强化。

改善畜牧业的生产者解决方法

"今天的农业问题，"加拿大的罗杰曾告诉我，"不在于是不是应该要有规模经济，因为本来就应该要有，而在于这种规模经济是由天然的户外农场，还是由工厂化农场来提供。"

第一，我希望自己所看过的大型—放牧式农场最佳范例，也就是罗杰的农场和佛蒙特州的北洞农场，能够作为这个混乱困惑产业亟需的角色典范。唯有大型—放牧式农场能满足动物福利的需求、农场主人的生计、消费者的购买价格和环境永续性。

我们必须把这个世界想成是一个苹果派，切下比较大片的派给动物们，留下比较小片的给自己。归根结底，农场有比较好的生活条件，受益的不只是动物，还包括消费者、生产者，以及这颗星球本身在内的所有众生。消费者因为食品安全性提高而受益，农场主人和工人享有较好的工作环境，地球也可以免于更严重的退化。凡此种种，都值得奋斗。

第二个关注领域是基因选育（genetic selection）。现今的农场动物品种，特别是肉鸡与火鸡，都非常不自然，它们的心脏和双腿无法跟上快速发展的肌肉。狭隘的育种目标也造成动物的侵略性变高。当蛋鸡啄咬杀死同伴、肉猪互相把尾巴咬到流血时，我们就知道有些地方错得非常离谱了。实验已经失败，如果能回归自然育种，动物们就会有比较健康的体态与行为。

第三个，性别多样化是大家都注意到的，但是没有人喜欢谈论的话题。农业的女性从业人口数就好比头上的秃斑。虽然头上长着几撮稀疏的毛发，但是大家都知道头已经秃了。各产业的数据显示，性别多样化能改善决策。我自己的经验和分析则证明，聘用女性能为动物福利与食品安全带来更大的关注，对畜牧业有益。

第四个建议是，产业出于自愿许下进步的承诺。比方说，欧洲的猪肉生产商已经发展出一份"欧洲猪阉割手术替代做法宣言"（European Declaration on Alternatives to Surgical Castration of Pigs），而美国小牛肉协会也呼吁，美国的小牛肉饲育场从个别小牛饲养笼转型成集体牛栏。有时候，农企业的承诺是一种政治动作，不是遥遥无期，就是把日期定在久远之后，而等到期限逼近时，又会把日子推得更远一点。不过也有真诚有效的承诺，并非受到法律的管制力量逼迫，而是它们自己设定的内部目标与方向。

第五个解决之道是检查。农场完全不用经过政府检查是错误的，政府应该要检查才对。谈到屠宰场，美国与加拿大的检查官员对这个产业很友善且关系密切，而这种关系从一开始便违背检查的初衷。屠宰场与检查员的诱因机制亟需大幅翻转。今天，有一种翻转已经在发生，但却走入歧途。美国与加拿大都在致力于将屠宰场检查民营化，如此一来，便可由企业员工而非政府官员对屠宰进行检查。这种做法的表面目的是为了提高屠宰生产线的速度，但是肯定只会导致更多的动物遭到虐待、更少的员工及更差的食品安全。让屠宰场做自我管制，犹如找狐狸来看管鸡舍。

第六个关乎改变的途径是管制法规。制定农场动物福利标准是有必要的，最低限度也应该在法律上承认"动物之所以为动物"。欧洲的法律承认动物是"有情众生"，并且要求国家在制定与实施政策时，"充分关注动物的福利要求"。在欧洲的法律里，动物福利是和性别平等及人体健康等其他民主原则站在平等的立足点上。相较之下，美国与加拿大就没有法律加以区分一只猪与一张桌子的差别，认为它们同样都有四只脚，而且同样是一种财产。

蛋鸡格子笼、母猪狭栏及肉用小牛笼在整个欧盟是被禁止的。相反地，在这些最为极端的监禁圈饲形式之中，前两者却构成美国与加拿大农场的作业模式。美国法律对农场动物仅有最低限度的保护，而且只在州法的层次，并非联邦法律。当美国有少数的州正在进步时，其他的州则是在走回头路，借由通过加格法律防止书面记录，从源头阻碍福利立法的推动与通过。尤有甚者，称为"普遍性农作例外"（Common Farming Exceptions）的州法允许企业而非立法机构，对任何已经具有普遍性的做法制定实务法规。

第七点，除了保护农场动物，我们也需要能确保正确营销的法律规章。肉品、鸡蛋和乳品的标示往往意义不大，这是农企业刻意实行的策略。

"举世几乎都觉得，如果我们说某个国家是民主的，"奥威尔写道，"我们是在盛赞这个国家。结果，每一种政体的护卫者都声称自己是民主制度，而且深怕如果紧扣住任何一种意义，就不能再用这个字眼了。"

像"新鲜"与"天然"的标签并未紧扣任何一种意义，因此大行其道。"天然饲养"在美国的意义不大，但是对加拿大而言却意义深远，所以几乎很少被核准使用。"无激素饲养"的形容词常常被用于肉鸡、火鸡及猪，但这是骗人的说法，因为荷尔蒙一般不会用在这些动物的身上，而是会用于乳牛和肉牛。相较之下，"零抗生素饲养"的描述就是有用的，因为抗生素被广泛使用在农场动物身上，会造成抗生素抗药性。

有些标签会提到动物农场的饮食。这阵子，"谷饲"这个词就愈来愈被广泛当成营销工具，可是它通常相当于"玉米饲养"，也就没有什么差异化的价值，因为玉米是农场动物的标准饲料。"素食饲养"这个字的意思是不会用屠宰场的副产品来饲养农场动物，而"o-mega－3"则表示动物的食物富含 omega－3（希望它们吃的是亚麻籽，而不是鱼）。这两种标签各有用途，可是都没有谈到动物的生活条件。

至于生活条件，"自由活动"表示允许动物在室内漫步。自由活动的鸡蛋总是好过笼饲鸡蛋，不过随着愈来愈多这种标签被应用在其他领域，就显得意义不大了。例如：肉鸡和火鸡被养在笼子里，并不是从美国与加拿大开始的。"自由放养"这个名词比"自由活动"来得好，因为这表示动物可以接触到户外，尽管接触的程度会有很大变化。"自由活动"和"自由放养"两者都需要严格的定义与限制。

第八是标签的始祖，也是其中最严肃、最有分量，也最有潜力的一种标志——有机。"有机"所包含的约定范围广泛，在诸如杀虫剂及用药方面的要求很严格，但是在其他的领域就不够充足。水泥地而非草地、通往户外的狭小窄门、阉割、人工授精和空间拥挤，在今天的许多有机农场里属于常态现象。在美国与加拿大，对有机农场的户外放养最低要求是一年 120 天，也就是每 3 天要有 1 天，可是这个要求至少应该提高到 180 天，最好是 240 天。

我造访过全世界最好的农场并不是有机农场，而我满怀期望去参观的某些有机农场，却令我失望至极。这是因为有机的做法往往与该标签意欲落实的精神脱钩。有机的精神是天然的、道德的、生物的，有机这个字眼翻译成法语就是 biologique。但有机标签所反映的现实却往往是程序性的、不当暴利的、官僚的。勾选长长的表格，填写大堆的文件，就可以坐数大把钞票。

"有机"具有重大的潜能可以作为农场的区隔因子，但是潜能还有待开发，就好像一栋正在建造的房屋，地基是稳固的，可是屋子里的装潢却是劣等货，而且可能危及种种审慎奠定的基础工程。有机必须再加强化，才能发挥意义。

以我的经验来看，那些在创设之初就是有机的农场，从一开始便致力于这种哲学，和嗅到商机而决定转做有机的人（或是以公司的例子来看，决定开辟有机产品线的企业）相比，通常更有道德感，也更具生态性。原因出在转型的农场有强大的成本诱因想要维持一切不变，因此这种转型往往更常发生在标签上，而非事实上。重新制定产品的价格，包装改头换面一番，可是动物的生活却大多一如往常。

我的八项建议，涉及田园放牧、育种、性别、承诺、检查、法规、营销与有机，提供朝着正确方向迈进的步骤。

肉品消耗的 "想要" 与 "必要"

"你怎么可以说只是疏忽？"安娜·史威尔（Anna Sewell）在《黑神驹》（*Black Beauty*）一书中这么写道，"你不知道在这个世界上，疏忽是仅次于邪恶最糟糕的事吗？"

我的调查采访帮助我甩掉自己的疏忽，而是写出我的调查内容以期帮助其他人摒弃他们的疏忽。很多人以为，动物工厂并不存在，因为他们从来没有到过这种地方，就好比因为他们从来没有去过监狱，所以就认为监狱不存在一样。

我的调查较少着墨在放弃肉食，而更多聚焦在重新评价生产肉食的折磨做法。话说回来，有关肉品消费方面，仍然需要多加注意。我们在全世界吃掉的动物数量多到不可理喻，而且还在增加中。身为消费者的我们往往知道自己想要什么，但却不知道想要这些的后果会是什么。唯有付出高昂的代价，我们才能享用到廉价的肉、牛奶及鸡蛋，这值得我们重新反省自己的决定。

"吃工业化制造的肉品，需要一种近乎无知，或现在看来是健忘的英勇行为。"波伦这么指出。

"也许，从长远来看，一只猪、牛或飞禽的生命并不是那么有价值。"马修·史考利（Matthew Scully）在《统制》（*Dominion*）一书中这么写道，"可是如果我们看得长远的话，那么一盘培根或小牛肉又值多少？……如果动物只是商品，我们不过也只是看重物质享受胜过其他良善、只在乎口腹之欲而没有更高原则的消费者。"

今天，我们大多数人吃动物只是因为我们想要，而非出于必要。可是，世界上有太多人正在毫无节制地吃动物，而动物又为了我们要这样光明正大地吃它们而承受太多的苦。如果肉品消耗量能同时减少，大型—放牧式农业会是这个星球的一个可能出路。否则，动物的数量本身就暗指一种工厂体制。

有好几种方法可以减少肉品消耗量，其中之一是把肉类从饮食中去除，变成吃蛋奶素或全素的人；另一个既简单又受欢迎的全球性运动是"周一无肉日"（Meatless Monday），响应的人会宣布星期一只吃蔬食；第三个选择则是在一天的某一餐中减少肉量。马克·彼特曼（Mark Bittman）在他的书《6PM 后随意吃：6PM 前吃蔬果，有效减重又健康》（VB6: Eat Vegan Before 6:00 to Lose Weight and Restore Your Health for Good）曾解释这样的一种观念。不管是完全把动物从餐盘中移除，还是一个星期中的某几天或一天中的某几餐这么做，这么多种方便管理的方法，都可以达成少吃肉的目标。

每当我们坐在餐桌前吃饭时，不要以为只有动物的福利危在旦夕，人类的健康与栖息地也正面临危急关头。如今，有无数的研究证实，在饮食中减少肉类并以水果和蔬菜取代，对我们的健康有好处。

而且工厂化农场也对环境有害。为了种植玉米饲养农场动物，森林遭到了铲平。每天，全球有好几万英亩的森林——大约是巴黎的两倍大——就此消失，一整年加起来是数百万英亩。尤有甚者，农场动物增加的体重只是吃下去的一小部分，剩下的食物都排泄掉了，大量的粪便污染土地和水源。

"当我们试图单独挑出某物时，"约翰·缪尔（John Muir）写道，"会发现原来它与宇宙万物相系相连。"这个星球上的每一只牛、猪和鸡的故事也是如此。

截至本书出版之时，我已有十年的时间不吃动物，而且现在还活得好好的。印度的印度教徒已经有数千年的茹素传统，更不用说现在还有数亿人口在吃素。

我建议读者最起码可以做到小心购物，以下提供一些诀窍与指引。

谎言与真相

在我的整个考察过程中，每当参观很糟糕的农场后，再去看它们的网站，就会震惊地发现，两者之间并无共通之处。

有些网站看起来很像度假胜地的网页，展示大量令人惊叹的照片和五颜六色的卡通图案，它们使用抒情的语言，有时还带着异常的感伤，遣词用字宛如一首诗。它们公然表达出对动物的关怀与体贴，甚至还夸张到大谈"人道宣示"或引述甘地的话。它们不但发誓愿意成为动物的守护者，还要为树木服务。有时候，它们的口气比善待动物组织或绿色和平（Greenpeace）还要更慷慨激昂。

不过，这不算新鲜事。"不久前，我们还不乏保证，说农场动物的世界一切都很好，在未来，这样的保证肯定也少不了。"哈里森很久以前便在《动物机器》一书中这么写道，"我们会得到保证，说密集养殖不会有任何残忍行为……说这个产业的产品比起以往更好、更营养，说我们是地球上吃得最好的人，而且我们每天都会吃得更好。而那些私下怀疑实情并没有那么好的人，都会被归咎为明显的少数族群。"

现在我的建议是这样的：开始到农夫市集和专门店采买，这两个地方会使用诸如动物福利与环境永续性等衡量指标，预先替消费者筛选农场。在农夫市集里，你能挑选小型一放牧式农场的产品（说不定也能买到大型一放牧式的东西）；而在如全食超市（Whole Foods）等老牌的专门店，你能买到大型一放牧式农场的产品（或许也有一些小型一放牧式）。

农夫市集或专门店的产品并非全都一定是人道商品，不过和传统的零售业者相比，你可以期待它们的比例会高出许多。好歹你也能提出问题，并且找到答案。

如果你并不一定总是有空或有钱，另找其他零售连锁店（我常常就没有），还是可以表现得很好。当你去采买杂货的时候，别理会产品包装上那些绿草如茵的照片，只要注意标签就好。诚如先前所讨论的，很多标签问题重重，有待政府更多的管制，不过也有其他标签能发挥区分作用。

以下是卷标的入门知识：其一，最有意义的标签：有机、自由活动和自由放养；其二，有一点意义的标签：零抗生素饲养、无激素饲养（牛奶与牛肉）和素食饲养；其三，无意义的标签：新鲜、天然、天然饲养及谷饲。

回家后，逛一逛你在杂货店所看到的那些公司的网站。你往往会发现，原先以为那些大型常见的品牌表面上彼此没有关联，但是其实却同属一家公司。略过网络上所有的卡通图案，也跳过看起来像明信片的照片，更别理会看不到任何动物的图片，例如：红砖屋、枝叶蔓生的树木、闪闪发亮的湖泊、绿色的山脉。穿着工作裤的男人正在轻抚一头牛、咯咯傻笑的女孩正在捡拾鸡蛋、笑容满面的男孩抱着一只小猪，这些照片通通不用理会。而诸如"家族农场"或"第三代经营"等促销声明也不必在意。

到网站上的"联络我们"页面，打电话或写电子邮件给这家公司，询问是否允许民众参观（不管你是不是真的打算去参观，这都是一个很好的测试）。然后接着问一些它们如何对待动物的具体问题。你可以从下面这些好问题中挑出一些来问：分配给动物的空间有多大？它们有多少时间待在户外（如果可以的话）？有进行任何一种生理干扰（阉割、剪尾、去喙、去爪）吗？动物会被定期注射抗生素或其他药物吗？若是针对特定的动物：蛋鸡是否被圈饲在笼子里？母猪是否被关在狭栏里？乳牛是不是被锁在牛栏里？鸡与火鸡是不是属于工业化、非天然、快速成长的品种？

假如你的问题石沉大海，答案不言自明。

这个调查工作看似辛苦，其实轻松，因为一旦找到一家让你安心的公司，就能与它们长久地往来。

身为消费者的我们，每光顾一次收款机时，就是为某种价值投下赞成票。在民主政治里，政治人物要为选民负责；在利伯维尔场经济里，企业要为消费者负责。我们拥有无远弗届的权力，但是要懂得行使才行。我们必须要有看法，更必须大声清楚地说出来。

幽暗不会独立永存，只是因为缺少了光

　　我曾经读过一段话：幽暗不会独立永存，只是因为缺少了光。

　　我希望把这个调查案当成夜空下的一盏灯，它曾经是我的，但也是属于走在这段曲折长路上，我所遇见的每一个人。当我们一起走到尽头的此刻，我想要在此更新每个人的近况。

　　有机乳牛牧场的主人麦可和艾琳继续争吵不休，但还是在一起。艾琳想要离开乳牛牧场的梦想从未实现。令人伤心的是，她反倒得了早发性阿兹海默症，饱受记忆丧失之苦，只认得近亲，却不认识朋友或熟人。麦可和艾琳的女儿安妮继续留在农场工作。米勒乳牛牧场装设一台机器人挤乳系统（他们的农场现在是有机的，也是机器人的，这两个字眼组合在一起，应该是一种矛盾修饰法）。

　　当我和罗伯特一家人同住时，我很不愿意称呼他为布瑞克叔叔，虽然我知道他喜欢我这么叫他。如今走到旅程的终点，我发现自己可以轻松地喊他布瑞克叔叔了。就算布瑞克叔叔与我二十年不见，我们还是能马上认出对方的声音，而且感觉就和第一次见面聊天时一样亲密。和气的布瑞克叔叔说话粗哑，喜欢让我到火炉边暖暖手，让人觉得既激动又祥和。

　　布瑞克叔叔、珍姨与他们的孩子都过得很好。大儿子尼克娶了一位护士，生下一个小女孩，带给这对夫妻、爷爷、奶奶及保罗叔叔莫大的欢乐。保罗叔叔还是布瑞克叔叔最好的朋友，他过得并不好，之前中风，现在正在复原。尼克的弟弟威尔依然做着他的"万人迷"，布瑞克叔叔笑着说道："老是有几个年轻女孩在这里出现，有时候还同时出现，他在定下来之前还想多玩玩。"

罗伯特一家钟爱的狗与猫因为年纪大而去世了，他们又养了一只狗，"很爱小孩，而且还挺会给人找麻烦的。"布瑞克叔叔就像他自己所说的，还在"制造便宜的食品"，他的蛋鸡依旧住在凄凉的笼子里，不过火鸡鸡舍外面的围篱已经修好了，而自由放养的火鸡"很喜欢在外面跑，自得其乐"。

在这段时间内，布瑞克叔叔也到了北美与欧洲旅游，演讲关于永续农作、良好的动物牧养和太阳能回收的题目。"我们得过一些声望很高的奖，你知道的。"（我对此不予置评）。

尼克与威尔的朋友查理继续当猪契养户。他和妻子现在有两个小孩，常常与尼克的女儿在一起玩沙。不过，查理的养猪场状况并不好。"他们有一段时间过得很辛苦。"布瑞克叔叔回复说，"这里流行一种猪的疾病，一种病毒。你的猪要是感染了，死亡率真的很高。有九成的猪会死亡，挡都挡不住。有一点像是超级细菌，猪会拉肚子，然后脱水，接着就死给你看了。现在的养猪业大概有四种严重的疾病，非常糟糕。"

尼克的朋友泰瑞是鸡农，他也结婚了。不过，他出了车祸，驾驶四轮车时撞上一只鹿。"撞得相当严重。"布瑞克叔叔说道,"没办法和以前一样了。不过,泰瑞在恢复中。他断了几根骨头,但是我想并不会留下永久的伤害。"

我去拜访哈雷一家人。有了罗杰的农场作为范例,我的心里才初次萌生出"大型—放牧式"的想法,也是罗杰让我看到事情可以有所不同。过去我曾经在冬天和春天造访哈雷家,这一次我是在夏末时分去的,农场的气氛静谧、炎热又精神饱满。

我初次造访哈雷家族时,他们已经饲养 300 只农场动物。如今,他们养 1500 只猪、绵羊和牛,而且动物族群的数量还在每年持续成长。他们的土地如此广袤,即使饲养这么多的动物,也仿佛消失在绿草地、斜坡与树丛间。

当罗杰、茱莉、埃米莉、我和我的丈夫五人四处漫步时,哈雷家的五只牧羊犬与看门狗也跟在身后。每一头红褐色的母猪与小猪们都分配到很大的猪栏,有一间宽敞的木屋和给母猪、小猪们打滚的泥地。黑白相间的牛与鬈毛的绵羊及小羊在山丘上吃草。罗杰和茱莉的小孩詹姆斯及埃米莉现在已经是年轻人了,热切地表示他们会把父母的田园牧养理想延续下去。

罗杰和茱莉参加了我的婚礼。讲到这一点,我终于结束单身了。旅行结束后没过多久,我就认识了我的丈夫。约会几个月后,我们就决定订婚,在订婚几个月后就结婚了。我丈夫第一次来到像哈雷农场这样的地方,他很喜欢。

曾经开车载我到小牛肉农场的老先生吉姆，他的健康状况虽然不好，但私人生活却是圆满快乐的。"我尽量到户外走走，我会开车兜风，舒缓一下我的疼痛与痛苦。今天我要去看一个 92 岁的老兵，你知道我很支持军人。我姐姐与外甥女过世以后，我本来连家里都不管了，和你去一趟农场算是某种治疗……我真的老了。这阵子我去从头到脚照了一次 X 光，我的糖尿病也愈来愈严重，要吃一大堆药……我有一个弟弟。我从来没和你提过他，因为我们很久以前吵架，所以两人很疏远。经过二十年还是二十五年后，我们又取得联络了。我很高兴他来找我，在这种事情上，我真是一个固执的混蛋，亲爱的。"

我很欣慰地告诉大家，恐怖的黑水屠宰场关门了。它不是被政府关闭的，而是负责人阿布杜尔因为私人因素决定回到家乡——巴基斯坦。很遗憾，我无法联络上我在那天认识的屠宰场工人纳德。我想，他会继续在某个地方的屠宰场做苦工，为了逃避当局而更换住处、工作地点和手机号码，这样就不会有人知道除了身心障碍保险之外，他还有一份微薄的收入。

我想念我的印度裔心灵益友——阿贡。他送给我取自他的圣坛上的湿婆神雕像，被我放在书架上，以后也会一直放在那里，提醒着我他的安定与智慧。让阿贡感到骄傲和愉悦的草莓园，现在由阿贡的弟弟凯图特在经营。假如阿贡还活着，我会依照自己对阿贡的承诺，和我的丈夫去巴厘岛度蜜月。

伯利兹门诺女教徒们的生活一片欣欣向荣，妈妈洁拉汀、女儿艾比和南西，还有小孙女凯悌很高兴知道我结婚了，这是洁拉汀特别关心的事，她曾经认为我是一个倔强的嬉皮。艾比则是一如既往的迷人与温和。

"愿你和先生的生活幸福美满，生一打孩子，让自己保持年轻。"她这么对我说，"我们都很好。这里的一切都和往常一样，我们有二十头牛与一小群母鸡。从你上次看到这些牛以后，它们长得更大了。我掌管所有的农务。还是只有我们这些女人在这里！我们每个星期仍旧会去农夫市集贩卖东西，我很高兴在伯利兹并没有麦当劳或汉堡王这种快餐连锁店！"

亲身参与的艰辛和获得

真实生活中少有快乐的结局，但是以我的例子来看，我要很高兴地说我有。万物皆有所终。我成功地进入一个极其隐秘的产业，并将自己在里面的见闻书写下来。

我的故事从一家有机农场的志工假期开始，并且始料未及地发展成一趟全球长征，走入国际性畜牧业最黑暗幽蔽的深处。这并不是一件轻松的事。

有时候，我觉得自己只是想要向前咬一口苹果，结果却抓到整棵树。我不时就会面临情绪与道德上的挑战，经常被迫跳出我的舒适圈。我必须把自己的私人生活和职业生涯放到一边，像梦游仙境的艾丽斯纵身跳下兔子洞一样，从世界各地的一个农场飘荡到另一个农场，好像不受控制的流弹。我经历前所未有的考验，严酷到我开始觉得在华尔街挑灯夜战的日子还算轻松悠闲。

我从曼哈顿市中心高楼大厦里的办公室小隔间坠落人间，明白这个世界远比我想象得还要繁复混杂。我不再从流畅开启的自动门走进明亮的办公室，而是从"未经许可不准擅入"的门步入阴暗的工厂。我不再脚踩高跟鞋，身穿干洗过的套装，而是穿着脏兮兮的裤子和便宜的橡胶鞋。我不再大步走在大理石地板上，而是踩在粪便里。我不再是一只甜美、欢唱、翱翔的燕子，而是一只肮脏、挖掘、刺探的老鼠。站在地面的卑贱位置上，凡事看起来都与高高在上时大相径庭。

在考察的征途中，有时候我觉得自己在一团迷雾中战斗，愈是迎头痛击，视野就变得愈模糊不清。这个调查案能够集结成书，从形成概念到出版花费我四年以上的时间，以及数千个小时勤奋不休的努力。就好像在跑马拉松，既振奋人心又精疲力竭，既滋养精神也让人枯竭。我一度觉得自己不但未能努力让动物重获自由，反而只是成功地禁锢自己。我曾经觉得，仿佛不是我选择这个题目，而是这个题目选择了我，而现在它就像一条紧紧系住脚踝的绳子，不放我走。

我经常濒临放弃边缘，想要打包行李回去过我平常快乐的日子。可是，总有一样东西拉住我的手，强迫我继续下去，直到我找到问题的答案。我发现，尽管自己很想睡一觉起来，假装一切只是一场噩梦，但是一旦打开眼界，就再也无法关上了。

我现在明白，唯一让我坚持走到最后的理由，是处在危急关头的农场动物数量如此庞大。全世界饲养超过 700 亿只食用动物，就在此时此刻，我们所居住的星球上，相当于平均每一个人就有三只鸡。无疑地，光是从数量上来看，农场动物在我们的道德感中必须占有一些分量。

经验永远没有完整之时，它是一种浩瀚无边的感受力，一张由丝线织成的巨大蜘蛛网，悬挂在意识的殿堂上，把经过的粒子都撷取到它黏密的组织里。我试图在本书的研究过程中，集理性之大成；我试图在本书的撰写过程中，扮演窗户玻璃的角色，供人们透过这一片玻璃去凝望。"文章"（essay）这个字源自法文里的一个动词"essayer"——尝试。这个案子尝试了解畜牧业这头咆哮的野兽，把它摊在阳光下。

我曾经读过一句话：真相是一颗很难摘下，也很难抛出的苹果。我曾经因为利用别人，像是某种间谍、窥探者，而觉得不自在，深感内疚。我不喜欢自己每每现身在动物工厂，就表现出与我认为荒谬无理的做法同流合污的样子。我厌恶说谎，可是现在却略感宽心，因为我所涉及的欺瞒与农企业的谎言相比，可说是小巫见大巫。

探索带来的内外改变

我在撰写这本书时，有时候会觉得好像在写别人的故事，一个我认识的人，但却不是我。这是因为在旅程中，我有了很大的变化。

我从一个华尔街人士变成一个调查者。我和陌生人住在一起，我开卡车和曳引机，驾驶雪车和摩托车。我四处旅游、搭便车。即便蒙受厌恶自己的代价，也要找到真相。这是一趟深刻的旅程，而我的转变从此完成。

我第一次住在农场是在米勒家的时候，那时我还分不清楚干草和麦秆的差别。后来与罗伯特一家人同住时，我也曾经试着要布瑞克叔叔带我去他的蛋鸡场，而从头到尾浑然不知我已经置身在蛋鸡场了。到我的国际长征进入尾声之际，我已经能从大老远便认出动物工厂，甚至连我的谈吐也像是一个农夫。

现在反其道而行，是农夫们来询问我的意见。我最近造访的农场中，有一座美丽的放牧式门诺教徒有机乳牛牧场，位于加拿大。和善的农场主人是一个白发老先生（最近去世了），与我谈了几个小时。他说："你怎么会知道这么多？你的想法和点子真不得了，我不习惯和女人这么对谈。"

他不明白我为什么会笑得这么灿烂，因为我发现自己兜了一圈又回到了原点。"我们不应停止探险。"美国诗人托马斯·斯特恩斯·艾略特（Thomas Stearns Eliot）曾经这么写道，"所有探险的尽头都将抵达我们最初的出发点，并且重新认识这个地方。"我回到最初的起点——乳牛牧场，并且重新认识这个地方。

在探索的过程中，我对动物培养出更深的感恩与更强的联结。就和大多数人一样，我以前几乎没有看过牛、猪或鸡。如今，我发现自己喜欢它们。

我的心胸变得更加开阔。我学到一件事，人就像书一样不可貌相。当我展读其他人的生命故事时，从他人的篇章中发现了神秘、繁复、善感与美丽。我更相信人性。不管有心或无意，是"人"驱动着我前进。

我也克服了一种恐惧。这种恐惧对他人来说并不算什么，但是这么多年来，对我却像登陆火星那么难以克服。我学会怎么开车，如果不是为了做农场调查，我恐怕永远也学不会。

我在十几二十岁出头时，对自己的看法像是由其他人拼凑出的散乱印象。如今我明白了，唯有自己才能描绘自己的人生风景，我再也不愿自己像常春藤那样紧紧缠绕着社会的虚妄。

我和农企业的男性会处得这么好，其中一个最主要的原因是我了解这一行的心态。我之所以能够如此融入，绝大部分要归功于我愿意和他们进入成本与效率的细节讨论。我的老天，我来自华尔街呀！我精明干练，而且满脑子资本主义，疯狂地追求财务上的成功。

可是现在，我看到了这种狭隘心态的麻烦之处。就是这种心态，导致农业变成今天这副模样。我终于认清，财务上的成功并不是唯一的成功之道。在生活上全面地取得财务、伦理及情感考虑的平衡，有其必要。

"你花在这个调查案上的这几年，本来可以赚很多钱的。"我的父亲这么告诉我。他说得没错，但是他的话语却让我反思，那时候的我才真的看到自己再也不在乎昂贵的衣服或豪华的公寓。

"你很享受拥有的感觉。"当我还是孩子时，我的母亲就对我有着如此的观察。

我终于像是丢掉一件穿不下的衣服那样丢掉这种享受感。过去，我的人格特质就好像旧货店里的杂货，从各地搜罗原本属于他人的东西，在因缘巧合下汇聚在一处。我已经清空架子，丢掉个性中的零碎杂物，换上自己亲手挑选的特征。

在寻觅畜牧业的解决方法时，我无意间也为自己找到了解决方法。我变成一个更好的人，我的旅程改变了自己，而我审慎乐观地认为，它也改变了周围的世界。内在与外在改变的第一步，都是从探索开始的。

有一次在漫长的伏案写作过程中，我抬头望向窗外，那是夜晚时分，一栋栋公寓像是萤火虫般亮起昏黄的灯光，人们在玻璃窗后过着寻常日子。我猛然惊觉，自己会因为手上的工作而碰触到这些原本无缘的人，而我的目标就是把咫尺天涯的人都联结起来。

我留在农业的时间比原先预计得还要长。如今，要离开一个我永远对里面的人与动物充满感激的产业，不免有悲欢交织的感怀。一声轻叹、一个祝福和无限希望，借此为我的旅程画下句点。

我撰写本书力求正确，所有的章节都是取材自超过两千页的笔记和两千张照片，而书中的景象描绘都是根据照片所撰写的。我独立核对事实，也请其他人确认过，若有任何错误，责任在我。

为了保护个人隐私，书中有许多人名已经进行更动。从第一章到第八章发生在加拿大的故事里，大多数的人名都已经被修改，第六章除外，因为哈雷一家人很支持这个调查案。从第九章到第十二章在亚洲与墨西哥的部分，则大多保留名字，但是并没有提及姓氏。在第十三章和第十四章的伯利兹和美国，多数人名已被更改，但是所有的个人特征，无论是年龄、身高、背景、个性等，都被小心翼翼地保留下来。公司名称也会保留，地点、对话及人物也全都精确呈现原貌。

这个调查案蒙太多人关照才得以成就，我的心中充满感激之情。我受到太多人的扶持，也欠了太多的债要偿还。

我要谢谢我的双胞胎姐妹苏菲亚，她是我最要好的朋友，自始至终支持我执行这个调查案。她总是会提醒我，我在做的事很重要，不可以轻言放弃。我也要谢谢我的丈夫阿默（Aamer）对我的爱及谅解，他鼓励我写作，即使这样会牺牲我俩相处的时间。感谢我的兄弟赛门

（Salman）的乐观与机智。也要感谢我的父母无条件的爱，让我接受教育，也赋予我勇气，让我得以踏上这段征途。我要谢谢我的叔伯姨姑及表亲们从我出生那天起，送给我的种种鼓励。

感谢我的经纪人安德鲁纳伯格联合国际有限公司（DeFiore and Company）的萝莉·阿克迈尔（Laurie Abkemeier）对本书出版所给予的建议，也谢谢伯伽索斯书屋（Pegasus Books）的编辑洁西卡·凯丝（Jessica Case）的支持。我还要感谢协助本书推广工作的实习生，依字母排序分别为艾列克·阿巴特（Alek Abate）、洁丝·蓓留（Jess Beaulieu）、瑞秋·伯拉迪尼（Rachel Berardinelli）、伊丽莎白·巴福（Elizabeth Buff）、罗许·戈塔尔（Raj Ghatore）、贾奈儿·科娜特（Janelle Kuehnert）、欧特·拉杜瑟（Autumn Ladouceur）、克理斯·利普特罗特（Chris Liptrot）、艾胥黎·罗林斯（Ashley Rawlings）、艾胥黎·理查德森（Ashley Richardson）、艾胥黎·莱恩（Ashley Ryan）及哈雷·辛普森（Halley Simpson），感谢他们大方地贡献时间和大量的技能。他们的精力与努力令我深受鼓舞。我也要谢谢兰迪·阿巴特（Randy Abate）热情的支持和鼓励。

没有农场主人们，就没有这本书的问世，是他们的看法与故事充实这些篇章的血肉。我特别感恩其中某些人，他们在我的心里占有特殊地位。倘若布瑞克没有敞开双臂接纳我进入他的家庭与小区，就不会有这一切；罗杰花了数天的时间为我解说错综复杂的农业，从一开始就热情地拥护这个调查案；而印度尼西亚的阿贡则启发我成为一个更好的人。

　　我也要感谢读者们与我一起走到最后。愿你和我一样，在这个调查案中找到你在追寻的东西。